Si es perfecto no es amor

Violeta Reed nació en Madrid, aunque actualmente reside en Nueva York. Lo de escribir le viene de pequeña: dice que cuando no podía dormir se imaginaba miles de historias de amor. Le encanta viajar y no puede vivir sin música. Antes de ser escritora trabajó en otras áreas como el marketing, pero lo que siempre le ha apasionado es contar historias. Se ha formado en escritura creativa en distintas universidades, entre ellas Stanford.

Es autora de la bilogía Mis Razones, compuesta por *Cien razones para odiarte* y *Mil razones para quererte* (Ediciones B, 2022), y de la bilogía Quererte, formada por *«Yo también» no es «Te quiero»* (Grijalbo, 2023) y *Quizá sí quiero* (Grijalbo, 2024), además de la novela *Todo lo que quiero eres tú* (Grijalbo, 2024). *Si es perfecto no es amor* (Grijalbo, 2025) es su última novela.

Para más información, puedes consultar la página web de la autora:
www.violetareed.com

También puedes seguir a Violeta Reed en su cuenta de Instagram:
@violetareed_

VIOLETA REED

Si es perfecto no es amor

DEBOLS!LLO

Papel certificado por el Forest Stewardship Council®

Febrero de 2026
Reimpresión: febrero de 2026

© 2025, Violeta Reed
© 2025, 2026, Penguin Random House Grupo Editorial, S. A. U.
Travessera de Gràcia, 47-49. 08021 Barcelona
© Ana Hard, por las ilustraciones del interior
Diseño de la cubierta: Penguin Random House Grupo Editorial / Anna Puig
Imagen de la cubierta: © Ana Hard

Printed in Spain – Impreso en España

ISBN: 978-84-663-8877-1
Depósito legal: B-21.393-2025

Compuesto en Comptex & Ass., S. L.
Impreso en Liberdúplex
Sant Llorenç d'Hortons (Barcelona)

P 38877 A

Para mis amigos Inma y Edu, que se casan este año.
Chicos, sois endgame. Os prometo que
no dejaré que nadie se oponga a vuestra boda

Y para todas las románticas empedernidas
que buscan al príncipe azul… aquí tenéis
a uno bastante sinvergüenza

So don't say yes, run away now.
I'll meet you when you're out of
the church at the back door.
Don't wait or say a single vow.
You need to hear me out.
And they said, «Speak now».

«Speak Now» (Taylor's version),
TAYLOR SWIFT

La música es una constante en mi vida y ha sido una fuente de inspiración para esta historia, así que aquí os dejo la *playlist*.

Si es perfecto no es amor

Hannah
«Speak Now» (Taylor's version) — Taylor Swift
«Mamma Mia» — Lily James, Jessica Kennan Wynn, Alexa Davies
«Mine» (Taylor's version) — Taylor Swift
«That's So True» — Gracie Abrams
«I Love You, I'm Sorry» — Gracie Abrams
«Speak Now» — Minnz Piano
«Long Live» — Minnz Piano
«Mamma Mia» — Meryl Streep
«Rain On Your Parade» — Duffy
«You Are in Love» (Taylor's version) — Taylor Swift
«Welcome To New York» (Taylor's version) — Taylor Swift

Logan
«He Is A Pirate» — Klaus Badelt
«Are You Gonna Be My girl?» — Jet
«Perfect Day» — The Constellations
«Check It Out» — Oh The Larcerny
«One Day» — Imagine Dragons
«Bones» — Imagine Dragons
«My Life» — Imagine Dragons
«Perfect Girl» — The Stereotypes
«Hakuna Matata» — Marc Pociello
«Legend» — The Score
«Bring That Fire» — WAR*HALL
«Oxford Comma» — Vampire Weekend

Los dos

«Gimme! Gimme! Gimme! (A Man after Midnight)»
— Amanda Seyfried, Ashley Liley, Rachel McDowall

«Perfect» — Ed Sheeran

«Boogeyman» — Dead Posey

«Don't Stop The Devil» — Dead Posey

«El principio de algo» — La La Love You

«Cobra Canon in D Major» (feat. Bernth) — Leo Birenberg,
Zach Robinson

«Neutron Star Collision (Love is forever)» — Muse

«Mamma Mia» (piano instrumental) — Playa Piano

«Lay All Your Love On Me» — Dominic Cooper,
Amanda Seyfried

«Gimme! Gimme! Gimme!» (piano instrumental) — Playa Piano

«Cruel Summer» (piano instrumental) — Playa Piano

«Total Eclipse of The Heart» — Sleeping at Last

Otras canciones que aparecen en el libro:

«Everybody» — Backstreet Boys

«Dance the Night» — Dua Lipa

«Summer Nights» — John Travolta, Olivia Newton John

«Defying Gravity» — *Wicked*

«El tango de Roxanne» — *Moulin Rouge!*

«New York, New York» — Frank Sinatra

Prólogo

Logan

Esta es la historia de cómo me partieron la cara y me hicieron trizas el corazón.

No os asustéis por el ojo morado, ni por la botella de whisky o las pintas de náufrago al que acaban de dejar. En realidad, esta es una historia de amor con momentos graciosos, románticos y surrealistas en la que varias cosas salen del revés.

La historia no es solo mía. También es de Hannah.

Hannah es una romántica empedernida. De pequeña jugaba a las bodas en el recreo. En casa, se probaba el vestido de novia de su madre e imaginaba cómo sería su gran día cuando fuese mayor.

Su amor por las bodas empezó con las películas de dibujos animados. Creció viendo a princesas como Ariel, Odette y Tiana culminando sus aventuras vestidas de blanco y celebrando su amor con un gran festejo. Gracias a esas películas, una idea echó raíces en su cabeza: el amor verdadero tiene que ser perfecto.

En la adolescencia cambió a los príncipes azules por los protagonistas de las comedias románticas. En esas películas los tíos, para declararse, lo mismo suben a lo alto del Empire State que te persiguen por el puente de Brooklyn en moto y paran el taxi en el que te estás largando de la ciudad o te organizan un puñetero *flash mob* en Grand Central. Gracias a esas historias, Hannah decidió que, algún día, se mudaría a Nueva York.

Ahora está cumpliendo su sueño: es organizadora de bodas y vive en Manhattan. Suele pasear por Central Park con la esperanza de chocarse con un tío honesto, romántico, organizado y responsable. Cree que se enamorarán mientras recogen sus pertenencias del suelo. Le gustaría verlo dando de comer a las ardillas del parque o leyendo las placas de los bancos, como hace ella. Todo mientras suena «Lay All Your Love On Me», de *Mamma Mia*, su película favorita.

Por desgracia, la vida en Nueva York no es un musical. Si te chocas con alguien, lo más probable es que te insulte; si intentas dar de comer a las ardillas, es posible que tengas que salir corriendo cuando las palomas se te echen encima. Y, si no, puede que una rata te arruine el pícnic romántico robándote la comida. La banda sonora no corre a cargo de los cantantes de Broadway. El coro está formado por las sirenas, los cláxones y los gritos de los conductores impacientes. Encontrar el amor en esta ciudad no es tan fácil y bonito como te venden en las películas.

¿Y qué pinto yo en todo esto?

Bueno, soy el tío que se ha pillado por ella.

El problema es que estoy bastante lejos de ser el príncipe azul que busca. Hannah cree que soy un sinvergüenza, un capullo y un mentiroso al que todo le importa una mierda. Así que... básicamente estoy jodido. ¿Cómo coño voy a demostrarle que soy perfecto para ella?

Marzo

Da mala suerte ver a la novia
antes de la ceremonia

1

Hannah

Salí del hotel con una sonrisa de oreja a oreja. Acababa de terminar el ensayo de la ceremonia. Después de meses organizando una boda al milímetro, el día siguiente sería mágico, único e inolvidable para los novios que me habían contratado. Estaba emocionada y algo nerviosa. Aquel enlace era el primero de la temporada alta y esperaba que todo fuese perfecto.

En la calle me recibió la brisa invernal de mediados de marzo y el bullicio característico de la Quinta Avenida. El ruido de las conversaciones de los transeúntes se entremezclaba con el del tráfico. A lo lejos se oía la sirena de un camión de bomberos. El cielo comenzaba a teñirse de tonos naranjas y rosados. La luz dorada del atardecer bañaba los rascacielos imponentes de Nueva York. El olor a comida callejera inundaba el ambiente.

Sorteé la marabunta de turistas que fotografiaban el Empire State y me dirigí hacia la furgoneta que había alquilado para transportar las decoraciones.

Respiré hondo, preparándome mentalmente para el reto. Conducir en Manhattan era un infierno. Las luces de los semáforos y las señales de tráfico eran orientativas, los conductores eran tan agresivos como los cocodrilos, los peatones cruzaban sin mirar y los ciclistas y motoristas se creían los dueños de la calzada.

Giré la cabeza a la derecha cuando oí el rugido vibrante de un motor. Una moto apareció serpenteando entre el tráfico, cortándole el paso a un taxi amarillo. El conductor de este le tocó el claxon, bajó la ventanilla y le llamó «gilipollas». El motorista apar-

17

có en perpendicular detrás de mi furgoneta de alquiler. Se detuvo cuando la rueda trasera rozó la acera. Apagó el motor y mis oídos obtuvieron un descanso.

El hombre llevaba una cazadora negra de cuero, vaqueros y guantes. El casco negro me impedía verle la cara. Bajó de la moto con la desenvoltura de alguien que lo ha hecho cientos de veces. Aprovechando que estaba de espaldas a mí, le miré sin disimulo. Se quitó el casco y se pasó una mano por el pelo despacio, tal como hacían los tíos buenos en las películas. Abrió el baúl para guardarlo. Atiné a verle el rostro de refilón. Era guapísimo.

Llegué a la furgoneta cuando él se deshacía de la chaqueta. Escalé hasta el asiento del conductor y me quité el abrigo. Arranqué y encendí la música. En aquel momento sonaba la banda sonora de *Mamma Mia*. Quité el freno de mano y me aventuré a echar un vistazo fugaz por encima del hombro. El tío bueno se había subido a la acera. Pisé el acelerador para incorporarme al tráfico. En lugar de avanzar hacia delante, la furgoneta retrocedió. Oí un golpe en la parte trasera seguido de un gran estruendo.

Di un respingo en el asiento y frené en seco. El corazón se me subió a la garganta.

—¡Eh, eh! —Una voz masculina acompañada de tres golpes fuertes a la furgoneta llegó a mis oídos amortiguada desde el exterior—. ¡Ten más cuidado! ¿No ves que acabas de tirarme la moto, joder?

Desvié la vista al retrovisor central y me encontré con la cara de pocos amigos del motorista.

Con el corazón latiéndome a mil por hora, metí primera y avancé unos centímetros para apartarme. Eché el freno de mano y apagué el motor. En un segundo el hombre se plantó al lado de mi ventanilla y llamó con los nudillos. Bajé el cristal y giré la cabeza para enfrentarlo.

—¿Para qué coño quieres los retroviso...? —Cuando nuestros ojos se encontraron se detuvo a mitad de la frase.

Ladeó la cabeza y me estudió con interés.

Parpadeé desconcertada. Era más guapo de lo que había imaginado. Tenía las cejas oscuras y los ojos castaños. Había sido bendecido con una nariz recta y los labios carnosos. Llevaba la mata de pelo oscuro alborotada, y una barba de varios días ensombrecía una mandíbula definida. Diría que rondaba los treinta.

—Hola. —El hombre cambió a un tono más amigable para saludarme—. ¿Qué tal?

No me pasó desapercibido el brillo burlón de sus ojos.

—Bien —respondí escueta—. ¿Y tú?

—Yo genial. Gracias. ¿Sabes qué es esto? —Señaló con la mano el retrovisor de mi puerta.

Como estaba segura de que me estaba vacilando, asentí para contestar a su pregunta.

—Entonces supongo que sabes que los espejos se utilizan por seguridad —continuó—. Para evitar tirar la moto de otro al suelo y esas cosas...

Tenía una de esas voces graves y roncas que se describían en los libros románticos.

El tipo apoyó la mano izquierda en el hueco de la ventanilla. No había ningún anillo alrededor de su dedo anular. Recorrí con la vista su brazo hasta su cara. Lucía un jersey gris que remarcaba la anchura de sus hombros.

Al ver que no contestaba, alzó las cejas y me observó interrogante.

—Perdona —me disculpé atropellada—. Es la primera vez que conduzco una furgoneta tan grande. No he calculado bien el espacio.

Cogí el móvil y apagué la música. Después, abrí la puerta y él se apartó para dejarme bajar. Planté los pies en la acera y eché la cabeza ligeramente hacia atrás para mirarlo a la cara. Mi uno sesenta y seis se quedaba corto al lado de lo que parecía ser un metro ochenta y cinco.

Sus ojos oscuros se deslizaron por mi vestido negro hasta mis zapatos planos, deteniéndose en la curva de mis caderas. Por alguna razón, se me calentaron las mejillas. De pronto, me sudaban las palmas.

Carraspeé y avancé hasta la parte trasera de la furgoneta. Su moto estaba tirada en el suelo. Era negra y gris. El diseño parecía vintage, con el asiento de cuero negro y el faro redondo. Me recordó a la que llevaba el protagonista de *Cómo perder a un chico en diez días*.

El hombre se agachó para levantarla.

Desvié la vista hasta la furgoneta.

—¡Mierda! —Me llevé la mano a la frente al ver el maletero—. ¡He raspado la pintura!

—¿Te preocupas por eso? —Lo oí decir a mi espalda—. Si apenas se nota. Mira cómo has dejado mi moto...

Al voltearme me topé con la abolladura que le había hecho en el lateral, justo al lado de donde podía leerse: «Triumph».

—Lo siento. —Volví a disculparme—. ¿Quieres que demos parte al seguro?

—Me muero de hambre. ¿Por qué no hablamos lo del seguro mientras me invitas a cenar?

Las comisuras de su boca se curvaron despacio, dibujando una sonrisa sexy que dejaba claras sus intenciones.

Ese hombre no era para nada mi tipo.

A mí me gustaban rubios. Bien peinados. De ojos azules. A poder ser trajeados. Educados. Románticos. Seguros de sí mismos, pero sin llegar a creer que son la reencarnación de Dios en la Tierra. Aunque era innegable que el moreno que tenía delante desprendía atractivo sexual por los cuatro costados. Había algo magnético en su rostro anguloso que hacía que fuese imposible dejar de observarlo. Su mirada era astuta e intensa. Su sonrisa torcida auguraba diversión. Parecía poseer la confianza típica de guaperas inalcanzable al que todo le sale bien. Tenía una cara de capullo que no podía con ella.

—¿Siempre le echas tanto morro a todo? —le pregunté.

Él abrió la boca, fingiendo estar ofendido.

Sonreí al ver su expresión.

—No —aseguró—. Simplemente estoy aprovechando este golpe de suerte —terminó, señalando la furgoneta.

En ese instante, sonó mi teléfono. Se me escapó un gritito al ver que me estaban llamando desde la oficina de Melanie Stevens.

La señora Stevens era la organizadora de bodas más solicitada de Nueva York. Con más de treinta años de experiencia, conseguía que cada boda fuese una obra maestra. Estaba considerada una de las mejores organizadoras de bodas del mundo en medios prestigiosos como la revista *People Weddings* y el periódico *The New York Times*. En el mundillo se la conocía como «la Atrapasueños». Todos querían que les organizase la boda, tal era así que su tiempo medio de espera era de dos años. Su círculo de clientes era muy selecto, incluía personalidades de la alta sociedad neoyorquina y algunas de las estrellas del país.

Ella no seguía las tendencias, las creaba.

La admiraba profundamente. Era un referente y una fuente de inspiración. Soñaba con ser como ella en el futuro.

Había tenido el privilegio de ser su asistente durante tres años. Hacía tan solo uno que había dejado de trabajar para ella y me había animado a emprender El Sí Perfecto, mi negocio en solitario. Creía que toda relación perfecta debía culminar con una boda que estuviese a la altura, y de ahí venía el nombre.

—Hola, Hannah —me respondió una voz alegre cuando descolgué—. Soy Rose. La señora Stevens quiere saber si podrías acercarte por la oficina a las siete y media.

—¡Hola, Rose! —respondí emocionada—. ¿Dentro de veinte minutos? —Me tapé la oreja libre para oírla mejor.

—Sí. ¿Te va bien?

Noté los ojos del desconocido fijos en mi rostro.

Cuando una persona como Melanie Stevens te llama, tú acudes sin dudar.

—¡Claro que sí! —aseguré sonriente a la par que retrocedía hasta la puerta del conductor—. ¡Sin problema! ¡Ya mismo salgo para allí!

—Perfecto. Aquí te esperamos.

Al colgar, me monté en la furgoneta. Eché un vistazo por encima del hombro y me dirigí al desconocido:

—Siento otra vez lo de la moto. Me tengo que ir corriendo.

—¡Eh, espera! —gritó él—. ¡Ni siquiera me has dicho cómo te llamas!

—¡Nos vemos! —le contesté por encima del hombro antes de cerrar la puerta y arrancar.

Quince minutos más tarde aparqué en el Upper East Side. Abrí el bolso y saqué el neceser. Bajé el espejo que tenía encima del asiento del conductor y me retoqué el maquillaje. Después, cambié los zapatos planos por unos de tacón.

Saludé a Rose con una sonrisa al pasar por delante de su mesa. Ella descolgó el teléfono y avisó la señora Stevens de que había llegado. Llamé a la puerta de doble hoja y me alisé el vestido. En cuanto me invitó a pasar, empujé la madera. Al entrar en su despacho amplio me invadió la nostalgia. Había pasado mucho tiempo entre esas cuatro paredes amarillas.

—Buenas tardes, querida. —Melanie se levantó para saludarme con un beso en la mejilla.

El aspecto de mi antigua jefa era impecable: llevaba el pelo rubio corto perfectamente peinado y un traje morado de chaqueta y pantalón hecho a medida.

—Siéntate, por favor. —Señaló con la mano la silla que estaba frente a su escritorio—. ¿Te apetece tomar un té?

—Sí, por favor. —Me senté dónde me había indicado.

Melanie se lo pidió a su asistente por el comunicador.

Le eché un vistazo a la estancia. Las paredes exhibían varias fotografías de bodas que había organizado para la élite neoyorquina. El suelo de madera brillaba tanto como el cristal impoluto de su escritorio. Olía a flores frescas.

—Quería comunicarte en persona —empezó ella— que he tomado la decisión de retirarme en septiembre, cuando finalice la temporada alta de bodas.

«¿QUÉÉÉÉÉÉ?».

—He estado reflexionando acerca de a quién traspasarle mi agenda de contactos —prosiguió—. No es una decisión fácil.

Hizo una pausa para sonreírme. Estuve a punto de saltar de la silla y bailar de la emoción. Su agenda era el Santo Grial, la piedra filosofal, un pasaje directo al Olimpo de las bodas. Ahí dentro estaban los proveedores y contactos más exclusivos del país, profesionales que, por su nivel de fama y prestigio, consiguen cosas imposibles como que Taylor Swift o Coldplay canten en tu boda. Maravillas que una simple mortal como yo no podía lograr porque no sabía ni por dónde empezar.

Esa agenda me abriría muchas puertas, me facilitaría el trabajo y haría que cualquiera de mis bodas fuese un cuento de hadas.

—Tengo en mente a dos personas —continuó tras unos segundos—. Tú eres una de ellas. La otra es Lily Jones. Ambas fuisteis grandes asistentes en su momento. Sois disciplinadas, meticulosas y tenéis un estilo elegante y pulcro. Seguiré vuestros pasos de cerca esta temporada y en septiembre os comunicaré mi decisión.

Intenté no desinflarme de manera evidente al oír eso. Ser una de las dos personas entre las que dudaba para legarles la agenda ya era todo un halago.

—Es un honor que hayas pensado en mí —aseguré con una sonrisa—. Lo único que puedo decirte es que me esforzaré para que todas las bodas sean perfectas. Así no te quedará duda alguna de que conmigo dejas la agenda en buenas manos.

—Eso era lo que esperaba oír.

Le di un sorbo al té de limón.

—Hannah, por ahora quiero pedirte que guardes discreción en cuanto a mi jubilación —prosiguió Melanie—. Lo comunicaré públicamente dentro de unos meses.

—No te preocupes.

—Por cierto, Henry King me ha expresado su interés en escribir un artículo sobre la boda del señor Young-Woong para *People Weddings*.

Por poco me atraganté con la bebida.

—Le he pedido a Rose que le envíe tu contacto para que podáis concretar los detalles —terminó.

Abrí los ojos sorprendida.

Ya había imaginado que la boda de Tyler Young-Woong atraería la atención mediática. Al fin y al cabo, no todos los días se casaba uno de los *influencer*s más famosos de Manhattan. Lo que nunca se me había ocurrido era que el periodista más relevante del sector nupcial fuera a estar interesado en cubrir un enlace organizado por mí. La revista para la que Henry escribía era la publicación de bodas más vendida del país. Si hacía bien mi trabajo, ese artículo sería un escaparate espectacular para El Sí Perfecto.

—De acuerdo —contesté ilusionada—. Muchas gracias.

—Estoy segura de que tienes mucho trabajo por delante. No te robo más tiempo.

Abandoné el despacho motivada.

Mi primer año en solitario estaba siendo emocionante. Pese a que tenía bastantes bodas contratadas para la temporada, no eran suficientes para asegurar la continuidad de mi negocio en el tiempo. Necesitaba que mis clientes acabasen felices para que me recomendasen y el boca a boca me permitiese estabilizarme en el sector. Todavía tenía muchas fechas libres para el año siguiente. Conseguir la agenda sería un gran paso en el camino. Otro sería que Henry King me mencionase en su artículo. El Sí Perfecto no solo era mi trabajo, era mi sueño. Aquello en lo que estaba volcando mi esfuerzo, esperanza y dedicación. No dejaría que nada ni nadie me desviasen de mi objetivo. Mi futuro dependía de esos meses. Empezaba la temporada de bodas y todo tenía que salir PERFECTO.

Mayo

Recién… ¿casados?

2

Hannah

—¡Me opongo! —gritó de la nada una voz grave y masculina.

La melodía romántica del arpa se cortó de golpe acabando con el ambiente armonioso que reinaba en la iglesia. A mi lado se escucharon multitud de exclamaciones de asombro. La sonrisa se me quedó congelada en el rostro. Hasta ese instante, la ceremonia había sido perfecta.

Los novios, de pie en el altar, se giraron en dirección a las bancas que ocupaban los ciento veinte invitados. Yo me había quedado cerca de ellos, en el lateral izquierdo. Extrañada, me volteé para ver quién había interrumpido la boda que había organizado con tanto cariño.

Me quedé pasmada al ver que había un hombre plantado al final del largo pasillo. Era tan alto que casi llegaba al marco de la puerta. Llevaba un traje azul marino y unas gafas de sol negras.

—Todavía no hemos llegado a esa parte —le informó el cura sin perder la calma.

—¡Me da igual! —El recién llegado se quitó las gafas de sol y se las colgó en el bolsillo delantero de la chaqueta—. ¡Me opongo a esta boda!

Parpadeé confundida.

Había algo en él que me resultaba vagamente familiar, pero estaba demasiado lejos y no podía verle bien.

Su calzado chirrió sobre el suelo de mármol cuando echó a caminar hacia el altar. Por sus andares confiados, tuve la sensación de que era uno de esos hombres que están cómodos siendo el centro de atención. Junto al eco de sus pasos se oían los murmullos de los asistentes.

Conforme avanzó por el pasillo pude apreciar mejor sus rasgos. Al fijarme en su sonrisa torcida algo hizo clic en mi cabeza.

«¡Es el tío bueno de la moto!».

Habían pasado un par de meses desde nuestro encuentro, pero estaba casi segura de que era él.

Observé al hombre que acababa de detenerse a un par de metros del altar. La luz que se filtraba a través de la vidriera se proyectaba sobre su rostro, bañándolo de un tono rojizo. La mirada calculadora, combinada con la presencia cautivadora y el hecho de que acababa de oponerse a una boda, me hizo pensar en una reencarnación atractiva y moderna del mal.

Llevaba el cabello despeinado. Lucía un traje elegante, que parecía hecho a medida, aunque las arrugas que recorrían la tela indicaban que no había pasado por la tintorería. Los gemelos plateados que decoraban los puños de la camisa blanca destellaban con la luz. Un clip a juego mantenía la corbata azul oscuro en su sitio. Bajé la mirada y descubrí que el calzado que había chirriado eran unas deportivas blancas con tres rayas rojas, bastante llamativas. Me sorprendió el contraste de la ropa y los accesorios caros con el aspecto desaliñado y las deportivas.

—¿Quién cojones eres y qué haces aquí? —le gritó el novio, sacándome de mi ensimismamiento.

—Soy John —se identificó el hombre—. Y estoy aquí para impedir que Emma cometa una locura. —Señaló a la novia con la mano—. Emma, no te cases con Fletcher. Está endeudado hasta las cejas y solo te quiere para usar tu dinero.

Ahogué una exclamación a la par que el resto de los asistentes.

«¿Ha venido a por la novia?», pensé asombrada.

—¿Cómo? —Emma arrugó las cejas desconcertada.

—¡Eso no es verdad! —exclamó Fletcher—. Emma, no le hagas ni puñetero caso. Quiero casarme contigo porque te quiero.

—Si la quieres tanto —contraatacó el hombre—, ¿por qué te negaste a firmar el acuerdo prematrimonial que te pidió?

—Eh... —titubeó el novio—. Eso no es asunto tuyo... ¡Lárgate ahora mismo si no quieres que te dé una hostia, payaso! —La voz de Fletcher reverberó entre aquellas paredes de piedra, como el rugido de un león enfadado.

Di un respingo asustada.

La amenaza no amedrentó al hombre. Al contrario, casi podía decirse que su expresión reflejaba diversión, como si aquello fuese un reto para él. La tensión que precedía a una pelea se palpaba en el ambiente. A partir de ahí todo pasó en cuestión de segundos. Quise intervenir, pero estaba paralizada. Después de cuatro años trabajando en el sector nupcial tenía un repertorio amplio de anécdotas, pero nunca había presenciado la interrupción de una boda. Intenté mantener la mente fría. Analicé la situación a toda prisa. No había seguridad en la iglesia. Ambos hombres eran grandes; si se enzarzaban en una pelea, no podría separarlos. Me saqué el móvil de la riñonera por si tenía que llamar a la policía. Estaba a punto de abrir la boca para pedirles que se calmasen cuando el tío bueno avanzó un paso más en dirección al altar.

—No voy a irme hasta que ella se baje del altar —le contestó con toda la calma del mundo. Luego se dirigió a la novia—: Emma, necesito que me escuches, por favor. No le des tu corazón a alguien que planea venderlo para salvar su empresa. El amor verdadero no se mide con dinero. El amor es lo que hace la vida maravillosa. Es ver a esa persona y sentirte en casa. Es una puerta abierta. Es anteponer las necesidades de otro a las tuyas. —Se llevó una mano al pecho y le sonrió con cariño—. Por amor siempre se hacen grandes locuras. Vamos, Emma, baja de ahí y ven conmigo.

«¿Está enamorado de la novia? —Me quedé boquiabierta—. ¿Y ella... lo está de él?».

—¿Estás saliendo con este tío? —Fletcher se dirigió a Emma con un tono tan cortante como un cuchillo recién afilado.

—¿Qué? —se apresuró a contestar ella—. ¡Claro que no! —Tenía la cara desencajada.

—Entonces ¿cómo cojones sabe lo del acuerdo prematrimonial? —bramó su prometido—. ¡Explícamelo ya!

—¡No le hables así! —El padrino, que estaba sentado en una de las bancas del lado derecho, se levantó como un resorte—. ¡No eres el más indicado para pedirle explicaciones!

—¡No te metas en esto, Carter! —le advirtió Fletcher en un siseo.

—Fletcher, ¿por qué dice eso? —le preguntó Emma, igual de pasmada que el resto de nosotros.

—¿Y a mí qué me cuentas? —Este se encogió de hombros y fulminó a su amigo con la mirada—. Está enamorado de ti y lleva siglos esperando su oportunidad.

El padrino guardó silencio.

—Emma, contéstame a una pregunta. —Volvió a intervenir el recién llegado—. En los últimos meses, ¿cuántas veces te ha pedido Fletcher que inviertas dinero en su empresa?

Ella solo atinó a encogerse de hombros con cara de situación. Me dio pena verla tan agobiada.

—Muchas... —contestó con la boca pequeña.

—Te está utilizando, y en el fondo lo sabes —puntualizó el guaperas.

Fuimos testigos de las emociones que cruzaron el rostro de Emma conforme entendía que lo que acababa de contarle aquel hombre era cierto.

—Dijiste que, si te quisiera de verdad, no te pediría que hiciésemos separación de bienes —le dijo Emma a su prometido, con la voz quebrada.

—No empieces otra vez con eso —le contestó él de malas maneras.

—Me has presionado para que nos casemos rapidísimo... —prosiguió ella—. Te dije que quería esperar un poco más antes de dar el paso, y te enfadaste y dejaste de hablarme unos días. —El resentimiento era palpable en su tono—. ¿De verdad solo me quieres por el dinero?

—Manda cojones. —Fletcher negó con la cabeza y resopló escéptico—. Tú te follas a otro, ¿y soy yo quien tiene que dar explicaciones?

—¡Ay, Dios mío! —musitó una voz femenina en algún lugar.

—Creo que deberíamos hacer una pausa para el confesionario —intervino el cura sobre el micrófono.

—No has contestado a mi pregunta... —le recordó Emma a su pareja.

—Pues mira, ¡sí! —escupió Fletcher rabioso—. La empresa no va del todo bien. ¿Ya estás contenta?

Emma abrió la boca para contestar, pero no emitió sonido alguno. Era como si aquella revelación la hubiese atravesado como un rayo y fuese incapaz de procesarla. Se había quedado tan blanca como la tela de su vestido de seda.

Los murmullos de sorpresa flotaron a mi alrededor junto a varias voces incrédulas.

—¡No me lo puedo creer! —exclamó Emma decepcionada al cabo de unos segundos—. ¡Pensaba que me querías!

—No te hagas la víctima. Yo podría decir lo mismo de ti, pero me da igual lo que hayas hecho con este gilipollas. —Señaló al hombre que estaba plantado en el pasillo—: Te perdono. —Hizo con la mano un gesto que le restaba importancia—. ¿Podemos hablar más tarde de esto y continuar con la boda? —acabó de manera atropellada.

—¡Cabrón, egoísta y mentiroso! —Emma le estampó el ramo de peonías y eucalipto en el pecho, sin miramientos.

—Vamos, nena, cálmate.

—¡No me pidas que me calme! —le soltó con acidez—. ¡No quiero volver a verte en la vida! —Se quitó el velo y lo arrojó al suelo a la par que bajaba los escalones.

—Pero ¿qué haces? —le preguntó Fletcher, estupefacto—. ¡Vuelve aquí!

—¡La boda está cancelada! —les gritó ella a los invitados.

Acto seguido, se agarró la falda y atravesó el pasillo corriendo como alma que lleva el diablo. Los pétalos rojos que habían lanzado sus sobrinas al suelo salieron disparados en todas las direcciones cuando pasó corriendo. Sus tacones repiquetearon en el mármol y sus sollozos estrujaron mi corazón.

El guaperas se hizo a un lado para que ella no le arrollase al pasar. Volvió a ponerse las gafas de sol. Le dedicó una última sonrisa burlona al novio y le dijo:

—¡Hasta la vista, capullo! —Después, salió corriendo tras la novia—. ¡Emma, espera!

El padrino se fue detrás de ellos.

El ruido del tráfico de la Quinta Avenida se coló en la iglesia cuando salieron. Al cabo de un instante, las puertas se cerraron con un estruendo y se alzaron los cuchicheos de los invitados.

—Oye, bonita. —La abuela de Emma me llamó con un gesto de la mano. Me agaché a su lado para ver qué necesitaba—. Entonces ¿ya no hay tarta?

Parpadeé atónita.

«¿Qué acaba de pasar?».

Un rato más tarde salí de la iglesia arrastrando la maleta de mano en la que llevaba todo lo necesario para la boda. Había recogido los adornos en piloto automático, con la mente puesta en la novia.

Consulté mi reloj de pulsera. Eran las ocho menos cuarto de la tarde. Quince minutos antes Emma debería haber salido por la puerta de la iglesia con una sonrisa enorme y colgada del brazo de Fletcher para ir al cóctel.

Seguía un poco alucinada por lo que acababa de presenciar. Creía que lo de declararse a alguien que estaba a punto de casarse era el tipo de cosas surrealistas que solo ocurrían en las comedias románticas. Aunque después de seis años viviendo en Nueva York no debería sorprenderme de nada. Había visto de todo: una rata sembrando el pánico en un vagón del metro, cientos de personas borrachas y disfrazadas de Santa Claus, competiciones para buscar al doble de Timothée Chalamet en Central Park. Incluso me había cruzado con el mismísimo Jude Law por la calle. Encontrarme con el protagonista de *The Holiday* era el tipo de cosas que solo pasaban en la Gran Manzana.

Derrotada, me senté en uno de los poyetes de piedra. Me había dado un dolor de cabeza terrible. Saqué el bote de Advil de uno de los bolsillos de la riñonera y me tomé una pastilla para aliviar el dolor.

Una parte de mí se sentía apenada; había cuidado cada detalle para que la boda fuese perfecta y se había estropeado. Me sentía culpable por no haber intervenido, pero todo había sucedido tan rápido que no había sabido reaccionar.

No quería imaginar lo que estaría sintiendo Emma. Debía de ser un palazo enterarte en mitad de la ceremonia, y a la vez que tus invitados, de que tu prometido solo te quería por el dinero. Guiada por la compasión, decidí ir al hotel en el que se hospedaba para ver cómo se encontraba. De camino entré en una cafetería y le compré un té, con la esperanza de que la reconfortarse.

Poco después, llamé a la puerta de la suite nupcial y esperé.

—Buenas tardes, señorita Brooks —me saludó la madre de Emma al abrir.

—Buenas tardes, señora Davis —contesté—. Venía a ver cómo se encuentra Emma.

—No está aquí. Se ha ido con el muchacho de la ceremonia y no ha vuelto todavía… Me ha escrito para decirme que está bien y que no me preocupe.

—Ah, vale. Le había traído un té. ¿Lo quiere usted? —Extendí en su dirección el vaso de papel blanco.

—Gracias, eres muy amable —me dijo, aceptándolo.

Le dediqué una sonrisa escueta.

—He cancelado el *catering* y la tarta. Como ya estaba todo pagado y entregado, me han dicho que donarán la comida a la beneficencia —le informé—. También he avisado al DJ para que no venga esta noche.

—Gracias por ocuparte de todo.

—De nada.

Guardamos silencio unos segundos.

—Dígale a Emma que lamento lo que ha ocurrido y que si necesita cualquier cosa que no dude en llamarme —añadí.

—Se lo diré, no te preocupes. Cuídate mucho.

—Igualmente. Nos vemos.

—Hasta pronto.

La señora Davis cerró la puerta y yo me dirigí al ascensor arrastrando los pies.

En realidad, era una suerte que el amante de Emma hubiese interrumpido el enlace. De lo contrario, dos personas que no estaban enamoradas se habrían casado. ¿Qué clase de matrimonio podía empezar bien con secretos y mentiras? Aunque me había sorprendido que Fletcher hubiese utilizado a Emma por el dinero, jamás habría adivinado que ella se había liado con otro. Y menos que, por casualidades de la vida, ese otro fuese el tipo que había coqueteado conmigo en su momento.

Dentro de lo malo, Emma había encontrado a alguien que la quería, que se arriesgaba por ella y que luchaba por su amor hasta el final, tal y como hacían los príncipes en las películas de Disney. El discurso que había soltado aquel hombre sobre el amor demostraba que el romanticismo que nos mostraban los libros y las películas existe de verdad.

«El amor es lo que hace la vida maravillosa… Por amor siempre se hacen grandes locuras», le había dicho a Emma.

Rumié sus palabras mientras esperaba el metro. A mis veintiocho años, solo había sentido algo similar por un hombre, que más tarde había demostrado ser un gilipollas integral. Nunca había hecho una locura por amor, como bajarme de un avión que estaba a punto de salir rumbo a París renunciando así al trabajo de mis sueños o colarme en una fiesta de Nochevieja para declararme al amor de mi vida. Para hacer una locura por amor, primero tendría que encontrar al hombre perfecto y, de momento, no parecía que eso fuese a suceder pronto.

Al sentarme en el tren cogí el móvil para entretenerme de vuelta a casa. Abrí la web de *People Weddings* y me topé con un artículo, escrito por Henry King, cuyo titular rezaba: «Melanie

Stevens se retira al final de la temporada. Las altas esferas neo-yorquinas se preguntan quién organizará sus bodas a partir de ahora». Respiré hondo. Como se me estropeasen más enlaces, no sería yo.

3

Logan

—Logan, ¿eres gilipollas? —me preguntó Ben con desaprobación.

Aparté la butaca de terciopelo rojo para sentarme frente a él.

—No más que tú —le respondí con una sonrisa al dejar el vaso en la mesa que ocupaban mis amigos.

Estábamos en The Portrait, un bar que se encontraba dentro del hotel Fifth Avenue, en pleno Manhattan. Mi amiga Alexandra lo había escogido como punto de encuentro porque estaba al lado de su oficina. Según nos había contado, el local se había puesto de moda por los cócteles y la decoración, que te trasladaba al Nueva York de los años veinte. Las paredes estaban llenas de cuadros y libros antiguos, y los muebles de madera maciza tenían pinta de costar una fortuna.

Era viernes por la noche. El ambiente era ruidoso, por encima de la música jazz se oían conversaciones animadas y el tintineo de los vasos. Detrás de la barra, que exhibía una amplia gama de botellas, los camareros ofrecían un espectáculo al combinar las bebidas.

—Ya te digo yo a ti que eres el rey de los gilipollas. —Ben se apartó un mechón de pelo castaño y desgreñado de la frente—. Si no, ¿por qué habrías rechazado a esa tía? —Señaló con la cabeza a la mujer que estaba sentada en uno de los taburetes altos de la barra—. Está buenísima y te ha entrado ella. —Me miró con una cara que parecía decir: «¿Qué más quieres?».

Tres pares de ojos escrutadores se centraron en mí.

Desvié la vista hacia la pelirroja que me había invitado a marcharme con ella. No estaba mal, pero gesticulaba igual que mi exnovia y para mi libido eso había sido peor que una patada en los cojones.

—Me ha recordado a Ashley —respondí con sinceridad al volver la atención hacia mis amigos.

—¡Ja! —Ben dio una palmada contento—. ¡Te toca invitar a la siguiente ronda!

—Ni de coña —contesté.

—Las normas son las normas. —Chris metió baza—. Si mencionas a La-Que-No-Debe-Ser-Nombrada, pagas.

Tomé un sorbo de mi bebida. El sabor amargo del whisky me calentó la garganta.

—Han pasado seis meses. —Solté el vaso sobre el mármol—. ¿Hasta cuándo vamos a seguir con esto?

—Esto va a ser así de por vida. Lo pasaste fatal por su culpa. Nosotros siempre vamos a odiarla. —Alexandra hizo un círculo con el dedo índice, abarcando la mesa—. Y nunca más querremos oír hablar de ella.

—Stone, esa tía te dejó plantado en el altar delante de trescientos invitados —me recordó Ben—. Te enteraste por su mejor amiga de que no pensaba aparecer. Y, por si fuera poco, se llevó al hermano feo de Jason Momoa a vuestra luna de miel...

—Bueno, feo precisamente no es... —Alexandra meneó la cabeza en un ademán negativo y su coleta castaña se movió hacia un lado—. Como la mayoría de los hawaianos, está buenísimo.

—¿Y yo no? —Arqueé una ceja, haciéndome el ofendido.

—Logan, te quiero mucho, pero ese hombre es surfista y modelo. Tú no eres tan exótico.

—Eso es cierto. —Chris alzó su vaso y asintió, dándole la razón a Alexandra—. Aunque hoy te has puesto muy guapo —se apresuró a añadir con un tono compasivo, mirando la camisa azul oscura de manga corta que había estrenado aquella noche y que había combinado con unos vaqueros.

—Christopher, por favor, no le mientas, que ya es mayorcito —le pidió Ben en un tono teatral.

—Vete a la mierda, capullo —contesté antes de darle otro sorbo a mi bebida.

Hacía seis meses tenía una vida de ensueño: era director creativo en una de las agencias de publicidad más importantes del país, vivía en un apartamento amplio y luminoso con vistas a Central Park, quedaba con mis amigos todas las semanas, tenía una relación sentimental en la que estaba cómodo para dar el siguiente paso y un golden retriever maravilloso llamado Sven. De aquello solo me quedaban las tres personas con las que compartía mesa. El trabajo lo perdí dos días después de que Ashley me dejase, cuando su padre me despidió poniéndome una excusa ridícula. Tuve que irme del piso porque no podía permitirme el alquiler astronómico. El perro se lo quedó ella en contra de mi voluntad porque estaba a su nombre.

Benjamin, Christopher y Alexandra eran mis mejores amigos. Los conocí el primer año de universidad, en una de las asignaturas de comunicación que teníamos en común. Alexandra, Chris y yo nos caímos bien a la primera. Con Ben fue harina de otro costal. Al principio no nos aguantábamos. Él pensó que yo era el típico niño mimado que siempre se salía con la suya; yo creí que él tenía la necesidad constante de llamar la atención. Sin embargo, lo que empezó como una rivalidad por ver quién era el gracioso de la clase acabó convirtiéndose en una amistad leal y sincera.

Ben ahora trabajaba como guionista de un reconocido *late show* que se grababa en el centro de la ciudad, Chris era consultor financiero, Alexandra ejercía de abogada y yo me dedicaba al marketing en una empresa pequeña de la que me iría sin mirar atrás.

—¿Por qué esa pobre chica te ha recordado a La-Que-No-Debe-Ser-Nombrada? —preguntó Alexandra, sacándome de mis pensamientos—. Si no tiene cara de serpiente…

—Déjame adivinar… —Ben levantó la mano—. Le ha pedido al camarero un mojito sin azúcar pero dulce, con menta orgánica recién cortada y que se lo sirva en un vaso de cristal de Murano.

Alexandra soltó una carcajada ruidosa.

—Algo así. —Dispuesto a cambiar de tema, me levanté y pregunté—: ¿Otra ronda?

—Para mí no. He quedado con Tyler —me informó Chris mientras se abrochaba la americana—. Me guardo la invitación para el próximo día.

Me dio un abrazo con palmada en la espalda incluida.

—Dale un beso a tu prometido de nuestra parte —le pidió Alexandra.

—Lo haré. Pasadlo bien. —Chris se despidió con la mano—. Os veo el domingo. En tu casa, ¿verdad? —le preguntó a Ben.

Este asintió.

Desde que empezamos a jugar al póker en la universidad, la timba de los domingos era sagrada. Antes solíamos organizarla en mi casa, pero otra de las consecuencias de mi ruptura con Ashley era que ahora compartía un apartamento diminuto en Murray Hill con Josh, un compañero de piso de lo más peculiar.

Cuando regresé de la barra planté el culo en el asiento frente a Ben y Alexandra. Devoramos las patatas fritas mientras Ben nos contaba que le habían propuesto dar el salto y presentar una sección del programa en el que trabajaba.

—Logan, no te des la vuelta —empezó Alexandra pasado un buen rato—, pero hay dos chicas cuchicheando y mirándote. —Señaló con la barbilla hacia la zona de las mesas altas.

Giré la cabeza a la velocidad del rayo y les eché un vistazo a las dos mujeres; estaban sentadas la una frente a la otra. Enseguida me crucé con el par de ojos que me observaban bajo aquella iluminación tenue. Le pertenecían a una morena preciosa. Me quedé pensativo un instante. Juraría que la había visto en algún lugar.

—¡Te he dicho que no te dieses la vuelta todavía! —se rio Alexandra—. Menudo cantoso...

—Si gira un poco más la cabeza va a parecer la niña de *El exorcista* —se mofó Ben.

Los ignoré y seguí mirándola.

Era buenísimo con las caras, la reconocí casi en el acto. Era la mujer que me había tirado la moto hacía unos meses. La melena ondulada de color chocolate le caía por debajo del pecho. Llevaba un vestido negro de tirantes con lunares blancos que terminaba en mitad de las pantorrillas. Ya la había visto de pie y sabía que estaba buenísima.

Cuando nuestros ojos volvieron a encontrarse, le sonreí y la saludé con un gesto de cabeza. Ella me correspondió con otra sonrisa, antes de apartar la mirada y atender a lo que le decía su acompañante. La otra mujer se levantó y se perdió por el pasillo que llevaba a los servicios.

«A por todas, campeón», me animé a mí mismo.

—Ahora vengo —les informé a Ben y Alexandra cuando volví a mirarlos.

—Diez dólares a que estás de vuelta en menos de dos minutos. —Ben me desafió con una sonrisita.

Esa mujer acababa de sonreírme. Estaba bastante seguro de triunfar, así que alargué la mano en su dirección y contesté:

—Que sean veinte.

Ben alzó una ceja, desafiante, y me estrechó la palma.

Acto seguido, me levanté.

Me dirigí a su mesa lleno de optimismo.

—Yo te conozco... —le dije a la morena al llegar a su altura—. Eres la que me tiró la moto y se dio a la fuga.

Ella soltó una risita suave y asintió.

Tenía los ojos grandes y expresivos, la nariz respingona y los labios carnosos pintados de rosa oscuro.

Apoyé la mano en el respaldo del taburete vacío.

—¿Puedo sentarme? —le pregunté para cerciorarme de que no había malinterpretado las señales.

—Mmm..., claro. —Señaló la silla con la mano y tomé asiento encantado—. Me sorprende que te acuerdes de mí.

Por supuesto que me acordaba. Me había tirado la moto, la había invitado a cenar y, cuando pensaba que iba a aceptar, había pasado de mi cara.

Decidí jugar bien mis cartas. Le dediqué una amplia sonrisa antes de contestar sin un ápice de vergüenza:

—Es imposible olvidar una cara como la tuya.

«Ni ese cuerpo, ya puestos».

En lugar de responder a la indirecta, ella le dio un sorbo a su bebida por la pajita. Sus labios llenos captaron mi atención.

No sabía cuánto tiempo tenía antes de que regresase su acompañante, así que fui directo al grano:

—¿Tienes pareja? —le pregunté cuando dejó el vaso en la mesa.

—No. —Removió los hielos con fuerza con la pajita.

—Genial. ¿Quieres pagarme ahora la cena que me debes?

Ella entrecerró los ojos.

—Estoy con mi amiga.

—Podemos pedirle un taxi a tu amiga. O podemos acompañarla a casa, si te quedas más tranquila, y luego tú y yo nos vamos a otro sitio.

Pasó de mi sonrisa torcida y escupió:

—¿Y qué piensas decirle a tu novia?

—Esa no es mi novia. —Apunté con el pulgar por encima del hombro—. Es mi amiga.

—No me refiero a ella. Estoy hablando de Emma.

—¿Emma? —pregunté confundido.

—No te hagas el tonto, John. Te vi hace dos semanas. Entraste en la boda y te declaraste.

En ese instante sumé dos más dos.

«Hostia, ¿estaba en la boda? ¡Qué casualidad!».

Escaneé mis recuerdos a toda prisa. No había ni rastro de esa mujer en mi memoria. En aquella iglesia había estado más preocupado de mi papel que otra cosa.

—No voy a cenar contigo —prosiguió—. No voy a hacerle eso a Emma y tú tampoco deberías.

—Escucha, te estás equivocando…

Ella arqueó una ceja y no me dejó terminar.

—Le soltaste el discurso del amor verdadero delante de ciento veinte invitados. —Su voz alegre y dulce se fue convirtiendo en un cuchillo afilado—. Se fugó contigo y, ¿al día siguiente le entras a la primera mujer que te cruzas en un bar?

Apretó los labios. Ya no había ni rastro de la sonrisa. Sospeché que iba a darme puerta, pero estaba dispuesto a demostrarle a

Ben que se equivocaba. Dejándome llevar por la testosterona, intenté ganar tiempo:

—Bueno, al día siguiente tampoco —le dije medio en broma—. Tú lo has dicho, han pasado dos semanas.

Ella respiró hondo, sin apartar los ojos de los míos, y negó con la cabeza.

—Pobre Emma. Eres igual de mentiroso que su exnovio.

El tono ácido con el que me habló me impulsó a querer vacilarle un poco más, tanto para sacarla de quicio como para alargar la conversación.

—No me compares con ese. Además, ¿tú qué sabes? Podríamos tener una relación abierta. —Supe, por su mirada escéptica, que no me había creído.

—¿Pretendes que me crea que tenéis una relación abierta?

Le dediqué una mueca burlona.

—¡Es increíble! —exclamó, perdiendo la paciencia—. Ni siquiera tú te salvas. Tanto discursito romántico ¿para qué? —Negó con la cabeza.

Intenté no descojonarme.

«Si supiera que mi discursito son un montón de frases que he cogido prestadas de películas de Disney…».

—Vaya por Dios —fingí lamentarme—. ¿No te gustó mi discurso? Me lo curré un montón…

—¿Te crees que por ser guapo puedes portarte como un gilipollas?

«¿Acaba de llamarme guapo y gilipollas en la misma frase?».

Sonreí de medio lado y la dejé terminar.

—Todos los hombres sois iguales —puntualizó—. El panorama sentimental es deprimente…

La observé maravillado. Aquella mujer había pasado de cero a cien en un segundo. Por alguna razón, me resultaba extremadamente divertida.

—¿Cómo te llamas? —le pregunté sin perder la sonrisa.

Me taladró con la mirada y no pude evitar sonreír aún más. Tenía las mejillas encendidas por el mosqueo y estaba guapísima.

—Te están esperando tus amigos —apuntó en tono borde.

—¿De verdad no vas a decirme tu nombre?

—Hannah, ¿todo bien? —Su amiga escogió ese momento para volver a la mesa.

«Así que Hannah», pensé contento.

—Sí. Sí —se apresuró a contestar ella.

La recién llegada estudió la situación. Me fulminó con la mirada y me dijo con aspereza:

—Estás sentado sobre mi chaqueta.

—Perdón. —Me levanté de un salto—. Encantado de conocerte, Hannah. —Hice énfasis al pronunciar su nombre—. Nos vemos.

Volví a la mesa que ocupaban mis amigos y me dejé caer en la butaca.

—¡Un minuto y treinta y siete segundos! —dijo Ben pulsando la pantalla de su móvil para parar el cronómetro.

Sus ojos verdes brillaban con malicia. Le encantaba tocarme los huevos.

—¿Eso es lo que aguantas en la cama? —bromeé.

—Es lo que he tardado en ganar veinte pavos —contestó con una sonrisa triunfal. Estiró la mano en mi dirección. A regañadientes me saqué un billete de la cartera y se lo pasé por encima de la mesa—. Un placer hacer negocios contigo. —Se guardó el billete en el bolsillo delantero de la camisa negra—. ¡Sorpréndenos! —finalizó, mirándome.

—¿Os acordáis de la mujer que me tiró la moto? —les pregunté entre risas. Ellos asintieron—. Es esa. —Señalé con el pulgar en su dirección—. Y no os lo perdáis, pero estaba en la boda que rompí hace dos semanas. Cree que me llamo John y que estoy saliendo con la novia.

—¿En serio? —preguntó Alexandra sorprendida—. El mundo es un pañuelo. ¿Qué le has dicho?

—No me ha dejado decir mucho.

Ben soltó una carcajada.

—¿Así que te ha mandado a tomar por el culo? —adivinó mi amigo.

—Sí. Lo cierto es que se ha tomado un poco mal que haya intentado ligar con ella.

—¿Por qué no le has dicho la verdad? —quiso saber Alexandra.

—Porque no puedo ir contando por ahí que voy rompiendo bodas a cambio de pasta. Mi negocio requiere discreción. Se supone que nadie debe enterarse de que estoy contratado para impedir el enlace.

Por el rabillo del ojo vi a las dos mujeres levantarse. Hannah recogió los vasos de su mesa y los acercó a la barra. Al verla caminar, no pude evitar pasear la mirada por su cuerpo. El vestido que llevaba no era muy ceñido, pero la vista se me fue inmediatamente a su culo.

Cuando pasó por mi lado, en dirección a la salida, le guiñé un ojo. Ella entrecerró los ojos despectivamente y articuló un mudo: «Gilipollas».

Apuré lo que me quedaba en el vaso y sonreí para mis adentros.

Hacía tiempo que una mujer no me hacía tanta gracia.

4

Hannah

—¡Ese hombre es un sinvergüenza! —exclamé molesta, al tiempo que empujaba la puerta del apartamento que compartía con mi mejor amiga.

Encendí la luz de la cocina y solté las llaves en el cuenco de cerámica rosa que teníamos en el zapatero de la entrada.

—La verdad, Hannah, yo no lo veo para tanto. —Nicole se abrió pasó detrás de mí—. Tener una relación abierta y entrarle a una mujer que te ha gustado en un bar no es un crimen. —Se adentró en la cocina arrastrando la maleta.

En el taxi le había contado lo que me había dicho el hombre de la boda mientras ella estaba fuera, hablando por teléfono.

—Lo sé... —Dejé las sandalias en mi balda del zapatero y el bolso en el colgador de la puerta—. Pero estoy convencida de que me ha mentido.

—No tienes pruebas de eso —contestó ella, sacando dos copas del armario.

—Nikki, sé lo que vi. —Rescaté la tableta de chocolate negro de la nevera—. Estaba ahí cuando se opuso a la boda y le soltó el discursito romántico a Emma.

—¿Qué hay de malo en eso? —preguntó a la par que llenaba las copas de vino—. Tú misma dijiste que era una suerte que hubiese aparecido a tiempo.

Resoplé, escéptica.

—¿No te parece rarísimo decirle todas esas cosas bonitas, conseguir que se baje del altar y luego tener una relación abierta? —respondí con otra pregunta.

Nicole se volteó con las copas en las manos.

—Sí que lo veo un pelín raro, pero, porque tengo un concepto distinto de las relaciones, y no me imagino teniendo una abierta. Y a ti te choca por lo mismo.

Guardé silencio.

Ella me hizo un gesto con la cabeza, indicándome que abriese la marcha al salón.

Aunque me llevara la contraria, Nicole era una de las personas que más apreciaba en el mundo. Coincidimos en un club de lectura de novela romántica cuando me mudé a Nueva York desde Massachusetts. Me senté a su lado en la mesa alargada de la sala de la librería y enseguida le saqué conversación. Por aquel entonces, ella era estudiante de Economía y vivía en el campus de la universidad mientras que yo me estaba formando en Gestión de eventos y compartía piso con tres personas más. Empezamos comentando el libro y, sin darnos cuenta, pasamos a hablar de nuestras vidas. Algo en ella me dio la confianza suficiente como para invitarla a tomar un café y contarle mi mayor fracaso amoroso. Nicole me escuchó con atención y, cuando fue su turno, me contó el suyo. Congeniamos al instante, o como decía ella: «Desde la primera página». En poco tiempo nos convertimos en imprescindibles la una para la otra. Por eso, en cuanto tuvimos la oportunidad, nos fuimos a vivir juntas.

El suelo de madera crujió bajo nuestros pies cuando atravesamos el pasillo estrecho.

Nos habíamos mudado al East Village hacía unos meses. Después de haber vivido en Brooklyn, alejadas del ajetreo del centro, queríamos disfrutar de la auténtica experiencia neoyorquina. Pagábamos un ojo de la cara, pero nos encantaba el barrio. Estaba lleno de vida; había numerosas cafeterías de moda en las que podía quedar con mis clientes, bares animados en los que tocaban música en vivo y tiendas de segunda mano en las que perderse durante horas.

El edificio donde vivíamos era antiguo; la fachada estaba llena de pintadas, faltaban algunos azulejos en el descansillo y no había aire acondicionado. El apartamento era pequeño, pero habíamos aprovechado cada centímetro y lo habíamos transformado en un refugio acogedor.

Nicole dejó las copas de vino sobre la mesita del café. Después, se hundió en el sofá de dos plazas, soltando un suspiro eterno. Cogí los posavasos del estante inferior de la mesa, los coloqué sobre la superficie de madera y puse las copas encima. Luego, encendí la vela que olía a vainilla y la dejé en el centro.

Mi amiga recogió las piernas para que pudiera sentarme a su lado, pero negué con la cabeza y le dije:

—Voy a cambiarme. —No me gustaba estar en casa con la ropa de la calle.

Bordeé el sofá y abrí la puerta de mi habitación.

La estancia era del tamaño de una caja de zapatos, pero estaba orgullosa de cómo había quedado. Había pintado las paredes de un tono azul pastel que me recordaba al mar. En el centro estaba la cama, cubierta con un edredón azul y almohadas rosas. Una de las cosas que más me gustaban era el póster de *Mamma Mia*. Ocupaba media pared, en la imagen se veía una puerta arqueada con las contraventanas azules abiertas al mar. El arco estaba decorado con flores de color fucsia. Una estantería almacenaba mis libros, organizados por colores, y mis álbumes de *scrapbook*. Sobre el escritorio alargado descansaban mi cortadora de papel, varios botes a rebosar de rotuladores de *lettering* y el jarrón de cristal que atesoraba mi colección de corchos. Siempre me llevaba el corcho de la primera botella que abrían los novios en las bodas que organizaba. Eran recuerdos de momentos inolvidables y soñaba con colocarlos algún día en mi futura oficina.

Me quité los pendientes y el colgante, y los guardé en el joyero que tenía en la mesilla. Cerré la cortina, para no darles un espectáculo a los vecinos del edificio de enfrente, y me quité el vestido de un tirón.

Abrí la puerta que daba al armario vestidor para coger el pijama. Enseguida me invadió el olor a lavanda del ambientador que colgaba entre las perchas. Sonreí para mis adentros; me transmitía mucha paz aquel espacio organizado. Tenía las prendas colgadas y ordenadas por tipo. La mitad izquierda era la ropa colorida de verano que usaba en mi día a día, y la derecha era la oscura y formal que me ponía para trabajar. Debajo, una cajonera albergaba la ropa interior, la deportiva y la de estar por casa, cada una en su cajón correspondiente. En las baldas del lateral tenía los accesorios, y en la parte superior varias cajas etiquetadas almacenaban las prendas de invierno.

Una vez que me hube puesto el pijama, cogí la agenda del escritorio. Pasé las hojas hasta llegar al 31 de mayo. Quería consultar el horario que me había planificado para el día siguiente. Tenía que estar a las diez de la mañana en TriBeCa para ultimar los preparativos de la boda de Ava y Charlie. La ceremonia se celebraría por la tarde en una azotea. Dejé la agenda sobre el colchón y cogí el móvil. Consulté el tiempo una vez más, como llevaba haciendo toda la semana. Por fortuna, sería un día perfecto para casarse: soleado y con máximas de veintisiete grados.

Solté el teléfono sobre el colchón y regresé al armario.

Para las ceremonias siempre optaba por ponerme ropa de colores oscuros; así evitaba interferir con el vestuario de la novia y el de las invitadas. Pasé las perchas y escogí un vestido negro y sencillo. Era de largo *midi*, la tela fina me serviría para combatir la humedad sofocante de la ciudad. Doblé la prenda con cuidado y la dejé sobre la silla, junto a la ropa interior. Acto seguido, saqué del armario la maleta de mano y comprobé que tenía todo lo que necesitaba llevarme al hotel para la boda.

Al reponer los paquetes de pañuelos que guardaba en la riñonera, me acordé de las lágrimas que Emma había derramado en su boda. Enseguida me asoló la preocupación. Si existía la posibilidad de que ese hombre le estuviese mintiendo, mi obligación era decírselo, ¿no?

Con el pensamiento rondándome la cabeza, rescaté el móvil del colchón.

—¿Debería escribir a Emma? —le pregunté dubitativa a Nicole desde el umbral de mi habitación.

Mi amiga, que estaba tumbada en el sofá tecleando algo en su teléfono, inclinó la cabeza para mirarme con las cejas enarcadas.

—Yo no me metería en su vida, Hannah —negó en redondo—. No tienes confianza con ella. Hasta donde sabemos, esa chica podría haberle puesto los cuernos a su prometido con el hombre este...

Respiré hondo y el aroma dulce de la vela me entró por la nariz.

Ella se incorporó, para hacerme hueco, y palmeó el asiento libre del sofá.

—No sé, Nikki... —Me dejé caer a su lado—. Hay una pieza que no termina de encajar en este rompecabezas.

—¿Por qué te estás tomando esto tan a pecho?

Me encogí de hombros.

Frustrada conmigo misma, solté un resoplido. Me incliné hacia delante y atrapé la tableta de chocolate de la mesa. No podía explicar por qué, pero sabía que ese hombre estaba mintiendo. Por un lado, había algo extraño en toda aquella narrativa, y por otro, su actitud me había puesto de los nervios. ¿Le rechazaba y él me respondía con una sonrisa burlona? Había que ser...

—Gilipollas —musité para mí misma a la par que partía una onza.

—¿Hannah? —me llamó Nicole. Giré la cabeza a la derecha para mirarla y me encontré con sus ojos marrones rebosantes de picardía—. ¿Te ha gustado ese tío?

—¿Qué dices? —Me comí el chocolate a toda prisa—. Claro que no.

—Es guapo.

—Y un imbécil. —Hablé con la boca llena.

—Bueno, está demostrado que, al menos, dos de cada tres tíos buenos son imbéciles. —Se rio—. Dime la verdad: ¿te lo habrías tirado si no hubiese tenido novia?

Intercambié la tableta por la copa. Le di un trago y paladeé el sabor afrutado del vino, evitando mirarla. Nicole me conocía tanto que sabía la respuesta.

Las palabras «Es imposible olvidar una cara como la tuya», acompañadas del tono grave del hombre del bar, resonaron en mi cabeza. Puede ser que sus miraditas intensas hubiesen despertado un cosquilleo en mi piel. Pero nada más. De ninguna manera me iría a la cama con un idiota del tamaño del Empire State.

Intenté sonar lo más despreocupada posible cuando dije:

—Está bueno, pero no es mi tipo.

Nicole tomó un sorbito de vino sin dejar de mirarme.

—Te lo digo en serio —me apresuré a añadir—. Es un sinvergüenza, le encanta llamar la atención y tiene la actitud esta que no soporto de: «Mírame, parece que paso de todo, pero en realidad me he tirado tres horas frente al espejo hasta conseguir este efecto despeinado». —Gesticulé mientras trataba de imitar su voz profunda—. Y luego está la sonrisita burlona...

—¿Qué le pasa a la sonrisita?

—¡Que me pone de los nervios! Es como si se creyera que la vida es un circo y que los demás solo estamos aquí para entretenerlo.

—Ah, es verdad, olvidaba que tu tipo son los tíos como Justin —ironizó—. Rubios, de ojos azules y aburridos como una ostra.

Justin había sido el último chico con el que había salido. Como la mayoría de los hombres con los que había quedado, lo conocí en una famosa aplicación de citas. Había pasado un proceso de selección exhaustivo antes de animarme a tener un encuentro cara a cara. Teníamos algunas aficiones en común: le gustaba leer, la comida italiana y pasear, pero no era mi alma gemela. No habíamos terminado de conectar. Ni en la cama ni fuera de ella. Me ponía nerviosa el ruido que hacía al masticar, y no le gustaban los perros, cosa que para mí era un gran «no». Cuando le dije que no quería quedar más con él, se encogió de hombros y se fue. La pena que sentí yo vino de agregar otro fracaso amoroso a mi historial de relaciones, y no de la idea de no volver a verlo.

—Justin no era aburrido —respondí en tono cansado—. Simplemente tenía un sentido del humor diferente.

—¿Sentido del humor? —Nicole alzó la voz, incrédula—. Hannah, por favor, ese tío era tan divertido como comerse un plato de brócoli. Y no estoy hablando de brócoli gratinado con queso parmesano, sino de brócoli al vapor, sin sustancia.

—A mí me gusta el brócoli al vapor.

—Ese no es el tema. Te recuerdo que su idea de diversión para vuestras citas era ponerte documentales de dinosaurios.

—Ya...

Ella negó con la cabeza y le dio otro sorbito al vino.

—Te conozco como si te hubiese parido. —Mi amiga dejó la copa en la mesa—. Saliste con él más de un mes y no te oí reírte ni una sola vez. Y no quiero resaltar lo evidente, pero el tío bueno del bar te ha sacado más colores en dos minutos que Justin en el tiempo que estuvisteis juntos...

Me recosté en el asiento y me sumí en mis pensamientos, con la mirada clavada en la marca rosa *nude* que había dejado mi labial en el borde de la copa.

—Lo del tío del bar me ha molestado porque me había hecho ilusiones —me sinceré al cabo de unos segundos—. El enfado es conmigo misma más que con él.

Nicole frunció el ceño y me miró interrogante.

—Lo que dijo en la boda me pareció precioso —proseguí—. Me hizo pensar que los hombres que se arriesgan por sus sentimientos existen de verdad, que se puede aspirar a más y que no pasa nada porque tenga veintiocho años y todavía no haya encontrado a la persona indicada a la que decirle algo similar... —Cogí aire y lo solté despacio por la nariz—. Cuando ha coqueteado conmigo de esa manera tan descarada, haciéndose el tonto cuando le he preguntado por su novia, he recordado eso que dices de que hay tíos que te dirían lo que fuera con tal de llevarte a la cama. Me siento una idiota por haberme tragado el numerito de comedia romántica que montó en la boda...

—No eres idiota —me interrumpió.

—Le dijo a Emma que el amor es lo que hace la vida maravillosa... —Suspiré—. Y que por amor siempre se hacen grandes locuras —repetí, enfatizando la frase—. Yo nunca he hecho una locura por nadie... y solo le he dicho «te quiero» a una persona...

—No pasa nada por eso. —Nicole me dio una palmadita cariñosa en la pierna—. Somos selectivas, no vamos regalándole los oídos a cualquiera. Por supuesto que vas a encontrar a la persona indicada a la que decirle todas esas cosas bonitas y por la que hacer locuras. Eres una mujer apasionada, creativa y graciosa, y estás más buena que los rollitos de canela de Dominique Ansel, que ya es decir.

Se me escapó la risa.

—Y, sí, hay tíos que te dirán lo que quieres oír con tal de echarte un polvo —siguió mi amiga—, pero hay otros que son maravillosos, como todos esos novios a los que ves llorar en el altar cada fin de semana. Lo sé porque eres tú la que llega a casa y me lo cuenta ilusionada.

Sonreí enternecida. La mayoría de los novios con los que había tratado eran adorables. Eran los que me daban esperanzas para encontrar algo así de perfecto para mí.

—Supongo que tienes razón.

—Como siempre. —Sonrió encantada.

—Bueno, ¿qué tal por la oficina de Londres? —le pregunté interesada—. Has llegado hace un rato y no me has contado casi nada.

Nicole era asistente en una multinacional de marcas de productos de lujo. Había pasado las dos últimas semanas en una de las filiales que su empresa tenía en Inglaterra. Gracias a ella contaba con varias prendas y productos de maquillaje más caros de los que me podía permitir.

—Uf... Mucho trabajo —me contestó precipitada—. No he parado ni un segundo. No he salido de la oficina y apenas he tenido tiempo de hacer turismo.

—¿Se ha portado bien el tirano de tu jefe?

—¡Ay, no te he dado tu regalito todavía! —Nicole plantó los pies en el suelo y caminó hasta la entrada, donde había abandonado su maleta.

—¿Me has traído un regalo?

—¿Qué pregunta es esa? —dijo mientras la arrastraba hasta el salón—. Siempre te traigo un regalo.

La abrió y empezó a sacar cosas del interior.

—He traído un poco de té... —Dejó sobre la mesa una caja amarilla de té inglés—. Y esto es para ti. —Sacó una funda de traje azul y me la entregó.

—¿Qué es? —Lo acepté con una sonrisa.

—El vestido ideal para la boda que tienes en el castillo Oheka. —Se sentó a mi lado con una sonrisilla adorable dibujada en la cara.

Al inspeccionar la funda me fijé en que podía leerse GIVEN-CHY sobre un letrerito dorado. Abrí la cremallera con delicadeza y me encontré con un montón de tela sedosa de color azul zafiro. Saqué la prenda de la bolsa protectora. Era un vestido precioso y carísimo.

—¿Te gusta? —me preguntó.

—Es precioso... —Me mordí el labio y suspiré—. ¿Cuánto cuesta?

—¿Qué más da? Si me lo regalan. ¡Venga, pruébatelo, que estoy deseando ver cómo te queda! —me animó.

Pasé a mi cuarto para ponérmelo. Me situé delante del espejo del armario y observé mi reflejo. El vestido se ajustaba alrededor de mis curvas y no dejaba nada a la imaginación. Tenía aberturas a ambos lados de la cintura y en la pierna. La tela fluida caía con gracia hasta el suelo. Me quedaba un poco largo y me lo pisaba al andar.

—Estás increíble. —Nicole entró en mi habitación con un vestido plateado de lentejuelas cortísimo que le sentaba como un guante—. Tendrás que llevarlo con tacones para no pisártelo.

—No puedo ponerme esto para la boda —le dije a Nicole desde la habitación—. Es demasiado...

—¿Bonito? —Esbozó una sonrisa.

—Voy a trabajar, no soy una de las invitadas.

—Ni te lo pienses. —Le restó importancia con un gesto de la mano—. Llevas meses hablando de que necesitabas comprarte algo porque es una boda de etiqueta. Es perfecto, Hannah.

Le eché un último vistazo a mi reflejo y suspiré.

—Yo me he traído este. —Nicole dio una vuelta sobre sí misma—. ¿Qué te parece?

—Que estás pibonazo, como siempre.

Ella esbozó una sonrisilla, encantada con el piropo.

Siempre me había parecido una mujer guapísima. Su piel oscura era de un tono marrón cálido. Llevaba la melena casi negra algo desaliñada y los labios pintados de rojo. Varios anillos de plata adornaban sus dedos largos y, como siempre, tenía un aspecto increíble para acabar de bajarse de un avión.

—Quédate ahí, que te voy a hacer una foto para que se la mandes a tu madre —me dijo.

Posé un par de veces para su teléfono. Después, nos vestimos con el pijama y fuimos al baño. La estancia era tan minúscula que apenas entrábamos. Nos pusimos unas mascarillas purificantes de papel en el rostro y regresamos al salón.

—Ahora, vamos a lo importante —me dijo Nicole cuando nos sentamos en el sofá—. Si tuvieras que abrir la relación, ¿por qué hombre estarías dispuesta a hacerlo?

A mi amiga le encantaba hacer ese tipo de preguntas que no venían a cuento. En ese caso tenía la respuesta clara:

—Por Theo James.

Su carcajada cálida llenó la estancia. Vaciamos lo que nos quedaba en los vasos mientras nos partíamos de risa con nuestras ocurrencias y disfrutábamos de volver a estar juntas.

Un rato más tarde, al meterme en la cama, no pude evitar darle vueltas a todo lo que había pasado. ¿De verdad ese hombre tenía una relación abierta con Emma? Era cierto que no entendía lo de las relaciones abiertas. No me sentía capaz de tener una. Aunque para tener una relación abierta primero necesitaba tener pareja y, hasta la fecha, no había dado con mi media naranja.

Junio

Yo os declaro… enemigos

5

Hannah

Dejé el caballete dorado a un lado de las puertas que daban acceso al salón en el que se celebraría la boda. Luego, coloqué encima el cartel blanco y rectangular que rezaba con letras negras BIENVENIDOS AL ENLACE DE OLIVIA ST. CLARE Y DANIEL VANDERBILT; debajo podía leerse la fecha, 6 DE JUNIO. Acomodé con cuidado una guirnalda de eucalipto y rosas de color malva en la parte superior. Debajo lo adorné con un pequeño arreglo floral que até al soporte con una cinta de seda marfil.

Retrocedí un par de pasos y ladeé la cabeza para observar el conjunto. Torcí el gesto al ver que la guirnalda no estaba recta. La ajusté varias veces hasta dar con la posición que me convencía. Sonreí satisfecha con el resultado final: las flores creaban una armonía ideal con el cartel.

Estaba emocionada. Presentía que aquel sería uno de esos días en el que acabaría con dolor en las mejillas de tanto sonreír. Esa boda era la primera que organizaba en el Plaza. El lujoso hotel era uno de los edificios más emblemáticos de la ciudad, había sido el escenario de numerosas películas y series, como *Guerra de novias*, *Gossip Girl* o *Solo en casa*. Aquel enlace era el más grande que tenía programado para ese verano: quinientos invitados, en su mayoría miembros de la élite neoyorquina. La familia Vanderbilt era una de las más ricas de la ciudad. Había conseguido el trabajo de manera milagrosa. Melanie Stevens no había podido aceptar el encargo al tener la agenda llena y me había recomendado. Un gusanillo de nervios me recorría el estómago. El enlace me imponía y quería estar a la altura porque sabía que lo que sucediese en ese hotel llegaría a oídos de mi antigua jefa.

Consulté mi reloj de pulsera. Faltaba una hora y media para que comenzase el evento. Me interné en el salón para comprobar por última vez que todo estaba listo para la ceremonia.

La sala era grandiosa; el techo alto y abovedado, junto a los arcos de las paredes, dotaba a la estancia de una elegancia clásica. El suelo de mármol estaba cubierto por una alfombra lujosa que se había diseñado exclusivamente para la ocasión. Varias lámparas de araña iluminaban la estancia; la luz cálida que reflejaban en todas las direcciones creaba un ambiente romántico. El pasillo estaba decorado con flores en tonos malvas y blancos, y a ambos lados se desplegaban las filas de sillas. Al fondo, sobre el altar, podían verse un par de árboles blancos decorativos, adornados con tiras de luces doradas. Era el lugar perfecto para un enlace de esa categoría.

Recuperé el portapapeles dorado que había dejado en la silla de la última fila y me lo apoyé en el antebrazo. Desenganché el bolígrafo del clip y revisé la lista para ver que todo estaba en orden. Paseé a través de las filas delanteras, comprobando que todas las sillas tenían el cartelito con el nombre del invitado correspondiente colocado. Después, me aseguré de que las velas de las repisas estuvieran en su sitio, esperando a ser encendidas. Por último, atravesé el hotel y me asomé a la puerta que daba a la calle; el Rolls Royce blanco en el que los novios recorrerían Central Park, para hacerse una sesión de fotos después del «sí, quiero», ya estaba aparcado en la parte delantera.

Mi siguiente punto en la lista era ver cómo estaba la novia. Hacía dos horas que la había dejado en manos de la peluquera y de la maquilladora. Subí la escalinata de mármol que llevaba hasta las habitaciones. Llamé a la puerta de la suite y me abrió Cindy, la maquilladora.

—Hola —la saludé con una sonrisa al pasar—. ¿Cómo vais por aquí?

—Bien. —Cindy se sentó en el sofá de cuero al lado de Amber, la peluquera—. Mandy está sacándole unas fotos a Olivia mientras termina de arreglarse.

—¡Genial! —respondí—. Voy a ver si necesitan algo.

La suite nupcial era amplia y lujosa. Nada más entrar se encontraba el salón, decorado con sofás de terciopelo, que era donde Cindy y Amber estaban sentadas, una mesa de cristal y pinturas en las paredes. La habitación principal contaba con una cama enorme con sábanas de seda y almohadas mullidas, una barra de bar y tenía vistas panorámicas a la ciudad.

La novia estaba de pie frente al espejo. Su marco tallado y dorado era casi tan llamativo como su reflejo. A su lado, la fotógrafa aprovechaba la luz que entraba a través de los ventanales para capturar los recuerdos de ese momento tan especial. La señora St. Clare revoloteaba alrededor de su hija, indicándole cómo posar con la espalda recta.

—¡Dios mío, Olivia, estás preciosa! —exclamé al adentrarme en la estancia.

El maquillaje sutil resaltaba su belleza natural. Llevaba el cabello semirrecogido con una peineta de pedrería que tenía pinta de costar una fortuna. Algunos rizos rubios le caían en cascada hasta el pecho, enmarcándole el rostro.

Su vestido de novia era uno de los más originales que había visto nunca. Era de estilo romántico, con escote palabra de honor y la espalda de corsé. La falda, formada por varias capas de tul, tenía algunas flores de encaje bordadas. El color era una mezcla entre el beige y un rosa pálido casi blanco.

—Gracias, Hannah. —Olivia me dedicó una sonrisa tensa antes de girarse hacia el espejo. Intentó cerrarse el enganche del pendiente un par de veces, sin éxito. A través de sus movimientos inquietos percibí su nerviosismo.

—Hija, no es tan difícil —apuntó su madre en tono cansado—. ¿Te lo pongo yo?

—¡No, madre! —respondió Olivia cortante—. ¡Ya soy mayorcita, gracias! —Chasqueó la lengua cuando el pendiente se le cayó al suelo—. ¡La culpa es del dichoso encaje! —Se rascó con fuerza debajo del pecho. Acto seguido, se abanicó con la mano. Tenía las mejillas sonrosadas.

Me agaché para recoger el pendiente. Del aro fino de diamantes pendía un topacio azul; brillaba tanto que era imposible no verlo. Al incorporarme, atrapé su muñeca y lo deposité con cuidado en su palma. Tenía la piel caliente y resbaladiza por el sudor.

—¿Estás bien? —le pregunté en tono suave.

—No... No lo sé... —Miró de reojo a la fotógrafa y se calló de manera abrupta.

—Mandy —me dirigí a la mujer que sostenía la cámara—. ¿Puedes esperar un minuto fuera, por favor?

—Sí —asintió ella—. Avisadme cuando estéis listas para seguir con la sesión.

Esperé hasta que cerró la puerta para volverme hacia Olivia.

—Ven conmigo. —Extendí el brazo en su dirección con la palma abierta.

En cuanto me agarró la mano, la conduje hasta la cama y la invité a sentarse. Acto seguido, encendí el aire acondicionado, le serví un vaso de agua con sabor a pepino y se lo entregué.

Me acuclillé delante de ella y esperé mientras le daba un trago largo.

—¿Qué te ocurre? —le pregunté mirándola a los ojos.

—Yo... No estoy segura de... —empezó con voz temblorosa mientras se toqueteaba una de las flores bordadas del vestido—. Lo siento... No quiero llorar. —Me devolvió el vaso para abanicarse los ojos.

—No te preocupes.

—Estoy nerviosa —reconoció en voz baja.

—Es normal. Les pasa a muchas novias el día de la boda. Pero no tienes que preocuparte de nada. Es un día muy especial y todo saldrá perfecto.

Ella se mordió el labio y me observó dubitativa.

—Necesito saber qué te preocupa para poder ayudarte —expresé con delicadeza—. Aquí solo estamos tu madre y yo. —Busqué su mano y le di un apretón—. Juntas encontraremos una solución.

—Es que... yo... —titubeó mientras se toqueteaba unas de las flores bordadas del vestido—. No estoy segura de si quiero casarme —soltó de carrerilla.

—Olivia, ¿qué tontería es esa? —Su madre elevó la voz a mi espalda—. Claro que vas a casarte. No puedes hacerles un desplante así a Daniel y a su familia ahora. No consentiré que mancilles el apellido de la familia delante de quinientos invitados.

Olivia soltó el aire por la boca mientras negaba con la cabeza. Su agobio parecía crecer por momentos.

Respiré hondo.

—¿Por qué no estás segura? —indagué con el mayor tacto posible—. ¿Ha pasado algo?

—No, pero... no sé si Daniel es el hombre indicado para mí, y... creo que él tampoco quiere casarse conmigo.

—¡Daniel Vanderbilt y tú estáis prometidos casi desde que nacisteis! —intervino su madre otra vez.

—¡Es que a lo mejor ese es el problema, madre! —exclamó Olivia perdiendo los nervios—. ¿Has pensado cuántas cosas has elegido de mi propia boda?

—¡Tu padre y yo solo queremos lo mejor para ti!

Frustrada, Olivia arrancó una de las flores de encaje del vestido sin querer. Al darse cuenta, los ojos se le llenaron de lágrimas.

—Señora St. Clare —me dirigí a su madre con cautela—, dejémosle un momento a su hija.

Aquella mujer, con su ropa de diseño y su porte refinado, me recordaba a Emily Gilmore. Se acarició las perlas del collar que abrazaba su cuello sin dejar de mirarme. Sus ojos azules estaban llenos de una determinación imponente. Al final, asintió con una mueca ofendida en el rostro. Cogió una de las copas de champán de la mesa de cristal y se sentó en la butaca estilo Napoleón de terciopelo rosa.

Solté un suspiro casi imperceptible y volví a girarme hacia su hija.

—Olivia... —empecé con suavidad al cabo de unos instantes—. No sé lo que estás pensando, porque no estoy dentro de tu cabeza, pero Daniel te quiere mucho. No hace falta que lo diga en voz alta, porque te mira como si hubieses colgado la luna en el cielo para él. Hace unos meses, cuando estábamos en la pastelería para elegir la tarta nupcial, le dijo a la repostera que él solo quería una tarta que te hiciese feliz. Esta mañana, cuando he ido a verlo, le he oído ensayando los votos con su hermano. No debería decirte nada, pero son preciosos. Cree que tiene mucha suerte de casarse contigo, y me ha parecido oír una anécdota sobre un patito de goma en Central Park.

A ella se le escapó una risita llorosa.

—¿De verdad va a contar lo del patito de goma? —me preguntó enternecida. Asentí—. Yo también la he incluido en los míos. Gracias por contármelo.

—No me las des. —Hice un gesto con la mano para restarle importancia—. Dicho esto: no va a haber boda sin ti. Si quieres pararlo todo, estamos a tiempo.

Su madre resopló detrás de mí.

Olivia movió la cabeza en señal de negación.

—Si quieres quedarte aquí sentada un rato y que empecemos un poco más tarde, lo puedo arreglar —continué—. Lo más importante es que sea un día único y perfecto para ti. Cualquier cosa que necesites no dudes en pedírmela. La clave es la comunicación.

—Vale. Gracias otra vez, Hannah.

Abrí la riñonera y saqué un botecito de pegamento líquido en forma de rotulador.

—¿Me la dejas? —Ahuequé la mano para que me diese la flor que se había arrancado.

—Sí. —La dejó en mi palma.

En un momento busqué el hilo deshilachado y pegué la flor en su sitio.

—Hannah, ¿recuerdas cuando nos preguntaste a Daniel y a mí si queríamos vernos antes de la ceremonia? —me preguntó Olivia mientras se ponía el pendiente.

—Sí.

—He cambiado de opinión. Creo que me vendría bien hablar con él ahora.

—No puedes verle antes de la boda —se metió su madre—. Da mala suerte.

—Señora St. Clare, lamento llevarle la contraria, pero cada vez más parejas deciden verse antes de la ceremonia —aseguré con el mayor tacto posible—. Tener unos minutos a solas los ayuda a relajarse. —Sin esperar su respuesta, me giré hacia la novia—. ¿Quieres que traiga a Daniel? —le pregunté a Olivia cuando me incorporé.

—Sí, por favor.

Ella se levantó y me dio un abrazo escueto. Le froté la espalda con cariño.

—Decidas lo que decidas, todo saldrá bien —le prometí en un susurro.

Me miró agradecida cuando nos separamos.

—¿Puedes pedirles a las chicas que entren a retocarme el maquillaje, por favor?

—Claro. —Le sonreí. Me dio la sensación de que necesitaba un minuto lejos de su madre—. Señora St. Clare, ¿me acompaña a buscar a su yerno?

—Por supuesto que sí. —La mujer se levantó y echó a andar hacia la puerta.

Olivia murmuró un «gracias» casi inaudible. Yo negué levemente con la cabeza antes de seguir a su madre.

—No entiendo qué le pasa a mi hija —comentó la mujer, preocupada, cuando abandonamos la suite—. Daniel es el amor de su vida. No sé a qué viene la locura esa de querer verlo ahora…

«Por amor siempre se hacen grandes locuras…».

Como un flashazo, me vino a la mente la imagen del idiota desconocido declarándose a Emma con esas palabras.

A lo largo de la semana, Emma había cruzado mi mente varias veces. Sabía que Nicole tenía parte de razón, no debía meterme en su vida, pero seguía creyendo que ese hombre le estaba mintiendo y que ella merecía saber la verdad. Tenía claro que, si mi novio intentase ligar con alguien, yo querría saberlo, sin importar el daño que me hiciese.

—Dame un momento, querida; necesito pasar por mi habitación. —La madre de Olivia me sacó de mis pensamientos cuando se detuvo delante de su puerta.

—Claro. Aquí la espero.

En un arrebato, me saqué el teléfono de la riñonera y busqué el contacto de Emma. Un mensaje no haría daño a nadie, ¿no?

> Hola, Emma

> Cómo estás?

> Perdona que te moleste, pero necesito hacerte una pregunta

> Tienes una relación abierta con el hombre con el que te marchaste de la boda?

Una hora más tarde, Olivia y su prometido estaban en el altar, riéndose de algo que había dicho el maestro de ceremonias. El cuarteto de cuerda tocaba una melodía suave y romántica. El ambiente era armonioso, el aire olía a la fragancia dulce de las rosas frescas mezclado con la cera de las velas.

Sonreí orgullosa.

Aquello era perfecto. Mi esfuerzo estaba dando sus frutos. Quería recordar cada segundo de ese momento mágico.

Mi móvil vibró justo cuando el novio se colocó delante del micrófono para leer su discurso. Me lo saqué de la riñonera con discreción y leí la respuesta de Emma.

> Hola, Hannah

> Carter y yo solo somos amigos.
> De dónde sacas esa idea?

Aprovechando que estaba de pie, al fondo de la sala, y que nadie me veía, le contesté a toda prisa.

> Perdona la confusión. Me refería al hombre que interrumpió la boda

> Nos cruzamos el otro día en un bar y me dijo eso

Ah, ese...

No te lo vas a creer, pero no le conozco de nada

Abrí los ojos sorprendida.

¿Cómo que no le conocía de nada? ¿Por qué el desconocido había interrumpido aquella boda entonces?

El ruido que hicieron las puertas pesadas del salón al abrirse me sacó de mis cavilaciones. Extrañada, giré la cabeza hacia la derecha y deseé que se abriera un agujero bajo mis pies.

El hombre del bar estaba plantado en el umbral. A diferencia de la boda anterior, iba vestido de punta en blanco, con un esmoquin negro que contrastaba con las zapatillas de rayas rojas. Las puertas se cerraron detrás de él.

«¿Qué hace aquí?».

Pasé de la alucinación al pánico en una centésima de segundo.

«¡Oh, no! ¿Ha venido a interrumpir la boda?».

El corazón se me aceleró. Aquello tenía que ser una pesadilla.

Con toda la tranquilidad del mundo, el idiota dio un paso adelante. Se quitó las gafas de sol y se las guardó en el bolsillo delantero de la chaqueta. Después, se ajustó la pajarita y le sonrió a todo el mundo. Parecía encantado con la atención que estaba recibiendo.

El enfado resurgió en mi interior como la llamarada de un dragón.

Le había prometido a Olivia que todo iría bien y, como que me llamaba Hannah Brooks, cumpliría con mi palabra.

—¡Me opon...! —empezó él, apuntando hacia el altar con el dedo.

Sentí que el tiempo se ralentizaba. La sala se sumió en un silencio absoluto.

Uf. Sabía lo que venía ahora.

Sin perder un segundo, eché a correr.

—¡Cariño! —exclamé, atrayendo las miradas de todos.

El sinvergüenza se volvió en mi dirección. Al verme frunció el ceño confundido.

Arremetí contra él y me lo llevé por delante. Por el golpe, perdió el equilibrio. Un quejido audible se escapó de entre sus labios cuando su espalda se estampó contra el suelo. Acabé encima de él, con la cara a centímetros de la suya. Tenía la adrenalina por las nubes. Mi pecho subía y bajaba a toda prisa.

Abrió la boca para decir algo.

No podía permitir que soltase una palabra más. Por eso, incliné el rostro y lo besé.

6

Logan

«Pero ¿qué coño está pasando?», pensé cuando Hannah me derribó.

La sorpresa me había pillado con la guardia baja. No esperaba que la mujer que me había rechazado la semana anterior apareciese de la nada y se me tirase encima. Quería preguntarle de dónde demonios había salido. Las palabras se perdieron en mi garganta cuando pegó sus labios a los míos.

Pasada la estupefacción inicial, cerré los ojos y le devolví el beso. El olor dulce de su colonia me entró por la nariz, embriagando mis sentidos. Su boca cálida se movió sobre la mía con suavidad, haciéndome olvidar el dolor que sentía en la espalda por el golpe. Guiado por el instinto, planté una mano en su nuca. Justo cuando saqué la lengua para buscar la suya el sonido de un carraspeo lejano se inmiscuyó entre nosotros, seguido del eco de los murmullos. Hannah apoyó las palmas sobre mi pecho y se impulsó para mirarme desde arriba, rompiendo el beso.

Quise decirle algo, pero me quedé embobado observándola. Acababa de descubrir que sus ojos expresivos eran de color avellana con matices ambarinos.

Hannah echó un vistazo breve al altar. Parecía algo avergonzada.

Antes de que me diese tiempo a adivinar sus intenciones, volvió a inclinarse en mi dirección. Sus labios me rozaron el lóbulo cuando susurró despacio:

—Si abres la boca, llamaré a seguridad.

—Eh…, ¿qué? —Esa promesa amenazante me sacó del trance.

Ante mi desconcierto, Hannah se levantó y me tendió la mano. La mirada afilada que me dedicó cuando me ayudó a incorporarme habría pisoteado el ánimo de otro menos canalla, pero el mío no. Sin perder un instante, se alisó la falda del vestido con la mayor naturalidad posible. Luego, recompuso el rostro, entrelazó nuestros dedos y se giró para enfrentar al público, que esperaba expectante.

—Siento mucho la interrupción —se disculpó ella con voz aguda—. Este es… mi novio —les dijo a todos, refiriéndose a mí.

«Que soy tu… ¿qué?».

—Llevábamos seis meses sin vernos —prosiguió sin perder la calma—. Está en el ejército. Ha vuelto hoy. El pobre no podía esperarse a que llegase a casa para verme.

Por poco se me escapó una carcajada. Nadie se estaba tragando esa trola, ¿no?

Un sinfín de exclamaciones de entendimiento llenaron la estancia confirmándome que la creían.

Busqué una mirada cómplice en el altar, pero la pareja tenía los ojos clavados en la mujer que me apretaba la mano con fuerza.

—Por favor, continuad con la ceremonia. —Hannah les dedicó una sonrisa amable a todos—. Voy a acompañarlo a la salida. Enseguida vuelvo. Y perdón otra vez.

Sin añadir nada más, se volteó y tiró de mí. Todavía un poco descolocado, me dejé arrastrar. No tenía ni puñetera idea de lo que sucedería a continuación ni de por dónde saldría esa mujer, pero estaba deseando descubrirlo.

Abandonamos la sala en mitad de los cuchicheos. Fuimos a dar a un pasillo descomunal de paredes color crema. Las puertas del salón se cerraron con un ruido metálico detrás de nosotros. Hannah no aflojó el agarre de mi mano ni aminoró la marcha. Sus tacones resonaron sobre el suelo de mármol reluciente, haciendo eco en cada uno de sus pasos.

—Menudas prisas tienes —apunté divertido—. ¿En tu casa o en la mía? —acabé en un tono sugerente.

Ella soltó un bufido y siguió caminando. Su sonrisa amable había desaparecido.

Cuando llegamos a la esquina, se paró en seco y me soltó. Echó un vistazo a ambos lados del pasillo para asegurarse de que estábamos solos.

Aproveché el momento para observarla con detenimiento. Un par de mechones rebeldes se habían escapado de su moño impecable y enmarcaban su cara. Llevaba un vestido formal, negro y de tirantes anchos. El escote no era muy pronunciado. La tela, que le llegaba por debajo de las rodillas, era lo suficientemente ajustada como para marcar sus curvas. La riñonera negra que se ceñía a su cintura me llamó la atención por el tamaño. Tenía un *walkie talkie* enganchado en un lateral del cinturón, el cable subía hasta el pinganillo que le colgaba del cuello.

Subí la mirada hasta sus ojos mordaces. Se la veía cabreada.

—¡Eres un sinvergüenza! —exclamó.

—¿Yo? —Me señalé con el dedo índice—. Es curioso que digas eso… —comenté despreocupado mientras me soltaba el botón de la chaqueta—, porque has sido tú la que me ha hecho un placaje, la que me ha comido la boca delante de un puñado de pijos y la que les ha mentido a todos diciéndoles que soy su novio.

Sus mejillas se colorearon de rojo escarlata.

—Solo ha sido una mentirijilla piadosa —me corrigió—. Prefiero que Olivia y Daniel piensen que tengo mal gusto en los hombres antes de que sepan que te has colado en su boda para destrozarla.

—Disculpa, ¿cómo que mal gusto? —pregunté, haciéndome el ofendido—. Un poco de respeto, por favor, que soy tu novio.

—Como me hacía gracia vacilarle, proseguí—. Por cierto, te llamabas Anna, ¿verdad? ¿O era Hannah?

Ella resopló exasperada e ignoró mi provocación.

—He escrito a Emma para preguntarle si tenéis una relación abierta. ¿Y sabes qué me ha dicho?

—¿Que me echa de menos? —Sonreí, enseñándole todos los dientes.

—¡Que no te conoce de nada! —exclamó victoriosa—. Lo que demuestra que yo tenía razón: eres un maldito mentiroso. No tengo ni idea de por qué tu pasatiempo es interrumpir bodas, pero no permitiré que vuelvas a entrar en esa sala. —Señaló la puerta del salón con el dedo índice—. La gente dedica mucho tiempo e ilusión a planificar este momento. Y, de pronto, llegas tú ¿y lo estropeas todo porque te aburres? ¿Te has planteado el daño que les estás haciendo a los demás o simplemente eres imbécil?

—Oye, oye, sin faltar. Además ¿quién coño eres tú? —le pregunté burlón—. ¿La policía del amor?

—¡Soy la persona que ha organizado la boda!

Mis ojos volaron hasta la placa rectangular y dorada que llevaba en el pecho. Tenía su nombre grabado. En ese instante, sumé dos más dos.

—¿Eres *wedding planner*?

—Sí —respondió con un asentimiento, orgullosa de sí misma.

Me aguanté la risa.

Era una ironía que me hubiese fijado en una organizadora de bodas cuando yo me encargaba de romperlas.

En lugar de contestar, Hannah entrecerró los ojos y me miró como si yo fuese el mayor gilipollas del mundo. Debió de malinterpretar mi sonrisa, porque recuperó el tono justiciero:

—Puede que para ti esto sea un juego —se tomó la libertad de clavarme el dedo índice en el pecho—, pero este es mi trabajo. Me he esforzado mucho para que todo salga perfecto, y eso es lo que va a pasar.

Me incliné en su dirección y le agarré el dedo.

—¿Has terminado ya? —le pregunté.

Le miré los labios un instante. Los llevaba pintados de rosa oscuro.

—Lo pregunto porque, si has acabado de montar la pataleta, puedo terminar lo que he venido a hacer y volvemos a la parte de enrollarnos.

Sus ojos aterrizaron en mi boca. Cuando sonreí de medio lado, ella pareció despertar de su letargo. Subió la vista y nuestras miradas se enredaron como un ovillo de lana.

Hannah dio un tirón y liberó el dedo de mi agarre.

—No vamos a enrollarnos —aseguró, dando un paso atrás—. Y no te hagas ideas equivocadas. Solo te he besado para que cerrases la boca. No me atraes ni un poco.

Arqueé una ceja incrédulo.

—¿Estás segura de eso, guapa? —pregunté para provocarla—. Porque la opción de pedirme que me callara también estaba disponible.

Ella hizo repiquetear un pie contra el suelo. El rubor de sus mejillas era evidente.

¿Ese sonrojo era solo por el enfado o ella también había disfrutado besándome? Tenía la sensación de que bajo esa fachada de profesional estirada se escondía una mujer pasional que deseaba tirarme de las solapas de la chaqueta. No sabía si lo haría para arrastrarme hasta la calle o para estampar sus labios contra los míos, como a mí me gustaría.

—¡Lárgate! —exclamó impaciente—. ¡Ahora mismo!

Hizo un gesto despectivo con la mano para despedirme.

En ese instante recordé que no estaba ahí para vacilarle; estaba ahí porque me habían contratado y necesitaba la pasta. Punto.

—No voy a irme sin terminar el trabajo —aseguré.

Traté de sobrepasarla, pero ella se interpuso en mi camino.

—Si quieres entrar ahí, será por encima de mi cadáver —advirtió, señalándome con el dedo—. Ya me estropeaste la boda de Emma y por tu culpa perdí dos mil dólares —escupió entre dientes—. No dejaré que tires mi esfuerzo por tierra una segunda vez.

—Lo siento, pero, si no entro ahí —señalé el salón con la barbilla—, seré yo él que perderá una pasta.

—¿Cómo? —Varias emociones cruzaron su rostro en tan solo unos segundos: sorpresa, incomprensión, indignación y, por último, asco—. ¿Haces esto por dinero? —Alzó la voz horrorizada.

—Pues claro.

—¿Alguien te ha contratado para parar esta boda? —quiso saber. Asentí para contestar—: ¿Quién?

—No te lo voy a decir. Tengo que proteger el anonimato de mi cliente.

—O te vas ahora mismo —empezó, intentando intimidarme— o llamaré a seguridad y saldrás de aquí acompañado de la policía.

«Uf. Menuda fierecilla».

Entorné los ojos, sin dejarme amilanar. La emoción del desafío me recorrió las venas. Cuanto más borde se ponía, más gracia me hacía.

—Menos humos, Charmander —le pedí.

Fue una mala idea llamarla así.

Hannah me lanzó una mirada asesina antes de ponerse el pinganillo. Cuando apretó el botón del micrófono con más fuerza de la necesaria, en mi mente se encendió una luz roja que indicaba peligro. Mi sonrisa se esfumó a la par que mi buen humor.

—¡Seguridad! —exclamó un segundo después—. Os necesito en la puerta del Gran Salón.

Chasqueé la lengua fastidiado.

—Venga, no me jodas. ¿De verdad era necesario? —espeté en tono áspero—. Solo estaba bromeando.

—Te lo he advertido —respondió intransigente—, pero no has querido escucharme.

Aquella mujer era una tocapelotas de campeonato. Si no le paraba los pies, podría meterme en problemas.

—Señorita Brooks, ¿qué ocurre? —Una voz atronadora retumbó en el pasillo.

Giré la cabeza y vi acercarse a dos vigilantes por el extremo opuesto del corredor en el que nosotros nos encontrábamos. Iban vestidos de negro y eran del tamaño de Hagrid. Su expresión amenazante me puso los pelos de punta.

«¡Mierda, joder!».

Di un paso atrás.

No podía permitirme el lujo de tener un encontronazo con la seguridad del Plaza y arriesgarme a que me prohibiesen la entrada. Aquel era uno de los lugares en los que se casaba la gente con más dinero de la ciudad.

—¡Este hombre está intentando colarse en la boda! —me delató sin dudar.

—Hannah, cariño, ¿te has golpeado la cabeza con la caída? —le pregunté fingiendo estar preocupado por ella—. Acabas de besarme delante de todo el mundo. Soy tu novio, ¿recuerdas?

—No sé de qué está hablando —les contestó a los de seguridad—. Por favor, lleváoslo de aquí.

Ella me dedicó una sonrisita de suficiencia. Era obvio que estaba disfrutando de la situación.

Por el rabillo del ojo vi a los vigilantes aproximarse rápido.

—Acompáñenos, por favor. —Uno de ellos me hizo un gesto con la mano para que me acercase.

«Ja. ¿Para qué me calcéis una hostia? Ni de coña».

—Caballeros, ha sido un placer —contesté, abrochándome el botón de la chaqueta—. Pero yo ya me iba.

Un silencio tenso se adueñó del pasillo.

Evalué mis opciones a toda prisa. Mi única salida era la escalinata de mármol que tenía a mano izquierda.

Retrocedí un paso. Los vigilantes se abalanzaron en nuestra dirección. Sin mediar palabra, les di la espalda y salí corriendo.

—¡Eh! ¡Alto ahí! —exclamó uno de ellos.

Mis deportivas chirriaron cuando derrapé al llegar al borde de la escalera.

—¡Esto no va a quedar así, cariño! —le dije a Hannah por encima del hombro.

Bajé los escalones de dos en dos. La adrenalina me corría por las venas a borbotones. Las pisadas de los gorilas resonaron con fuerza detrás de mí.

«Nota para el Logan del futuro: tío, tienes que empezar a cobrar un plus por peligrosidad».

7

Logan

—Te tengo que contar la última —anunció mi abuela Marjorie cuando empujé su silla de ruedas hasta el banco.

Nos encontrábamos en el jardín de la residencia en la que vivía, en Queens. Aquella tarde no corría ni una gota de aire, pero a la sombra estaríamos bien.

Tomé asiento en el banco y la miré interrogante.

—Te vas a quedar con la boca abierta —aseguró entusiasmada.

Por su expresión supe que se trataría de un cotilleo jugoso.

—Venga, deja de hacerte la interesante y cuéntamelo —bromeé.

Ella miró de reojo por encima del hombro. Luego, me hizo un gesto con la mano para que me acercase. A nuestro alrededor había varias personas mayores acompañadas de sus familiares, cada una a lo suyo, disfrutando del horario de visitas.

—Molly y Arthur andan juntos —susurró cuando me incliné en su dirección.

Alcé las cejas y me eché hacia atrás. Ella se recostó en la silla y entrelazó las manos sobre el regazo, satisfecha de haberme sorprendido.

—¿Arthur no es el que está siempre enfadado y gritando? —pregunté.

—Ese es, sí. —Se le escapó una risita baja y musitó—: Anoche los pilló la enfermera dándose un apretón... y no de manos.

Solté una carcajada. El eufemismo era brutal.

—Pero ese hombre está en silla de ruedas, ¿no?

—Yo también y no estoy inválida.

—Eso es verdad.

Mi abuela tenía ochenta y tres años, el pelo blanco y el rostro cubierto de arrugas de expresión. Era cariñosa, cotilla y muy bromista. Se había roto la cadera unos meses atrás. Como consecuencia, tuvieron que operarla y ponerle una prótesis. Seguía en rehabilitación y todavía no podía andar con normalidad.

—Ese par ha encontrado la manera de darse una alegría, y bien que hacen, que la vida son dos días —apuntó ella con su característico tono guasón.

—¿Y tú cómo te has enterado?

—Hijo, aquí hay ojos y oídos en todas partes —respondió como si fuera evidente—. Fíjate tú que Mary y yo ya andábamos con la mosca detrás de la oreja. El otro día esos dos estaban jugando al dominó muy juntitos.

Mi pecho se agitó a causa de la risa. Me encantaría saber qué entendía mi abuela por «jugar al dominó muy juntitos».

—Y, al acabar... ¡ella le dio un beso en la mejilla para despedirse!

—Menuda vida social tenéis aquí —comenté divertido—. Es fascinante.

Mi abuela era una mujer increíble y una de las personas más importantes de mi vida. Ella fue quien me crio cuando perdí a mis padres. Pese a tener el corazón roto por la muerte de su hijo, compatibilizó su trabajo de cocinera con el de dependienta para sacarme adelante. Se ocupó de que nunca me faltase nada y de que me sintiese querido y acompañado. La quería con locura.

—Oye. —Me dio un golpecito con la mano en la rodilla derecha—. ¿Me has traído algo?

—Sabes que sí.

—Ay —movió las manos entusiasmada—, ¿cómo no vas a ser mi nieto favorito?

Arqueé una ceja y la miré incrédulo.

—Soy tu único nieto.

Sonrió, y se acentuaron las arrugas que rodeaban sus ojos marrones.

Abrí la mochila y saqué una bolsa de papel. Como la mayoría de los domingos, había parado en su pastelería favorita para comprarle unas galletas. Las escondí detrás de un libro de crucigramas. Le entregué el paquete y ella se apresuró a guardárselo detrás de la espalda.

—¡Ay, por Dios, hijo, qué generoso eres siempre! —exclamó de manera teatral.

—Abuela, me has amenazado para que te las traiga. Nada de comerte todas a la vez, que te sube el azúcar.

Ella puso los ojos en blanco y me hizo una mueca. Después, cogió las gafas de ver de cerca, que le colgaban de un cordón morado alrededor del cuello, y se las puso con cuidado.

—¿Qué tal la semana? —me preguntó mientras ojeaba el crucigrama de pasada.

—Bien. Sin novedades.

Se quitó las gafas y me observó con curiosidad.

—¿Eso es todo lo que vas a contarle a tu pobre abuela?

Me reí de su tono exagerado.

—Ayer mi compañero de piso trajo tres plantas nuevas a casa. Ahora le ha dado por llenarlo todo de flores de Pascua.

—¿En pleno junio? —Arrugó las cejas extrañada.

—Sí. Parece que se ha propuesto convertir el apartamento en una especie de jardín botánico.

—Uy, si supiera que a ti se te mueren hasta los cactus y que lo único que has cuidado bien es a ese golden retriever... —Se rio ella sola.

—Ja, ja. ¡Qué graciosa está la abuelita hoy! —bromeé—. ¡Voy a avisar del contrabando a la enfermera!

Ella negó con la cabeza.

—Cuidadito con las amenazas, que no te he educado para que seas un chivato —me respondió divertida.

Durante unos segundos solo se oyó el piar de los pájaros.

—Hoy estás muy calladito. ¿Qué te pasa? —Se interesó al cabo de un instante.

Sabía que se daría cuenta de que me pasaba algo. Teníamos una relación muy cercana, hablábamos con frecuencia y me conocía a la perfección.

«Que ayer me quedé sin cobrar en el hotel Plaza y este mes voy fatal de pasta. Además, he dormido de culo», esa era la respuesta más sincera que podía darle.

Me dejé caer contra el respaldo de madera y sopesé la pregunta.

Por lo general, me la sudaba bastante lo que opinasen los demás de mi vida, pero lo que tuviese que decir mi abuela sí que me importaba. Sabía que se tomaría mal que me sacase un sobresueldo oponiéndome a bodas. Por eso le ocultaba que tenía un segundo trabajo. Tampoco sabía que en la agencia en la que trabajaba me pagaban una mierda. Me sentía fatal mintiéndole, pero no quería decepcionarla ni preocuparla.

Acabé respondiendo a su pregunta con un:

—Estoy un poco aburrido en el trabajo. —Eso era verdad—. Aunque me han asignado una cuenta nueva. Es una marca de productos de higiene femenina para la incontinencia urinaria. Tengo que ponerme al día en el tema para organizar las campañas promocionales y eso...

—Uy, hijo, cuando quieras te vienes con papel y boli y echamos el ratito, que yo de eso sé de sobra.

—Vale. —Asentí con una sonrisa. Acto seguido, le cogí el libro de *Mujercitas* del regazo—. ¿Seguimos con la lectura?

—Sí.

Abrí la novela por donde la habíamos dejado la última vez y me dispuse a terminar de leerle la historia de Jo y sus hermanas.

—Logan, tienes que dejar lo de las bodas —dijo Alexandra preocupada—. Te arriesgas demasiado.

Como cada domingo, había quedado con mis amigos para jugar al póker. Aquella tarde estábamos en el apartamento lujoso de Ben. Acababa de contarles que el día anterior me había escapado por los pelos de los vigilantes del Plaza, en una huida digna de comedia cutre: casi me caí por las escaleras y perdí la chaqueta. Un guardia me agarró de la espalda y no me quedó más remedio que deshacerme de ella al vuelo para seguir corriendo.

—Estoy con Alex. —A su lado, Chris colocó la cuarta carta bocarriba sobre la mesa, era un tres de diamantes—. Un día te van a partir la cara, y con razón.

—Qué va... —Negué con la cabeza.

—A lo mejor se la arreglan. —Se burló Ben.

—¿Tú te has mirado al espejo? —le pregunté a Ben a la par que empujaba cuatro fichas sobre el tapete verde—. Apuesto cinco dólares.

—Igualo. —Ben colocó otras cuatro fichas en el centro de la mesa.

—Doblo la apuesta. —Alexandra deslizó ocho fichas moradas sobre la mesa—. Y, ahora, vamos a pasar al tema que verdaderamente me interesa... —Hizo una pausa dramática para observarme—. La *wedding planner* —puntualizó al cabo de unos segundos.

—¿Qué pasa con ella? —Fruncí el ceño, sin comprender.

—Ayer te besó —apuntó entusiasmada.

Sabía a dónde quería ir a parar.

—Sí. Y después parecía que quería cortarme los huevos.

—Es normal —aseguró Chris, a la par que igualaba la apuesta de Alexandra—. Organizar una boda lleva mucho tiempo. Si interrumpieses la mía, yo también te cortaría las pelotas.

—Cruel pero justo —admití.

Chris colocó una quinta carta bocarriba en el centro de la mesa: era un rey de tréboles.

—No me puedo creer que la *wedding planner* sea la misma chica de la moto y la del bar. —Alexandra siguió a lo suyo. Se metió un puñado de cacahuetes en la boca y me observó al masticar—. Ya os habéis encontrado tres veces. Es como si fuera obra del destino.

«Uf. Ya empezamos».

—Yo no creo en esas mierdas —contesté.

—¿Te gustaría volver a verla? —quiso saber ella.

La tarde anterior la había cagado. Tenía que haberme limitado a hacer mi trabajo, en lugar de perder el tiempo tomándole el pelo. Gracias a ella, no solo no había cobrado, sino que además había tenido que pagar trescientos dólares extras en la tienda donde había alquilado el esmoquin, por no devolver la chaqueta.

—¿Volver a verla? —pregunté incrédulo—. ¿Para que me joda otro curro y me quede sin cobrar? No, gracias.

—El otro día en el bar dijiste que te había llamado la atención —recordó Alexandra.

—Esa mujer perdió el atractivo cuando me echó a las garras de seguridad. Lo único que espero es no volver a cruzármela —puntualicé.

Alexandra hizo un mohín. Era una romántica empedernida y estaba deseando que me echase novia otra vez. En los últimos meses había quedado con más mujeres de las que ella pensaba. Aunque con ninguna había ido más allá de echar un par de polvos sin compromiso. De momento, nadie me había despertado el interés.

—Eso no se lo cree nadie, Stone —puntualizó Ben mirándome—. Esa tía te ha molado y te jode que haya sudado de tu cara.

—¿Por qué siempre acabamos hablando de mi vida amorosa? —pregunté, deseando desviar la atención—. ¿Por qué no hablamos de la tuya? —Señalé a Ben con la mano—. Estás quedando con tres mujeres a la vez. Charlotte, la contable de los martes; Janet, la camarera de los jueves, y Britney, la profesora de los domingos. —Luego miré a Alexandra y a Chris—. O podemos hablar de las vuestras si queréis.

—Es que hablar de eso no es tan entretenido —contestó ella—. Ben se enrolla siempre con las mismas y el tema ha perdido emoción. Chris se casa el mes que viene y yo en septiembre. En cambio, tú estás viviendo prácticamente dentro de una comedia romántica en la que pasan un millón de cosas surrealistas.

—Tus desgracias son la gasolina de nuestra vida —añadió Chris—. Le dan vidilla al grupo.

—Con amigos así, ¿quién quiere enemigos? —bromeé, centrando la vista en mis cartas.

Tenía una buena mano. Confiado, lancé otras ocho fichas al centro de la mesa. Estaba deseando aplastarlos otra vez.

—¡Ja! —Ben me estudió con los ojos entrecerrados—. ¡Vaya farol!

Eso era exactamente lo que quería que creyesen.

Sentí un amago de sonrisa en las comisuras de la boca, pero me mantuve inexpresivo.

«Disimula como un puto campeón», me dije.

Pasados unos segundos le metí un poco de caña:

—Vamos, Ben, que no tenemos todo el día. Apuesta o pasa.

Como era de esperar, él añadió otras ocho fichas al centro de la mesa. Con un resoplido, Alexandra tiró sus dos cartas sobre el tapete, retirándose. Por último, Chris se aventuró a igualar la apuesta que habíamos hecho Ben y yo.

—Escalera —puntualicé, mostrándoles mis cartas—. Gano otra vez.

Me recosté en el respaldo de la silla y crucé las manos detrás de la cabeza.

—Dios, qué asco das. —Ben negó con la cabeza. No quiso enseñar sus cartas.

—Qué mal perder tienes, Benji —le provoqué con una sonrisa malévola—. Llevamos jugando al póker doce años. Es hora de que asumas que soy mejor que tú.

—¡Que te den! —me respondió él.

—Toma, para que te compres algo bonito. —Le arrojé un par de fichas, con recochineo.

Ben y yo nos dábamos caña, al más puro estilo Deadpool y Lobezno, pero siempre estábamos ahí el uno para el otro. Cuando lo perdí todo de la noche a la mañana, él me acogió en su casa durante el mes y medio que tardé en poner mi vida en orden.

Chris soltó un suspiro eterno y tampoco nos mostró sus cartas.

—Mi teeesooorooo. —Imité la voz de Gollum y estiré los brazos sobre la mesa para atraer en mi dirección las fichas que había ganado. Si mis cálculos eran correctos, acababa de sacarles cincuenta dólares.

Le di un trago a la cerveza y paladeé la victoria.

Chris recogió las cartas. Después, dejó delante de mí la baraja y la ficha blanca que indicaba que era mi turno de repartir.

—Por cierto, hablando de casarse... —empezó Chris vacilante—. Logan, llevo unos meses queriendo hablar contigo, pero no he encontrado nunca el momento... —Se quedó serio y yo arrugué las cejas—. Ya sé que piensas que las bodas son una pérdida de tiempo y todo eso, y sé que no te lo estoy pidiendo con mucha antelación, pero me encantaría que fueses mi padrino y testigo, y que leyeses algo en la ceremonia... ¿Qué me dices?

A mí lo de las bodas me parecía una gilipollez como un templo de grande. No me entraba en la cabeza que la gente se gastase miles de dólares en un solo día. Después de mi experiencia era imposible que volviese a verles el sentido. No obstante, me dio pena que Chris me lo preguntase con cautela. A fin de cuentas, era mi amigo. Si a él le hacía ilusión, a mí también. Además, no quería que pensase que no me alegraba de su compromiso porque me habían plantado en el altar. Habían pasado más de seis meses y ya era agua pasada.

—Cuenta con mi espada —le dije, citando a Aragorn.

Él sonrió emocionado y se levantó. Me puse de pie para abrazarlo.

Alexandra soltó un gritito emocionada.

—Sí, hombre, ¿y yo qué? —oí que se quejaba Ben medio en broma.

—Te lo he dicho veinte veces, Benji —le contesté cuando Chris y yo nos separamos—. Su mejor amigo soy yo.

Él me respondió con un corte de mangas.

—Os quiero a los dos por igual —nos dijo Chris—. Pero hemos pensado en Logan porque fue él quien nos presentó.

Chris y Tyler se habían conocido hacía tres años en el MoMa, en un evento del lanzamiento de un teléfono que organizó la agencia en la que estaba yo entonces. Aquella se encontraba entre las campañas de publicidad más importantes de mi carrera profesional; tuve la oportunidad de trabajar para una de las empresas tecnológicas más grandes del mundo, que, además, contaba con un presupuesto astronómico para la promoción.

Dado que el teléfono tenía la cámara con mayor resolución del mercado, se me ocurrió organizar una competición de fotografía entre los *influencers* con más seguidores de Nueva York. Recibieron el móvil unas semanas antes de que saliera a la venta, y les pedimos que lo usasen para participar. Las fotos ganadoras se expondrían durante un día en una sala del MoMa. Tyler fue uno de los creadores de contenido que contratamos para la campaña. Invité a Chris a la fiesta porque le encantaba el arte y el MoMa es su museo favorito. Cuando los presenté tuvieron una de esas conexiones automáticas que solo se ven en las películas.

Me lo pasé genial trabajando para aquella agencia. Ahora estaba en una compañía más pequeña, llevando cuentas diminutas que apenas tenían presupuesto y escribiendo *copies* para redes sociales. Me encontraba en búsqueda activa de empleo desde hacía meses. Hasta la fecha, no había tenido suerte. En algunos sitios me habían descartado porque consideraban que estaba sobrecualificado. En otros, me habían asegurado que les encajaba mi perfil, pero no habían vuelto a llamarme. Pensando en ello recordé la entrevista que tendría con una agencia de renombre. Me saqué el móvil del bolsillo y busqué el correo que me habían enviado con los detalles.

—Joder, menos mal. —Suspiré tranquilo al comprobar que la entrevista era al día siguiente y que no se me había olvidado.

—¿Qué pasa? —me preguntó Alexandra.

—Acabo de acordarme de que mañana tengo una entrevista temprano.

—Por el amor de Dios, Logan, ¿te vas a apuntar las cosas importantes en algún momento? —me amonestó Chris en tono cansado—. El teléfono tiene un calendario por algo.

—Bah, no me hace falta. Tengo todo en la cabeza. —Cogí el mazo de las cartas para barajarlas—. Última mano. Quiero acostarme pronto y llegar fresco mañana. Además, me he cansado de desplumaros —dije en tono de cachondeo.

Mientras me abucheaban, lo único en lo que podía pensar era en que ojalá consiguiese el puesto al día siguiente.

8

Hannah

El lunes por la tarde quedé con mi amiga Jessica en Banter. La cafetería, pequeña y luminosa, era una de mis favoritas por la ubicación céntrica y el ambiente acogedor. Como llegué antes que ella, la esperé dentro para refugiarme del calor abrasador de junio. Según me senté, ya tenía delante un vaso de limonada fresquita y un trozo de bizcocho de chocolate. Los camareros me conocían y sabían que siempre pedía lo mismo. Después de acomodarme en una mesa pequeña, tomé un sorbito de la bebida y decidí aprovechar el tiempo contestando e-mails de trabajo.

—¡Hola, reina! —dijo una voz melódica unos minutos más tarde.

Despegué la vista del teléfono y me topé con la sonrisa encantadora de Jessica. Estaba deslumbrante con el delineado de ojos kilométrico tan bien pintado. Su vestido verde esmeralda contrastaba con la melena pelirroja y rizada, y resaltaba su tez pálida y pecosa.

—¡Hola, Jess! —Sonreí al tiempo que me levantaba—. ¡Qué guapa estás! —comenté emocionada de verla.

—¡Tú más, ese top rosa te queda genial!

—Gracias. Es de Free People. Me costó veinte dólares en las rebajas. —Por alguna razón, siempre que me hacían un cumplido de la ropa tenía la necesidad de contarles de dónde había salido la prenda.

—¡Qué ganas tenía de verte! —Nos fundimos en un abrazo apretado.

—¡Y yo a ti!

Jessica era fotógrafa de bodas. Al estar en plena temporada alta apenas nos habíamos visto en las últimas semanas. Nuestra amistad había surgido hacía años, a base de coincidir por el trabajo.

En cuanto nos separamos, ella dejó en la mesa su bolsito rosa flúor. El camarero se acercó y le tomó nota.

—¿Qué tal has estado estas semanas? —me preguntó entre sorbitos de té.

—Muy bien. —Dejé el vaso sobre la mesa y me limpié la boca con la servilleta—. Casi no he parado con el trabajo. Estoy cansada pero contenta. ¿Tú qué tal?

—Yo igual. Trabajando mucho. ¡Qué pena no haber coincidido en ninguna boda! —Hizo un mohín—. ¡Te he echado de menos!

—Y yo a ti. —Sonreí—. Lo que me recuerda...—Hice una pausa y recuperé el móvil del bolso para consultar el calendario—. ¿Tienes disponible el 25 de abril del año que viene? Se casa una de mis novias y me ha preguntado por la mejor fotógrafa.

—Déjame ver... —Jessica sacó el teléfono de su bolsito minúsculo y lo desbloqueó.

Mientras comprobaba su disponibilidad, yo pasé la mano por la mesa para recoger las miguitas del bizcocho que se habían caído en mi sitio.

—¡Tienes suerte, lo tengo libre! —me confirmó.

—¡Qué bien! —exclamé entusiasmada—. ¡Aviso a la novia ahora mismo! —agregué a la par que tecleaba.

—Oye, hablando del trabajo..., no te vas a creer lo que presencié hace dos semanas en el St. Regis.

Ladeé la cabeza y la miré interesada.

—La boda para la que me habían contratado se canceló justo antes del «sí, quiero». Apareció de la nada un hombre guapísimo e interrumpió la ceremonia.

Me quedé perpleja.

«En Nueva York viven más de ocho millones de personas. Es imposible que sea el mismo, ¿verdad?».

—Creemos que era el amante de la novia —continuó ella, ajena a mis pensamientos—. Al principio, todos nos quedamos alucinando, pero empezó a gritarle un montón de cosas preciosas, como que nunca era tarde para hacer locuras por amor, que no hiciera algo de lo que pudiese arrepentirse… Fue superromántico, Hannah. —Finalizó con un suspiro adorable.

Aunque era un discurso generalista, me resultaba familiar.

—Por casualidad, ese hombre no se llamaría John, ¿verdad? —le pregunté mientras recolocaba las flores secas del jarroncito que descansaba entre nosotras.

—No. Se llamaba Eric.

—¿Cómo era físicamente? —le pregunté, en busca de confirmar mis sospechas—. Creo que yo también me lo he cruzado.

—Era alto, guapo y moreno.

—¿Puedes especificar un poco más…? ¿Cómo iba vestido?

—Elegante, como un invitado más, con un esmoquin negro y una camisa blanca.

Respiré hondo y el olor del café recién molido me entró por la nariz.

—¿Recuerdas algún detalle en particular de su ropa? —Le hice un gesto con la mano para animarla a continuar.

Jessica se quedó pensativa un instante.

—¡Ahora que lo dices, sí! —confirmó enseguida—. ¡Llevaba unas Adidas blancas y rojas que no pegaban con…!

—¡Es él! —La interrumpí—. ¡Lo sabía!

—¿Lo conoces, entonces?

—Sí y no… —Me recosté en la silla—. Es un sinvergüenza que cobra por destrozar bodas. Se ha colado en dos de las mías.

—Espera… ¿Qué? —Jessica me miró sin comprender—. ¡¿Cómo que cobra por destrozar bodas?! ¡¿Eso se hace?!

—Parece que en Nueva York todo es posible.

—Tienes razón. No sé de qué me sorprendo —respondió mi amiga—. El mes pasado, un novio contrató padrinos falsos porque su prometida tenía siete damas de honor y le daba apuro quedar mal delante de ella.

—Bueno, y mira Lindsey. Le va genial siendo dama de honor

profesional. La última vez que la vi, me contó que está buscando a otra persona para incorporarla al equipo y expandir el negocio.

—¡Qué fuerte! —Jessica le dio otro sorbito a su taza—. De todos modos, estoy alucinando con lo que me has contado. Ya te digo que parecía que ese tipo conocía a la novia. Si es que hasta se fueron juntos de la iglesia.

—Yo también creí que su discurso era muy bonito y que estaba enamoradísimo de la novia la primera vez que lo vi, pero no era más que un puñado de mentiras. Lo sé porque intentó ligar conmigo la semana pasada, insinuándome que tenía una relación abierta con su novia.

—¿Qué? No te creo...

Le resumí todo lo que había pasado con ese hombre desde que me lo encontré en el bar hasta que llamé a la seguridad del hotel Plaza, omitiendo el ínfimo detalle de que le había besado. Eso era algo que solo había compartido con Nikki.

—Antes de que le echaran, él mismo me contó que le pagan por destrozar bodas —le conté a mi amiga—, lo cual es una mierda para los novios, que esperan el día ilusionados. Y para nosotros, los proveedores, que preparamos todo con cariño y esfuerzo, y gracias a él podemos quedarnos sin cobrar. —Conforme había ido hablando, el enfado había ido resurgiendo en mi interior—. Eso es lo que me pasó a mí en la primera boda en la que me lo encontré. Me pagaron el adelanto hace tiempo, y me quedé sin el resto del dinero y sin el corcho de la botella de champán para mi colección —añadí fastidiada.

—Ay, tía, no me digas. Yo también me quedé sin cobrar el pago final.

—¿Qué? —Se me escapó un grito, con el que me gané varias miradas de reproche de los clientes.

—Sí... Como no terminé el reportaje fotográfico, solo gané lo que me habían pagado por adelantado. Fue un bajón, porque ya contaba con ese dinero.

Apreté el puño por debajo de la mesa. La situación me indignaba.

Lo mirase por donde lo mirase, la falta de ética de ese hombre era apabullante. No me entraba en la cabeza que alguien se lucrase a costa de perjudicar a los demás. Me indignaba que estropease bodas y que se fuese de rositas y con la cartera llena. Más aún cuando eso afectaba a mis amigas.

—Tenemos que hacer algo —dije con firmeza—. No podemos permitir que ese impresentable siga actuando con total impunidad.

—Estoy de acuerdo, pero… ¿qué podemos hacer? —preguntó Jessica resignada.

No sabía nada de él, ni siquiera su nombre. Tampoco estaba segura de si podía denunciarlo. Los únicos datos que tenía eran que se ponía un esmoquin y que se colaba en las ceremonias haciéndose pasar por un invitado. Podía alertar a la seguridad de los principales lugares donde se celebraban bodas en la ciudad, pero la única información que podría facilitarles era su apariencia. Y, por desgracia, había muchos hombres morenos y trajeados en Manhattan que encajarían en la descripción. Si supiera dibujar bien, podría hacer un retrato robot y pegarlo en todas partes.

«Un momento…».

—¿Y si hago panfletos con su cara para que le prohíban la entrada a las iglesias y los hoteles? —le propuse a Jessica—. Así todo el mundo sabrá que es un mentiroso y no podrá salirse con la suya.

—¡Es buena idea! —concedió ella.

—Por casualidad no le sacarías una foto en la boda del otro día, ¿no?

—No lo sé. No me suena, pero puedo mirarlo cuando llegue a casa y te digo.

—Perfecto.

Si conseguía una foto del Rompebodas, esa misma noche prepararía el póster. Estaba dispuesta a empapelar la ciudad entera con tal de hacer justicia.

Dos horas más tarde me bajé del metro en la Quinta Avenida y entré en Central Park. Aquel era el lugar al que acudía cada vez que necesitaba despejarme, estar sola, huir del ruido de la ciudad o recuperar las esperanzas en el género masculino.

Eran las siete y media, y el parque estaba lleno de vida. Había gente paseando a sus perros, otros corriendo o montando en bicicleta, aprovechando la tregua que daban las temperaturas al atardecer. El verde vibrante estaba presente en los campos de césped llenos de flores coloridas y en las copas frondosas de los árboles. El aire olía a la fragancia dulce de las flores, que disimulaba el de la contaminación.

Conforme paseaba, el bullicio de la ciudad fue bajando de volumen. Me paré a leer las inscripciones de las placas metálicas de los bancos. Por eso Central Park era mi sitio favorito de la ciudad. Entre las dedicatorias había celebraciones de aniversario, conmemoraciones de nacimientos, felicitaciones de cumpleaños, recuerdos a familiares fallecidos y pedidas de matrimonio. Me gustaba leer estas últimas y solía fotografiar las que removían algo en mi interior.

Me saqué el móvil del bolsillo y le hice una foto a una romántica que me hizo suspirar. Esa inscripción iría directa a mi álbum de *scrapbook*. Durante unos segundos envidié a la desconocida a la que le habían pedido matrimonio.

Nunca había durado lo suficiente con nadie como para pensar en casarme. Mi vida amorosa no había sido de cuento de hadas. A mis veintiocho años solo le había dicho «te quiero» a un hombre y había salido mal. Al día siguiente, dejó de contestarme a los mensajes y desapareció del mapa.

A pesar de mis fracasos amorosos, seguía creyendo en la idea del amor perfecto. Quería encontrar a la persona indicada con la que tener citas románticas, cenas a la luz de las velas y una pedida de mano en Central Park.

Siendo organizadora de bodas, me incomodaba reconocer delante de mis clientes que no estaba casada, prometida o que ni siquiera tenía pareja. Quizá fuese una tontería. Aunque mi estado civil no me definía como persona, ni como profesional, me daba apuro que juzgasen mi trabajo por ello. Era cierto que no debería importarme lo que opinasen los demás sobre mí. La teoría me la sabía, pero la práctica a veces se me resistía.

La gente pensaba que tenía el amor idealizado por culpa de mi trabajo y de las películas de amor, pero yo no lo veía así. Las inscripciones que tenía delante conseguían devolverme la fe en el género masculino. Esos bancos eran la prueba de que los hombres románticos existían. ¿Cómo no iba a tener los estándares altos si había propuestas de matrimonio grabadas sobre el metal que durarían toda la eternidad?

Vivía en la ciudad de las comedias románticas por excelencia. Estaba segura de que algún día, entre esos ocho millones de personas, encontraría a alguien que me demostraría que el amor también podía ser perfecto para mí, pero cada vez me daba más pereza buscar cita en las aplicaciones. El proceso de chatear durante días con un hombre, ir a la quedada y descubrir que no encajábamos o que no había química comenzaba a desgastarme. Una parte de mí soñaba con que un desconocido se me acercase al verme leyendo las inscripciones y me confesase que a él también le gustaban, o que se chocase conmigo por accidente y empezase así nuestra historia de amor.

Me senté en el banco y saqué de la bolsa de papel el *pretzel* que me había comprado antes de entrar al parque. Una ardilla se acercó a mis pies. Le lancé un pedacito. Siempre me había parecido tierno lo de dar de comer a los animales en Central Park. De pronto, aparecieron dos palomas de la nada y le quitaron el trozo de *pretzel* a la ardilla. Le tiré otro trocito pequeño. Antes de que me diese cuenta, una bandada de palomas llegó volando y se me echaron encima. Del susto, les lancé el *pretzel* en un acto reflejo y salí corriendo.

Un par de metros más allá, aprovechando el paseo, llamé a mis padres. Ellos tenían un don especial: siempre me contagiaban su buen humor y me ayudaban a distraerme. Era hija única y tenía una relación estrecha con ellos, sobre todo con mi madre.

—¿Qué tal, cielo? —Mi madre descolgó el teléfono con su calidez habitual—. ¿Qué haces?

—Hola, mamá —contesté, intentando sonar más alegre de lo que me sentía—. Estoy bien, de camino a casa. Acabo de pasar un ratito con Jessica.

—¡Mira, qué bien!

—¿Qué tal vosotros? —Me detuve al llegar al paso de peatones.

—Aquí, como siempre. Tu padre está viendo el baloncesto y yo estoy terminado el libro que me recomendaste.

—¿El de Mia Summers?

—Sí, el de los chiquitos que son *cowboys*.

El semáforo se puso verde y crucé la calzada.

—¿Te está gustando?

—¡Mucho! Me lo he leído sin darme cuenta. Además, me ha dado un par de ideas que puedo poner en práctica con tu padre.

—¡Mamá, por favor! —Fingí estar escandalizada y se me escapó la risa.

—Ríete, pero ya le he dicho que en cuanto se jubile nos vamos de vacaciones a Texas —bromeó—. Le voy a comprar un sombrerito de vaquero.

—Pero ¿no querías que te llevase a Nantucket en barco?

Mi padre era pescador en Cape Cod. Llevaba dos años inmerso en la reparación de un velero que había bautizado como Amor Verdadero en honor a mi madre. Decía que cuando se jubilase, se la llevaría a recorrer el mundo con él.

—Es verdad, la jubilación en el barquito no la cambio por nada.

—Claro que no, mujer —oí que decía mi padre de fondo—. Tú y yo solos en el mar. ¿Qué más le puedo pedir a la vida?

—Que nos toque la lotería —contestó mi madre riéndose.

—¿Para qué? Yo ya soy millonario contigo. —La voz de mi padre sonó más cerca.

—¡Qué pelota eres! —le respondió ella.

Escuché el inconfundible sonido de un beso al otro lado de la línea. Sonreí enternecida al imaginar a mi padre abrazando a mi madre por la espalda y dándole un beso en la mejilla.

Si a esas alturas seguía creyendo en el amor romántico era por ellos. Llevaban juntos treinta años y seguían tan enamorados como el primer día. Su relación era perfecta: cuidaban el uno del otro, se apoyaban en todo y nunca discutían. Mi madre decía que el secreto de su felicidad residía en lo mucho que se reían juntos. Fuera de casa mi padre era un hombre rudo, de pocas palabras, pero con mi madre se derretía igual que un azucarillo en un café. Ella era dulce y alegre, su cara se iluminaba cada vez que mi padre entraba en una habitación.

Aspiraba a tener una relación tan maravillosa como la suya, pero, hasta el momento, el zapato no había encajado con ninguno de los hombres con los que había salido. Todo parecía perfecto, pero siempre faltaba algo.

—¿Quieres hablar con la niña? —le preguntó mi madre a mi padre. Oí un murmullo al otro lado del teléfono—. Cariño, te paso con papá —apuntó ella tras una pausa.

—Vale.

—Hola, hija —me saludó mi padre.

—Hola, papá. ¿Cómo va el partido?

—Los Dallas van perdiendo contra Boston.

—¡Cuéntale tu chiste nuevo! —le pidió mi madre divertida—. ¡Ya verás, Hannah, es buenísimo!

—Sorpréndeme, papá. —Era el rey de los chistes malos.

—Capitán, hay un agujero en el barco —empezó mi padre entonando una voz grave—. Llame al pirata Patapalo —siguió, cambiando a una voz más aguda para que entendiese que se trataba de una conversación entre dos personas—. ¿Para qué? —Hizo una pausa—. Pues pa tapalo.

—Oh, Dios, es malísimo, papá.

Solo me reí porque oí a mi madre partirse.

—¿Lo pillas, cariño? —me preguntó mi madre entre risas—. Es porque tiene la pata de palo.

—Sí, mamá, lo he entendido.

—Tengo otro mejor... —aseguró mi padre.

Durante un rato seguí riéndome con ellos. El problema con el Rompebodas pasó a un segundo plano hasta que, horas más tarde, recibí el mensaje de Jessica en el que me decía:

> He revisado la carpeta de la boda del St. Regis y no tengo ninguna foto en la que salga ese tipo

«Mierda», resoplé desanimada.

¿Ahora qué podía hacer?

> Si te puedo ayudar con otra cosa, me dices...

> Vale. Gracias. Si se me ocurre algo, te aviso

Esa noche, en la cama, me quedé durante horas dándole vueltas a cómo acabar con el negocio de ese tío. En la oscuridad de mi habitación resonaron las palabras de Jessica: «Si se ha colado en el Plaza, puede colarse en cualquier sitio...».

Realmente esa era una de las cosas que más me aterraban de todo aquello. Ese hombre ya se había infiltrado en tres bodas. Dedicándose a ello profesionalmente, seguro que serían más. Me pregunté cuántas habría impedido, cuánto dinero habría ganado y quién era el hombre que se escondía detrás de esa sonrisa torcida y burlona.

Había trabajado muy duro para levantar mi negocio. Y ahora ¿ni siquiera podría trabajar tranquila? ¿De verdad todo por lo que había luchado se veía amenazado por un hombre? ¿Iba a vivir eternamente con el miedo a que me estropease más bodas? ¿Tendría que ir a trabajar rezando por no encontrármelo? ¿Llegaría todo aquello a oídos de Melanie?

«¡Ni hablar!».

Me negaba a vivir así. Era cierto que él podía colarse en cualquier sitio con un traje elegante, pero no estaba dispuesta a dejar que arruinase más bodas. Ni a la gente que se casaba ilusionada, ni a mis amigas, ni a mí.

Daría con ese imbécil, costase lo que costase.

9

Hannah

La solución al problema se me ocurrió a la mañana siguiente. Mientras desayunaba recibí un mensaje en Instagram de una chica que estaba interesada en contratarme. La mayoría de los clientes contactaban conmigo a través del formulario de mi página web o de mis redes sociales. En ese instante pensé: «Si yo fuese un capullo que destroza bodas, ¿dónde me publicitaría?».

Enseguida caí en la cuenta de que lo más probable era que ese hombre se anunciase en internet. Sintiéndome un poco Bella Swan cuando buscaba sobre los Fríos en Google encendí el portátil, abrí el navegador y observé la pantalla unos segundos. Probé suerte tecleando «cómo romper una boda». El buscador me devolvió varios artículos que indicaban «cómo terminar una boda por todo lo alto». Mi siguiente búsqueda fue «romper una boda en Nueva York», pero solo encontré abogados de divorcios. Intenté ponerme en la piel de sus clientes potenciales. Si quisiese contratarle, ¿qué buscaría en internet? Decidí probar con un par de cosas más, pero no obtuve resultados satisfactorios. Al final, opté por hacer la búsqueda más básica del mundo: «Necesito que alguien se oponga a una boda en Nueva York».

El primer resultado era un enlace que me llamó la atención. En él podía leerse el título de la página web, «Recién Salvados» y su dirección, reciensalvados.com.

El instinto me decía que había llegado al lugar correcto, así que cliqué en el enlace. La página que se abrió era sencilla, ni siquiera tenía menú en la parte superior. Sobre el fondo blanco había escrito un título que rezaba, en mayúsculas y negrita:

ME OPONGO A BODAS EN NUEVA YORK Y ALREDEDORES

Debajo había una imagen de un hombre vestido con un esmoquin negro. La fotografía estaba recortada desde el cuello hasta la mitad de las piernas. Su rostro era un misterio. Aparecía abrochándose el botón de la chaqueta, como si estuviese preparándose para salir al escenario. Me fijé en sus manos: eran grandes y varoniles, de dedos largos. Al lado había un texto escrito que decía:

> ¿Quieres interrumpir una boda
> y no sabes por dónde empezar?
> ¿Quieres que alguien se oponga en tu lugar?
> Si la respuesta a ambas preguntas ha sido un «sí, quiero»,
> no dudes en contactar conmigo.
> ¿Por qué elegir mis servicios?
> Máxima discreción. Éxito asegurado.
> Confidencialidad y profesionalidad garantizadas.
> Nadie sabrá que me has contratado.
> Cada enlace es único. Por ello, el cliente recibe
> atención personalizada.

Me quedé boquiabierta.

Lo siguiente que aparecía era un formulario de contacto titulado: «¿Hablamos?». Deslicé la vista hasta el apartado de reseñas del pie de página y me aventuré a leer algunas:

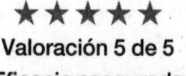

Valoración 5 de 5

Eficacia asegurada

Le contraté para que se opusiera a la boda de mi exnovio y funcionó.
Sin duda volvería a contar con sus servicios.

Valoración 5 de 5
Novia a la fuga

Es un profesional como la copa de un pino. Mi prima iba a
casarse con un gilipollas. Su intervención fue rápida
y eficiente.
100 % recomendado.

Valoración 5 de 5
Servicio increíble

Al principio estaba un poco escéptico. Le contraté porque
me hablaron bien de él y no me arrepiento. Se lo curra un montón.
La puesta en escena es impresionante.

Resoplé, incrédula. Eso tenía que haberlo escrito él, ¿verdad?

El enfado afloró de nuevo. No sabía qué me parecía peor, si
que el negocio se llamase «Recién Salvados» en lugar de «recién
casados», las opiniones vergonzosas de sus supuestos clientes o
que la estética de la página imitase a las de los negocios que ofrecían servicios de bodas.

En ese momento, se me ocurrió un plan para conseguir su fotografía para los carteles: le contrataría para que se opusiese a un
enlace falso y le haría la foto yo misma. Según la idea terminó de
germinar en mi cabeza, volví a subir hasta el formulario de contacto. No sabía qué nombre poner. Me quedé un instante con la
mirada pérdida en el póster de *Mamma Mia*.

«Eso es —pensé entusiasmada—. Le diré que me llamo Donna, como la protagonista de la película».

Mis dedos fueron por libre y rellené el formulario con el nombre
falso y con mi número de teléfono. Después, pinché en el desplega-
ble y leí las opciones de contacto que ofrecía: «Lo antes posible, por
la mañana, mediodía, primera hora de la tarde y última hora de la
tarde». Marqué la que indicaba: «Lo antes posible». En cuanto le di
a «enviar» apareció una burbuja de texto en mi pantalla:

> Tu mensaje se ha enviado correctamente.
> Gracias por ponerte en contacto con Recién Salvados.
> Te escribiré lo antes posible.

Cogí la taza y le di un sorbo al café, que ya estaba templado. Suspiré satisfecha. De pronto, estaba esperanzada con el plan.

Por suerte, no tardé en recibir su respuesta.

> Hola, Donna, he recibido tu petición de contacto. Lo primero, te doy las gracias por contactar con Recién Salvados.
> Lo segundo, te informo de que el servicio tiene un precio cerrado de setecientos dólares. Para bodas donde haya seguridad, se cobrarán cien dólares extra en concepto de plus de peligrosidad.
> En el caso de que el presupuesto te encaje, te cuento los siguientes pasos

—¿Setecientos dólares? —Alcé la voz sin querer—. ¡Hay que tener morro!

Mi indignación había ido aumentando conforme leía y había alcanzado niveles estratosféricos. Hice un esfuerzo para no mandarle a la mierda y echar el plan a perder. Con mi objetivo en mente, dejé escapar un suspiro profundo y tecleé con más fuerza de la necesaria una respuesta:

> Claro, cuéntame

Mientras esperaba a que me contestase, escupí varios insultos a la pantalla del móvil.

Primero tendremos una reunión en persona para hablar más a fondo de tu caso y que me cuentes detalles del enlace y la pareja

Tendrás que pagar la mitad del dinero por adelantado, el resto cuando se cancele la boda

Acepto pago en efectivo, con tarjeta de crédito, tarjeta de débito, por transferencia, cheque o Venmo

Ah, también acepto anillos de compromiso

Lo que mejor te venga...

—¡Cabrón egoísta! —exclamé a la par que respondía un:

Ah, vale, genial

Que quisiese tener la primera reunión en persona facilitaba las cosas.

Te va bien quedar el próximo fin de semana?

Consulté la agenda. El sábado a las once de la mañana tenía una boda en el hotel Bowery. Decidí citarle ese día un par de horas antes.

Puedo el sábado a las nueve de la mañana

Perfecto

Más adelante te mandaré la ubicación del sitio en el que quedaremos

Cuándo exactamente???

No lo sé

El sábado mismo

Tengo que organizarme para saber cuánto tardaré en llegar...

Tranquila, quedaremos en algún bar de la zona centro...

Te avisaré como una hora antes

¿Qué clase de persona decidía en el último segundo el lugar donde quedar con un posible cliente? Apunté en mi agenda la cita con ese hombre. Intenté no ponerme nerviosa ante la ausencia de detalles básicos.

Aun sabiendo que no colaría, decidí probar suerte, por si podía evitar la cita.

Cómo sabré que eres tú?

Me envías una foto tuya???

Nada de fotos

Lo sabrás más adelante ☺

El emoticono guiñando un ojo me sentó fatal. Me parecía recochineo. Aunque no tenía sentido, puesto que ese hombre no sabía con quién estaba hablando.

«Tú tampoco lo sabes», susurró una vocecita en mi mente.

Me dices al menos cómo te llamas?

> Por seguridad no puedo darte mi nombre

> Puedes llamarme Flynn si te sientes más cómoda

«¿Flynn? —pensé incrédula—. ¿Como... Flynn Rider?»
Me quedé con las ganas de preguntárselo.

> Vale, Flynn

> Nos vemos el sábado 😊

Después de trazar el plan maestro en mi cabeza, estaba más animada. Enseguida caí en la cuenta de que no podía ir yo a la quedada. No quería arriesgarme a que saliese corriendo en cuanto me viese. Si no podía tenderle la emboscada, ¿a quién podría enviar? La cara de Jessica me vino a la cabeza. Ella sabía quién era ese impresentable. Le mandé un audio contándole el plan. No tardó en contestarme:

> Me apunto, pero no quiero ir sola

Salí de mi habitación y fui en busca de Nicole. La encontré en la cocina sirviéndose una taza de café. Tenía el pelo enmarañado y las marcas de la sábana en la cara.

—¿Qué haces el sábado por la mañana? —le pregunté con una sonrisa angelical.

—Eh... No lo sé. Creo que nada, ¿por? —contestó con voz pastosa.

—¿Quieres ayudarme a fastidiarle el negocio al Rompebodas?

Parpadeó somnolienta.

—Han, estoy sobada. —Nicole bostezó—. No me entero —musitó con ojos llorosos—. ¿Puedes explicármelo como si fuese una niña de tres años, por favor?

Asentí y procedí a contarle todo lo que había ocurrido desde que me había despertado.

—¿Te ha dicho que le llames Flynn? —me preguntó Nicole entre risas un rato más tarde—. ¿Como Flynn Rider? —se cercioró.

—Sí... Eso creo. —Fruncí el ceño pensativa.

«Espera un momento...».

—¿Está usando nombres de protagonistas de Disney? —pregunté a nadie en particular. No le di tiempo a contestar y comencé a divagar—. En la boda de Emma se presentó como John, que puede ser por John Smith, el de *Pocahontas*. En la boda en la que estaba Jessica dijo que se llamaba Eric, como el príncipe de *La Sirenita* —conforme hablaba todo fue cobrando sentido—. Y ahora... ¿es Flynn, como el protagonista de *Enredados*?

—Tiene pinta. —Nicole soltó una carcajada.

La situación era tan surrealista que no sabía si reírme o llorar.

—¿Cuento contigo, entonces? —le pregunté a Nicole.

—No hace falta que lo preguntes. Yo hago lo que sea con tal de ayudarte.

—Gracias. Ahora que lo pienso... creo que voy a retrasar la quedada a las once. Tengo una boda en el hotel Bowery ese día. Quiero trabajar en paz, sin tener que mirar por encima del hombro por si le veo aparecer.

—Buena idea.

Me apresuré a escribirle. Saber que él estaría en otro sitio me daría la tranquilidad necesaria para asegurarme de que la boda fuese perfecta.

> Perdona, te va bien que quedemos mejor a las once?

Me contestó *ipso facto*:

> Sin problema

Se me escapó una risita malévola al leer su respuesta.

—Se acabó tu reinado del terror, imbécil —le dije al aire mientras escribía a Jessica para confirmarle que Nicole iría con ella.

—Pareces una villana de película —se rio mi amiga—. Te ha faltado girar la silla y acariciar al gato.

—Me encantaría ver la cara que pone cuando le hagáis la foto. Este capullo no sabe la que le espera.

10

Logan

Al entrar en el apartamento me tropecé con las zapatillas de mi compañero de piso. Solté una maldición y las aparté con el pie. Pulsé el interruptor que tenía a mano derecha y se iluminó la cocina. Arrojé las llaves sobre el mueble de la entrada y aterrizaron al lado de la montaña de céntimos que a Josh no le cabían en la cartera. Me quité las deportivas sin desabrocharme los cordones y las pegué a la pared.

Dejé la bolsa de la compra en la barra que separaba la cocina del salón. Cuando terminé de sacar los productos, levanté la cabeza y me quedé pasmado. Al lado de la mesita del café había un árbol. Mediría metro y medio. Tenía la maceta rajada y pegada con cinta aislante gris.

—¡Josh! —Alcé la voz para llamar a mi compañero de piso.

—¡Dime! —gritó él desde algún lugar.

—¿Puedes explicarme qué hace el puto sauce boxeador en el salón?

—¡Es un ficus! ¡Ahora te cuento!

Unos segundos más tarde Josh salió silbando de su habitación. Se plantó en mitad del salón en calzoncillos y con unos calcetines amarillo chillón subidos hasta mitad de la espinilla. El pelo rubio y despeinado le caía sobre los ojos azules. Tenía una tirita en la barbilla, probablemente habría vuelto a cortarse afeitándose, y lucía una sonrisa de oreja a oreja.

—Joder, tío, hemos dicho que nada de ir en gayumbos por casa —me quejé medio en broma—. Me vas a traumatizar.

—Qué va, no vas a ver nada que no hayas visto antes. —Sonrió, antes de perderse en su habitación.

Por desgracia, en los cuatro meses que llevábamos viviendo juntos le había visto el culo más veces de las que me gustaría. Josh regresó enseguida con una camiseta en la que podía leerse: «Mis plantas siempre están húmedas» y unas bermudas rojas.

—Sé que dije que no iba a traer más plantas en una temporada —empezó, poniendo una voz inocente—, pero este pequeñajo estaba en la basura... —Señaló el árbol que descansaba a su lado, al que le sacaba solo una cabeza de altura—. No podía dejarlo ahí, abandonado a su suerte.

Josh trabajaba en una floristería a un par de manzanas de casa. Nuestro apartamento era casi un vivero, porque traía plantas cada dos por tres. En el salón, varias colgaban del techo y otras descansaban sobre la mesita del café. Habíamos tenido que colocar una estantería en el rincón cercano a la ventana para que cupiesen más. La repisa flotante de la cocina, que estaba destinada a las tazas, también exhibía macetas pequeñas de flores coloridas. Incluso teníamos una sobre la cisterna del baño.

—¿No puedes ponerlo en tu cuarto? —le pregunté aun sabiendo la respuesta.

—No cabe.

—Genial —ironicé—. Eres consciente de que pronto podrás ir por casa en taparrabos porque esto parecerá la jungla, ¿verdad?

Se le escapó una carcajada ruidosa y no pude evitar reírme yo también.

Josh era un desastre, pero buena persona. Una vez que te acostumbrabas a sus peculiaridades, era imposible no cogerle cariño.

Abrí la nevera para guardar en mis baldas los productos frescos que había comprado. Lo único que tenía mi compañero en las suyas era un bote de mahonesa que llevaba meses abierto, palitos de queso y un par de botellas de Gatorade de naranja.

—¿Quieres una cerveza? —le ofrecí.

—Sí. Gracias.

Cogí dos botellines y les quité la chapa con el abrebotellas de Juego de Tronos que Alexandra me había traído de Croacia. Era el lobo huargo de la casa Stark. Alargué el brazo sobre la barra y le pasé a Josh una cerveza.

Le di un trago largo a la mía y me supo a gloria. Luego saqué el delantal del cajón y me lo puse.

—Tío, ¿va todo bien? —me preguntó Josh.

—Eh... Sí.

—No pareces convencido.

Desvié la mirada. Aunque Josh y yo no teníamos la costumbre de contarnos las cosas, ese día decidí sincerarme:

—El otro día hice una entrevista para una agencia de publicidad muy tocha. Me salió de puta madre, pero acaban de descartarme del proceso de selección.

La noticia me había sentado fatal. Estaba convencido de que me contrarían y de que, por fin, recuperaría las ganas de ir a trabajar.

—Según me han dicho, buscan a alguien con más experiencia. —Resoplé y le di otro trago a la cerveza—. ¿Poca experiencia yo? Venga, no me jodas... Si he sido directivo. Llevo ocho años trabajando en publicidad, he gestionado algunas de las marcas más grandes del país, pero todo eso da igual, porque parece que lo único que importa es la puñetera carta de recomendación...

—¿No puedes pedirle una a la empresa para la que currabas antes?

Negué con la cabeza y resumí el problema en tres frases:

—Qué va. Mi antiguo jefe es el padre de mi ex y le caigo como el culo. En su día ya me dijo que ni de coña me la haría.

—Menudo cabrón.

No le rebatí.

El padre de mi ex era el típico hombre rígido al que solo le preocupaba el estatus social. Se ocupó de dejarme claro mil veces que no era lo bastante bueno para su hija y, en cuanto ella me plantó, me despidió alegando recortes necesarios en la plantilla. Siempre había creído que me culpaba a mí de que Ashley quisiese tomarse un año sabático para autodescubrirse. Debía de estar subiéndose por las paredes al ver que su adorada hija seguía saliendo con el surfista desgreñado.

Me lavé las manos en el fregadero y saqué del armario la tabla de cortar. Luego rebusqué en el cajón de los cubiertos hasta dar con el cuchillo que estaba buscando.

—¿Y si falsificas una carta de recomendación? —me propuso Josh.

—Uf. Paso, tío. A ver si les va a dar por llamar a la empresa para verificarlo.

Él le dio un sorbo a su botellín.

Durante un instante me dediqué a lavar y secar los champiñones.

—Lo que más me jode —empecé, mientras los cortaba en láminas— es que la entrevista fue genial hasta que me preguntaron por qué me había ido de Oligy.

—Ya... Bueno, tío, no te desanimes. Fijo que encuentras algo pronto.

No contesté.

Tenía claro que acabaría encontrando algo. A mis treinta años la vida me había dado demasiadas hostias como ser de los que se desaniman con facilidad. Pero estaba hasta los cojones de buscar trabajo, la verdad. El mercado laboral era una mierda como un templo de grande. O tienes demasiada experiencia o tienes muy poca, y si no el problema es que no sabes cuatro idiomas.

Estaba a punto de ponerme a picar cebolla cuando me vibró el reloj.

—Joder, que tía más impaciente —me quejé al leer el nuevo mensaje de Donna.

—¿Quién?

—Una clienta —le contesté a la par que me limpiaba las manos en el trapo. Me lo eché al hombro y me saqué el móvil del bolsillo trasero del vaquero—. He quedado con ella mañana. Le dije que ya le avisaría de dónde nos vemos y lleva tres días dándome la tabarra.

—¿Y por qué no se lo dices ya?

—Porque todavía no sé dónde llevarla. Me ha pedido un lugar con máxima discreción.

—Aaah, igual es timidilla, ¿no?

—Supongo. —Torcí el gesto, pensativo. Me di un par de golpecitos con el móvil en la mano—. Tengo que buscar un sitio nuevo. El local donde quedé con la última era un poco asfixiante, estaba petado y sudé un montón.

—Yo te puedo recomendar un bar que está bien —repuso con una sonrisita—. Se llama Strangelove. Está en la Cincuenta y tres con la Segunda.

—¿Sí? Genial. —Me lo apunté en el teléfono y volví a guardármelo—. Necesito que esta mujer me contrate.

—¿Tan mal estás?

Asentí con los labios apretados.

—La semana pasada perdí setecientos dólares gracias a la *wedding planner* que me pilló en el Plaza... —expliqué sin entrar en más detalles—, así que este mes voy justo de pasta.

Cogí el cuchillo y comencé a picar la cebolla. Enseguida se me empañó la mirada.

—Espera, ¿has dicho que te pillaron en el hotel Plaza? —preguntó Josh al cabo de un instante.

—Sí. Me echaron los de seguridad. —Me froté los ojos, que me escocían por culpa de la hortaliza—. Lo que más rabia me da es que me fui dejando el trabajo a medias, ¿sabes? Yo nunca dejo las cosas a medias.

—Qué putada, tío... —Se acabó lo que le quedaba de la cerveza de un trago—. A por todas mañana, entonces.

Aparqué la moto enfrente del bar en el que había quedado con Donna. El Strangelove se encontraba en el semisótano de un edificio de fachada rojiza. Bajé las escaleras y abrí la puerta de un tirón. Atravesé un pasillo estrecho, acompañado de la música rock que se reproducía a través de los altavoces, y fui a parar a un local pequeño y oscuro. La luz tenue de las lámparas apenas iluminaba. El suelo estaba pegajoso y el ambiente olía a cerveza. Las paredes, las mesas y las sillas estaban llenas de *graffitis*.

«¿A qué clase de antro me ha mandado Josh?».

Barrí la estancia con la mirada en busca de Donna. Era la una de la tarde de un sábado y apenas había gente. Tan solo un par de parejas desperdigadas entre la barra y las mesas, y dos tíos jugando al billar. Al fondo, había una mujer sola sentada frente a una de las mesas cercanas a los baños, con la vista centrada en su teléfono.

—¿Donna? —adiviné cuando me detuve delante de ella.

La mujer alzó el rostro a la velocidad del rayo. Sus rizos rojizos rebotaron con vida propia.

—Sí. —Me lanzó una mirada curiosa.

—Soy Flynn. —Alargué el brazo en su dirección—. Encantado. —Al estrecharle la mano me di cuenta de que le sudaba la palma.

Planté el culo en el taburete libre.

—¿Qué tal? —le pregunté para romper el hielo—. ¿Llevas mucho tiempo esperando?

—No.

Donna tenía delante un vaso de cerveza prácticamente entero. Al lado descansaba un bolso rosa tan diminuto que parecía de la Barbie. Estaba seguro de que dentro no le cabría ni el móvil.

—Eh, tú, ¿qué quieres tomar? —El camarero y su actitud hosca se materializaron a mi lado.

—Una Coca-Cola, por favor —contesté.

Cuando nos dejó solos, me saqué la libreta del bolsillo del pantalón. La abrí por una página al azar y pasé las hojas hasta dar con una en blanco. Apreté el botón del bolígrafo retráctil contra mi barbilla y me dispuse a tomar notas. Por lo general no era de los que anotaban las cosas, pero con lo de las bodas tenía que ser cuidadoso. No podía hacerme un lío y llamar a la novia por otro nombre en mitad de la ceremonia.

—Bueno, cuéntame —le pedí a Donna—. ¿Quiénes se casan?

—Sophie y Sky… Unos amigos —añadió cuando le dediqué una mirada interrogante.

Captado. Donna no era de muchas palabras.

—Genial. —Garabateé los nombres en el papel—. ¿Dónde es la boda?

—En el hotel Roxy —contestó de manera atropellada.

—¿El que está en TriBeCa?

—Sí.

—Creo que sé cuál es. —Apunté el dato—. Hay seguridad, ¿no?

—Sí.

—¿Cuándo es el gran día?

—El 4 de agosto. —La mujer jugueteó con los posavasos.

Después de anotarlo, pasé las hojas hacia delante y hacia atrás para comprobar que no tenía otra boda reservada en la misma fecha.

De reojo, vi que mi acompañante no paraba quieta en la silla.

—Vale. Lo tengo libre —le informé.

Justo cuando el camarero regresó con mi bebida, una pareja salió de los baños riéndose. Ella se colocó la parte baja de la minifalda y él se subió la bragueta. Ni siquiera se molestaron en disimular lo que habían estado haciendo.

—¿Por qué quieres que me oponga a la boda? —le pregunté a Donna al cabo de unos segundos.

—Mmm… —Ella jugueteó con la cremallera del bolsito. Parecía que la pregunta la había pillado desprevenida.

—No te voy a juzgar —aseguré por encima de la música—. Simplemente necesito saberlo para aceptar el curro.

Donna desvió la vista hacia la derecha. Seguí el curso de su mirada. Una mujer se había sentado en la mesa contigua. Llevaba unas gafas de sol enormes, una gorra oscura y parecía atenta a nuestra conversación.

«Madre mía, qué gente más rara hay aquí».

—¿Por qué quieres parar la boda? —repetí cuando volví a mirarla.

No quería presionarla, pero necesitaba una respuesta.

—Porque… —empezó, buscando las palabras—. Quiero mucho a Sophie… y es… muy joven para casarse.

Arqueé una ceja. ¿Qué mierda de motivo es ese?

Ella forzó una sonrisa.

El comportamiento de Donna era rarísimo. Mis clientes siempre tenían claro por qué querían impedir un enlace. Por lo general, estaban tan enfadados que escupían las razones casi sin preguntarles. En cambio, a Donna tenía que sacarle la información con sacacorchos. ¿Quizá... no estaba del todo segura de querer interrumpir la boda?

Donna volvió a girar la cabeza hacia la derecha. La mujer de la mesa contigua se había quitado las gafas de sol. Su rostro me resultaba familiar.

—Flynn —murmuró mi acompañante, llamando mi atención—. Estoy... enamorada de Sam —escupió de carrerilla—. Por eso quiero parar la boda.

«¿Sam?». Había algo que no cuadraba en todo aquello.

—¿Quién es Sam? —Desvié la vista hacia Donna.

—El novio. El que se casa.

Arrugué el ceño.

Sí. Ahí había algo raro. Sin duda.

—Creía que habías dicho que se llamaba Sky —repuse.

—Ah... —Se le escapó una risita nerviosa—. Me he confundido.

«Pillada y hundida».

Me sentía observado. Volví a mirar a la mujer de al lado. En ese momento estaba fulminándome con la mirada. Era buenísimo con las caras y enseguida caí en la cuenta de quién era.

«¡Coño! ¡Es la tía del bar! ¡La amiga de Hannah!».

—Donna —dije, levantándome—, como veo que no tienes claro lo de romper la boda, yo me voy.

De pronto, un fogonazo de luz blanco y cegador iluminó mi alrededor, provocándome un sobresalto. Por instinto, me tapé la cara con la mano.

—Pero... ¿qué cojones? —Parpadeé confundido.

Giré el rostro hacia la izquierda y me encontré con la mujer de la otra mesa apuntándome con un móvil. Su sonrisa malévola no me hacía ni puta gracia.

—¿Estás intentando hacerme una foto? —le pregunté estupefacto, sin quitarme la mano de la cara.

—Sí —me respondió sin un ápice de vergüenza.

«Hostia. ¿Han orquestado esto para sacarme una puta foto?».

Mi incredulidad estaba mutando en enfado.

—¿Para mandársela a tu amiguita la *wedding planner*? —Le dediqué una sonrisa burlona.

Ella se quedó paralizada al entender que la había descubierto.

Ja. ¿De verdad creían que era tan gilipollas como para tragarme aquel numerito?

La pelirroja con la que había compartido mesa se levantó y se unió a la paparazzi.

—Si tantas ganas tiene Hannah de verme, ¿por qué no da la cara ella? —les pregunté con acidez—. Tiene que ser muy cobarde para mandaros a vosotras...

—Hannah no ha podido venir porque tiene un trabajo de verdad —me respondió la mujer que había intentado hacerme la foto—. No como tú, gilipollas. —Sonrió con malicia—. ¡Se te acabó el rollito de romper bodas, vamos a empapelar Manhattan con tu cara!

Intentó hacerme una segunda foto, pero me di la vuelta a tiempo.

Apreté los dientes.

«Hasta aquí hemos llegado».

—Que os den —les dije enfadado.

Atravesé el bar a toda prisa.

—Invitan ellas —le ladré al camarero, señalando con el pulgar por encima del hombro.

Mis pensamientos tomaron un nuevo rumbo: ni de coña dejaría las cosas así. No permitiría que Hannah me jodiese el negocio porque le diese la gana. Si esa mujer creía que podía jugármela, lo llevaba claro. Daría con ella y haría lo que hiciera falta para que me dejase en paz.

Entrecerré los ojos al salir del bar, cuando la luz del sol impactó de lleno en mi rostro. Me saqué el teléfono del bolsillo y abrí Instagram. Tecleé en el buscador las palabras clave: Hannah Brooks *wedding planner*.

El primer resultado que obtuve fue un perfil con el nombre de usuario @elsiperfecto. Pinché encima para abrirlo y comprobar si era ella.

La foto de la cuenta era un logo sencillo en el que podía leerse El Sí Perfecto en letras negras sobre un fondo blanco. Lo siguiente que hice fue leer la biografía.

El Sí Perfecto

💍 Diseño, coordinación y organización de bodas perfectas

🖋 Todas las historias son bienvenidas

📍 Nueva York

✉ Información y reservas: hannahbrooks@elsiperfecto.com

Deslicé el dedo por la pantalla.

«¡¡¡Ahí está!!!».

Hannah aparecía en una de las tres fotografías que tenía fijadas en el perfil. Pinché en la imagen para verla más grande. Posaba en mitad de un paisaje verde, sujetando un portapapeles dorado. Llevaba el pelo recogido en una coleta y lucía una sonrisa natural. Mirándola, no pude evitar preguntarme cómo una mujer que parecía tan dulce y simpática podía ser tan vengativa.

Revisé las historias en busca de información.

«¡Bingo!». Sonreí de medio lado.

La única foto que había subido era la de un altar decorado con un arco de flores. En la parte inferior había escrito: «Hoy celebramos la boda de Rachel y Luce en el hotel Bowery».

Sin perder un segundo, me subí a la moto.

«Te vas a enterar, guapa», pensé al arrancar.

Me incorporé al tráfico y pisé el acelerador al llegar a la Segunda Avenida. No sabía hasta qué hora estaría Hannah en aquel hotel, pero estaba impaciente por devolvérsela.

11

Hannah

Sonreí satisfecha.

La boda de Rachel y Luce en el hotel Bowery estaba saliendo acorde a lo planeado. Desde el umbral, recorrí con la mirada el salón en el que se celebraba el banquete. La luz natural que entraba a través de los ventanales combinada con los arreglos florales que colgaban del techo y los candelabros dorados que decoraban las mesas creaban una atmósfera romántica. Daba la impresión de que estábamos en un jardín tranquilo, lejos del bullicio de la ciudad, que era justo lo que querían las novias.

—Hannah. —Maggie, la jefa de sala, me llamó a través del *walkie talkie*—. En breve empezaremos a sacar los segundos platos. La sorpresa de las amigas de Rachel era antes de los postres, ¿verdad?

—No. —Hablé por el micrófono que llevaba a la altura del pecho—. Es después del brindis.

—Oído. Voy a avisar a los camareros para que…

Un ruido molesto de interferencias me impidió entender el resto de la frase.

—¿Maggie…? —pregunté al cabo de unos segundos.

—¡Caballeros…! —exclamó una voz grave y masculina a través de los pinganillos.

Parpadeé confundida. ¿Quién estaba interfiriendo en nuestra comunicación?

—*Milady!* —prosiguió el hombre en un tono teatral—. Siempre recordaréis este día como el día en el que casi —enfatizó la última palabra— capturáis al capitán… Jack Sparrow.

La sangre me huyó del rostro al reconocer esa voz grave y profunda.

«No. No. ¿Ha venido a destrozar la boda? Por favor, otra vez no».

Aquello no podía estar pasando.

Ese hombre debería estar en un tugurio de mala muerte con mis amigas distrayéndole, no en el hotel Bowery interrumpiendo mi trabajo. Varias preguntas cruzaron a toda prisa mi mente: «¿Cómo ha dado conmigo? ¿Las chicas han conseguido hacerle la foto?».

Me sobresalté cuando empezó a sonar la melodía de *Piratas del Caribe* a todo volumen.

—¡Au! —Chasqueé la lengua fastidiada y me quité el pinganillo. En busca de alivio, me masajeé el trago de la oreja.

¿De verdad ese impresentable acababa de inutilizarme los *walkies*?

El ruido de la música me llegó amortiguado desde el auricular, confirmando que así era.

—¡Hannah! —me llamó Maggie.

Me giré hacia el pasillo y la vi caminar en mi dirección. No dudé en salir a su encuentro.

—Alguien está transmitiendo en nuestra frecuencia, tendremos que comunicarnos a la antigua usanza —me informó al llegar a mi altura. Apagó la radio y la dejó sobre el atril, al lado de mi portapapeles—. Te decía que vamos a sacar ya los segundos y que voy a recordarles a los camareros lo del vídeo sorpresa para que nadie pase por delante del proyector, ¿vale?

—Vale. Perfecto. Gracias. —Sonreí incómoda, intentando aparentar normalidad—. ¿No quieres que busquemos al culpable? —pregunté, señalando mi pinganillo.

—No te preocupes. Tiene pinta de ser una chiquillada. Pararán de retransmitir en cuanto se aburran.

Regresó a las cocinas a paso decidido, sin darme opción a responder.

—Haaannaaah. —Alguien canturreó mi nombre a lo lejos.

Giré sobre los talones, pero no había nadie en el pasillo.

Tardé unos segundos en comprender que la voz provenía del pinganillo que me colgaba del cuello. Me apresuré a colocármelo en la oreja.

—¿Qué haces aquí? —Escupí entre dientes al micrófono.

—Hannah, Hannah, Hannah... —me saludó él con un deje burlón en la voz—. ¿O debería llamarte Donna?

«¡Mierda!».

Eso solo podía significar que había pillado a Nicole y a Jessica con las manos en la masa. Pero ¿cómo se las habría ingeniado para llegar hasta mí?

—Y yo a ti... —contesté—. ¿Debería llamarte Flynn Rider, John Smith o Mike Wazowski?

—Uuuh. ¡Qué bueno! No había caído en Monstruos S. A. Me lo apunto para la próxima.

Oí la puerta de la cocina abrirse a mis espaldas. Varios camareros pasaron por mi lado como flechas y se internaron en el salón cargando las bandejas.

—¿Has venido a destrozar la boda? —pregunté en voz baja.

—Si digo que sí, ¿vas a volver a besarme?

Durante un instante, no supe qué contestar. Noté que se me calentaban las mejillas.

—Voy a alertar a la jefa de sala para que te echen —le advertí a la defensiva.

—¿Estás segura de que quieres arruinarles el día a las novias? —No me gustó nada su tono confiado—. Míralas, qué alegres están, dándose de comer la una a la otra.

Di un respingo. ¿Ese hombre estaba en el salón?

Volví a asomarme al umbral. Abrí la boca de par en par al ver que Luce estaba acercándole el tenedor a su mujer a la boca.

Miré en todas las direcciones. Los camareros servían las mesas y los invitados conversaban animados entre ellos. Todo parecía estar en orden. Sin embargo, ese sinvergüenza debía de estar escondido detrás de alguna de las columnas de ladrillo.

Aunque Rachel y Luce ya estuviesen casadas, sabía que él encontraría la manera de estropearles el día mágico. Me adentré en el salón y caminé entre las mesas en su busca.

—Frío, frío, frío… —dijo él, conforme avancé por la sala.

Suspiré incómoda. Odiaba sentirme observada y no me gustaba oírlo susurrar en mi oreja.

Aparté la cortina pesada de terciopelo roja que separaba el comedor del salón en el que había tenido lugar la ceremonia. Me escurrí dentro e inspeccioné la estancia. Habían retirado las sillas y la pista estaba despejada para el baile. No había ni rastro de aquel hombre por ningún sitio.

—Congelado. —Su carcajada llenó mi oído, y terminé de ponerme de los nervios.

Me limpié el sudor de las palmas de las manos en la falda del vestido.

Con el corazón acelerado, atravesé la estancia vacía y regresé al pasillo.

«¿Dónde demonios está?».

Quería localizarlo y asegurarme de que seguridad lo echase con la mayor discreción posible. Decidí probar suerte en los servicios, que estaban al final del pasillo. Mis tacones resonaron sobre el suelo de madera.

—Uf —resopló él a través del auricular—. La cosa se va calentando.

—No tengo tiempo para jugar al escondite —contesté—. Estoy trabajando.

—No estamos jugando al escondite. Estamos jugando al gato y al ratón. Y tú… eres el ratón.

Eché un vistazo a ambos lados para comprobar que estaba sola antes de empujar la puerta de los baños de caballeros. Resoplé irritada al ver que allí tampoco había nadie. Pasé a los servicios de mujeres y tuve la misma suerte: todos los cubículos estaban vacíos.

—¿Qué quieres? —escupí por el micrófono, perdiendo la paciencia.

—Que tú y tus amiguitas me dejéis en paz.

Apoyé el trasero en el lavabo y me saqué el teléfono de la riñonera. Tenía varios mensajes de Nicole esperándome.

No he conseguido hacerle la foto

Además, me he cabreado y le he dicho que no te putease más...

Al final me ha reconocido

Lo siento 😔

Tomé aire de manera profunda. Era una mierda que no hubiesen conseguido hacerle la foto. Me armé de valor y pulsé el botón del micrófono.

—No voy a parar hasta que cierre tu negocio rastrero —respondí, tratando de mantener la seguridad en mí misma.

—Si no paras, te perseguiré por todas y cada una de las bodas que tengas y no te dejaré tranquila ni un segundo. Te atormentaré hasta que se corra la voz de que eres la peor *wedding planner* en Nueva York y nadie quiera contratarte...

—Lo dudo. Pienso llamar a todos los salones de bodas de Manhattan y avisar de que hay un idiota rompiendo bodas por dinero.

—Vale —concedió en tono cansado al cabo de unos segundos—. Tú lo has querido. No digas que no te lo advertí.

Sentí un retortijón en las tripas.

—¿Qué has querido decir con eso? —le pregunté, intentando que no me temblase la voz.

Esperé un momento, pero no obtuve respuesta.

Presa del pánico, salí al pasillo y lo atravesé dando zancadas. Tenía que impedir que estropease esa boda.

Estaba a punto de llegar al salón cuando la puerta de la cocina se abrió y, entonces, vi un par de deportivas blancas con rayas rojas.

Subí la vista y me quedé boquiabierta. No le había reconocido antes porque llevaba una peluca rubia. Iba vestido con un delantal negro encima de una camisa blanca. Sostenía una bandeja plateada en la mano izquierda. Mi incredulidad alcanzó cotas estratosféricas al entender que se había infiltrado vestido como el servicio.

—¿Qué haces? —Caminé a toda prisa hacia él, dispuesta a sacarlo a rastras del hotel.

Debió de percatarse de mis intenciones, porque cuando llegué a su altura me advirtió:

—Cuidado, esta botella vale cuatrocientos dólares. No querrás que se rompa y lo carguen a tu cuenta, ¿verdad?

Ante esas palabras, me detuve en seco y observé la botella. Se trataba de un Cabernet Sauvignon de 1987.

—Ya me parecía… —Me regaló una sonrisa burlona.

—Dámela. —Extendí la mano en su dirección.

—¿Me vas a dejar en paz?

—Que. Sueltes. La. Botella. —Separé las palabras irritada.

Hizo amago de volcar la bandeja y la botella se tambaleó. Di un paso adelante, dispuesta a rescatarla de una caída inminente.

—Uy, que se me cae. —Él soltó una risita odiosa al enderezar la mano—. Que. Me. Dejes. En. Paz. —Se puso serio de golpe.

—Eres un impresentable.

—Soy muchas cosas, *milady*.

Me mordí la lengua porque un invitado salió del salón. Nos dedicó una mirada curiosa cuando pasó por nuestro lado en su camino al baño.

Quería pegarle cuatro voces, pero aquel no era el lugar adecuado para hacerlo.

Fingí que le hacía un gesto a alguien que estaba detrás de él. Aproveché su distracción y, en un movimiento rápido, le arrebaté la botella.

Sintiéndome victoriosa, le agarré del brazo y lo arrastré de vuelta a la cocina.

La estancia estaba llena de movimiento. El ritmo allí dentro era frenético y estresante. El ruido del chisporroteo del fuego se unía al de los cuchillos cortando a toda prisa. Las órdenes se impartían a gritos por encima del sonido de las campanas extractoras.

El personal estaba concentrado en su tarea. Nadie nos prestó atención cuando nos adentramos en la sala, ni cuando dejé la botella de vino sobre una encimera. Apresurada, tiré de él hacia la cámara frigorífica. Aquel era el único lugar en el que tendríamos privacidad.

Le empujé dentro y pasé detrás.

El aire era frío y olía a ingredientes frescos.

—Pero ¿tú de que vas? —le pregunté cuando cerré la puerta detrás de mí—. ¿Te crees que puedes aparecer cuando te dé la gana y cargarte una boda?

—¿Y tú crees que puedes mandar a tus secuaces a que me hagan una foto, para joderme el negocio, y que voy a dejarlo pasar?

—¡No voy a quedarme de brazos cruzados mientras les arruinas a las parejas el día más importante de su vida!

—¿El día más importante de su vida? —comentó escéptico.

La nubecita de vaho que se escapó de entre sus labios cuando habló me acarició el rostro. Estábamos lo bastante cerca como para tocarnos.

—¡Es uno de ellos, sí!

—Por favor, el matrimonio es la cosa más inútil que existe. Es una tradición arcaica que debería haberse abolido hace mucho.

—¿Cómo puedes decir eso? —Elevé la voz espantada—. ¡El matrimonio es un paso muy importante en una relación! ¡Simboliza la unión, el compromiso y el amor de dos personas, y culmina en una celebración romántica con sus seres queridos!

—¡Esa es la imagen que te vende la sociedad! Te hacen creer que para ser feliz tienes que firmar un trozo de papel y que, si no lo haces a determinada edad, has fracasado como persona. Como si ese fuese el único objetivo en la vida. —Gesticuló—. Dime, ¿qué hay de romántico en firmar un contrato?

—¡Si entiendes el matrimonio como una imposición social, tienes un problema! —Le apunté con el dedo—. ¡Esto va más allá de firmar un contrato! ¡El matrimonio es la intención que tienen dos personas de amarse, respetarse y querer estar juntas siempre! ¡Es elegir un compañero de equipo con el que estar en lo bueno y en lo malo, con el que reírte y llorar, y con el que avanzar y aprender de los errores! ¡Y por supuesto que no es el único objetivo de la vida, pero, si alguien decide que quiere casarse, tú no eres nadie para impedírselo!

Él soltó una carcajada amarga.

—¡Para tener una relación así no necesitas armar toda esta parafernalia ridícula! —Señaló con la mano la estancia que nos rodeaba—. ¡Las bodas como esta solo sirven para que los novios se gasten un dineral en hacer el idiota un día en el que apenas disfrutan por el estrés de querer que todo salga bien, y en el que están obligados a socializar con personas que no soportan invitadas por compromiso! ¡Lo mires por donde lo mires, las bodas son un negocio!

Me ardía la cara por la indignación.

—¡Las bodas son un momento único y especial para la pareja, que...!

—¿Único y especial? —Resopló incrédulo—. ¡Por favor, si todas son iguales! ¡Se celebran en los mismos hoteles, comiendo la misma comida y bailando las mismas canciones empalagosas! ¡Hasta en las fotos que se sacan, los novios posan de la misma manera impostada! Es la misma historia siempre, pero con distintos protagonistas.

—¡No es cierto!

—¿Cómo que no? Son tan parecidas las unas a las otras que son casi un cliché en sí mismas. Por no mencionar que el proceso empieza con la compra de un anillo. ¡Y eso, te guste o no, es una puñetera transacción comercial!

Inspiré de manera profunda a la par que negaba con la cabeza. El corazón me latía con violencia.

—Veo que te has quedado sin argumentos —comentó con una sonrisa burlona.

—¿Por qué eres tan cínico con las bodas? ¿Es que te dejaron plantado en el altar o algo así?

Él endureció la mirada y no contestó. Algo en sus ojos oscuros me decía que había acertado.

—¿Es eso? —Azucé—. ¿Te dejaron plantado y ahora eres un amargado que lo paga con los demás para sentirse mejor?

Él sacudió la cabeza. Una sonrisa irónica adornaba su rostro.

—Deberías darme las gracias —me dijo—. Al menos, les estoy ahorrando a esas parejas un pastizal en el abogado de divorcio.

Sabía que no debía caer en su provocación, pero fue superior a mis fuerzas.

—Eres lo peor.

—Esto tiene dos finales posibles —siguió, ignorando mis preguntas, con un tono aterciopelado—. Aceptas mi trato y desaparezco, o te niegas a colaborar y no me quedará más remedio que montar un escándalo inolvidable para las novias.

Tenía la piel de gallina. No sabía si por el frío o por la amenaza.

Me gustaría decir que gané el pulso que echamos con la mirada, pero el trabajo me importaba demasiado.

En ese instante fui consciente de que estaba malgastando mi tiempo y saliva intentando razonar con él. Fuera de esa nevera había una pareja a la que le había prometido una boda perfecta. Deseosa de acabar con aquella situación le dije:

—Acepto el trato.

—Así me gusta. —Me sonrió—. *Hakuna matata*, vive y deja vivir.

Le dediqué una última mirada asqueada antes de darme la vuelta dispuesta a salir de ahí.

Enfadada, bajé el picaporte de la puerta un tirón y me quedé con él en la mano. Parpadeé horrorizada, esperando a que el pomo volviese a su sitio por arte de magia.

—¡No! ¡No! ¡No! —supliqué al aire.

—¿Te has cargado la puerta? —Oí su carcajada molesta a mi espalda—. ¡Bien hecho!

Definitivamente, aquello tenía que ser una pesadilla.

Empujé la puerta, pero no se movió. Golpeé el metal con el puño y grité pidiendo ayuda. Nadie nos oyó. La cocina en pleno servicio era un caos absoluto.

—¿Es que no piensas hacer nada? —Me di la vuelta para encararlo indignada.

Se había quitado la peluca rubia y tenía el pelo oscuro revuelto.

—Eres tú —me apuntó con el dedo— la que nos ha metido en esta situación. Además, soy lo peor, ¿recuerdas? —puntualizó con retintín.

Cerré los ojos y me masajeé las sienes.

Respiré hondo, intentando serenarme.

«Tranquila, Hannah, que no cunda el pánico».

Quise usar los *walkies* para alertar a alguien, pero la señal de radio no llegaba dentro de la nevera. Y el móvil no tenía cobertura. Escaneé la estancia en busca de algo que pudiera servirnos. Las paredes de metal estaban repletas de estantes con productos agrupados por categorías, cajas y recipientes etiquetados con fechas de caducidad.

Resoplé frustrada.

—¡Yo debería estar ahí fuera, trabajando! —exclamé, mirándolo—. ¡Y estoy aquí encerrada por tu culpa!

—¿Por mi culpa? —Se señaló el pecho con el dedo índice.

—¡Si no hubieses venido a destrozar la boda…!

—¡No he venido a destrozar la boda! —me interrumpió—. Estoy aquí porque tú y tus amiguitas habéis decidido jugar a las *paparazzi*. Haberlo pensado antes de tocarme los cojones.

—¡Eres un sinvergüenza, un maleducado y un egoísta!

—Me importa una mierda lo que pienses de mí. —Sonrió haciéndome una mueca.

Le eché un vistazo al reloj, eran cerca de las dos de la tarde. Eso significaba que no tardarían en ir a por los postres.

Llamé a la puerta un par de veces más, por si había suerte.

Al cabo de unos segundos, oí el ruido de una botella al ser descorchada.

Me di la vuelta despacio, temiéndome lo peor.

Observé la botella de champán que tenía ese hombre en la mano. Era un Perrier-Jouet con la etiqueta personalizada para la boda. Aquel era el champán con el que las novias harían el primer brindis y cuyo corcho guardaría en mi colección.

—¿Qué has hecho? —pregunté atónita.

La irritación acumulada comenzó a burbujear en mi interior.

En lugar de contestar, él bebió a morro de la botella. Después, soltó una exhalación de satisfacción, en una clara provocación, y se limpió la boca con el dorso de la mano.

—Pruébalo. Está buenísimo. —Me ofreció la botella—. Igual así se te pasa el cabreo.

El calor me subió desde el estómago, acabando con el frío que sentía. La atmósfera tirante se podía cortar con un cuchillo.

—¿Cómo te atreves? —El grito me raspó la garganta al salir—. ¡Esa es la botella con la que iban a brindar las novias, pedazo de desgraciado! ¿No ves que tiene sus iniciales y la fecha en la etiqueta?

—¿No quieres? —Se encogió de hombros—. Más para mí, entonces.

Le dio un segundo trago. La estancia se convirtió en un borrón, el corazón me retumbaba con fuerza en los oídos y se nublaron mis sentidos. La rabia me recorría el cuerpo. Recorté la distancia que nos separaba. Agarré una de las bandejas de plástico del estante y le estampé una tarta en la cara.

12

Hannah

El plato lleno de tarta resbaló hasta el suelo y aterrizó entre nosotros.

Con el pulso acelerado, retrocedí un par de pasos. No podía creer lo que acababa de hacer. Yo no era de las que perdían la calma con facilidad, pero ese hombre me había llevado al límite.

A tientas, él extendió el brazo y dejó la botella de champán en uno de los estantes. Se limpió con las manos los restos de tarta de los ojos y las sacudió, pringando lo que le rodeaba. Luego, separó los párpados y me observó con la mandíbula apretada.

—No deberías haber hecho eso —aseguró, limpiándose el chocolate de la boca con el antebrazo.

Su voz profunda me puso los pelos de punta.

Cuadré los hombros y, con la cabeza bien alta, me atreví a contestar:

—No me arrepiento ni un poco.

Él ladeó el rostro y sonrió incrédulo.

Dio una zancada en mi dirección, pasando por encima de la tarta de chocolate. Sin previo aviso, plantó una mano en mi cintura y se quedó quieto. Tuve la sensación de que estaba esperando que me retirase o que le insultase. No hice ninguna de las dos cosas. Mi razonamiento mental debía de haberse convertido en escarcha.

Un silencio denso se extendió entre nosotros. Lo único que se oía era el zumbido de la cámara frigorífica y el ruido de su respiración profunda.

Al ver que no me apartaba, se aventuró a dar un pequeño tirón en su dirección, acercándome más a él. Alcé el rostro y le sostuve la mirada. Estábamos tan cerca que el vaho de nuestras respiraciones se entrelazaba en el aire. Aquello era demasiado intenso, pero no pensaba agachar la cabeza y dejarle ver que su presencia imponente me afectaba.

Inspiré hondo.

Sus ojos oscuros brillaban, reflejando la luz tenue y azulada. Por alguna razón, con la cara manchada de tarta me seguía resultando atractivo.

Deslizó la mirada hasta mis labios. Lo oí tragar saliva. La tensión de nuestro tira y afloja cargaba el ambiente. El calor de su palma atravesaba mi vestido, contrarrestando el frío que sentía en el resto del cuerpo.

El estómago me dio un vuelco al pensar en limpiarle los restos de chocolate de la boca con la lengua. Él debió de leerme la mente porque se inclinó en mi dirección. Un par de centímetros bastaron para que mi interior se agitase.

«Pero ¿qué me pasa?».

De pronto, el corazón me latía más rápido. Tuve la sensación de que, si me movía un ápice, se desataría una avalancha dentro de la nevera.

Nuestros ojos volvieron a encontrarse y el mundo se desvaneció. En su rostro ya no parecía haber ni rastro del enfado. Estaba tan serio como yo.

Se agachó un poco más y su nariz acarició la mía. Con la adrenalina por las nubes, ladeé el rostro hacia un lado. Noté su aliento cálido contra los labios y los separé, dejándome llevar por las emociones. Incapaz de soportar el acercamiento, cerré los ojos y me quedé a la espera del beso.

—¿Sabes una cosa, guapa? —susurró contra mi boca. Negué con la cabeza despacio, y nuestros labios se rozaron por accidente—. Alguien debería haberte enseñado que con la comida no se juega.

«¿Cómo?».

Antes de que me diese tiempo a registrar sus palabras, sentí algo frío y pringoso en la cara. Abrí los ojos, desconcertada, y me encontré con su mirada triunfal. El aroma dulce del chocolate me entró por la nariz cuando me restregó la tarta por la boca y la barbilla.

Al comprender lo que había pasado me sentí la mujer más tonta del mundo. Ese impresentable me había hecho creer que iba a besarme para devolvérmela. Y yo había cerrado los ojos, más que dispuesta a ello. ¿En qué demonios estaba pensando?

Una sonrisa burlona que parecía decir «¿De verdad creías que iba a besarte?» asomó a su cara.

Apreté los puños. La indignación estalló en mi pecho, que subía y bajaba a toda velocidad. Desvié la vista hacia la izquierda y vi la tarta que él había destrozado en el estante. Se veía claramente que había metido la mano. Le faltaba parte del borde, el bizcocho y el relleno de chocolate estaban desparramados, y los alrededores, agrietados.

Me pasé la mano por la boca y la barbilla para quitarme los restos de tarta. Con las mismas, estiré el brazo para pringarle. Él fue más rápido y me agarró la muñeca para impedírmelo.

—¡Suéltame! —le pedí entre dientes.

—¿Para que vuelvas a mancharme? —me preguntó, negando con la cabeza—. No, gracias.

—¡Eres el hombre más gilipollas con el que me he topado jamás!

—Seré todo lo gilipollas que quieras, pero hace un segundo estabas deseando que te besase —apuntó con un destello de malicia en los ojos.

El calor me subió por el cuello hasta las mejillas. Esperaba que la iluminación baja disimulase mi rubor. Me habría encantado soltarme de su agarre y restregarle la cara por todas y cada una de las tartas que descansaban en los estantes. Pero no podía desperdiciar más comida.

—¡Vete a la mierda! —No se me ocurrió ningún comentario más hiriente.

—La próxima vez que quieras pelea —dijo, dando un paso en mi dirección— será mejor que vengas preparada para la guerra.

—Te odio —murmuré con los dientes apretados.

—Lo superaré.

Le lancé una mirada gélida. Odiaba que me hicieran sentir vulnerable.

Tenía la cabeza tan acelerada que no pensaba con claridad. El calor que irradiaba la muñeca que él sujetaba estaba empezando a propagarse por mi brazo.

Me sobresalté al oír un golpe en la puerta.

—¿Hannah? —La voz de Maggie me llegó amortiguada desde la cocina—. ¿Hannah, estás ahí dentro?

Aterricé de golpe en la realidad. Me aparté de él dando un traspié.

—¡Sí! —grité, acercándome a la puerta—. ¡Estoy aquí!

—¿Estás bien?

«No. No estoy bien».

—Sí —respondí para no preocuparla—. Se ha roto el picaporte.

—No te preocupes. Stuart va a abrir la nevera con una palanca —me explicó desde el otro lado—. Apártate de la puerta por si acaso, ¿vale?

—¡Vale!

Suspiré aliviada.

En cuestión de minutos acabaría mi pesadilla, regresaría al salón y continuaría con mi trabajo.

Escaneé la estancia y un rayo de arrepentimiento me atravesó. No debería haber caído en el juego de ese hombre. Debería haber llamado a seguridad. Mi conducta había sido tan poco profesional que me daba vergüenza ver la que habíamos armado allí dentro. Había un pastel hecho pedazos en el suelo, el del estante tenía un zarpazo. Por fortuna, la tarta nupcial estaba en la cocina, en manos del repostero, que le daba los últimos retoques.

Mi acompañante tenía el pelo revuelto y restos de tarta por el rostro. Estaba segura de que yo debía de tener el mismo aspecto estrafalario.

—¡Oh, Dios! —Me llevé una mano a la cabeza y repiqueteé el suelo con el pie—. ¡Como este desastre llegue a oídos de la señora Stevens ya puedo despedirme de la agenda! —exclamé agobiada.

Él se limitó a observarme impertérrito.

«*Relax*, Hannah».

Respiré hondo, intentando mantener la mente fría. Ya habría tiempo para lamentos después. Ahora era el momento de que me pusiera en marcha.

Crucé la nevera en dos zancadas y me agaché al lado de la tarta. Le di la vuelta al plato y comencé a recogerla con las manos.

—Si no vas a ayudarme... —Levanté la vista para mirarlo desde el suelo—. Al menos, límpiate la cara.

Oí un ruido metálico a mis espaldas que indicaba que intentaban abrir la puerta.

—Por favor —añadí, suavizando el tono.

Me dio la impresión de que su mirada de reproche se transformó en una compasiva.

Con un suspiro, se quitó el delantal y lo usó para limpiarse el rostro. Luego, se agachó a mi lado y me ayudó a recoger a toda prisa. Nuestras manos se rozaron un par de veces, pero ninguno dijimos nada.

Sentí su mirada atenta a cada uno de mis movimientos. Cuando nos incorporamos, me saqué el espejito de la riñonera y le eché un vistazo rápido a mi reflejo. Tenía la nariz y la boca manchadas de chocolate. Me apresuré a limpiarme con un par de pañuelos. Después, me adecenté el pelo y el vestido como pude.

Otro golpe resonó en la puerta, acompañado del ruido de varias voces. Los nervios me estaban haciendo trizas. No tenía ni idea de qué excusa iba a darle a Maggie ni de por dónde saldría mi acompañante.

Cuando la puerta se abrió, la jefa de sala asomó la cabeza. Le dediqué una sonrisa tensa. Sus ojos pasaron de mí al hombre que tenía detrás.

—¿Qué ha pasado aquí? —nos preguntó sorprendida.

—Lo siento mucho —se disculpó él, acercándose a ella—. Se me han caído dos tartas. Hannah me ha ayudado a recogerlo todo.

Me quedé congelada. Lo último que esperaba era que se inculpase.

—Me he estresado y, como tenía mucha sed, he abierto la botella de champán —terminó él.

—¿Que has hecho qué? —Maggie se quedó boquiabierta.

—No te preocupes. —Él le puso la mano en el hombro—. Ya me despido yo solito.

Tras decir eso, le entregó el delantal hecho una bola.

Después, se marchó, dejándome desconcertada.

«¿Qué acaba de pasar? ¿Por qué no me ha delatado?».

—¿Este era el nuevo…? —empezó Maggie extrañada—. ¿Sabes qué…? Da igual. A ver cómo les explicamos a las novias lo de la botella.

Su mirada impaciente me recordó que no era el momento de desgranar y analizar todo lo que había ocurrido en aquella nevera. Eso podría hacerlo más tarde, en compañía de Nicole. Ahora tenía que recomponer el rostro y regresar al salón para asegurarme de que la boda continuaba conforme a lo previsto.

—No te preocupes —le dije lo más calmada posible—. Creo que fuera hay una botella de Moët & Chandon. Si les parece bien a las novias podemos cambiar las etiquetas.

13

Hannah

Caí rendida en la cama cerca de las tres de la madrugada.

El día había estado cargado de nervios y estrés por culpa del impresentable. Mantener todo bajo control me había llevado al agotamiento físico y mental.

Estaba frustrada, decepcionada y un poco triste.

Que el plan se hubiese ido al traste era una mierda. La foto era una baza buenísima para detenerlo. No obstante, lo que había vivido en el Bowery estaba haciendo que me replantease todo. En ningún momento había contado con que podría presentarse en el hotel. Ese cretino había puesto en riesgo mi trabajo, se había burlado de mí y se había salido con la suya. Y yo no solo se lo había permitido, si no que me había rebajado a su nivel al darle el tartazo. No era propio de mí perder los papeles así. Cuanto más lo pensaba, más avergonzada me sentía. Sin duda, esa no era la profesional que quería ser.

Seguía pensando que lo que hacía ese capullo era injusto, pero, después de darle muchas vueltas, llegué a la conclusión de que lo mejor era dejarlo estar. No quería arriesgarme a que me persiguiese por todas las bodas, tal y como había prometido que haría. Algo estaba claro: si se había colado en el Bowery vestido de camarero, sería capaz de cualquier cosa.

Además, tenía bodas programadas para el resto del verano. Entre ellas la más importante del año. No me daría tiempo a respirar y menos aún a hacer de policía. Quería trabajar tranquila. Quizá podría buscar otro plan más adelante para tumbarle el negocio, cuando consiguiese la agenda y el ritmo de trabajo se relajase. De todos modos, quería pensar que algo de lo que había dicho le había hecho reflexionar. Si no, ¿por qué me habría ayudado a recoger? ¿Y por qué se habría inculpado ante Maggie?

Sin querer, un pensamiento llevó a otro y acabé recordando sus ojos intensos fijos en mis labios, su sonrisita torcida y su presencia abrumadora en la nevera. Después del incidente, mi corazón había tardado un buen rato en sosegarse. Aunque me fastidiase reconocerlo, una parte minúscula de mí se había sentido atraída por él. Era algo que ni yo misma entendía, porque su visión de las bodas y sus actos me parecían indignantes. Que me hubiese hecho creer que iba a besarme había sido la guinda del pastel. Eso me había hecho sentir un poco tonta. Siendo sincera, estaba hecha un lío. Todo sería más fácil si no fuese tan atractivo.

Con un suspiro profundo rodé sobre el colchón. Intenté centrar la mente en otras cosas. Tras varios intentos fallidos en los que no pude dormir, encendí la luz y cogí la novela romántica que descansaba en mi mesilla. Suspirar por un hombre ficticio creado por una mujer sería una buena manera de sacarme a ese impresentable de la cabeza. Al final, después de leer un poco, logré quedarme dormida.

Estaba llegando a la iglesia cuando apareció el Rompebodas por el extremo opuesto de la calle. Iba vestido con un esmoquin negro, que parecía hecho a medida, una camisa blanca y las malditas deportivas llamativas.

Al verme, se detuvo en seco.

Yo hice lo propio. Nos separaban un par de metros de distancia.

—Vaya, vaya, vaya, nos volvemos a encontrar —me saludó con una sonrisa sexy.

—¿Qué haces aquí? —escupí en un siseo.

—Yo podría preguntarte lo mismo, guapa.

—Estoy aquí porque tengo una boda.

—¡Qué casualidad! —Se llevó la mano al pecho y me miró entusiasmado—. ¡Yo también!

—¿Qué? —pregunté estupefacta—. ¡No vas a interrumpir otra ceremonia! ¡Márchate ahora mismo!

Apreté los dientes furiosa cuando él negó con la cabeza.

—Te propongo un juego... —soltó con un tono malicioso.

—No me interesa.

—Es muy sencillo —continuó—. A la de tres, el primero que llegue a la puerta de la iglesia se queda con esta boda. El perdedor tendrá que largarse.

—¡No voy a echar una carrera contigo! ¡Y no vas a entrar ahí, no voy a permitirlo!

—¿Ah, no? —Él arqueó una ceja desafiante—. ¿Y qué piensas hacer para impedírmelo? —Dio un paso en mi dirección—. ¿Tirarme otra tarta? —Y otro más—. ¿Besarme? —terminó, repasándome de arriba abajo.

—Voy a llamar a la policía.

—¿Para decirles qué, exactamente? ¿Que tengo derecho a estar en la calle?

No contesté.

Sus labios se curvaron despacio en una sonrisa lenta y victoriosa.

Como en un duelo del lejano Oeste, nos miramos fijamente a los ojos unos segundos. Los suyos brillaban calculadores. Parecía muy tranquilo. En cambio, yo cada vez estaba más nerviosa.

—Treeees... —Empezó a contar en voz alta, sin apartar la mirada de mí.

—Te he dicho que no voy a...

—Dooos... —Siguió, ignorándome—. Uuuno. ¡Ya!

Salí disparada. Nos chocamos al llegar al pie de las escaleras. Le di un codazo en el costado para quitármelo de encima. Él me adelantó por la derecha. Me tropecé y se me salió un zapato. Eso le dio la ventaja que necesitaba para llegar arriba antes que yo.

—¡Noooo! —exclamé cuando abrió la puerta.

Él se escurrió en el interior como una serpiente. Asomó la cabeza por la puerta entreabierta y me guiñó un ojo antes de cerrármela en las narices.

Subí a toda prisa los escalones que me faltaban. Abrí la puerta de un tirón y me quedé paralizada. Dentro de la iglesia reinaba el caos absoluto. La gente chillaba y corría espantada en todas direcciones.

—¡Es el peor día de mi vida! —exclamó la novia, con los ojos llenos de lágrimas—. ¿Por qué le has dejado estropearlo todo?

—Yo... —No supe qué responder.

Ella me golpeó el hombro al darse a la fuga.

Al fondo, y de pie sobre el altar, estaba el culpable de todo aquello, contemplando su hazaña con una sonrisa diabólica. Cuando nuestros ojos se encontraron me saludó con la mano.

—¡Tú! —grité.

Eché a andar por el pasillo hacia él, dando amplias zancadas.

Al llegar a su altura, cogí un jarrón. Lo alcé, dispuesta a tirárselo a la cabeza. Él fue más rápido que yo: atrapó mi rostro entre sus manos, desarmándome por completo.

—Hannah, te dije que con la comida no se juega... —susurró de manera sugerente contra mis labios—, pero contigo voy a hacer una excepción.

Y me besó.

Cuando introdujo la lengua en mi boca, el calor me atravesó como una llamarada. Se me cayó el jarrón y se hizo añicos al estamparse contra el suelo.

Me desperté sobresaltada, con el cuerpo recubierto de sudor. Con el fin de apaciguar mi corazón agitado, me coloqué una mano sobre el pecho y respiré hondo.

La fantasía había sido tan vívida que estaba un poco excitada.

«No ha sido un sueño. Ha sido una pesadilla».

Suspiré cansada. La noche había sido un asco y apenas había pegado ojo.

Me quité la sábana de un tirón y me abaniqué con la mano. El calor en mi habitación era insoportable.

Salté del colchón. Abrí la ventana de par en par para que el cuarto se airease y luego hice la cama. Acto seguido, salí de la habitación con la intención de darme una ducha de agua helada.

Me extrañó ver a Nicole tumbada en el sofá.

—Buenos días —saludé desde el umbral—. Son las once. ¿Tú no habías quedado para hacer *brunch* en Chelsea en quince minutos?

—Sí, pero el imbécil con el que había quedado me acaba de cancelar la cita —me contestó con la voz apagada y sin despegar la vista del teléfono.

—¿Qué dices? —Abrí los ojos sorprendida—. ¿Y eso?

—Al parecer, le ha surgido un imprevisto… —No parecía convencida.

Se me encogió el corazón al ver que llevaba puesto el vestido veraniego que se había comprado para la cita.

«Malditos hombres…».

Me adelanté para sentarme en el reposabrazos del sofá.

—Lo siento, Nikki.

—No te preocupes. Él se lo pierde.

—¡Claro que sí! ¡Hay que ser tonto para desaprovechar una oportunidad contigo!

Por la velocidad a la que pasaba el pulgar por la pantalla supe que estaba perdida en TikTok.

—¿Seguro que estás bien? —le pregunté con suavidad.

—Sí. Perfectamente. —Bajó el móvil y me regaló una sonrisa tranquilizadora—. Solo era un gilipollas de Tinder —agregó, restándole importancia—. No tengo ganas de hablar de ello.

—Vale. Mmm…, ¿te apetece que tú y yo nos vayamos de *brunch*? —propuse con el objetivo de animarla.

—¡Me has leído la mente!

—Guay. Me ducho y salimos.

Una hora más tarde estábamos sentadas en la terraza de nuestro restaurante de desayunos favorito, en NoLIta. El calor de mediodía era intenso. Intentábamos sobrellevarlo con las mimosas fresquitas que teníamos delante. De camino, le había relatado a Nicole todo lo que había ocurrido el día anterior en el Bowery.

—Hannah, me siento fatal —dijo mi amiga, con cara de circunstancia—. Si no hubiese sido una bocas ayer, ese tío no habría ido a por ti.

—No te preocupes. —No quería que se flagelase por eso—. Lo importante es que la boda salió bien y que las novias se quedaron contentísimas.

—¿Quieres que pensemos otra cosa para detenerlo?

Ni siquiera sopesé la pregunta.

—No. Prefiero dejarlo estar un tiempo. Ahora tengo que centrar mis esfuerzos en que la temporada de bodas salga perfecta para que la gente me recomiende.

El camarero apareció con nuestros platos: un *bagel* con crema de queso, pepino y salmón para mí, y uno de huevos con bacon para Nicole. En el medio dejó la ración de tortitas que compartiríamos de postre.

—Gracias —le dije al camarero, con una sonrisa escueta.

Después, me recosté en la silla y tomé un sorbito de la copa.

Nicole ladeó la cabeza y entrecerró los ojos.

—¿Qué está pasando por esa cabecita? —me preguntó.

Me encogí de hombros mientras le daba otro trago a la bebida. Coloqué la copa sobre la servilleta que cumplía la función de posavasos.

—Estoy rayada por cómo perdí los papeles ayer con ese hombre —confesé, a la par que recolocaba los cubiertos en la mesa.

Hizo un gesto con la mano para restarle importancia.

—Le estampé una tarta en la cara.

—Te aseguro que yo le habría hecho algo peor.

Le di un mordisco al *bagel*. Estaba increíble.

—He estado a punto de besarlo —dije, a la par que masticaba con la mirada perdida—, y ni siquiera sé cómo se llama…

—Podemos llamarle Flynn —se rio ella—. O Cabrón Atractivo. Lo que prefieras.

—El mote de cabrón ya lo tiene reservado tu jefe.

—Cierto. —Se quedó un poco seria. Estiró el brazo para coger su copa.

—Me quedo con Rompebodas.

Nicole asintió antes de darle un sorbo a su bebida.

Sin querer, mi mente regresó al hotel Bowery.

Las palabras de ese hombre y su tono sexy resonaron en mis oídos: «¿Sabes una cosa, guapa? Alguien debería haberte enseñado que con la comida no se juega».

Noté el rubor subirme por el cuello.

—He tenido una pesadilla con él... —Limpié con el pulgar la marca de pintalabios que había dejado en la copa.

Nicole alzó las cejas expectante.

—La cosa era algo así como que me lo encontraba en la puerta de una iglesia. Echábamos una carrera, pero él entraba antes que yo y estropeaba la boda. Yo me cabreaba un montón al ver a la novia llorando. Iba a montarle el pollo y, de golpe, nos besábamos apasionadamente.

Ella soltó una carcajada y mordió su *bagel*.

—O sea, ese hombre viene a joderme el trabajo ¿y sueño que nos enrollamos? Pero ¿qué me pasa?

—Que llevas mucho tiempo a dos velas —apuntó Nicole de manera obvia—. Y ese tío está bueno.

Solté un suspiro profundo.

—Déjame tu móvil —pidió Nicole.

Adiviné sus intenciones y negué con la cabeza.

—No te voy a dejar mi móvil para que entres en Tinder. No voy a tener tiempo para citas... —dije poco convencida—. Me vienen muchas bodas y tengo que darlo todo.

—Vas a tener que cenar todos los días. ¿Qué más te da hacerlo en casa conmigo o por ahí con un chico mono?

—No sé...

—Hola, soy Hannah —bromeó—. Estoy buscando el amor perfecto, pero no salgo, no me gustan las aplicaciones de citas y los únicos hombres que conozco en el trabajo están prometidos y les estoy organizando la boda.

Por poco me atraganté de la risa con un trozo de *bagel*.

—Eres boba.

Después de meditarlo, abrí Tinder yo misma.

Nicole colocó su silla al lado de la mía y cotilleó mi pantalla.

El primer perfil que me salió fue el de un hombre llamado Marshall de treinta y seis años.

—Eh, ¿por qué le has descartado? —preguntó Nicole disconforme cuando deslicé el dedo a la izquierda.

—Porque es alérgico a los perros.

—¿Y qué más da eso? Si no tienes perro.

—Lo sé, pero quiero adoptar uno algún día. No voy a iniciar una relación con alguien que es alérgico para romper con él en el futuro.

Pasé al siguiente perfil. Era un profesor de Crossfit llamado Robert.

—Es guapo. Me gusta —confirmó Nicole.

—Sí, pero… le voy a descartar.

—¿Por qué?

—Porque parece un flipado. El hombre de mis sueños es guapo, pero no es un creído. No me apetece quedar con un señor que solo sabrá hablar de deporte. Además, mira lo que pone en su biografía. —Cambié a un tono grave para leerle la frase que me tiraba para atrás—: «Entreno para comerme una hamburguesa sin remordimientos». Seguro que desaprobaría nuestro desayuno ahora mismo… —Apunté, mordiendo otro trozo de *bagel*.

—Uf, quita, quita, es verdad. Seguro que es de esos que cuentan las calorías. ¡Qué pereza!

Nicole resopló cuando descarté el siguiente perfil.

—Demasiado joven —comenté.

—Tiene tres años menos que tú.

—La mayoría de los tíos de veinticinco no saben lo que quieren hacer con su vida. Estoy buscando uno que tenga treinta mínimo, con responsabilidad afectiva, que no vaya a hacerme *ghosting* al día siguiente.

—Lo que tú digas.

—Este sí me gusta —comenté contenta al ver el quinto.

Me arrebató el teléfono y leyó la biografía en voz alta:

—No he tenido muchas citas porque he estado centrado en mi carrera profesional. Ahora estoy listo para conocer a alguien que me haga feliz. —Me miró incrédula—. ¿En serio te planteas quedar con él?

—¿Qué tiene de malo? —Recuperé el móvil.

—Hannah, sus intereses son el golf y pasear por Central Park.

—A mí me encanta pasear por Central Park. Ya lo sabes.

—Suena tan aburrido como tu último ex. ¿Puedo elegirte yo uno?

—No.

—Por favor —insistió—. Siempre quedas con el mismo tipo de tío. ¿No crees que ya es hora de que salgas de tu zona de confort?

—Mmm…, ¿no? Sé el tipo de hombre que me gusta.

—¿Por eso luego los dejas a todos?

—Eso es un golpe bajo, capulla. —Me reí.

—Te prometo que lo primero que le voy a preguntar es si le gusta *Mamma Mia* —bromeó—. Y si te aburres con el que escoja, no volveré a rechistar de ninguno de los tíos con los que quedes en el futuro. Aunque sean los más siesos de Manhattan, te lo juro.

—Vaaaaale —accedí a regañadientes—. Pero solo si me dejas buscarte otro a ti.

—¿Y si nos bajamos la aplicación de citas dobles? —propuso, recuperando algo de alegría—. Me la recomendó una compañera de trabajo hace tiempo. Se lo pasó genial. De hecho, conoció a su novio así.

—Suena divertido. Así, si nos aburrimos con ellos, podremos charlar entre nosotras.

14

Logan

La discoteca era oscura y ruidosa. No tenía ni idea de cuánta gente bailaba en la estrecha pista ni de cuánta se amontonaba para pedir en la barra, pero era demasiada. Por suerte, Ben nos había conseguido un reservado gracias a los contactos de su trabajo. El espacio, separado del resto por cuerdas de terciopelo rojas, era exclusivo y contaba con una barra privada. Había varios sofás de cuero repartidos alrededor de las mesas de vidrio. En nuestro rincón la música sonaba a un volumen moderado y podíamos conversar sin gritar. Eso sí, hacía un calor de pelotas y había tenido que desabrocharme el primer botón de la camisa.

—¡Quiero deciros una cosa...! —anunció Chris, arrastrando las palabras.

En aquel instante estaba en un punto gracioso en el que se le trababa la lengua al hablar, pero se le entendía.

—¡Sois los mejores amigos que podría tener... —continuó, alzando la voz, aunque no era necesario—, y... os quiero mucho!

—¡Hostia! —exclamé con una sonrisa—. ¿Ya estamos con la exaltación de la amistad? Sí que vas pedo, sí.

—Coño, que no lo digo porque esté borracho... —Soltó una risotada—. Lo digo porque me habéis organizado la mejor despedida de soltero del mundo, y quiero daros las gracias. No me habéis hecho disfrazarme —fue enumerando las razones con los dedos—, me lo he pasado genial en la clase de baile, la cena me ha parecido brutal... Es que me ha flipado que la entrada al restaurante estuviese detrás de un cuadro, ¡en una galería de arte!

—Dale las gracias al padrino —le dijo Ben.

—Sí. Lo ha organizado todo él —apuntó Alexandra.

—Gracias, Logan. —Chris me dedicó una sonrisa ebria de oreja a oreja.

—Me alegro de que te esté gustando —contesté satisfecho—. Pero el reservado es cosa de Ben, y Alexandra ha elegido tu regalo.

Sabía que los planes serían un acierto seguro.

Hacía tiempo, Chris había comentado que le haría gracia aprenderse una coreografía con nosotros para bailarla en su boda. Lo recordé unos días atrás, cuando empecé a organizar la despedida. Por otro lado, era un apasionado del arte, estaba claro que el restaurante le gustaría solo por la entrada secreta.

—¡Muchas gracias, chicos! —Chris abarcó el espacio con la mano—. ¡Sois los mejores! Os juro que cuando sea mi turno... —se dio una palmada en el pecho— vuestras despedidas serán épicas.

—Te tomo la palabra —le sonrió Alexandra.

Ben soltó una carcajada estruendosa. A continuación, negó con la cabeza y dijo:

—Suerte con eso. Organiza la de Alexandra como quieras, pero Logan y yo vamos a surcar los mares de la soltería para siempre. —Levantó el vaso en mi dirección y brindé con él—. Hicimos un pacto de sangre en su noche de bodas.

Me detuve, con el vaso a unos centímetros de la boca.

—Efectivamente. Yo no vuelvo a pasar por el altar ni loco —confirmé antes de darle un sorbo a mi bebida—. Además, ya tuve mi despedida de soltero.

—Bah, esa no cuenta. —Alexandra hizo un gesto desdeñoso con la mano—. No fue la definitiva. En la siguiente tendremos que superarnos.

—Me surge una duda —empezó Ben con una sonrisa maliciosa—. Si te dejaron plantado, ¿cuenta como que has pasado por el altar?

—Cómo te gusta remover la mierda —dije, dándole una palmada en la espalda.

Chris alternó la mirada entre Ben y yo, con gesto pensativo.

—Yo creo que acabaremos casados los cuatro —sentenció al cabo de unos segundos—. Alex se casa en unos meses. —La señaló con la mano—. Tú te cansarás en algún momento de tus follamigas y sentarás la cabeza —apuntó mirando a Ben—. Y tú, Logan, encontrarás a alguien y cambiarás de opinión. Estoy seguro.

—Ajá. —Pasé de llevarle la contraria—. Vamos a brindar por el que se casa ahora, que eres tú —comenté, desviando la atención.

Nuestros vasos tintinearon en el aire cuando juntamos los cuatro.

Después de brindar, Chris nos contó emocionado que al día siguiente iría a recoger su esmoquin hecho a medida. También nos detalló el menú que se serviría en la boda y un millón de cosas más.

Intenté prestarle atención, pero desconecté. Lo de las bodas no era lo mío.

—Logan —Chris reclamó mi atención cuando Ben y Alexandra fueron a la barra a pedir—, quería darte las gracias por ser mi padrino y... por venir a la boda.

—¿En serio me das las gracias por ir a tu boda? —pregunté divertido.

—Sí. Teniendo en cuenta las circunstancias, valoro mucho lo que estás haciendo por mí.

«¿Las circunstancias?».

Arrugué las cejas y lo miré interrogante.

—No te lo tomes a mal... —Se quedó un poco serio.

Esas palabras me pusieron en alerta. Preocupado, me incliné en su dirección.

—Pero... después de... todo lo que pasó —balbuceó—, cuando Ashley te dejó..., pensé que quizá no te alegrarías y que... no te apetecería una mierda venir a la boda —acabó en un tono apagado—. Por eso tardé tanto en pedirte que fueses mi padrino.

Eché el cuello hacia atrás y lo miré sorprendido.

«Hostia puta. ¿En serio?».

Chris era la persona más comedida del mundo. Si no estuviese borracho como una cuba jamás me habría confesado eso. De hecho, dudaba que al día siguiente fuese a recordar la conversación. Yo no había bebido tanto como él, aún conservaba algo de lucidez.

—¿Por qué piensas eso? —quise saber.

—Porque odias las bodas y crees que casarse es una gilipollez... que solo... que solo sirve para tirar el dinero a la puuuuta basura.

Guardé silencio unos segundos.

No odiaba las bodas.

Simplemente me parecían un gasto innecesario. Yo mismo me había hipotecado en la celebración de una, con más de trescientos invitados, y había perdido un pastizal cuando me dejaron plantado. No creía que fuese necesario gastarse cien mil dólares para firmar un papel con tu pareja, pero, si él era feliz haciéndolo, genial.

Una punzada de culpabilidad me atravesó el pecho al ver la cara larga con la que me observaba mi amigo.

—Joder, tío, no pienses eso —le dije—. Que no vea las cosas de la misma manera que tú o que ya no las quiera para mí no significa que no me alegre por ti.

No podía dejar que decayera el ánimo, así que me puse de pie y le hice un gesto con la mano para que me imitase. Cuando se levantó, compartimos un abrazo torpe.

—Tyler y tú os merecéis lo mejor. —Le di una palmada en la espalda—. Estáis hechos el uno para el otro y toda esa mierda.

—Gracias —me dijo al apartarse.

No sabía si tenía los ojos vidriosos por el alcohol o si se había emocionado.

—No me hagas ponerme más sentimental, anda —le pedí, y me senté—, que tendré que guardarme algo para el discurso, ¿no?

Chris asintió con una sonrisa ebria.

—Lo siento si te ha molestado... —se disculpó cuando volvimos a tomar asiento el uno frente al otro—. Solo quería decirte que me hace feliz contar contigo para celebrar el día más importante de mi vida.

Su rostro mostraba arrepentimiento.

—No te preocupes —aseguré—. Está todo bien.

Cogí la copa mientras asimilaba lo que mi amigo acababa de soltar por la boca.

«¿De verdad creía que la boda sería el día más importante de su vida?».

Podía aceptar que era un día emotivo, pero ¿el más importante?

La voz indignada de Hannah resonó en mi cabeza:

«¡No voy a quedarme cruzada de brazos mientras les arruinas a las parejas el día más importante de su vida!».

Habían pasado dos semanas desde nuestro encontronazo en el Bowery. Aunque no había vuelto a saber nada de aquella mujer irritante, me había descubierto pensando en ella varias veces. En la asimetría casi imperceptible de su arco de cupido, en la profundidad de sus ojos marrones y en la sonrisa de satisfacción que adornaba su cara cuando me dio el tartazo. También pensé en lo increíble que estaba con el vestido ceñido y en lo mucho que me habría gustado chuparle el chocolate de la boca, de la barbilla y del escote. Desde luego, no me importaría que apareciese en la discoteca para fastidiarme. O para besarme. Lo que ella prefiriese.

Empiné el codo y apuré lo que me quedaba de bebida de un trago. Al levantar los ojos me encontré con la mirada compasiva de Chris y caí en la cuenta de que quizá no le había demostrado lo suficiente que me alegraba por su compromiso. Decidí que tenía que tomarme el papel de padrino más en serio.

—¿Quieres que te acompañe mañana a recoger el traje de novio? —me ofrecí.

—¡Sí! ¡Me encantaría! —Así fue como su estado de ánimo volvió a ascender hasta las nubes.

—Genial.

—¡Voy al baño! —Sin darme tiempo a replicar, se largó.

—Oye, he estado pensando... —empezó Chris, desde el probador de la tienda de trajes de novio—. Que si no os apetece hacer el baile en la boda, delante de todos, no pasa nada.

Yo estaba sentado fuera, en un sillón de cuero negro.

—¿Y privar a la gente de descojonarse a nuestra costa? —dije, alzando la voz para que me escuchase—. ¡Ni de coña!

—¡Lo digo porque algunos amigos de Tyler tienen medio millón de seguidores en TikTok! Seguro que subirán algún vídeo, y no sé yo si os gustaría haceros virales bailando.

—No te preocupes por nosotros, perdimos la vergüenza hace tiempo. Ya lo sabes. Además, imagínate que me convierto en meme y me hago famoso. Podría decir en las entrevistas de trabajo que, si he conseguido viralizarme bailando como el culo, puedo llevar a cualquier marca al estrellato.

Escuché su risa alegre.

—Es verdad. No sé cómo no he caído antes. Por cierto, ¿anoche hice o dije algo de lo que tenga que arrepentirme? —Detecté cautela en su voz.

—No. Solo dijiste un millón de tacos y nos diste la tabarra con lo enamorado que estás de Tyler.

Unos minutos más tarde, abrió la cortina. Levanté la vista del teléfono y me encontré con los ojos de Chris resplandecientes de emoción. El esmoquin de novio era impecable, la chaqueta blanca tenía las solapas negras a juego con el pantalón y la pajarita.

—¡Míralo, qué elegante! —comenté, levantándome.

Se le escapó una risa nerviosa.

—¿Qué tal estoy? —me preguntó—. ¿Me queda bien?

—Sí, tío. Estás genial. Te falta la flor roja en la solapa para ser 007.

—Cierto. Voy como Daniel Craig en *Spectre*.

Sin cerrar la cortina, se plantó delante del espejo que ocupaba una de las paredes del probador. Giró sobre los talones y observó su reflejo desde todos los ángulos posibles. A continuación, se desabrochó y abrochó el botón de la chaqueta varias veces. Luego, se metió la mano en el bolsillo y posó de distintas maneras.

Era incapaz de quedarse quieto. Todo ello mientras decía cosas como: «Creo que a Tyler le va a gustar», «No me puedo creer que haya llegado este momento» y «Estoy tan emocionado».

—¿Me puedes hacer una foto? —me pidió—. Quiero enviársela a mi madre.

—Claro. —Me saqué el teléfono del bolsillo y le apunté con él—: ¿Qué día llega tu familia de Canadá?

—El viernes por la mañana.

Le hice un par de fotos posando erguido, con las manos dentro de los bolsillos.

—Venga, quítate la chaqueta, sujétala con la mano y cuélgatela del hombro —le indiqué—. Y, ahora, imagínate que tienes una pistola en la mano, como James Bond.

Chris soltó una carcajada. Estaba tan contento como un niño la mañana de Navidad.

—Esta foto le va a flipar a tu madre —aseguré, mostrándole la pantalla.

Por el rabillo del ojo le vi limpiarse una lágrima.

Bloqueé el móvil y le miré. Estaba visiblemente emocionado.

—¿Estás bien? —Me interesé.

—Sí. Solo estoy un poco nervioso. Llevo mucho tiempo esperando este momento. Es un paso muy importante para mi relación y quiero que salga todo bien.

Asentí y no dije nada durante unos segundos. Estaba claro que mi amigo no se acordaba de la conversación que habíamos mantenido la noche anterior.

—Todo saldrá genial —le dije—. Ya lo verás.

—Mis mayores temores son que se me olviden los votos, que el padrino pierda los anillos o que alguien se oponga a la boda. Nuevo miedo desbloqueado gracias a ti.

—Lamento informarte de que nadie me ha pagado para que interrumpa la tuya —le dije con una sonrisa—. Y no te preocupes, que protegeré los anillos con mi vida. Para los votos no puedo hacer nada, tienes que pensarlos tú.

—Ah, ya los tengo. —Sonrió—. Los escribí hace semanas, pero quiero memorizarlos.

«Hostia. Faltan seis días para la boda y todavía no he escrito el discurso».

—Gracias. Por cierto, aprovechando que estamos aquí. —Señalé la tienda con la mano—. Voy a salir a buscar la pajarita a juego con tu chaqueta. Que todavía no me la he comprado.

—Gracias —comentó ilusionado—. Yo te la regalo.

—No hace falta.

—Lo sé, pero quiero hacerlo.

—Bueno, luego lo vemos. Ahora vengo.

—¡Asegúrate de que sea blanco roto! Nada de color beis.

Le enseñé el dedo pulgar y le hice un gesto que significaba «Entendido».

Salí de la zona de los probadores y me sumergí en la tienda. El suelo era de mármol blanco con cuadrados negros. Del techo colgaban varios focos cilíndricos que iluminaban con luz cálida. Había trajes, camisas y pantalones expuestos en todas las paredes.

Me acerqué al expositor de las pajaritas, sumido en mis pensamientos.

Igual que la noche anterior, las palabras emocionadas de Chris me recordaron a las perlas que me había soltado Hannah sobre el matrimonio. Siendo organizadora de bodas no me sorprendía su punto de vista. Lo que me había llamado la atención de ella era la ferocidad con la que defendía sus ideas. Para mí, lo de oponerme a las bodas era un trabajo como otro cualquiera. Algo sencillo que se resumía en entrar, hacer mi trabajo, cobrar y largarme. Yo no me preocupaba de cuánto tiempo llevaba la pareja planeando la boda o cómo de mágica era su historia de amor. En cambio, ella tenía puestas todas las emociones en el trabajo. Era evidente que le apasionaba.

En realidad, la envidiaba. Hacía meses que yo había perdido la motivación en el trabajo. Era algo que echaba de menos.

Sonreí al recordar la mirada furibunda que me había dedicado mientras discutíamos en la nevera. Se notaba que había disfrutado poniéndome en mi sitio, tanto como yo a ella. Hacía tiempo que una mujer no me resultaba tan desconcertante. Primero me daba un tartazo y luego ¿ponía morritos para que la besase?

No sabía nada de ella más allá de que organizaba bodas, que le apasionaba su trabajo y que era una contestona de cuidado. Me apetecía escribirle y pincharle un rato, pero necesitaba una buena excusa para hacerlo. No podía mandarle un mensaje de la nada y decirle «Hola, ¿te acuerdas de mí? Soy el tío que te dio un tartazo el otro día. ¿Tomamos algo?», porque me mandaría a tomar por el culo en menos de lo que canta un gallo.

Durante un instante, volví a centrarme en las pajaritas. Saqué del expositor las dos que más me habían gustado. Ambas eran lisas, una de seda y otra de punto. Examiné las etiquetas. En una ponía «pajarita marfil con óptica satén», en la otra «pajarita seda blanco perla». Pero ¿qué cojones? ¿El marfil y el blanco perla no eran el mismo color? ¿Cuál de esos dos se suponía que era el blanco roto?

De pronto, se me ocurrió la excusa para escribirle.

En un acto impulsivo, coloqué las pajaritas encima de la mesa, una junto a la otra. Después, me saqué el teléfono del bolsillo y les hice una foto.

Sacarla de sus casillas era una de las cosas más estimulantes y divertidas que me habían pasado en los últimos meses. Por eso le dejaría creer que necesitaba la pajarita para oponerme a una boda. Estaba seguro de que sería incapaz de resistirse a una provocación así.

Con una sonrisa en la cara y aprovechando que tenía su número, entré en su conversación y se la envié, acompañada del mensaje:

> Donna, cuál de las dos pajaritas crees que me quedaría mejor?

> Tengo un trabajito muy especial el próximo fin de semana y estoy indeciso

Reprimí la risa al imaginar la cara de mosqueo que pondría. Pagaría por verla enfadada tecleando una respuesta. Me guardé el móvil en el bolsillo y me pregunté cuántos minutos tardaría en responderme.

15

Logan

La respuesta de Hannah se hizo esperar más horas de las que pensaba.

> No sabía que las ratas usaban pajarita...

Sonreí victorioso, con los ojos fijos en la pantalla. Sabía que sería incapaz de guardar silencio ante una provocación. Me dispuse a responderle en el acto.

> Qué clase de rata iría a una boda sin pajarita?

> Dímelo tú, Remy

> Remy por la rata de Ratatouille?

> A ti qué te parece?

> Dónde es la boda?

> No puedo decírtelo

> Eres capaz de plantarte allí como una acosadora 😊

Me partí de risa al imaginarla gruñendo por lo bajo al devolverme el emoticono guiñando un ojo.

—¿De qué te ríes tanto? —La pregunta de mi abuela me sacó de la conversación con Hannah y me devolvió a la residencia.

Levanté la cabeza y me topé con su mirada escrutadora. Aquella tarde hacía demasiado calor para sentarnos en el jardín; por ello nos habíamos quedado en la sala de estar, jugando al dominó.

—De un mensaje —le contesté, guardándome el teléfono en el bolsillo.

—¿De quién?

—De una chica.

Le eché un vistazo a la mesa. Mientras había estado distraído con los mensajes, mi abuela había colocado la ficha del cinco doble.

—¿Has conocido a una muchacha? —Comenzó a sonreír.

—Puede ser.

Se iluminaron sus ojos azules.

—¿Cómo se llama?

—Hannah —contesté sin pensar.

—¿Cuándo me la traes?

Arrugué las cejas.

—Digo yo que tendré que darle el visto bueno a la novia de mi nieto.

—Abuela, echa el freno, anda —le pedí, concentrado en la partida. Coloqué una pieza al lado de la suya—. Para empezar, no estamos juntos. Para seguir, cree que soy gilipollas y, al parecer, me odia.

—¿Eso te ha dicho?

—Sí.

—¡Uy, tendrá valor! —Me miró entre boquiabierta y ofendida—. ¿A santo de qué te ha dicho eso?

—Digamos que tuvimos un... encontronazo.

—¿Un encontronazo? ¿Dónde? ¿Qué ha pasado?

—Fue en el trabajo. —Prefería mentirle lo menos posible—. No ha pasado nada grave. Simplemente tenemos maneras de ser y de pensar distintas, y hemos chocado un par de veces.

Su expresión se relajó al instante.

—Bueno, hijo, en mis tiempos se decía que los que se pelean se desean.

—Te aseguro que eso no es así.

—Lo que tú digas. —Me hizo un gesto con la mano y dejó otra ficha en la mesa—. Pero pones cara de bobo cada vez que miras el móvil.

—¿Quieres que te siga trayendo galletas? —bromeé.

Se le escapó una risilla.

—Tan sinvergüenza como su padre...

—Gracias por el piropo. —Le sonreí.

Ella depositó la última ficha que le quedaba en la mesa.

—¡Gané! —Se recostó en la silla satisfecha, con una sonrisa amplia.

—No, señora. Eso es un tres —dije, observando los puntos de la ficha que acababa de pegar a la mía—. No un dos.

Ella parpadeó con inocencia.

—¿De verdad? —Se inclinó hacia delante y recuperó la ficha—. Uy, perdona, hijo, es que no llevo las gafas y, como está desgastada...

Se me escapó una carcajada. Marjorie Stone era la reina de las trampas en el dominó. Su excusa no se la creía nadie.

—Abuela, se ve perfectamente que es un tres.

—Paso, entonces —soltó a regañadientes.

Entrelacé las manos detrás de la cabeza y me recosté en la silla, con una sonrisa.

Me quedaban dos piezas. Si colocaba el dos doble, ganaría, porque mi abuela tendría que volver a pasar en la siguiente ronda. Por el contrario, si dejaba sobre la mesa la ficha blanca, ganaría ella.

—Venga, venga. —Me metió prisa haciendo un aspaviento con las manos—. ¿Qué tienes que pensar tanto? Si solo te quedan dos fichas.

Sonreí. Solté en la mesa la ficha que la dejaría como vencedora.

—¡Uy, que gano otra vez! —Aplaudió emocionada—. ¡Qué suerte tengo siempre! ¡Hala, me debes cinco dólares! —Extendió la mano en mi dirección, con la palma abierta.

Solté una carcajada y abrí la cartera.

—Cómo se nota que solo te importa el dinero —bromeé.

Asentí y arrastré todas las fichas en mi dirección. Les di la vuelta y las revolví para la siguiente partida. Estuvimos jugando hasta que se acabó el horario de visitas y no me quedó más remedio que despedirme.

—Por cierto, el próximo fin de semana tengo la boda de Chris —le recordé antes de marcharme.

—Sí, sí, lo sé.

—Te lo digo porque igual me retraso, como es el puente del Cuatro de Julio, imagino que habrá tráfico.

—No te preocupes.

—Cuídate mucho. —Me agaché para darle un beso en la mejilla.

—Y tú. Dile a Christopher que le deseo lo mejor en su matrimonio y pásalo muy bien en la boda —soltó una risilla insolente—. ¡Que ya sabes el dicho: de una boda sale otra!

—Sí…, la de mi amiga Alex, ¿recuerdas?

—No te hagas el tonto, que sabes que me refiero a ti.

En lugar de contestar, negué con la cabeza y me despedí con la mano. No quería quitarle la ilusión.

En mi camino a la salida, me saqué el teléfono del bolsillo y volví a escribir a Hannah.

> Todavía no me has dicho qué pajarita crees que me quedaría mejor

> Quiero que todos se queden con la boca abierta al verme aparecer

Cómprate mejor una corbata

Así te puedes amordazar con ella y hacernos
un favor a todos 👇

Solté una carcajada y me dispuse a seguir incordiándola el resto de la tarde.

16

Hannah

—Ha sido la peor primera cita de la historia —le dije a Nicole, intentando contener la indignación que sentía—. Ese hombre se cree que es superior por haber estudiado en Harvard.

Acabábamos de salir de la cita doble. Los escasos diez minutos que habíamos aguantado se me habían hecho eternos.

—Al menos no te ha pedido una foto de tus pies, como ha hecho el mío —me contestó mi amiga.

La Quinta Avenida estaba llena de gente que corría de un lado a otro, desesperada por huir del calor excesivo de la tarde.

Me bajé las gafas de sol por el puente de la nariz y la miré asqueada.

—¡Qué asco! —Volví a colocarme las gafas correctamente—. El mío ha sido un grosero con el camarero, le ha chistado y le ha montado el pollo por equivocarse con las bebidas.

—Menudo gilipollas...

—No te haces una idea. Cuando nos hemos quedado solos le he dicho que el camarero está trabajando y que se merece un respeto. Si ya lo decía mi abuela: «Se conoce a una persona por como trata a los camareros».

Saqué un pañuelo del bolso y me limpié el sudor de la frente con él. La humedad era insoportable, el vestido se pegaba a mi piel como una segunda capa.

Nicole chasqueó la lengua, fastidiada.

—Uf, me está llamando mi jefe —me dijo con la vista centrada en su móvil.

—No se lo cojas. Es domingo y estás fuera de tu horario laboral.

—¿Desde cuándo le ha importado eso? ¿Y si es una emergencia...? Espera un momento, por favor. —Se apartó del tránsito para descolgar.

La seguí hasta la sombra más cercana y guardé una distancia prudencial para dejarle espacio. Saqué el móvil del bolso. Tenía varios mensajes de Remy esperándome.

> No puedo amordazarme con una corbata

> Si lo hiciera, privaría al mundo de mi sentido del humor brillante

—Me marcho a Londres pasado mañana. —La voz seria de Nicole me devolvió a la ruidosa Manhattan.

Bloqueé el móvil y la miré interrogante.

—¿No ibas a pasar el Cuatro de Julio en Iowa, con tus padres?

—Ya no —respondió—. La empresa está a punto de cerrar un trato con una marca importante y me necesitan allí. En fin, solo espero que esto me sirva para dejar de ser asistente de una vez.

—Seguro que sí. ¿Puedo hacer algo para animarte?

—Necesito comerme una montaña de helado.

Entrelacé su brazo con el mío y arranqué a andar hacia nuestra heladería favorita.

Unas horas más tarde, caminábamos de vuelta a casa cuando Nicole pegó un grito.

—¡Una rata! —Señaló las bolsas que estaban tiradas en la acera y salió corriendo.

Era de noche, pero las farolas de nuestro barrio iluminaban lo suficiente como para ver que la cola enorme de un roedor asomaba entre las bolsas. Le hice una foto con el móvil. Abrí la conversación del capullo y le adjunté la fotografía.

> Acabo de verte cenando en tu restaurante favorito...

> Ten cuidado, no te atragantes 🐀

Se me escapó una carcajada al enviarlo.

—¡Hannah, venga, no te quedes ahí! —Nicole alzó la voz—. ¡Que te va a morder el bicho y vas a pillar cualquier cosa!

Me apresuré a alcanzarla. Mientras cenábamos había valorado la posibilidad de contarle el intercambio de mensajes con el capullo, pero al final decidí callármelo. Sabía que Nicole me echaría la bronca por contestarle.

—Después de seis años aquí deberías saber que las ratas y las cucarachas son parte del encanto de Manhattan —apunté divertida al llegar a su altura.

—Me niego a romantizar todo como haces tú.

Recibí la respuesta del idiota mientras me hacía la rutina facial nocturna, frente al espejo del baño.

> Debes de haberme confundido con otro...

> Yo estoy en un restaurante de París, cocinando con Alfredo Linguini

«Ostras. Sabe un montón de Disney».

El lunes por la tarde estaba en una papelería, recogiendo el libro de firmas de la boda que tendría ese fin de semana, cuando me llegó otro mensaje suyo.

> Sabes cuál es el colmo de una rata?

«No le contestes», me pidió una vocecita cuerda.

Me pudo la curiosidad.

> Parecerse a ti?

Jajaja, sí

Porque yo también estoy como un queso 😊

Contuve la sonrisa. Ese chiste le haría gracia a mi madre.

Cerré nuestra conversación y abrí la que tenía con mi padre.

> Tengo un chiste malísimo que puede gustarle a mamá

> Sabes cuál es el colmo de una rata?

Que los pies le huelan a queso?

> Jajaja, no. Es estar como un queso

Buenísimo. A tu madre le va a encantar

El miércoles por la noche estaba sentada frente a la mesa del salón, concentrada en mi álbum de recortes, cuando se iluminó la pantalla de mi móvil. Se trataba de un mensaje de Remy que decía:

Linguini está orgulloso de la cena que he preparado

Me había mandado la foto de una bandeja de una *ratatouille* muy apetecible. La berenjena, el calabacín y el tomate estaban cortados en rodajas simétricas y formaban un círculo perfecto. Mis dedos fueron por libre y le contestaron:

> Tiene buena pinta

> Hostia, acabas de hacerme un cumplido?

>

> Necesito un momento para procesarlo

Se me escapó la risa y no contesté.

Dejé el móvil en la mesa y volví la vista a mi álbum.

Había creado sobre las páginas amarillas una composición perfecta que recogía mis momentos favoritos del mes de junio. Entre los recuerdos estaba la tarjeta de visita de Levain Bakery, la entrada al musical de *Wicked*, la postal que me habían dado en el *brunch* de The Banter con la cuenta, una polaroid de Central Park y el *selfie* que me había sacado con Nikki en el cine de verano.

El *scrapbook* era mi pasatiempo favorito. Me ayudaba a vaciar la mente a la par que me permitía hacer una especie de diario de cada mes.

De fondo estaba sonando «Lay All Your Love on Me», tenía puesta la película *Mamma Mia* en la televisión, cuando recibí otro mensaje de Remy.

> Gracias

> Sabía que mis habilidades culinarias te sorprenderían

> Creo que la receta original lleva pimiento rojo, pero nunca se lo pongo porque me sienta fatal

> Así que una trampa con queso no funcionaría para librarme de ti?

> En la trampa de queso caigo seguro

> Me flipa en todas sus variantes

> A mí también

> Mi favorito es el cheddar

> Buena elección

> Yo creo que me quedo con el gouda

Pasado un rato, terminé de pegar las fotos con el *washi tape* al álbum. Sonreí satisfecha con el resultado. Cogí el móvil y contesté su último mensaje. Cuando quise darme cuenta, estábamos manteniendo una conversación amigable por primera vez desde que le había visto interrumpir una boda. Y eso era desconcertante. ¿Cómo alguien tan idiota podía hacerme reír?

Julio

La boda de mi mejor amigo

17

Hannah

El jueves me desperté antes de que sonase la alarma.

Después de desayunar, revisé por última vez la lista que había escrito con todo lo que tenía que llevarme en la maleta para pasar cuatro días en Long Island.

Horas más tarde, sentada en el tren, un gusanillo de nervios me recorría el cuerpo.

Era la primera vez que organizaba una boda de destino sola. Llevaba años soñando con planificar una en el castillo Oheka, famoso por haber sido escenario de numerosas películas y donde se habían celebrado algunas de las bodas más prestigiosas del mundo. El evento duraría casi tres días, de viernes a domingo por la mañana. Yo me encontraría con los novios allí esa misma tarde, de manera que pudiera coordinar cada detalle y asegurarme de que todo estuviese listo para recibir a los invitados al día siguiente. Todo tenía que salir perfecto. Al enlace asistirían personalidades influyentes y Henry King, el periodista que cubriría la boda para *People Weddings*. Necesitaba que me mencionase en su artículo. Por un lado, sería un escaparate llamativo para mi negocio, muchísimos prometidos leían la revista y podrían encontrar mi nombre ahí para contratarme en el futuro. Por otro lado, Miranda Stevens estaría pendiente de sus palabras, que hablase bien de mí podría acercarme a la agenda. Si había una oportunidad de lucirme era esa.

Un mensaje de Remy me sacó de mis pensamientos. En esa ocasión, me había enviado la fotografía de una pareja vestida de novios acompañada de Mickey Mouse, en lo que parecía ser un parque Disney.

> El otro día no me ayudaste a elegir pajarita...

> Quería que supieras que iré así a la boda que tengo este finde

> Me queda bien la que he elegido?

Al fijarme en la imagen me entró la risa. El ratón más famoso del mundo llevaba un esmoquin negro y una pajarita amarilla enorme. Estaba contestándole que Mickey era un ratón adorable y no una rata callejera como él cuando me percaté de la realidad. Ese hombre iría a la boda de alguien para romperla. Mi sonrisa empequeñeció a cámara lenta. Una piedra pesada de culpabilidad se instaló en mi estómago. No debería reírme de algo así.

A lo tonto, llevaba varios días mensajeándome con el hombre que había jurado que me perseguiría por todas las bodas si hacía falta. Una sensación incómoda se arremolinaba en mi interior. No podía seguir escribiéndole como si nada.

> No tiene gracia

> Por favor, no me escribas más

> Por qué no?

> Solo era una broma...

Suspiré y no contesté. Me puse los cascos y abrí Spotify. Miré el paisaje por la ventana mientras la voz de Gracie Abrams me cantaba «That's So True» al oído.

Salir de la ciudad durante unos días me vendría de perlas para airearme y olvidarme de ese sinvergüenza. Estaba más que segura.

Como esperaba, desde que llegué al castillo Oheka no paré ni un segundo. Tras instalarme en la habitación, me presenté al personal del hotel y repasé con los novios el programa del fin de semana. Al terminar, pasé por el mostrador de la recepción y recogí las llaves de las habitaciones de los invitados. Quería aprovechar que ninguno llegaría hasta el día siguiente para dejarles las cestas de bienvenida sobre la cama.

Consulté el listado que contenía el nombre y el número de la habitación de cada uno para asegurarme de que las repartía donde correspondía. Empecé por la última habitación del pasillo, que era la más cercana a la suite nupcial. Inserté la tarjeta en la ranura y me adentré en la estancia, dejando que la puerta se cerrase detrás de mí. El dormitorio era igual de grande y lujoso que el mío. Los muebles, de madera oscura y estilo tradicional, destacaban sobre la calidez de las paredes tapizadas en color crema. En el centro estaba la cama majestuosa. El cabecero, de madera robusta, tenía el contorno tallado.

Avancé un par de pasos y me detuve. Sobre el colchón, tirados de cualquier manera, había una bolsa de viaje abierta y varias prendas de vestir masculinas.

Fruncí el ceño extrañada. Se suponía que el cuarto debía de estar vacío. El padrino no llegaba hasta el día siguiente.

Estaba a punto de salir cuando oí el ruido de una puerta abriéndose a mi derecha. Me giré en dirección al sonido para disculparme. Las palabras se quedaron atascadas en mi garganta. Un hombre salió del baño en calzoncillos y secándose el pelo con una toalla blanca que me impedía ver quién era. Sin querer, dirigí la vista hasta sus hombros fuertes y de ahí a su torso.

«OH, DIOS. ESTÁ BUENÍSIMO».

Una oleada de vergüenza me subió por la cara hasta la raíz del cabello. De un momento a otro, ese hombre se quitaría la toalla y me descubriría ahí plantada.

—Lo siento —me disculpé a toda prisa—. Creía que no había…

Al oírme, bajó la toalla revelando su cara. Me quedé muda de la impresión. La canasta se me cayó al suelo.

«No puede ser…».

Tenía delante al Rompebodas. Recién salido de la ducha, con el pelo mojado y el torso al descubierto.

Se paró en seco al verme.

—¿Hannah…? —Parecía igual de confundido que yo.

Le aguanté la mirada como pude. No quería bajar la vista ni un centímetro y que se hiciese ideas equivocadas. Las mejillas me ardían tanto que me estaba mareando.

«¿Qué hace aquí? ¿A qué ha venido? ¿Cómo se ha colado en la habitación?».

En mi cabeza se acumulaban demasiadas preguntas.

«¿El trabajito especial que tiene este fin de semana es estropearme la boda más importante de la temporada?».

El corazón se me aceleró. Un escalofrío de pánico me subió por la columna vertebral.

Sin miramientos, él arrojó la toalla sobre la cama, aterrizó al lado de su bolsa de viaje. Sus ojos abandonaron mi rostro y pasearon por mi vestido negro, deteniéndose un par de segundos en la piel descubierta de mis piernas.

Intenté mantener la calma, pero cuando avanzó hacia la cama el estómago me dio un vuelco y mis nervios estallaron por los aires.

—¿¿¿Qué estás haciendo aquí??? —grité revolucionada.

18

Hannah

—Yo podría preguntarte lo mismo. —Su voz grave sonaba tranquila.

De un tirón, sacó un vaquero de la bolsa de viaje.

—¿Has venido a destrozar la boda? —le pregunté mientras se ponía los pantalones—. Porque, si es así, ya te digo que ¡por encima de mi cadáver! No tengo ni idea de cómo te has colado, pero te vas a marchar ahora mismo. —Volvió a mirarme a los ojos y yo señalé la puerta con la mano—. ¡Este fin de semana se casan Christopher Campbell y Tyler Young-Woong, uno de los *influencers* más importantes del país! ¿Sabes dónde estamos? ¡En la mansión en la que se rodó el videoclip de «Blank Space»! ¿Tienes idea de lo difícil que fue encontrar un hueco para que pudieran casarse en este castillo? Tuve que pedir un millón de favores para conseguir fecha. ¡Este es uno de los momentos más importantes de mi carrera y no voy a dejar que lo estropees! ¡No me voy a quedar sin salir en el artículo por tu culpa!

Se le escapó una carcajada que consiguió enfadarme aún más. El pecho me subía y bajaba a toda velocidad por el enfado. Mi corazón latía apresurado.

—¿Eres la *wedding planner* de esta boda? —me preguntó con un rictus de sonrisa en la cara—. Vaya puñetera casualidad.

—Escucha, te llames como te llames, te dije que te dejaría en paz. —Me salió un tono más agudo del normal al hablar—. ¿Qué más quieres que haga?

Él se aguantó la risa.

«¿De verdad le hace gracia? Hay que ser capullo».

—¿Sabes qué? ¡Se acabó! —Dispuesta a borrarle la sonrisa, me saqué el teléfono del bolsillo—. ¡Voy a llamar a la policía! ¡Esta mañana te he pedido que no me escribas más, y ahora te presentas aquí! ¿Es que estás obsesionado conmigo o algo así? —terminé a la defensiva.

—Teniendo en cuenta que te has colado en mi habitación mientras me duchaba, yo diría que la que está obsesionada conmigo eres tú. —Hizo énfasis en la última palabra y me apuntó con el dedo índice.

—¡El único motivo por el que he entrado es para dejarle la cesta al padrino! ¡Te aseguro que no esperaba encontrarte aquí!

En dos zancadas se plantó delante de mí, con el torso al descubierto.

—¿Me has traído una cesta? —Se llevó la mano al pecho y utilizó un tonito odioso para agregar—: ¡Qué mona!

Ante mi atónita mirada, se agachó y cogió la tableta de chocolate de la canasta. Cuando se irguió, se la arrebaté de un manotazo.

—¡Eso no es tuyo!

—¡Claro que sí! ¡Soy el padrino!

—¡Ja! —Solté un resoplido—. Y yo soy Sabrina Carpenter.

Él sonrió, enseñándome su dentadura perfecta, y extendió la palma abierta en mi dirección:

—Logan Stone. Encantado.

—¿Quieres que me crea que eres Logan, el mejor amigo de Christopher? —pregunté incrédula—. Sí, claro.

Arrugó las cejas y me miró sin comprender.

Después, retrocedió hasta sus pertenencias.

Aparté la mirada con brusquedad y suspiré. Para no fijarme en su espalda desnuda, me agaché y recogí la cesta del suelo. Al incorporarme, lo vi caminar hacia mí con toda la tranquilidad del mundo.

«¿Puedes ponerte ya una camiseta, por favor?».

Alargó la mano y me enseñó un sobre de color nácar que reconocí al instante. Se trataba de la invitación al enlace de Chris y

Tyler. El sobre tenía el nombre de LOGAN STONE escrito con caligrafía manuscrita en la parte delantera.

Levanté la vista y lo miré a los ojos. Él me sostuvo la mirada impasible.

«¿De verdad el Rompebodas es Logan Stone?».

Chris y Tyler me habían contado varias anécdotas del tal Logan, como que había sido él quien los había presentado en un museo o quien había distraído a su amigo mientras su prometido preparaba la pedida de mano en su casa. Era imposible que se refirieran al hombre que tenía enfrente. No tenía ni idea de cómo había conseguido la invitación, pero tenía que estar mintiéndome.

—No puedes ser Logan Stone. —Negué con la cabeza—. Logan llega mañana a mediodía. Lo tengo apuntado en la lista de invitados. Además, según me han contado, el padrino es majísimo, es imposible que seas tú. —Sonreí satisfecha.

—Resulta que he cambiado de opinión en el último momento. ¿Qué más necesitas ver para creerme? —se burló, acercándose un poco más—. ¿Mi documento de identidad?

Aparté la mirada y respiré hondo. El aire estaba cargado de una mezcla de gel y su fragancia masculina. Terminé de ponerme nerviosa por las reacciones involuntarias que tenía mi cuerpo ante su cercanía.

—¿Sabes a quién puedes enseñarle el documento de identidad? —me aventuré a responder—. ¡A la policía!

Me di la vuelta para salir de la habitación. Caminé apresurada, con la cesta apretada contra el pecho.

—Oye, espera, solo es un malentendido. Si…

No escuché el final de la frase porque salí dando un portazo. Necesitaba calmar mis latidos.

Chris y Tyler aparecieron por el final del pasillo.

—¡Chicos! —exclamé aliviada al verlos—. ¡Tengo que hablar con vosotros!

—¿Qué pasa? —me preguntó Chris cuando nos encontramos en mitad del corredor.

Abrí la boca para contarles que había un hombre en la habitación del padrino, cuando Chris me sobrepasó.

—¿Logan? —lo oí preguntar emocionado—. ¿Qué haces aquí? ¡Pensé que vendrías mañana!

Antes de que me diese cuenta, Chris y él se estaban abrazando. Observé atónita su intercambio afectuoso.

—Tomarme mis labores de padrino en serio —le contestó este al apartarse, con una sonrisa enorme dibujada en la cara.

Estaba guapo con el pelo mojado, la barba de varios días y la camisa de manga larga remangada.

—Estoy aquí para ayudar en lo que haga falta —agregó, abrazando a Tyler.

Yo me quedé plantada ahí en medio, un poco aturdida. No podía creer que ese hombre fuese el famoso Logan. Había otra cosa que me costaba creer más todavía: el mentiroso me había dicho la verdad.

—Hannah. —Me llamó Chris—. Este es Logan, el padrino. —Lo señaló con la mano para presentármelo—. Logan, esta es Hannah, nuestra increíble *wedding planner*.

Él me dedicó una mueca de superioridad. Parecía encantado con la situación.

—En realidad, ya… —empezó Logan.

—¡Encantada de conocerte! —exclamé interrumpiéndole.

Aguanté el peso de la cesta con una mano y alargué la otra en su dirección.

Logan cerró la boca y me observó con curiosidad. Le imploré con la mirada que guardase silencio. No sabía qué impresión causaría frente a los novios el pollo que acababa de montarle a su querido testigo y padrino.

Él estudió mi palma abierta unos segundos.

—Igualmente, Hannah —dijo al estrechármela—. Anda, ¿eso es para mí? —Señaló la cesta que sujetaba con la mano libre—. Veo que lleva mi nombre —terminó con una sonrisita de satisfacción.

«Gilipollas».

—Sí, es para ti. —Correspondí su sonrisa falsa—. Iba a dejarla ahora en tu habitación.

Estiró el brazo y agarró la tableta de chocolate que había cogido antes.

—Por cierto, Hannah —comentó Chris—. Logan tiene un par de ideas para hacer en la boda después del banquete.

El aludido se limitó a abrir su chocolatina mirándome.

—Quiere que sean sorpresa para nosotros, pero me quedo más tranquilo si te lo cuenta y le das el visto bueno. ¿Te parece?

«¿Sorpresas en una boda que está organizada al milímetro? Genial…».

—Mmm…, claro —accedí con la boca pequeña, sintiéndome entre la espada y la pared.

—Gracias por la confianza —le dijo Logan a su amigo—. ¿Quieres que nos sentemos ahora? —acabó, mirándome a mí.

—Me encantaría, pero estoy liadísima con el reparto de las cestas.

—Por cierto, Hannah, ¿qué era eso que ibas a decirnos? —me preguntó Tyler.

—Ah…, —titubeé—. Nada. Solo que cuando termine de repartir las cestas aquí, voy a acercarme al otro hotel a dejar las demás.

En el castillo se hospedarían las personas más allegadas a los novios. El resto de los invitados se alojarían en un pueblo cercano.

—¿Vas a cargar cien cestas sola? —preguntó Chris.

—¿No te quedas para nuestras fotos? —Tyler hizo un mohín.

Los novios iban a hacerse una sesión preboda al atardecer.

Consulté mi reloj. Faltaba poco más de una hora para la puesta de sol.

—Yo puedo ayudarte —se ofreció Logan—. Así tardarás menos y estarás de vuelta para las fotos. Y de paso te cuento mis ideas.

—Tranquilo, no hace…

—¡Excelente idea! —me cortó Tyler.

—Gracias, tío. —Chris le dio una palmada en el hombro a su amigo.

Logan me sonrió antes de arrancar un trozo de chocolate con los dientes.

—Bueno, os dejamos ya, vamos a arreglarnos para las fotos. —Tyler enganchó a su prometido del brazo y se dirigieron a la suite nupcial.

—Nos vemos en un rato. —Chris se despidió con la mano.

Cuando cerraron la puerta de la habitación le estampé a Logan su cesta en el pecho.

—Lo que yo pensaba. —La mofa era evidente en sus ojos e iba implícita en su tono de voz—. Eres una fierecilla.

—Y tú un imbécil.

Cuando terminé de repartir las cestas, bajé la escalinata de mármol que llevaba a la recepción con Logan siguiéndome los talones. Pasé por el mostrador del aparcacoches y le pedí a Mark la furgoneta. Unos minutos después, ya teníamos el vehículo blanco y reluciente esperando en la puerta.

Nos llevó unos minutos cargar el maletero.

—Por curiosidad —preguntó Logan a mi espalda—. ¿A qué ha venido el mensaje de esta mañana?

Eché un vistazo por encima del hombro para comprobar que no había nadie cerca.

—Ha venido a que no quiero seguir hablando contigo —le contesté mientras cerraba la puerta del maletero.

—Vale, ya entiendo lo que ha pasado.

Suspiré y lo enfrenté.

Por su cara, sospeché que estaba a punto de soltar una tontería.

—Soy demasiado gracioso y quieres dejar de hablarme para dejar de reírte. No pasa nada. Puedes admitirlo.

—No quiero seguir hablando contigo porque amenazaste con perseguirme por todas las bodas y porque eres un mentiroso.

—Tú también. Acabas de fingir que no nos conocemos. Y me has hecho mentir a mis amigos.

—Será que lo malo se pega.

Sin decir nada más, bordeé la furgoneta y me subí por la puerta del conductor. El interior del vehículo brillaba tanto como el exterior. Logan ocupó el asiento del copiloto y se abrochó el cinturón de seguridad. Ajusté el asiento y los espejos retrovisores. Acto seguido, me puse el cinturón y arranqué. Por último, conecté el móvil por *bluetooth* a la furgoneta. Busqué la dirección del otro hotel en el navegador.

El olor de su colonia varonil se adueñó del ambiente. A decir verdad, estaba algo nerviosa por su cercanía.

«Puedes superar ocho minutos de trayecto en su lado», me dije.

Quité el freno de mano y pisé el acelerador. Avancé despacio por el camino de tierra que salía de la propiedad. La gravilla crujió bajo las ruedas cuando pasé por encima. Para huir del silencio incómodo, le di al botón de Spotify de la pantalla del salpicadero. Pinché en mi lista de reproducción favorita y volví al mapa. Empezaron a sonar los primeros acordes de «Marry You», la canción de Bruno Mars.

—Uf. Quita eso si no quieres que me tire del coche en marcha —me pidió Logan al llegar al primer estribillo.

—Enseguida. —Apreté el botón del volante que subía el volumen y sonreí.

Estaba siendo algo infantil, pero me daba igual.

Salí del camino de tierra y aceleré a incorporarme a la carretera. Por el rabillo del ojo le vi agarrarse al asidero que tenía encima de la cabeza.

Él estiró la mano libre y giró la ruedecita del salpicadero que bajaba el volumen.

—¿Por qué no empezamos de cero? —me propuso.

«¿Empezar de cero? Sí, claro». Hasta la voz de mis pensamientos sonaba irónica.

En lugar de contestar, quité la mano derecha del volante y le hice un corte de mangas.

Lo oí reírse.

—¿Eso es un sí o un no?

Giré la cabeza para observarlo incrédula.

—¿Puedes mirar a la carretera, por favor? —me pidió.

Le hice caso y le contesté con otra pregunta:

—¿Quieres que olvide que impediste la boda de Emma, que me dijiste que tenías una relación abierta para ligar conmigo, que casi rompiste otra boda en el Plaza, que me inutilizaste los pinganillos mientras estaba trabajando y que descorchaste un champán de novecientos dólares que no era para ti?

—Tú tampoco eres una santa precisamente. Te jodí una boda y tú a mí otra. Yo diría que estamos empatados.

Apreté el volante con fuerza y negué con la cabeza.

—No. No estamos empatados. Tú me jodiste una boda —enfaticé— y yo impedí que cometieras una injusticia, que no es lo mismo.

—Mira, guapa. Chris es mi mejor amigo y se acerca el día más importante de su vida. Quiero que se lo pase genial este fin de semana. Así que te propongo un alto al fuego para hacer estos días agradables para todos. Nos tomamos un respiro, disfrutamos de la boda y el domingo vuelves a odiarme.

«El día más importante de su vida».

Me sorprendió para bien que hubiese dicho eso.

Lo que planteaba Logan no era mala idea. A fin de cuentas, los dos teníamos un objetivo común: que Chris y Tyler tuvieran el mejor fin de semana de su vida. Además, le tendría fuera de mi vista la mayor parte del tiempo, porque estaría controlando que todo salía conforme a lo programado.

Un coche tocó el claxon tres veces seguidas. El corazón me pegó un bote por el susto. Eché un vistazo por el retrovisor. Tenía un deportivo rojo pegado al maletero.

—¿Qué le pasa a ese? —comenté extrañada.

—Que te quiere adelantar y vas por la mitad de los dos carriles.

«Mierda».

Enderecé el volante con algo de brusquedad. La furgoneta dio un ligero viraje hacia la derecha. Él murmuró algo por lo bajo que no llegue a entender.

—¿Qué has dicho? —pregunté.

—Nada. Estoy hablando conmigo mismo.

—No me lo creo.

—Estoy rezando para que lleguemos con vida a nuestro destino. Quedan tres minutos de calvario.

Contuve la sonrisa como pude. Encontraba gracioso su tono exagerado. Logan Stone era un teatrero.

Frené un poco más de lo necesario al llegar a la siguiente curva.

—Si fueses a la velocidad adecuada, no tendrías que dar esos frenazos en las curvas —me dijo Logan.

A partir de ese momento intenté ir más pendiente todavía del límite que marcaba la vía. Logan se mantuvo callado el resto del viaje. No soltó el asidero hasta que me desvié para aparcar en el hotel.

Cuando apagué el motor Logan empezó a aplaudir.

—¡Por fin! ¡Estoy entero! —bromeó a la par que se palpaba el pecho y los brazos con las manos—. Voy a besar el suelo en cuanto me baje.

Arqueé una ceja y luché contra las comisuras de mi boca, que amenazaban con estirarse hacia arriba.

No era la mejor conductora del universo, pero tampoco la peor. Al menos, yo ponía los intermitentes, no como la mayoría de los idiotas que nos habíamos cruzado.

—Ahora que estamos a salvo: ¿cómo aprobaste el examen de conducir?

—No conduzco tan mal —me defendí.

—Lo pregunto en serio —comentó divertido—. ¿El examinador era ciego o algo así?

Me bajé de la furgoneta sin contestarle.

—¿Le sobornaste? —lo oí decir cuando cerró su puerta—. Espera, tienes carnet de conducir, ¿verdad?

Nos encontramos a la altura del maletero.

—Claro que lo tengo.

—¿Dónde te lo sacaste?

—En Massachusetts.

—Eso lo explica todo.

Arqueé las cejas y lo observé expectante.

—Tenéis fama de ser los peores conductores del país.

—Lo dudo. ¿De dónde eres tú?

—De Nueva York.

—A saber cuántos accidentes has tenido. No he visto tantos conductores impacientes, imprudentes y agresivos en ningún otro sitio como en Nueva York.

—No he tenido ningún accidente. —Sonrió.

Abrí el maletero. Estaba a punto de coger una cesta cuando él extendió la palma abierta delante de mi rostro y dijo:

—Entonces... ¿empezamos desde cero?

19

Logan

Hannah observó mi mano suspendida en el aire unos segundos. Después, alzó la barbilla y me miró a los ojos.

A juzgar por su expresión, no parecía entusiasmada con la idea. Para convencerla, le dediqué mi mejor sonrisa. Tras los patinazos que había tenido con Chris en los últimos meses, me había prometido a mí mismo que sería un padrino ejemplar para él. El primer paso para serlo era llevarme bien con la organizadora de su boda.

Para mí también había sido una sorpresa encontrarme a Hannah en mi habitación. Tras el mensaje que me había mandado por la mañana, creía que no volvería a verla. Tenía el vago recuerdo de Chris contándome, hacía meses, que Tyler y él habían contratado a una profesional para que planificase su celebración. Me sonaba haber desconectado de la conversación al pensar que era un gasto inútil. En ningún momento se me había pasado por la cabeza que esa persona fuese Hannah.

—Vale, que sí, empezamos de cero, *hakuna matata* y todo eso. —Hannah me estrechó la palma con determinación, interrumpiendo el hilo de mis pensamientos. Sonreí al oírla hacer referencia a lo que le había dicho en la nevera del Bowery—. Pero solo hasta el domingo —puntualizó al verme ensanchar la sonrisa—. Después no querré saber nada de ti.

—Descuida —le dije en tono burlón—. Yo tampoco.

Esa mujer me hacía gracia. No podía evitarlo.

Se soltó de mi agarre con un suave tirón y se volteó para coger un par de cestas del maletero.

Cuando me sobrepasó, su olor dulce me entró por la nariz. Hannah olía a una mezcla de flores y vainilla. Se detuvo a un par de pasos, me miró por encima del hombro y exclamó:

—¡Vamos, que no tenemos todo el día!

—¡Sí, señora!

Cogí unas cuantas cestas y me apresuré a seguirla al interior del edificio. Repartimos las ciento cincuenta y tres en un momento.

—Ahora que somos mejores amigos... —empecé cuando salimos al aparcamiento para volver al castillo—. Dame las llaves. Conduzco yo.

—¿Por qué? —Hannah captó la indirecta al vuelo—. Ya has visto que no conduzco tan mal.

Ja. Conducía como el culo, pero no podía decírselo así.

—Eso es discutible. Antes te has comido un bache enorme y casi salimos volando como el Ford Anglia de los Weasley. Y supongo que no necesitas que te recuerde que me tiraste la moto hace unos meses.

Hannah contuvo la sonrisa y negó con la cabeza.

—Eres un exagerado.

Nos paramos al lado de la furgoneta.

—Las llaves, por favor. —Ahuequé la palma delante de ella.

Me aguantó la mirada un instante. Al final, claudicó con un suspiro.

—Vale, pero solo porque estoy cansada —matizó.

Sus dedos rozaron mi palma cuando me las entregó, despertando un calor agradable en mi mano.

Me monté en la furgoneta por la puerta del conductor. Mientras colocaba el asiento, ella buscó la dirección del castillo en el navegador de su teléfono. Al comprobar que se había abrochado el cinturón, arranqué y di marcha atrás para salir del aparcamiento.

Estuvimos callados los primeros minutos de conducción. Hannah iba tecleando algo en el móvil.

La carretera estaba rodeada de árboles verdes y frondosos. El sol había descendido y el cielo comenzaba a colorearse de tonos rosas y naranjas. Las sombras de los árboles se estiraban sobre la carretera, haciendo que no echase de menos las gafas de sol.

—Te cuento mis ideas sorpresa para la boda —le dije para sacarle conversación—. He estado investigando y he dado con un par de juegos que podrían gustarles a mis amigos. ¿Qué te parece si hacemos el de las sillas?

De reojo la vi bajar el teléfono y girar la cabeza para mirarme.

—No me termina de convencer... Ya tenemos un juego de baile. Chris y Tyler quieren hacer una competición por parejas. Harán de jurado e irán descartando hasta que solo quede una pareja en la pista. Además, la última vez que hice el juego de las sillas en una boda se tiraron dos invitados en plancha a por la misma y uno de ellos acabó la noche en urgencias con el codo roto.

—Entiendo... La otra idea chula que he visto es el juego de los letreros de «quién es más...». ¿Sabes cuál es?

—Sí. Ese en el que los novios se sientan de espaldas el uno al otro, con un cartel que lleva el nombre de cada uno por cada lado, y los utilizan para responder las preguntas tipo «¿Quién es más romántico?» y todo eso, ¿no?

—¡Sí, ese! Lo hicieron en la boda de un compañero de universidad hace siglos y a Chris le pareció gracioso.

Ella guardó silencio unos segundos. Le eché un vistazo rápido por encima del hombro.

—¿Estoy viendo un atisbo de sonrisa? —pregunté divertido.

—No. Mi cara es así.

—Venga ya, esta idea te ha gustado. —Volví a mirarla—. No seas orgullosa y reconócelo.

—¿Puedes mirar a la carretera, por favor? —contestó, citando mis palabras de antes—. Ese juego está bien —concedió enseguida—, ¿Tienes las preguntas preparadas?

—Pensaba improvisarlas.

—No puedes hacer eso. Necesitamos saber el número exacto para estimar cuánto tiempo nos llevará el juego. No es lo mismo hacer cinco preguntas que veinte. Salvo eso, me parece bien. A los invitados suele gustarles mucho. Reviso luego el programa y vemos en qué momento podemos cuadrarlo.

—Por mí, bien.

Me desvié hacia la derecha y cogí el camino secundario. El castillo no tardó en quedar a la vista. El edificio de estilo clásico se erigía imponente sobre un amplio terreno. Imitaba el diseño de un castillo francés, con tejados grises a dos aguas, ventanas arqueadas y fachadas claras cubiertas de hiedra. Los jardines que lo rodeaban estaban llenos de flores y de setos podados con precisión. Era como retroceder a otra época.

Cuando me aproximé al aparcamiento empedrado el aparcacoches salió del edificio. Al bajarme, le devolví las llaves. Luego, me dirigí con Hannah al interior de la mansión.

El vestíbulo parecía sacado de una película, con los techos altos, las columnas robustas y el suelo de mármol reluciente. A mano derecha se encontraba la puerta que llevaba a la recepción. Enfrente, una escalinata doble con la barandilla de hierro forjado llevaba a las habitaciones. La opulencia era evidente en cada rincón, desde las lámparas de cristal que pendían del techo hasta los cuadros que adornaban las paredes, pasando por los sillones amplios tapizados en terciopelo. La sofisticación se apreciaba en los uniformes impecables del personal, que incluso llevaban guantes blancos. Hasta el aire parecía impregnado de un olor característico que me recordaba al de las tiendas de lujo.

—Parece que va a salir Jay Gatsby con una copa de champán por la escalinata —le dije a Hannah.

—Dirás Taylor Swift cantando «Blank Space» —me contestó ella.

Atravesamos el castillo hasta el patio trasero. Encontramos a Tyler y a Chris posando acaramelados para el fotógrafo.

Hannah se detuvo a una distancia prudencial de ellos. Yo me paré a su lado.

—Ya estamos de vuelta —anunció—. ¿Necesitáis algo? —les preguntó.

—No. Estamos bien —le respondió Chris.

Durante un rato estuvimos observándolos. Ese tipo de fotografías me daban escalofríos. Siempre parecía que la pareja se veía obligada a posar, en posturas antinaturales y forzando las mil sonrisas que les pedían, con un resultado final impostado y vacío. En cambio, mis amigos se desenvolvían con naturalidad, como si no estuviésemos ahí, mientras el fotógrafo hacía su trabajo sin darles ninguna indicación.

—Son monísimos. —Hannah soltó un suspiro amoroso.

Aparté la vista de mis amigos y la centré en ella. Los miraba con ternura.

—Sí que lo son.

Giró el rostro en mi dirección y me dedicó una sonrisa escueta.

—Van a quedar unas fotos preciosas. Joseph es buenísimo —me dijo, refiriéndose al fotógrafo—. Sigo su trabajo desde hace tiempo. No sé cómo lo hace, pero siempre consigue capturar la esencia de la pareja. Me encantaría contratarle para mi boda.

Parpadeé sorprendido.

—¿Estás prometida? Pensaba que habías dicho que no tenías novio.

—Y no lo tengo. Simplemente sé qué profesionales quiero que estén el día de mañana en mi boda. Él y mi amiga Jessica harían un reportaje de fotos estupendo.

Asentí y volví la vista a mis amigos.

Cuando el sol se ocultó, Joseph disparó la última fotografía y Hannah lo acompañó hasta la salida.

—¿Cuál es el plan ahora? —le pregunté a Tyler y a Chris.

—Cenar —contestó Tyler.

Antes de que me diese tiempo a contestarle, él se dio la vuelta para dirigirse a Hannah:

—¿Cenas con nosotros?

Ella desvió un segundo la vista hacia mí.

—Vale. Estoy muerta de hambre. Hoy no me ha dado tiempo a comer.

—No se hable más. —Mi amigo la enganchó del brazo y abrió la marcha al restaurante.

El camarero nos condujo hasta una mesa preparada en el patio trasero. Era cuadrada y estaba cubierta con un mantel blanco.

En el centro había un jarrón pequeño con una rosa roja, rodeado de varias velas encendidas dentro de recipientes transparentes y diminutos. La vajilla de porcelana tenía el borde de flores y una escena rural pintada de color azul oscuro, que me recordó a la favorita de mi abuela.

La luz suave de las tiras de bombillas que pendían sobre nuestras cabezas iluminaba la mesa. Corría una brisa ligera y la temperatura resultaba agradable. El ambiente era tranquilo. Se notaba que éramos los únicos huéspedes del castillo esa noche.

En cuanto me entregaron la carta dirigí la vista de manera automática a la parte baja, donde se anunciaban los platos de pasta. Tardé dos segundos en decantarme por uno.

—¿Qué vais a pedir? —quiso saber Chris.

Hannah y yo respondimos a la vez:

—Los *tagliatelle* con calabacín —dijo ella.

—La pasta con calabacín y parmesano —respondí yo.

Hannah y yo compartimos una mirada curiosa. Estábamos sentados el uno frente al otro.

—Yo voy a tirar por el salmón —contestó Tyler.

Ella cortó el contacto visual para mirar a mi amigo, que se sentaba a su lado.

—Sí, yo también estaba pensando en pescado —apuntó Chris, a mi izquierda.

El camarero regresó con las bebidas y tomó nota de la cena.

—Chicos... —empezó Hannah cuando llegó la comida—. ¿Os importa que guarde el corcho del champán que descorchéis para el brindis de recién casados? Es que los colecciono.

—No. Claro, quédatelo. —Tyler dio un sorbo a su copa de vino.

—¡Mil gracias! —Hannah le dedicó una sonrisa risueña. Sus ojos parecían brillar de emoción contenida.

—¿De verdad los coleccionas? —le preguntó Chris.

—Sí. Los tengo en un jarrón en mi habitación. Cuando tenga mi propia oficina, me gustaría colocarlo ahí. Es una manera bonita de conservar un recuerdo de cada boda.

Esa mujer era una romántica de manual.

Buscó una fotografía en su móvil y se la enseñó a Tyler. Mientras tanto, enrollé unos *tagliatelle* en el tenedor y me los llevé a la boca. Estaban buenísimos.

—¡Ay, eso es una cucada! —exclamó mi amigo, cogiendo el móvil de Hannah.

Lo colocó en el centro de la mesa y lo giró para que lo viéramos Chris y yo. Me incliné sobre la mesa para apreciar mejor la imagen. Aparecía un jarrón de cristal transparente, lleno de corchos hasta la mitad. El fondo estaba desenfocado, pero se distinguía un póster descomunal de una puerta azul ovalada que daba al mar, y flores rosas a ambos lados de ella. Aunque no ubicaba la imagen, me resultaba familiar.

—Por lo que veo eres fan de *Mamma Mia* —apuntó Chris divertido.

Al oír eso tuve una revelación.

«¡¡¡Donna!!!».

—Es mi película favorita —reconoció ella—. Me la sé de memoria.

Reprimí la sonrisa ante aquel descubrimiento.

—Una de las protagonistas se llamaba Donna, ¿verdad? —le pregunté cuando le devolví el teléfono.

Ella asintió con una sonrisilla.

—Tienes bastantes corchos —apunté pasado un instante—. ¿Desde cuándo te dedicas a esto?

—Desde hace cuatro años —me respondió un poco más escueta que a mis amigos—. Empecé siendo asistente de Melanie Stevens. Decidí montármelo por mi cuenta el año pasado.

Estaba a punto de preguntarle qué la había animado a dar el paso cuando Chris se me adelantó:

—¿Cómo descubriste que querías organizar bodas?

—Las bodas me han gustado desde siempre. De pequeña solía probarme a escondidas el vestido de novia de mi madre —sus mejillas adquirieron un ligero rubor con esa confesión— y en el colegio, cuando jugábamos a casarnos, siempre acababa organizando yo las ceremonias. Aunque no me di cuenta de que quería dedicarme a esto de manera profesional hasta hace unos años.

Cuando tenía veintiuno, ayudé a mi prima a planificar su boda y descubrí mi pasión.

Se me ocurrió entonces que no sabía cuántos años tenía.

—Ay, si es que eres la persona más adorable del mundo —le dijo Tyler.

Se me escapó una risita baja.

«Si ellos supieran que esa mujer adorable me había estampado una tarta de chocolate en la cara...».

Hannah me lanzó una mirada suspicaz.

—¿Tú a qué te dedicas? —preguntó, desviando la atención hacia mí.

—Soy publicista —respondí.

—¿En serio? —Abrió los ojos de par en par.

—¿Por qué te sorprende tanto? ¿Te esperabas otra cosa?

—De hecho, sí. —Un brillo insolente se adueñó de su mirada—. Me pegaba que eras ayudante de cocina en un restaurante francés...

—Vaya, qué específico —contesté.

Sabía que lo decía por la rata de *Ratatouille*. Había encontrado la manera de llamarme rata a la cara sin que nadie se diese cuenta. Confirmó mis sospechas al decir:

—¿Quieres un poco más de queso para la pasta? —Me pasó el bote plateado que contenía el parmesano—. Creo que no te has echado mucho.

—Gracias. —Lo acepté con una sonrisa irónica.

—Estás a tiempo de hacerte cocinero —apuntó Tyler, mirándome—. Se te da bien y así podrías dejar la agencia.

Asentí, con una sonrisa incómoda, y le di un trago a mi copa de vino. Chris se percató de que no me apetecía seguir la conversación por ese rumbo y cambió de tema:

—Por cierto, Hannah, ¿te ha gustado alguna de las ideas de Logan?

—Sí —contestó ella—. Tengo que revisar el horario, pero creo que podemos hacer algo a mitad del baile, antes de la recena.

La boda acaparó el resto de la conversación. Perdí el hilo en los postres cuando Hannah se pasó la lengua por los labios para limpiarse los restos de chocolate. En ese instante me invadió un pensamiento: quería ser yo el que le limpiase la tarta de la boca.

Cuando Chris y Tyler se marcharon, Hannah y yo nos quedamos para revisar el horario y ver dónde metíamos la actividad que le había propuesto. Se sentó a mi lado y colocó su agenda abierta entre nosotros. Le eché un vistazo al horario de la boda y me quedé alucinado. Prácticamente estaba escrito el minuto a minuto. Su caligrafía era pulcra y redondeada. Se notaba que se había tomado su tiempo para que todas las líneas quedasen perfectamente alineadas. Mis ojos se detuvieron en una nota en particular:

20.55 h — Discurso de Logan

—Tengo una pregunta… —comencé conteniendo la risa—. Aquí pone que mi discurso es a las ocho cincuenta y cinco. —Le di un golpecito a la página antes de mirarla—. ¿Qué pasa si lo empiezo a las ocho cincuenta y siete? ¿Te desmayarás si no se cumple el horario?

Ella entrecerró los ojos.

—Eso no va a suceder —me dijo, poniéndose seria—. Pasaré por tu sitio cinco minutos antes para recordarte que tienes que levantarte y coger el micrófono. Todo saldrá según el plan. —Centró la vista en su agenda—. Creo que podemos hacer el juego de los carteles entre la tarta y el primer baile. —Señaló con un bolígrafo dorado el horario—. ¿Quieres que pensemos las preguntas? Yo creo que con diez está bien, ¿no?

Soltó el bolígrafo y se deshizo el moño perfecto. La melena salvaje le cayó hasta el pecho.

Apenas nos separaban un par de palmos. La luz amarillenta de los farolillos se reflejaba en su cara. Estaba guapísima con el pelo suelto.

—¿Logan?

—Eh..., ¿qué? —Salí de mi ensimismamiento y me encontré con su mirada interrogante.

«Joder. ¿Qué coño me ha preguntado? Voy a quedar como un gilipollas». —Traté de recordar lo último que había dicho—. «Ah, sí, las preguntas del juego».

—Diez está bien, sí. —Cogí el móvil y abrí un apartado de notas—. Me las apunto en el teléfono mismo.

Media hora más tarde habíamos sacado diez preguntas que nos convencían a ambos. Subimos las escaleras juntos, camino de nuestras respectivas habitaciones.

—Buenas noches, Remy —me dijo al detenerse frente a la primera puerta del pasillo.

Su cuarto estaba en el extremo opuesto al mío.

—Hasta mañana, Donna.

Amanecí a las nueve de la mañana. Como siempre, me tiré un buen rato con el móvil, desperezándome. Después de ducharme en la bañera lujosa, me vestí con una camiseta azul oscura y unos vaqueros, y bajé al comedor. Chris y Tyler desayunaban en una mesa redonda, frente a la ventana que daba al jardín trasero. Estaban sumergidos en su mundo y no se dieron cuenta de que me encontraba delante hasta que arrastré la silla por el suelo para sentarme frente a ellos.

El menú del desayuno era tan sofisticado como el de la cena. Acabé decantándome por pedir los huevos a la florentina.

—¿Y Hannah? —les pregunté como quien no quiere la cosa.

—Está haciéndole un tour por las instalaciones a Henry —respondió Tyler.

Alargué la mano y atrapé una uva del bol de fruta que descansaba en el centro de la mesa.

—¿Y ese es...? —dije, metiéndome la uva en la boca.

—El periodista que va a escribir un reportaje de la boda —me explicó Chris—. Va a entrevistarnos hoy.

Estaba apurando lo que me quedaba del café cuando Tyler exclamó emocionado:

—¡Ay, que ya vienen!

Levanté la cabeza para ver entrar a Hannah. Llevaba un vestido azul oscuro de tirantes, que le llegaba por encima de la rodilla, y el pelo recogido en una coleta alta. Iba acompañada del que supuse que era el periodista. El tipo era algo más alto que ella, con el pelo rubio engominado y gafas. Se encaminaban hacia nosotros, enfrascados en su conversación. Ella gesticulaba con efusividad y lucía una sonrisa de oreja a oreja.

—Hola. —Nos saludó Hannah al llegar.

—Buenas. —Le devolví el saludo con un gesto de cabeza.

—Logan, este es Henry King, el periodista de *People Weddings* —me dijo—. Henry, este es Logan Stone, el padrino.

«No me jodas. ¿De verdad se apellida King?».

El periodista alargó la mano en mi dirección.

—Encantado —respondí al estrechársela.

—Señor King, cuéntenos —empezó Chris animado—. ¿Qué le ha parecido el espacio? ¡Estamos impacientes por saber su opinión!

—Por favor, tuteadme, que no soy tan mayor —contestó él—. Los jardines son impresionantes. Hannah me ha contado que quedará todo espectacular con la luz del atardecer.

A su lado, ella asentía fascinada a lo que decía.

Arrugué las cejas.

«¿Por qué hay tanto revuelo con este tío?».

—Chicos. —Hannah se dirigió a mis amigos—. ¿Os parece si Henry os hace las preguntas del reportaje en vuestra habitación? Así podréis enseñarle la suite nupcial.

—¡Qué buena idea, Hannah! ¡Estás en todo! —exclamó Tyler—. Venga, vamos.

Mis amigos se apresuraron a levantarse.

—Si necesitáis cualquier cosa, estaré por aquí —les dijo Hannah.

—Luego nos vemos. —Henry se despidió de ella con una sonrisa amplia.

—Sí. Claro. Cuando quieras. —Hannah se apretó el portapapeles dorado contra el pecho y le sonrió.

Se lo quedó mirando mientras se alejaba.

«¿Por qué coño le interesa tanto este tío?».

—Toma, Donna. —Me quité la servilleta de tela de las piernas y la extendí en su dirección—. Para que te limpies las babas.

—¿Qué dices? —Frunció el ceño—. No estoy babeando.

Se me escapó una carcajada.

—¿Cómo que no? Por Dios, si hay un charco a tus pies y todo. Me da miedo levantarme y resbalarme —bromeé—. ¿Ya le has pedido que se case contigo? —No sé por qué cojones hice esa pregunta.

—No. Pero quiero que me saque en el artículo. Es una oportunidad enorme para mi negocio.

—Así que... ¿solo le estás haciendo la pelota? —Negué con la cabeza—. Pobrecito. No deberías jugar así con sus sentimientos —amonesté en tono teatral.

Ella suspiró, bajó la vista hacia su portapapeles dorado y dijo:

—Ahora mismo no tengo tiempo para tus tonterías. Tengo que recibir a la familia de Chris.

Cuando se volteó no pude evitar pasear la mirada por su figura. El vestido era algo ceñido y le marcaba las curvas.

«Madre mía. Vaya culo».

Sin más, eché la silla hacia atrás y me apresuré a seguirla. Quería saludar a la familia de Chris.

Llegué a la entrada justo cuando un microbús se detenía frente al portón de madera. Varias personas pelirrojas se bajaron del vehículo y lo bordearon hasta la parte trasera para sacar las maletas.

Me paré al lado de Hannah.

—¿Dónde está la familia de Chris? —le pregunté en un susurro al inclinarme en su dirección.

—¿Cómo que dónde están? —respondió en voz baja—. Estos son los padres de Chris —añadió como si fuera evidente.

—¿Qué dices? —aseguré, negando con la cabeza.

—No me vaciles ahora, por favor.

—Conozco bien a la familia Campbell. Fui a pasar un verano a su casa en Vancouver, y ya te digo yo que no son esos. Además, ¿tú los has visto? —Los señalé con la mano—. Chris tiene el pelo negro y esta gente es más pelirroja que los Weasley.

Hannah abrió los ojos horrorizada.

—¿Y entonces quiénes son estas personas? ¿Y dónde están los padres de Chris?

Me encogí de hombros.

—Oh, Dios... Esto no puede ser verdad.

Hannah se apresuró a bajar las escaleras. Me apoyé contra el marco de la puerta, alucinado.

—Esto..., hola. —Saludó a los recién llegados al acercarse a ellos—. ¿Están aquí para la boda de Christopher y Tyler?

—No —alcancé a oír que le respondía la señora—. Hemos venido a hacer el tour guiado.

—No hay tours este fin de semana —repuso Hannah—. El castillo está cerrado porque se celebra una boda. El autobús era para la familia Campbell, ¿por qué se han subido ustedes?

—Nosotros somos la familia Campbell —le contestó el hombre—. Hemos visto al conductor esperando en el aeropuerto con un cartel en el que aparecía nuestro apellido y el nombre del castillo. Y como queríamos verlo... nos hemos subido.

«Hostia, qué morro tiene la gente».

—El autobús era para los padres del novio —repuso Hannah un poco nerviosa.

Se dirigió hacia la parte delantera del autobús y golpeó la puerta con el puño.

—Hola..., perdone —le dijo al conductor cuando le abrió—, ha habido un malentendido y ha traído a una familia que no es.

—No puede ser. —El hombre parecía sorprendido—. Me han dicho que son los Campbell.

—Y lo son, pero no son los Campbell que estamos esperando. ¿Puede llevárselos de vuelta al aeropuerto y traer a la familia que esperamos, por favor?

—Lo siento mucho, señorita, pero tengo que recoger a otro cliente en los Hamptons.

—Pero... —Hannah titubeó—. No puede dejarnos colgados así. No es justo —añadió con determinación—. Le hemos pagado para que cumpla un servicio.

—Y lo he cumplido. He traído a los pasajeros hasta su destino. No es problema mío que se hayan colado en el autobús. Ahora, si es tan amable, apártese de la puerta para que pueda continuar con mi trabajo.

—¡Esto es increíble! ¡Pienso poner una reclamación! —exclamó Hannah mientras el conductor le cerraba la puerta en las narices.

El autobús se alejó por el camino de piedra. Hannah se volteó con cara de circunstancias.

—Oiga, señorita —empezó la mujer pelirroja, mirándola—. ¿Qué pasa con nosotros?

Hannah se quedó un instante pensativa y les dijo:

—No se preocupen. Les acerco a la parada de taxis más cercana.

Se sacó el móvil de la riñonera. Tecleó algo en su pantalla y se lo pegó a la oreja.

—¿Señora Campbell? —preguntó al cabo de un instante—. Soy Hannah Brooks, la organizadora de la boda de su hijo... ¿Siguen en el aeropuerto? Verá, ha habido un pequeño malentendido. El conductor que iba a recogerlos ha traído a otra familia al castillo... Lo siento mucho... Quédese tranquila, voy a buscarlos ahora mismo... Podría estar ahí en... —Consultó su reloj de pulsera—. Unos cuarenta minutos... Perfecto... Le aviso al llegar... Hasta ahora.

Cuando colgó, echó a andar a paso decidido en mi dirección.

—Cojo las llaves de la furgoneta y nos vamos —informó a la familia.

Pasó por mi lado como un ciclón.

—Con la de cosas que tengo que hacer... —la oí murmurar.

—Eh..., ¿Hannah? —la llamé al voltearme para seguirla.

—Dime —me contestó por encima del hombro, sin pararse.

La adelanté en un par de zancadas y le corté el paso, forzándola a detenerse.

—¿Por qué no los acerco yo? —propuse—. No tengo nada que hacer. Además, conozco a los padres de Chris. No tendré problema en encontrarlos.

—Yo tampoco.

—No te ofendas, pero se trata de que esta familia llegue con vida a la parada de taxis —bromeé—. Si conduces tú, no podremos garantizarles seguridad y el artículo de tu queridito periodista será «Cuatro funerales y una boda», al revés que la película.

Un atisbo de sonrisa apareció en su cara. Meneó la cabeza, sin apartar la vista de su portapapeles dorado.

—La florista llegará de un momento a otro —dijo, un poco agobiada.

—Razón de más para que vaya yo.

Se mordió el labio inferior y me observó indecisa.

—¿Seguro? —preguntó al cabo de un instante.

—Voy a pedirle las llaves al aparcacoches.

20

Hannah

Me quedé más tranquila cuando Logan regresó dos horas más tarde acompañado de la familia de Chris. Terminé de fijar la guirnalda de globos dorados al marco de la puerta que daba al patio trasero y me bajé con cuidado de la escalera. Luego, acudí a su encuentro.

—Señores Campbell —empecé después de presentarme—. Lamento el malentendido con el conductor del autobús. Entiendo que después de un vuelo tan largo, y estando cansados, ha debido de ser frustrante para ustedes tener que esperar más.

—No te preocupes —me contestó la madre de Chris—. Hemos tenido un conductor maravilloso —terminó mirando a Logan—. No lo cambiamos por nada del mundo.

—Gracias. —El aludido le regaló una sonrisa encantadora, que me dejó pasmada.

Enseguida me quedó claro que Logan era cercano con sus amigos y con los familiares de estos, hasta el punto de que parecía un miembro más del clan Campbell.

A primera hora de la tarde estaba ultimando los detalles para la fiesta de bienvenida de los invitados cuando oí una voz aguda gritar:

—¡Looooogaaaaan! ¡Ya estamos aquí!

Giré sobre los talones. A tan solo unos metros de distancia, Logan y una mujer se abrazaban con efusividad. Cuando se despegaron, ella le dio un puñetazo cariñoso en el brazo. Era guapísima; su melena oscura brillaba con luz propia. Me sonaba de algo, pero no recordaba de qué.

Logan recibió con más abrazos a los dos hombres que habían aparecido con ella. Uno de ellos tenía el pelo castaño alborotado y llevaba una camisa hawaiana bastante llamativa. El otro iba cuidadosamente peinado y llevaba gafas de ver. Mientras los recién llegados saludaban a la familia de Chris, Logan me buscó con la mirada. No me dio tiempo a girar la cabeza y me pilló observándole. Me saludó con un gesto y yo aparté la cara con brusquedad, un poco avergonzada. Le di la espalda y, a duras penas, seguí arrastrando la mesa hasta su sitio.

—Te ayudo, anda —lo oí decir detrás de mí segundos después—. La mesa tiene pinta de pesar una tonelada.

Al voltearme me encontré con que Logan se había puesto las gafas de sol. Eran oscuras, de montura redonda. Le quedaban fenomenal.

«¿Por qué es tan atractivo?», me lamenté.

—Vale... gracias —accedí.

Con su ayuda iría más rápido.

Entre los dos alzamos la mesa a pulso. Logan acompasó sus pasos a los míos para que no se nos cayera. Cuando la colocamos en su sitio, me acompañó al almacén a por otra.

—¿Quién es la chica? —La pregunta salió corriendo de mi garganta sin que me diese tiempo a retenerla.

Sus ojos café centellearon con astucia. Una sonrisa de satisfacción ocupó su cara, poniéndome en alerta. Acababa de dejarme yo solita en evidencia.

—¿Y los que han llegado con ella? —añadí lo más despreocupada posible.

No quería que pensase que me había puesto celosa. A mí me daba igual con qué mujeres se relacionase.

—Es mi amiga Alex —contestó sin perder la sonrisa—. El tío de gafas es Jim, su prometido. Y el de la camisa hawaiana es mi amigo Ben. ¿Aquí está bien? —me preguntó, refiriéndose a la mesa, cuando llegamos a la zona del cóctel.

—Vamos a colocarla un poco más a la derecha. —Nos movimos en sincronía—. Aquí está perfecta. Gracias.

Por detrás de Logan, apareció el padre de Tyler. Lo reconocí por las fotos que me había enseñado su hijo cuando me explicó que sus padres no se podían ni ver hasta el punto de que habían pedido como condición para asistir sentarse en mesas separadas. Se suponía que el padre llegaría al día siguiente, directamente para la ceremonia.

—Oh, Dios… —empecé—. Pero ¿qué hace aquí ya?

—¿Qué pasa? —Logan echó un vistazo por encima del hombro—. Ah, joder, a Tyler no le va a hacer ni puta gracia que haya venido antes de tiempo.

—¡Por ahí viene la madre de Tyler! —exclamé nerviosa—. Si se cruzan, se va a liar una buena.

—Déjamelo a mí. —Logan bajó los tres escalones que daban al jardín.

Interceptó a la madre de Tyler antes de que se diese cuenta de que había llegado su exmarido.

—Señora Woong —oí que le decía Logan—, ¿ha visto cómo ha quedado la decoración de los jardines?

—No, enséñamelos. —La mujer le sonrió.

Cuando mis ojos se toparon con los de Logan articulé un mudo «Gracias». Sentí un vuelco en el estómago cuando respondió guiñándome un ojo.

A las seis menos diez les pedí a los presentes que se sentasen para empezar con la ceremonia de ensayo. Acompañé al padre de Tyler al extremo opuesto al que Logan se dirigió con la madre.

Logan se encargó de oficiar el ensayo siguiendo el guion que le había proporcionado.

El ensayo fue genial: los novios estuvieron relajados y felices, los padres de Tyler ni siquiera se miraron a la cara y Logan se metió a la perfección en el papel de oficiante. Cuando terminó me dirigí a la zona donde se celebraría el cóctel de bienvenida. Quería aprovechar que había bajado el calor para colocar las flores, ahora que ya no se marchitarían. Al pasar cerca de Logan oí a Ben cuchichear:

—Oye, la *wedding planner* no es la que te hizo el placaje y te…

—Sí —le cortó Logan apresurado—. Es ella.

Ben soltó una carcajada.

Me puse en alerta. ¿Qué les habría contado Logan de mí a sus amigos?

Un rato más tarde estaba terminando de armar los centros de mesa cuando Logan se materializó a mi lado.

—¿Cómo vas?

—¿Les has hablado a tus amigos de mí? —le pregunté en un tono cortante, sin poder contenerme.

—Alexandra y Ben estaban en el bar la noche que nos conocimos —explicó.

«Incógnita resuelta: de eso me sonaban».

—Solo saben que pasaste de mi cara y que, días más tarde, me besaste en el Plaza para que no detuviera una boda.

La vergüenza me coloreó las mejillas.

—¿Qué más les has contado? ¿Saben lo del Bowery?

—No. —Sonrió—. No quiero que te idolatren por darme un tartazo.

—¿Qué sabe Chris?

—Chris y Tyler saben que una organizadora de bodas me comió la boca, pero no saben que eres tú.

—No te comí la boca. Ni siquiera hubo lengua.

—Pero ¿qué dices? Si estuviste a punto de succionarme el alma como un dementor.

Arqueé una ceja y él prosiguió:

—Imagino que Chris y Tyler acabarán enterándose. De todos modos, les he pedido a Ben y a Alexandra que no les cuenten nada hasta que se acabe el fin de semana.

Le sostuve la mirada unos segundos.

—Gracias —le dije, antes de seguir con lo que estaba haciendo, dando por finalizada la conversación.

Me sabía mal que mintiese a sus amigos por mí, pero no quería ni pensar en qué podría plasmar Henry en su artículo si se enterase de que la *wedding planner* había besado al padrino. No quería que nada le robase el protagonismo a mi trabajo.

A las siete de la tarde el patio estaba a rebosar de gente. La atmósfera era ruidosa y vibrante. El jardín estaba dividido en secciones. El área del cóctel brillaba gracias a las tiras de bombillas.

Las mesas altas, adornadas con velas aromáticas y centros de flores delicados, creaban una atmósfera romántica. Más adelante, había un rincón de descanso, con varios sofás y mesas bajas.

Estuve de aquí para allá, vigilando que los camareros sacaran todo a tiempo, que no se acabara la comida de los rincones dulce y salado, sufriendo cada vez que la madre y el padre de Tyler estaban a menos de un metro de distancia, y charlando con Henry para mantenerlo alejado del posible drama familiar.

Cada una de las veces que crucé la mirada con Logan, él estaba rodeado de gente. Todo el mundo parecía divertirse en su compañía.

En una ocasión, estaba encendiendo un par de velas de citronela, para espantar a los mosquitos del atardecer, cuando una conversación cercana captó mi atención.

—¡Qué ven mis ojos! —exclamó una voz estridente y masculina—. ¡Logan Stone, ¿cómo estás, hombre?! ¡Cuánto tiempo!

—¡Ya ves! —repuso este—. Estoy bien. ¿Qué tal tú?

Eché una mirada disimulada por encima del hombro y los vi darse la mano.

—¿Qué tal está la señora Stone? —le preguntó el hombre a Logan—. ¿Cómo es que no ha venido contigo?

Parpadeé sorprendida.

«¿Logan está casado?».

Intrigada, pegué la oreja a su conversación.

—Nunca hubo señora Stone —repuso Logan en tono neutro—. Rompimos antes de casarnos.

Me quedé de piedra, con la cerilla prendida a centímetros de la mecha de la vela.

—Vaya, lo siento… —respondió cortado el hombre—. Si quieres hablarlo, o lo que sea…

—Tranquilo, está más que superado.

—¡Au! —Chasqueé la lengua cuando el calor intenso de la llama me quemó los dedos. Soplé la cerilla y la apagué.

Prendí otra, encendí la vela y la coloqué sobre la mesa.

Me aventuré a echar otro vistazo, pero ya no había ni rastro de ellos.

La firmeza de su afirmación parecía indicar que el desenlace de su historia ya no le dolía. Aunque, si le preguntaban por su exnovia no debían de haber roto hacía tanto, ¿no?

Me costaba creer que el hombre que había soltado perlas como «El matrimonio es la mayor inutilidad que existe» hubiese estado prometido. Igual que me costaba imaginármelo comprando un anillo de compromiso, eligiendo un lugar para la celebración o probando menús de degustación.

No pude evitar preguntarme si su visión cínica del matrimonio venía de que había roto su compromiso. En ese instante recordé la cara que puso en la nevera cuando le pregunté si le habían dejado plantado en el altar. ¿Sería eso lo que habría ocurrido? ¿Habrían roto por otra razón? ¿Quién de los dos había decidido cancelar la boda? ¿Habría sido porque Logan no querría una celebración por todo lo alto?

Salí de mis pensamientos cuando uno de los camareros apareció con la bandeja de los postres. Miré el reloj y salí escopetada tras él.

—James —lo intercepté—. Habíamos acordado que sacaríamos los malvaviscos justo antes de los fuegos artificiales.

—Es verdad. Perdona. —Se disculpó antes de regresar a la cocina.

El resto del cóctel transcurrió sin incidentes.

Tan pronto como el espectáculo de los fuegos artificiales del Cuatro de Julio terminó, acompañé a los invitados que no se hospedaban en la mansión a la entrada, donde los esperaban los autobuses para trasladarlos al otro hotel. Después de recoger las decoraciones, cené en la cocina con el resto de los empleados.

Un poco más tarde volví a la parte trasera y me dirigí a los jardines. La noche estaba preciosa, con el cielo despejado y una brisa agradable. El aire olía al aroma fresco de las flores y del césped recién cortado. Quería dar un paseo y aprovechar la tranquilidad para mandarles un audio a mis padres y a Nicole, contándoles qué tal había salido todo.

—¿Adónde vas? —Una voz profunda rasgó el silencio, provocándome un sobresalto.

Al voltearme me encontré con Logan caminando en mi dirección. Apenas veía su rostro en la penumbra. Todo estaba bañado por la luz plateada de la luna.

—A dar un paseo —contesté—. ¿Y tú?

—¡Qué casualidad! Yo también iba a estirar las piernas. ¿Te importa si me uno?

—Algo me dice que vas a hacerlo igualmente.

Se situó a mi lado. Nuestros brazos se rozaron cuando echamos a andar. Me sorprendió la sensación cálida que se extendió por mi piel a toda velocidad tras el contacto.

—Si tuvieses que escribir un discurso para la boda de uno de tus mejores amigos, ¿cómo lo empezarías? —se interesó él.

—¿Por qué me lo preguntas? —Me detuve al caer en la cuenta—. Por favor, dime que has escrito el discurso que tienes que leer mañana.

—La vida adulta me lo ha impedido.

—¡Logan, por Dios! El discurso es una responsabilidad importantísima. Chris y Tyler te han elegido por algo.

—Tranquila, tengo tiempo de sobra.

Respiré hondo. Jamás entendería a la gente que prefería el estrés de hacer todo a última hora en lugar de organizarse con tiempo.

—A ver… —Reanudé la marcha—. Yo empezaría presentándome y dando las gracias a todos por asistir, como han hecho Chris y Tyler antes.

—¿Sí? ¿No empezarías mejor diciendo algo tipo: «Una retirada a tiempo es una victoria. Corred, insensatos»? —apuntó burlón.

—Eres imbécil.

Se rio entre dientes.

—Venga, no te pongas así. Solo te estoy vacilando. Sigue con los consejos.

Una brisa fresca me acarició la piel. Me crucé de brazos, como si eso fuese a protegerme del frío.

—Va a sonar a cliché, pero el mejor consejo que puedo darte es que escribas con el corazón en la mano —le dije—. Puedes contar una anécdota divertida para romper el hielo, y desearles a tus amigos lo mejor en su matrimonio.

—Oído cocina.

Tras un instante de silencio, en el que solo se oyeron nuestras pisadas, le solté las palabras que me hacían cosquillas en la garganta:

—Gracias por ayudarme hoy. No se te da mal ser maestro de ceremonias.

—¡Hostia! —exclamó él alzando la voz—. ¿Dos cumplidos en la misma semana? —Se llevó la mano al pecho y me miró con los ojos abiertos de par en par—. Primero, dijiste que mi ratatouille tenía buena pinta y ahora esto... Donna, ¿tengo que empezar a organizar nuestra boda?

Negué con la cabeza y contuve la sonrisa.

—Te estás riendo por dentro —dijo—. No trates de ocultarlo.

Me pinchó con el dedo el costado y se me escapó la risa.

—Ya te he hecho reír. Puedo irme a la cama tranquilo.

—Si me haces cosquillas, no cuenta.

—Todo cuenta...

Guardamos silencio un instante.

—¿Por qué te importa tanto esta boda? —me preguntó al cabo de un momento.

—Me importan todas las bodas.

—Sí, pero ayer dijiste que este es uno de los momentos más importantes de tu carrera. ¿Es por el artículo de la revista esa?

—El artículo es uno de los motivos, sí. En esta boda estarán algunas de las mejores marcas y proveedores del país, lo que me permite hacer contactos valiosos. Además, está el hecho de que Tyler tiene más de un millón de seguidores en sus redes sociales. Con que un uno por ciento de sus seguidores se quedara con mi nombre ya sería una pasada. Estoy arrancando y toda publicidad es buena.

—Pero a ti ya te va bien, ¿no? Quiero decir, tienes un jarrón lleno hasta la mitad de corchos.

Me sorprendió que se hubiese fijado en ese detalle.

—Sí, pero todavía soy una desconocida. Necesito que este fin de semana salga todo perfecto.

—Vas por el buen camino. A todo el mundo le ha encantado el chef haciendo la barbacoa y la hoguera. Ha sido una buena manera de mezclar una boda con la tradición del Cuatro de Julio.

Algo volvió a removerse en mi interior con el piropo. Sin darme cuenta, habíamos reducido la velocidad hasta casi detenernos.

—Gracias —susurré.

—¿Por qué hablamos bajito ahora?

—Porque aquí no se oye nada. Mira, calla un segundo —le pedí con suavidad.

Me paré y él se detuvo a mi lado. Lo único que se oía era el rumor de la brisa agitar las copas de los árboles y el cántico de los grillos. Durante un instante observé las estrellas, que eran invisibles en la ciudad que nunca duerme.

—Hannah. —Logan reclamó mi atención con solemnidad.

Bajé la cabeza y me topé con su mirada brillante. Su cercanía me ponía un poco nerviosa.

De pronto, se oyó un silbido suave. Acto seguido, se encendieron los aspersores. Ahogué una exclamación cuando las primeras gotas de agua helada me pusieron la piel de gallina.

Sin pensar, salí corriendo en dirección al castillo.

Estábamos en la otra punta. La única manera de regresar era atravesando el vasto jardín. Oí los pasos apresurados de Logan detrás de mí.

—¡Joder! —exclamó él al situarse a mi lado.

Me reí al oírlo maldecir. Nos estábamos calando. En mi vida había visto tantos aspersores juntos.

Cuanto más me mojaba, más gracia me hacía la situación.

Me aparté de la cara el par de mechones que se me habían escapado de la coleta.

—¡Ya da igual correr...! —dije entre risas—. ¡Estoy empapada...!

A Logan se le escapó una carcajada ruidosa.

Salimos del jardín y subimos las escaleras que daban al patio sin aminorar la marcha.

Al detenernos, lejos del alcance del agua, Logan tiró de mi brazo con suavidad para ocultarnos en el lateral del edificio. El cosquilleo cálido regresó a mi piel.

Con la risa todavía resonando en la garganta, me apoyé sobre la pared de piedra, para recuperar el aliento. La coleta se me había aflojado con la carrera y la tenía prácticamente deshecha. Me quité la goma y dejé que las ondas cayeran libres hasta mi pecho.

Logan se paró delante de mí, tan cerca como para que se me encogiera el estómago. Tuve la sensación de que un brillo de interés iluminó sus ojos cuando se fijó en mi cabello suelto. Su rostro estaba parcialmente iluminado por la escasa luz de las lámparas que alumbraban el espacio en el que estábamos. Lo encontré atractivo despeinado y con la camisa mojada, adherida a su torso. Su respiración estaba igual de acelerada que la mía.

Su mirada bajó hasta mi pecho, que subía y bajaba a toda prisa, y se quedó muy serio. En ese instante fui consciente de que tenía el vestido mojado y pegado al cuerpo. A diferencia de su camisa, la tela de mi vestido era negra y no se transparentaba.

Noté mi sonrisa empequeñecer. Sus ojos me quemaban la piel. La atmósfera se había enrarecido entre nosotros.

Logan recortó la distancia que nos separaba y se internó en la penumbra conmigo. Atraída por sus pupilas dilatadas, despegué la espalda de la pared, acercándome un poco más a él.

Tragó saliva con dureza. Me dejé llevar por el momento y le miré los labios. El corazón me latía apresurado, no sabía si por la adrenalina de la carrera o por la que me provocaba su cercanía.

Me acarició un brazo con delicadeza y el cosquilleo agradable regresó a mi piel. Fui consciente del calor que emanaba su cuerpo.

—Hannah… —susurró, con los ojos fijos en mi boca.

—Dime…

Logan se inclinó despacio en mi dirección.

—Hace semanas me robaste un beso. —Su aliento me calentó los labios cuando habló—. Creo que ya es hora de que me lo devuelvas. ¿No te parece?

El matiz seductor de su tono grave avivó mi corazón.

—Sí. —Asentí, completamente hipnotizada.

Me era imposible concentrarme en otra cosa que no fuesen sus dedos deslizándose por mi brazo.

Logan cerró los ojos y se agachó aún más. Ladeé el rostro a la izquierda. Me temblaba el cuerpo entero de anticipación. La última vez que habíamos estado tan cerca fue cuando fingió que iba a besarme para devolverme el tartazo. El recuerdo me cayó como un jarro de agua helada.

«Pero ¿qué estoy haciendo?».

No podía besar a un hombre que me había hecho eso. Y menos al aire libre, arriesgándome a que alguien nos pillase y se pusiese en tela de juicio mi profesionalidad.

Eché el cuello hacia atrás. Intenté parecer lo menos afectada posible cuando dije:

—No puedo.

Logan separó los párpados y me miró. La confusión cruzó su rostro como un relámpago.

—Buenas noches —murmuré, con la respiración entrecortada.

Sin darle lugar a contestar, me escabullí como si me persiguiese un fantasma.

21

Logan

Hannah se largó y me dejó con la palabra en la boca.

La observé alejarse. El corazón todavía me latía con fuerza. Cuando dobló la esquina del edificio y desapareció de mi vista, me pasé la mano por la cara mojada y suspiré.

«¿Qué cojones acaba de pasar?».

No entendía nada. Hasta ese momento todo había ido sobre ruedas.

Regresé a la habitación confundido.

¿Había hecho o dicho algo para ofenderla? ¿Había malinterpretado las señales? Le había pedido que me devolviera el beso y ella había accedido. ¿Qué había pasado?

Al entrar en mi cuarto, me cambié la ropa mojada por unos pantalones cortos de chándal.

Cogí la ropa tirada en la butaca y la dejé en la cama. Luego, saqué la libreta de la bolsa de viaje y me senté frente al escritorio. Tenía que escribir el discurso antes de acostarme. A lo largo de la última semana había intentado escribirlo un par de veces, pero no había estado inspirado. Durante unos minutos, jugueteé con el bolígrafo entre los dedos mientras pensaba por dónde empezar.

No llevaba ni tres líneas escritas cuando taché todo y arranqué la hoja. ¿En qué momento se me había ocurrido comenzar con la típica frase hecha «Estamos aquí reunidos porque…»?

Decidí seguir la sugerencia de Hannah; comenzaría presentándome y dándoles las gracias a los invitados por asistir. Escribí la introducción y me quedé en blanco. Todo lo que se me ocurría para continuar eran calcos de discursos que había oído en otras bodas, demasiado artificiales como para haberlos escrito yo. Busqué ejemplos en internet y nada me convenció. Hannah tenía razón: aquello era una responsabilidad enorme.

Me había dicho que escribiese con el corazón en la mano, pero no tenía ni puñetera idea de qué quería decir. ¿En qué hora me había metido en aquel jardín? ¿Cómo iba a escribir algo bonito si yo creía que todo aquello era una chorrada?

Apoyé la frente en la mesa. Cerré los ojos y la voz determinada de Hannah se reprodujo en mi cabeza.

«La gente pasa muchísimo tiempo ilusionada planificando este momento. Y, de pronto, llegas tú ¿y lo estropeas todo porque te aburres?».

«No voy a quedarme de brazos cruzados mientras les arruinas a las parejas el día más importante de su vida».

«¡El matrimonio es un paso muy importante en una relación! ¡Simboliza la unión, el compromiso y el amor de dos personas, y culmina en una celebración romántica con sus seres queridos!».

«¡El matrimonio es la intención que tienen dos personas de amarse, respetarse y querer estar juntas siempre! ¡Es elegir un compañero de equipo con el que estar en lo bueno y en lo malo, con el que reírte y llorar, y con el que avanzar y aprender de los errores!».

Tras rumiar las palabras que se me habían quedado grabadas en lo más profundo de la cabeza, agarré el bolígrafo y lo intenté una vez más. Sin darme cuenta, conseguí transformar las palabras que iban en mi contra en un discurso decente.

Gruñí al despertarme.

Escondí la cara en la almohada, huyendo de la luz cegadora del sol que se colaba a través de las cortinas entreabiertas. Me reprendí mentalmente por no haberlas cerrado al acostarme.

Intenté regresar al sueño guarro que estaba teniendo con Hannah. En él, ella se había presentado en mi habitación con el vestido empapado. Según le había abierto la puerta nos habíamos enrollado. Por desgracia, me había despertado en la parte más interesante; justo cuando estábamos follando en el suelo, con ella sentada sobre mí. Estaba seguro de que no me sacaría de la cabeza en todo el día la imagen de ella despeinada, con la tela del vestido arremolinándose alrededor de la cintura.

Me froté los ojos y resoplé.

Estaba empalmado.

Estiré el brazo y, a tientas, atrapé el móvil, que descansaba en la mesilla. Despegué un párpado con dificultad para consultar la hora. Eran las diez de la mañana y ya tenía varios mensajes de mis amigos esperándome. En ellos me informaban de que habían bajado a desayunar y que me esperarían en el club de golf, al otro lado de la propiedad.

Volví a dejar el móvil donde estaba.

Arrastré los pies hasta el baño para afeitarme y ducharme. Cuando el agua templada me cayó por la frente, la cara preciosa de Hannah salpicada de gotas me vino a la mente. El recuerdo de sus labios sensuales entreabiertos y el de sus pezones marcados a través de la tela del vestido mojado se colaron en la ducha conmigo.

Sucumbí a la tentación y me la agarré. Necesitaba terminar lo que había empezado en mi sueño.

Después de vestirme con una camisa beis y unas bermudas azul marino, bajé al restaurante de mejor humor. Necesitaba un café de tamaño industrial para terminar de espabilarme.

El restaurante estaba vacío. Hannah estaba sentada frente a una mesa, cercana a la ventana, tan enfocada en el papel enorme que tenía delante que no me vio entrar. Llevaba un vestido negro y el pelo recogido en una coleta alta. Echó el cuello hacia atrás para observar la hoja. Pensativa, se dio un golpecito con el rotulador en la barbilla.

Me acerqué al camarero y le dije:

—¿Puedes ponerme un café con leche y unos huevos revueltos, por favor? Voy a sentarme en esa mesa. —Señalé el lugar que ocupaba Hannah.

—Perfecto. Ahora se lo llevo, señor. Si quiere algo más, no dude en pedírmelo.

—Muchas gracias.

Sin más, me encaminé hacia la mesa.

Me picaba la curiosidad. Estaba deseando ver qué dibujaba. Al llegar a su altura me percaté de que tenía delante un taco de papeles perfectamente apilados y varios rotuladores alineados de manera precisa. Alargué el cuello para ver qué estaba escribiendo. Era un cartel de bienvenida al enlace de mis amigos. La contemplé mientras deslizaba el rotulador sobre la cartulina, con movimientos lentos y controlados, dibujando trazos finos hacia arriba y más gruesos hacia abajo.

Mis ojos volaron hasta la placa plateada con su nombre que llevaba a la altura del pecho.

«Sé un caballero y no le mires las tetas».

Sin poder evitarlo, mis ojos aterrizaron en sus tetas.

—Buenos días, Donna —la saludé con normalidad.

Ella detuvo el movimiento del rotulador.

—Hola —contestó en tono seco y sin apartar los ojos del papel.

«Pues sí que se alegra de verme», pensé irónico.

—¿Qué tal? —pregunté en un segundo intento de ser simpático.

Pasó tres pueblos de mi pregunta de cortesía. En su lugar, me respondió:

—Los demás están en el club de golf. Por si quieres unirte a ellos.

«¿Acabo de llegar y ya me está despachando?».

—Sí, lo sé. Primero voy a desayunar, que es la comida más importante del día.

Sin esperar a que me invitase, aparté la silla libre que estaba al otro lado de la mesa y me senté.

Hannah por fin despegó la vista del cartel y alzó la cara para mirarme.

—¿Necesitas algo? —preguntó impaciente.

—No.

Soltó un resoplido y volvió a inclinarse sobre la hoja.

—¿Qué haces?

—El cartel de bienvenida —contestó sin mirarme.

Viendo que no estaba muy charlatana, decidí ir al grano:

—Hannah, ¿por qué anoche te…?

Se le escapó la mano y trazó una línea gruesa sobre la hoja, atravesando sin querer la palabra «Christopher», rompiendo la armonía del rótulo.

Chasqueó la lengua, fastidiada, y soltó el rotulador sobre la mesa de malas maneras.

—¡Genial! ¡Por tu culpa tengo que empezar otra vez! —Me lanzó una mirada venenosa. Dejó la cartulina sobre el montón en el que, al menos, había otras tres—. Muchísimas gracias.

Entrecerré los ojos. No me gustaba su actitud borde.

—¿Sabes una cosa, guapa? —Me incliné sobre la mesa en un impulso incontrolable—. No es mi problema que te hayas despistado. Igual podrías dejar de culparme por todo lo que te pasa y empezar a responsabilizarte de tus actos —terminé en un tono más cortante del que pretendía.

—Si no hubieses venido a molestarme, no me habría despistado.

—Discúlpame por querer entender que pasó anoche para que te largases así.

Ella miró de reojo en todas las direcciones.

—No es el momento de tener esa conversación —dijo entre dientes—. Por si no te has dado cuenta, estoy trabajando. Ha desaparecido el cartel de bienvenida que había traído, así que tengo que hacer uno nuevo ya. No puedo perder más tiempo.

Me mordí la lengua. Entendía que estuviese nerviosa por la presión de dar la talla, pero no era mi problema.

—¿Quieres algo más? —me preguntó con acidez.

—Uf. ¿Eres así de borde por las mañanas con todo el mundo o soy el único afortunado al que muestras tu verdadero carácter?

A tomar por el culo lo de morderme la lengua.

Estábamos batiéndonos en un duelo de miradas cuando alguien se detuvo a nuestro lado.

—Buenos días —oí que dijo una voz de hombre.

Giré la cabeza y me encontré con el periodista.

—Hola —le saludé con sequedad.

—Buenos días, Henry. —A Hannah le cambió la cara al verlo—. ¿Qué tal? ¿Has desayunado ya? —Le dedicó una sonrisa deslumbrante.

—Sí, pero podría tomarme otro café —respondió este.

Una sensación incómoda se levantó en mi interior.

«¿Con este es majísima? Hay que joderse».

—Si quieres puedes sentarte aquí. —Hannah le ofreció a Henry el asiento libre que había a mi lado.

Le bastaron un par de frases y una sonrisa radiante a Henry para hacerme ver que sobraba.

—Vale, gracias. —Henry le correspondió con otra sonrisa encantadora y se sentó a mi lado.

Hannah se colocó un mechón de pelo detrás de la oreja, llena de pendientes dorados y diminutos, y le sonrió.

—¿Quieres algo más? —me preguntó Hannah con un tono más amigable.

—No, gracias. —Forcé una sonrisa falsa—. Yo ya me iba... —terminé levantándome.

Le pedí al camarero el desayuno para llevar. Luego, atravesé el comedor como una flecha y salí al jardín.

Estaba cabreado.

Hannah estaba en su derecho de desayunar con quien le diese la gana. Ni siquiera se había molestado en disimular que prefería la compañía del periodista antes que la mía.

Aunque me jodiese admitirlo, esa mujer me intrigaba y desconcertaba a partes iguales. Era impredecible. Me daba una de cal y otra de arena. Primero, ladeaba el rostro para que la besase ¿y a la mañana siguiente se comportaba así?

Si no quería hablar conmigo, no iba a perseguirla.

22

Logan

A las tres de la tarde subí las escaleras que llevaban a las habitaciones, para cambiarme. El fotógrafo quería sacarnos a Chris y a mí un par de fotos mientras lo ayudaba a prepararse.

Al pasar por delante de la habitación de Hannah oí un gruñido que me sacó de mis pensamientos. Frené en seco. Me acerqué a su puerta. Un gemido desesperado atravesó la madera. No había duda: se trataba de Hannah. ¿Le pasaba algo?

Sacudí la cabeza y reanudé la marcha a mi cuarto. A lo largo del día me había cruzado varias veces con ella, pero no habíamos vuelto a dirigirnos la palabra. Aunque, de cuando en cuando, no había podido evitar observarla tras el escudo de mis gafas de sol.

Me encantaría ser de esos capullos que pasan de todo. De verdad. Pero, cuando oí un golpe fuerte, retrocedí sobre mis pasos. Cogí aire y llamé a su puerta.

Hannah abrió un instante después. Tenía las mejillas sonrosadas, la respiración agitada y parecía frustrada.

—¿Estás bien? —le pregunté con cautela.

—Sí. ¿Por?

—Por los ruidos que estás haciendo pensaba que estabas peleándote con un tigre.

Hannah me agarró de la camisa y dio un tirón para que me internase en su habitación. La puerta se cerró detrás de mí.

—Se me ha atascado la cremallera del vestido —me explicó atropellada—. ¿Te importa subírmela, por favor? —Se dio la vuelta y me miró por encima del hombro.

—Sí. Claro.

Al acercarme vi que tenía un trozo de tela atascado en la cremallera, a mitad de la espalda. Atrapé el enganche y tiré con gentileza hacia arriba. No se movió ni un ápice. La segunda vez, lo intenté con algo más de fuerza. Tampoco funcionó. Traté de deslizarlo hacia arriba y hacia abajo varias veces, pero no había manera. Probé a sujetar el borde superior de la cremallera antes de volver a tirar. Una corriente de energía me recorrió entero cuando rocé la piel suave de su espalda. En ese momento mi enfado con ella comenzó a diluirse.

—¿Has considerado ir así? —bromeé para relajar la tensión que comenzaba a enrarecer el ambiente.

—Sí, claro, seguro que voy a causar una impresión buenísima.

—Si te sueltas el pelo no se verá.

—Es una boda de etiqueta. ¿Puedes tirar más fuerte?

Volví a intentarlo una vez más.

—Logan, más fuerte, por favor —me pidió desesperada.

Esas palabras me hicieron pensar en el sueño erótico que había tenido con ella. Sentí una sacudida en la polla y me descentré. Di un tirón más brusco que los anteriores y oí el chasquido que hizo la cremallera al romperse. El enganche se desprendió y me quedé con él en la mano.

—Joder —maldije—. Me la he cargado.

—¿Te estás quedando conmigo? —Hannah se dio la vuelta y le mostré el tirador que guardaba en la mano.

Por alguna razón, le entró la risa. En ese instante la encontré encantadora.

—No te preocupes —me dijo al acabo de un instante.

—¿Tienes otro vestido?

—Sí. —Se le colorearon las mejillas—. No quería ponérmelo porque es un poco... demasiado.

Volvió a darme la espalda. Me miró por encima del hombro y dijo:

—¿Te importa abrir la cremallera para que pueda sacármelo por la cabeza, por favor?

—Voy.

Le separé la cremallera despacio. La piel se le puso de gallina cuando le rocé la espalda sin querer. A la vista quedó la parte trasera de un sujetador negro de encaje semitransparente.

Me moría por ver el cuerpo precioso que se escondía debajo del vestido.

«¡No pienses en eso, coño! ¡Que te vas a empalmar!».

—¿Hasta ahí? —le pregunté al abrirle un par de centímetros más la cremallera.

—Sí... Gracias.

Bajé las manos y ella se giró para encararme. Se había quedado un poco seria.

Era evidente que algo estaba cambiando entre nosotros. Me fijé en que el vestido se le había quedado algo holgado en la parte superior. De pronto, me apetecía mucho besarla.

Un golpe seco en la puerta nos cortó el rollo. Seguido de otro. Y otro más.

—¿Hannah? —La voz que sonaba estrangulada era la de Chris—. ¿Hannah, estás ahí? ¡Tengo una emergencia de vida o muerte!

—¡Rápido! —exclamó Hannah en un susurro, mirándome—. ¡Escóndete en el armario!

—¿Qué? —El calentón se me bajó de golpe—. Ni de coña. No soy tu amante...

—No quiero que te vea aquí y se haga ideas equivocadas —dijo, empujándome hasta la puerta del armario.

Chris volvió a aporrear la madera con fuerza.

—¡Un momento! —gritó Hannah en dirección a la puerta. Luego abrió el armario—. Logan, por favor —me pidió cambiando a un tono más suave.

—Joder... —Suspiré.

Se tomó eso como una respuesta afirmativa y me empujó dentro.

«Es increíble lo bajo que caigo por culpa de mi polla», pensé cuando me cerró la puerta en la cara.

—Me he dejado los zapatos en casa. —Oí la voz amortiguada de Chris y sus pasos adentrándose en la habitación de Hannah—.

Juraría que los había cogido... pero no están en ninguna parte.
—Sonaba nervioso—. ¿Qué clase de persona se olvida los zapatos de su boda?

—Con los nervios es normal que se nos pasen cosas, pero no te preocupes. Todo tiene solución —aseguró Hannah sin perder la calma—. ¿Qué número utilizas?

—El cuarenta y cinco.

—Vamos a hacer una cosa —siguió con delicadeza—. Vas a regresar a tu habitación, a respirar hondo y a empezar a cambiarte. Mientras tanto, yo intentaré conseguirte otros zapatos. ¿Te parece?

—¡Esto es un desastre!

—Tranquilo. Tenemos margen de tiempo para encontrar una solución. Todo saldrá perfecto. Ya lo verás.

—Gracias, Hannah.

—De nada. Ahora te veo.

Esperé unos segundos para salir del armario.

—Lo siento —me dijo ella con cara de situación desde la puerta—. Voy a asomarme para ver que no hay nadie en el pasillo. Te aviso cuando puedas salir.

En lugar de contestar me encaminé hacia ella.

—¿Qué me dirías si te digo que tengo la solución a tus problemas? —le dije al plantarme delante de ella.

Hannah me observó expectante.

—¿Tienes...?

—¿Un cuarenta y cinco de pie para prestarle los zapatos a mi mejor amigo? —adiviné—. Sí. Lo tengo.

—¿Qué querrías a cambio?

Me acaricié la barbilla con gesto pensativo y me aguanté la risa como un campeón.

Después de oír el agobio de mi amigo tenía claro que le dejaría los zapatos sí o sí. Ni siquiera tenía que planteármelo. Pero vacilar a Hannah y hacerle creer que tenía la sartén por el mango me seducía demasiado.

—Nada —contesté al final—. Hoy por ti, mañana por mí. Me debes un favor.

—Vale —concedió a regañadientes—. Pero llévaselos ahora mismo, por favor. Está muy estresado.

Salí de su cuarto y atravesé el pasillo. Una vez en mi habitación, saqué los zapatos de la bolsa de viaje y me dirigí a la de mi amigo.

—Toma, pruébatelos, anda. —Le entregué los zapatos a Chris según me abrió la puerta.

—¡Gracias! ¡Eres el mejor! —Se lanzó a abrazarme—. ¡Qué rápida es Hannah!

Asentí al apartarme.

—Voy a cambiarme —le comuniqué—. Enseguida vuelvo.

Regresé a mi habitación. Dejé la funda negra del traje sobre la cama y bajé la cremallera. Saqué el esmoquin negro de la funda y comencé a vestirme. Me abroché el chaleco frente al espejo. Acto seguido, me puse la pajarita y la chaqueta.

Solo me había llevado dos pares de deportivas. Las que más pegaban con el traje eran las blancas con las tres rayas rojas. Se me escapó la risa al imaginar la cara que pondría Hannah al verlas.

Unos minutos después estaba de vuelta en el cuarto de Chris.

—Antes de que me olvide —me dijo Chris—. Toma, las alianzas. No las pierdas, por favor.

Me entregó una caja pequeña de un color verdoso con la palabra «Tiffany» grabada.

—Descuida. Las protegeré con mi vida —prometí al guardármela en el bolsillo interior de la chaqueta.

—¡Gracias! Ay, es que estoy de los nervios. —Chris caminaba de un lado a otro.

De pronto, me encontré repitiendo las palabras de Hannah:

—No te preocupes, tío. Es normal. Todo va a salir bien. Además, esto ya está hecho. Solo queda pasarlo bien.

Chris asintió con una sonrisa y pasó al baño a cambiarse.

En ese instante, alguien llamó a la puerta.

—Ya voy yo —le dije.

Retrocedí hasta la entrada.

Al abrir me quedé atontado.

«Madre de Dios…».

Hannah estaba espectacular.

Llevaba un vestido elegante de color azul oscuro. Era asimétrico; la manga derecha le cubría hasta la muñeca mientras que el hombro y el brazo izquierdo estaban desnudos. La tela ceñida realzaba sus curvas sensuales; tenía aberturas laterales que dejaban al descubierto ambos lados de su cintura y caía con suavidad hasta el suelo. Al ver la raja que le llegaba hasta el muslo no pude evitar imaginarme sus piernas rodeándome la cadera. Se había retocado el maquillaje y llevaba el pelo recogido en un moño que dejaba a la vista unos pendientes largos. Llevaba la riñonera abrazada a la cadera y la plaquita con su nombre enganchada sobre el pecho derecho. Las sandalias plateadas de tacón añadían varios centímetros a su altura.

Ella fue la primera en romper el silencio:

—Es demasiado, ¿verdad? —Arrugó la nariz, dubitativa, y bajó la vista a su vestido.

—Eh…

Me aclaré la garganta para contestar.

—No, qué va —aseguré—. Estás…

«Muy sexy. Pareces una diosa».

—Guapa —me contenté con decirle.

—Gracias. —Sonrió levemente.

Hannah me dio un repaso rápido de la cabeza a los pies. Sus ojos se detuvieron en la pajarita.

—Te queda bien la pajarita, Remy —fue todo lo que dijo en un susurro.

Sonreí como un gilipollas. Tener su atención para mí solito era una inyección directa a mi ego.

—Tercer cumplido de la semana. Voy a empezar a pensar que me estás cogiendo cariño.

Ella se aguantó las ganas de sonreír.

—¿Cómo vais por aquí? —preguntó como si nada—. ¿Le quedan bien los zapatos a Chris?

—Sí.

Oímos la puerta del baño abrirse y el susodicho salió a nuestro encuentro. Llevaba puesto el esmoquin blanco.

—Estás monísimo —le dijo Hannah con una sonrisa.

—Gracias. Tú estás muy guapa —le contestó él, al pararse a mi lado.

«Guapa se queda corto».

—Gracias. Voy a ver cómo va Tyler —le contestó ella—. Volveré enseguida con el fotógrafo. Tenemos una hora para el *first look*, así que podréis haceros las fotos con calma.

Se despidió con la mano y nos dio la espalda.

La observé alejarse por el pasillo. Algo me decía que me iba a costar horrores estar alejado de esa mujer.

23

Hannah

17.00 h — Preparativos ceremonia

Un cosquilleo de emoción se adueñó de mi estómago mientras ultimaba los detalles para la ceremonia. Había transformado el jardín trasero en el escenario de cuento de hadas que había imaginado para los novios. Las sombras de los árboles cubrían la zona acondicionada para la ocasión. Entre las filas de sillas plegables, un manto de pétalos blancos marcaba el camino al altar, presidido por un arco de peonías, hortensias y rosas en colores pastel. Había cuidado cada elemento al milímetro: desde los lazos de seda que adornaban los respaldos de las sillas a los paquetitos de pañuelos y confeti que había dejado sobre los asientos. El broche final lo pondrían las velas, que había colocado por todas partes dentro de recipientes de cristal de distintos tamaños. Cuando las encendiese, dotarían al entorno de una atmósfera romántica. La naturaleza también aportaba su granito de arena: el aire estaba impregnado del aroma de las flores frescas y se oía el cántico de los pájaros acompañado del murmullo de las hojas que bailaban con la brisa ligera.

Estaba algo impaciente por ver la reacción de los novios. Esperaba que los enamorase el resultado tanto como a mí.

Me encaminé a la fila delantera para comprobar que había dejado los cartelitos que indicaban que las sillas estaban reservadas. Mis ojos se detuvieron en el rótulo que rezaba LOGAN STONE.

«Estás... guapa», me había dicho con voz ronca hacía un rato.

Logan se había quedado embelesado mirándome. Al recordar la intensidad de sus ojos color café me distraje y me olvidé de seguir revisando carteles.

Yo me había puesto un poco nerviosa al verle afeitado y bien peinado. A diferencia de otras veces que habíamos coincidido, aquel día su atuendo lucía impecable: no había ni una arruga en su esmoquin negro, llevaba la pajarita perfectamente ajustada, un pañuelo blanco sobresalía del bolsillo delantero de su chaqueta y unos gemelos plateados decoraban los puños de su camisa blanca. El toque de color lo daban las deportivas. Cada detalle reflejaba el cuidado que había puesto en arreglarse.

Di un respingo con el sonido de mi teléfono. Dejé el portapapeles en una de las sillas y lo saqué de la riñonera. Era una llamada entrante de Paul, el maestro de ceremonias.

—Hola, Hannah —me saludó cuando descolgué—. Te llamo para decirte que no llego a tiempo a la boda.

—¡¿Cómo?! —Abrí los ojos horrorizada, incapaz de reaccionar.

—Ha habido un choque en cadena de varios coches en la carretera. Llevo más de media hora parado, es imposible que esté ahí dentro de una hora. He intentado llamarte antes, pero no tenía cobertura.

—¿Estás bien? —Me inundó la preocupación.

—Sí. Estoy bien. Diles a los novios que lo siento mucho, pero que no voy a llegar.

Me llevé la mano a la frente y suspiré. Los nervios atacaron sin piedad mi cuerpo. Faltaba una hora para la boda. ¿Qué podía hacer? Intenté mantener la calma mientras buscaba una solución. Ninguno de los maestros de ceremonias que conocía llegarían a tiempo desde Manhattan. Llegados a ese punto, solo había dos opciones: retrasar la ceremonia y esperar a que Paul llegase o contratar a alguien para que oficiase la boda por internet. Ninguna solución era ideal.

«Un momento...».

—Paul, ¿tú podrías casarlos por videollamada? —le pregunté.

—Sí. Sí que puedo.

—Vale. Bien. Voy a informar a los novios de la situación y te aviso con lo que sea —concluí, poniéndome en marcha.

—Ahora me cuentas.

Al colgar, crucé el jardín a toda prisa en dirección al castillo. Había dejado a Chris y Tyler en el salón principal, haciendo el *first look*.

«Todo va a salir bien», me repetí mentalmente. Necesitaba ser la primera en creérmelo.

Entré en el castillo por uno de los salones y me topé con la mirada interrogante de Logan. Estaba sentado en un sofá de terciopelo rojo, con el móvil en la mano.

—¿Dónde vas tan acelerada? —me preguntó, levantándose.

—A buscar a Chris y Tyler —contesté sin aminorar la marcha—. Acaba de llamarme el maestro de ceremonias para decirme que no llega a tiempo.

—¿Qué? —Oí sus pisadas siguiéndome sobre el parqué.

—Lo que oyes. ¿Pueden dejar de pasar cosas ya, por favor? —le pedí a nadie en particular—. Todo lo que puede salir mal está saliendo mal. Primero, ha desaparecido el cartel de bienvenida y he tenido que improvisar uno corriendo. Luego, me has roto la cremallera del vestido y he tenido que ponerme este, con el que voy llamando la atención. Chris se ha olvidado los zapatos en Manhattan. —Amplié la zancada todo lo que me permitieron los tacones—. Ahora no llega el maestro de ceremonias. Por no mencionar que ayer apareció otra familia Campbell. ¿Qué va a ser lo siguiente? —Gesticulé con las manos y por poco no le di con el portapapeles—. ¿Que se caiga la tarta nupcial? ¿Que se quemen los manteles?

Estaba a punto de llegar a la puerta del salón en el que se encontraban Chris y Tyler cuando Logan me sujetó la muñeca. Una sensación cálida se despertó en mi piel, obligándome a detenerme.

Extrañada, me volteé para encararlo. Me soltó tan pronto como se encontró con mi mirada confusa. Gracias a las sandalias de tacón la diferencia de altura se había reducido entre nosotros y no tenía que echar la cabeza hacia atrás para mirarlo a la cara.

—Tranquila —me pidió con suavidad—. Nada es perfecto. Y las bodas tampoco.

—Las mías sí. Mi negocio se llama El Sí Perfecto por algo.

—Bueno, piensa que esta boda será perfecta a su manera. Además, ya sabes lo que dicen: «Cuanto peor es la boda, más duradero es el matrimonio».

Fruncí el ceño. Jamás había oído esa expresión.

—¿Te lo acabas de inventar para animarme?

—Puede. —Contuvo la sonrisa.

Me aguanté las ganas de sonreírle.

—No tiene gracia. Me la estoy jugando. El artículo...

—Estoy seguro de que el artículo será muy bueno —me interrumpió—. El tío ese te mencionará y te saldrá un montón de curro —finalizó decidido, como si no hubiera posibilidad de debate.

—Ojalá... —contesté con la boca pequeña.

Acto seguido, le di la espalda. Tan pronto como puse la mano en el pomo él dijo:

—Una cosa más, Hannah.

Me giré expectante.

—Por si no ha quedado claro antes —comentó, mirándome con intensidad—, estás espectacular con el vestido. Deja de pensar que llamas la atención, anda.

Mi corazón se revolucionó con el piropo. El rubor me subió por el cuello.

—Gracias. Tú tampoco estás mal. —Eso era lo más cerca que estaría de reconocer en voz alta que estaba guapo a rabiar.

Sin esperar una respuesta por su parte, abrí la puerta del salón principal y me interné en la estancia. Chris y Tyler posaban para una foto, compartiendo sonrisas cómplices y mirándose como si el mundo a su alrededor no existiera.

—Chicos, perdonad que os interrumpa —empecé con cautela mientras me acercaba a ellos—, pero ha habido un pequeño contratiempo.

El fotógrafo bajó la cámara y la pareja se separó confundida.

—Lamentablemente, el maestro de ceremonias no va a llegar puntual —comuniqué—. Está en un atasco, completamente parado.

—¿Cómo? —Tyler palideció—. Pero ¡falta menos de una hora para la boda! —Miró a Chris descompuesto—. ¡Ay, Dios mío! ¿Ahora qué hacemos?

—No os preocupéis —continué lo más calmada posible—. Podemos retrasar un poco la ceremonia y darle margen para ver si llega. O, en el peor de los casos, puede casaros por videollamada. Sé que ninguna de estas opciones es la ideal, pero ahora mismo es lo mejor que tenemos.

Ellos guardaron silencio un instante.

—Si no os convence, puedo preguntarles a los invitados si alguno tiene la licencia de oficiante de bodas —ofrecí.

—¡Ben! —exclamó Chris de pronto—. ¡Ben la tiene! —Alternó la mirada entre su prometido y yo—. ¡El año pasado ofició la boda de unos compañeros de trabajo!

—¡Ay, qué bien! —exclamó Tyler.

Me rebasó una oleada de alivio.

—¿Os sentís cómodos con que os case Ben, entonces? —les pregunté para cerciorarme.

—Sí —contestó Tyler—. No sé cómo no hemos caído antes.

—Yo tampoco. Pero, por favor, Hannah, asegúrate de pedirle que no cuente ninguna anécdota vergonzosa.

—¡Hecho! ¡Voy a buscarle! —contesté más animada.

En cuanto salí del salón aparecieron Logan y Ben por el pasillo.

—Te traigo un regalito —me dijo Logan con una sonrisa, señalando a su amigo con el dedo índice.

«¿Ha ido a buscarlo? ¡Qué mono!».

—Hola —los saludé al detenerme frente a ellos—. Tienes la licencia de oficiante de bodas, ¿verdad? —le pregunté a Ben.

—Sí. Ya me ha contado Logan lo que ha pasado. No te preocupes, estaré encantado de echar un cable.

—Vale, genial —respondí. Pasé las hojas de mi portapapeles hasta dar con lo que estaba buscando—. Toma, el guion de la boda. —Le entregué el papel a Ben.

Mientras Ben le echaba un vistazo me fijé mejor en él. Todavía no se había cambiado para la ceremonia. Vestía una camisa hawaiana negra con hojas blancas, unas bermudas negras y chanclas. Aunque su estilo era informal, detalles como el Rolex que le rodeaba la muñeca indicaban que tenía dinero.

—¿No puedo improvisar? —me preguntó Ben defraudado.

—No —negué.

—Igual no lo sabes, pero soy guionista en un *late show*, puedo hacer esto más divertido. —Le dio un golpecito a la hoja con el dedo índice.

—Estoy segura de que eres graciosísimo —contesté—, pero tienes que seguir el guion. Además, quiero pedirte que no cuentes ninguna anécdota de los novios, por favor.

—Bueeeeno, vale —aceptó a regañadientes. Luego le dio una palmada a Logan en el hombro y le dijo—: Al final tendré un papel más importante que el tuyo en la boda.

A Logan se le escapó una carcajada.

—Al menos a mí me pidieron que fuese el padrino en su momento y no he sido el último recurso —le respondió.

Ben arqueó la ceja y solo dijo:

—Di lo que quieras, Stone. Voy a cambiarme.

Sin más, se marchó por donde había llegado.

—¿Más tranquila? —me preguntó Logan cuando nos quedamos solos.

—Sí. Gracias por ir a buscarle.

Él le quitó importancia con un gesto de la mano.

—¿Tienes las alianzas? —quise saber.

Logan se palpó el bolsillo interior de la chaqueta y asintió.

—Genial. —Bajé la vista al portapapeles y dibujé un tic al lado del punto que rezaba «Comprobar que el padrino tiene los anillos»—. ¿Y el discurso?

—Escrito y listo para ser leído.

Cuando faltaban cinco minutos para que Logan tuviese que intervenir, fui en su busca. Al caminar entre las mesas redondas del banquete sentí una profunda satisfacción. Los nervios habían dado paso a la felicidad y al orgullo. La velada estaba siendo maravillosa. El ambiente en el jardín era de celebración; las voces animadas, las risas de los invitados y los brindis se imponían a la melodía armoniosa que se reproducía de fondo. Ahora que había anochecido la iluminación corría a cargo de las velas y de las tiras de bombillas.

Me puse detrás de Logan y le coloqué una mano en el hombro para llamar su atención.

Él giró la cabeza para mirarme y sonrió, como si estuviese encantado de verme. Orientó la silla en mi dirección y yo me agaché hasta quedar a la altura de su cara.

—Cinco minutos para el discurso. —Le entregué el micrófono inalámbrico—. Cuando estés listo, sube el botón del lateral.

—Entendido, gracias. Tengo una cosa para ti.

—¿El qué? —Sentí un chispazo de curiosidad.

Logan dejó el micrófono en la mesa. Sacó algo del bolsillo de la chaqueta que colgaba del respaldo de su silla.

—Para tu colección —me dijo al depositar el objeto en mi palma.

Era el corcho de la botella de champán que habían abierto los novios en el primer brindis. Puede ser que una parte pequeñita de mí empezase a derretirse como la cera de las velas que descansaban en la mesa.

—Gracias. —Esbocé una sonrisa sincera.

—De nada.

Sentí que alguien me observaba fijamente. Giré el rostro hacia la izquierda y me encontré con Alexandra y Ben atentos a nuestra interacción. Me enderecé y les dediqué una sonrisa educada. Logan desvió la vista y les hizo una mueca que parecía significar: «¿Qué miráis?».

—Sé puntual, por favor.

—Como un reloj suizo —prometió.

Di media vuelta para marcharme.

—¿Podéis ser más cantosos? —Oí a Logan reprenderlos en un tono divertido—. Os faltan las palomitas, macho.

No pude contener la sonrisa mientras me alejaba.

Volví a plantarme al lado de la mesa alta que estaba en el límite entre la zona del cóctel y la de la cena. Me gustaba aquel sitio porque podía ver a los camareros salir de la cocina.

Fiel a su palabra, a las ocho menos cinco Logan se levantó. Se puso la chaqueta y se abrochó el botón. Se pasó una mano por el pelo y se rio de algo que le dijeron sus amigos. Carraspeó sobre el micrófono, atrayendo la atención de los presentes.

—¿Me oís bien? —Su voz grave resonó por los altavoces.

La multitud le contestó que sí.

—Genial. —Se sacó una libreta roja del bolsillo interior de la chaqueta. Con un movimiento de muñeca, la abrió por una página al azar—. Un segundo. —Sin soltar el micrófono, pasó unas cuantas páginas—. Vale. Ya estoy... Hola a todos. —Barrió las mesas con la mirada—. Soy Logan, uno de los mejores amigos de Chris y el padrino de esta boda. Chris, Tyler —se dirigió a sus amigos—, gracias por concederme el honor de hablar en un día tan especial. Si os soy sincero, no me sorprendió vuestra decisión. He sabido por todos que soy más gracioso que Ben, y esto así lo demuestra.

Se oyó una carcajada general.

Ben se quitó la servilleta del regazo e intentó dar a Logan con ella. Este esquivó el golpe con elegancia. Reprimí una sonrisa cuando a Logan se le escapó la risa sobre el micrófono.

Volvió la vista a la hoja y continuó:

—Conocí a Chris el primer día de universidad. Ambos nos perdimos tratando de llegar a la charla de orientación. Una de las primeras cosas que me preguntó fue que cuál era mi casa de Hogwarts. Le dije que era de Slytherin. Él me confesó que de Hufflepuff. De alguna manera, eso derivó en un debate sobre qué mago era mejor, si Gandalf o Dumbledore. Han pasado trece años y todavía no nos hemos puesto de acuerdo —comentó, pasando la hoja—. Nuestra amistad se forjó estudiando hasta las tantas en la biblioteca y saltándonos las clases para jugar al póker. Aunque lo que verdaderamente nos unió fue cierto incidente con la seguridad del campus del que todavía no se me permite hablar. —Logan levantó los ojos del papel y susurró por el micrófono—: Es información clasificada, pero por el módico precio de veinte dólares estaré encantado de contároslo más tarde. Creedme cuando os digo que será el dinero mejor invertido de vuestra vida.

Se me escapó la risa a la par que al resto de los invitados.

—Y hablando de historias interesantes: la de Chris y Tyler empezó en un museo. Por si no lo sabéis, los presenté yo. —Logan sonrió orgulloso—. Teniendo en cuenta que estamos en su boda, creo que ya puedo añadir la habilidad de casamentero al currículum. —Hizo una pausa y avanzó otra página—. Estaba ahí cuando se estrecharon la mano por primera vez. Al día siguiente, me desperté con un audio de Chris. Quiero recalcar que Christopher Campbell bajo ninguna circunstancia, nunca, jamás, envía audios, por lo que asumí que debía de haber pasado algo gordo. Recuerdo que me dijo algo así como que Tyler y él se habían quedado hasta las dos de la madrugada hablando de un cuadro de Jackson Pollock. En ese momento supe que estaban hechos el uno para el otro, porque... ¿quién demonios puede pasarse horas hablando de un cuadro en el que solo hay garabatos de colores?

Logan se tomó un momento para pasar otra hoja mientras la gente se reía.

—Dicen que el matrimonio es un paso muy importante en una relación —continuó—, porque simboliza la unión y el compromiso que tienen dos personas de amarse, respetarse y querer estar juntas siempre. Casarse es elegir un compañero de equipo con el que estar en lo bueno y en lo malo, con el que reírte y llorar, y con el que avanzar y aprender de los errores.

Reconocí algunas de las palabras que le había dicho en la nevera. De pronto fue como si todas las luces le alumbraran a él, oscureciendo lo que le rodeaba.

—Siempre he oído que el amor es lo que hace la vida maravillosa, que es ver a esa persona y sentirte en casa, que es una puerta abierta y que también es anteponer las necesidades de otro a las tuyas. Chris, Tyler —Logan volvió a hablar a sus amigos—, mirándoos no tengo duda de que todo eso es verdad. Hay personas que se pasan la vida buscando lo que vosotros ya habéis encontrado, así que enhorabuena. Os deseo lo mejor en esta nueva etapa. Gracias por dejarme formar parte de uno de los días más importantes de vuestra vida. Estoy seguro de que vuestro amor llegará hasta el infinito y más allá.

Se oyeron varios suspiros amorosos.

Logan hizo una pequeña pausa para sonreír, encantado por el efecto del discurso. Dejó la libreta sobre la mesa y cogió la copa de champán.

—Para terminar, quiero proponer un brindis por los recién casados. —Levantó su copa y exclamó—: ¡Vivan los novios!

Le aplaudió todo el mundo.

Alcé mi copa a la par que el resto y le di un sorbito. No quería beber con el estómago vacío. Además, tenía por norma no beber alcohol mientras trabajaba.

Sin pretenderlo, capté la conversación de dos mujeres que estaban sentadas en la mesa que tenía delante.

—Qué bonito lo que ha dicho sobre el matrimonio, ¿no? —dijo encandilada la rubia.

—Sí. Mucho —contestó la morena—. Ya no quedan tíos así de románticos.

«Pobrecitas —me reí internamente—. Si supiesen que esas frases son mías...».

—Encima está buenísimo —prosiguió la castaña entre risitas tontas.

—Ojalá cuelgue su foto en la pared de los solteros. Pienso entrarle sí o sí.

—No si lo hago yo antes —comentó su interlocutora.

Noté cómo se desdibujaba mi sonrisa.

Esas frases despertaron una ligera incomodidad en mi interior.

Según me habían contado, a Tyler le encantaba hacer de casamentero entre sus amigos. En lugar de juntar a todos los solteros en una mesa, Chris y Tyler habían preferido dejarles a sus amigos la opción de decidir si querían hablar con alguien o no. Por eso me habían pedido tener un rincón especial. La pared de los solteros era una tabla en la que los invitados podían colgar una foto suya para indicar que estaban disponibles. Me pregunté si Logan pondría la suya.

Acaricié el borde de la copa con el dedo índice y me sumí en mis pensamientos.

«¿Serán el tipo de Logan? ¿Cuál de las dos le gustará más? ¿Se acostará con muchas mujeres? ¿Pasearía con alguna de ellas por los jardines y estaría a punto de besarla contra una pared, como casi había hecho conmigo?».

Por alguna extraña razón, me molestaba la idea de verlo enrollarse con otra, lo que carecía de sentido, porque debería darme igual su vida sexual. A mí solo tendría que importarme la mía: en aquel momento, inexistente.

—¿Te importa si me uno a ti? —Una voz masculina me sacó de mis pensamientos.

Al voltearme me topé con Henry.

—Claro, por favor. —Le hice un gesto con la mano, invitándole a tomar asiento.

24

Logan

—He pensado enseñar la polla en directo.

—Genial… —contesté distraído a lo que me decía Ben.

Giré el vaso de whisky, que reposaba sobre la barra, sin apartar los ojos de Hannah. Estaba a tan solo unos metros de nosotros, hablando con el periodista en torno a una de las mesas altas. Supuse que su conversación debía de ser interesantísima, porque llevaba un rato sin apartar la mirada de ese tío.

—Creo que así subirá la audiencia del programa —prosiguió Ben desde algún lugar lejano—. ¿Qué te parece mi estrategia?

—Eh…, bien. Sí.

—¡Lo sabía! —Me dio una palmada fuerte en el hombro, obligándome a apartar la vista de Hannah—. No me estás haciendo ni puto caso.

—Sí te estoy haciendo caso.

Me miró escéptico.

—Te digo que voy a enseñar la polla en *prime time* ¿y me dices que es una estrategia buenísima?

—No es buenísima —rectifiqué—. Es *cojonuda*. —Enfaticé la última palabra y me reí solo de mi broma.

Me recosté en el respaldo del taburete y eché un vistazo alrededor. La pista de baile estaba llena de personas bien vestidas moviéndose al ritmo de la música pop que pinchaba la DJ. De manera involuntaria, desvíe la mirada hacia Hannah otra vez; estaba riéndose de algo que le había dicho el periodista.

Al verlos interactuar se me formó un nudo en el estómago.

«¿Qué le hace tanta gracia?», pensé extrañado.

Estaba en un punto en el que la mera presencia de ese tío me irritaba.

—¿Vas a lloriquear por que la *wedding planner* no te hace casito? —me preguntó Ben en tono burlón.

—No sé por qué dices eso —contesté aparentando normalidad.

Le di un sorbo a mi vaso. El whisky me calentó la garganta.

Ben prosiguió:

—Lo único que te he visto hacer este fin de semana es ir detrás de ella como un perrito faldero, siguiéndola todo el rato.

Dejé el vaso sobre la madera.

—Todo lo que he hecho ha sido por ayudar a mis amigos.

Ben me observó con recelo y entonces dijo:

—Ajá. Por curiosidad: ¿lo de guardarle el corcho del champán en qué ayudaba a Tyler y Chris?

—¿Por qué no te vas a tomar por el culo un rato?

Su sonrisa se ensanchó al recibir mi respuesta.

—Lo que yo decía. Vamos, Logan, siéntate. —Se cachondeó usando el mismo tono agudo con el que la gente les hablaba a sus mascotas, mientras señalaba el suelo con el dedo índice—. Buen, chico. Toma una chuchería.

Cogió un osito de gominola del bol y me lo lanzó.

Lo atrapé al vuelo y me lo metí en la boca, riéndome.

En ese instante el periodista se inclinó para susurrarle algo a Hannah cerca del oído. Por cómo la observaba, estaba claro que tenía intenciones con ella.

—Por lo que parece, esa mujer está fuera de tu alcance —dijo Ben desde algún lugar.

—Hasta que deje de estarlo. —Salté de la silla, poniéndole fin a la conversación.

Me dirigí a la mesa de Hannah. Quería ser yo él que la hiciera reír. Caminé en piloto automático con los ojos puestos en ella y choqué con alguien. Giré la cabeza a toda velocidad. La camarera soltó un gritito. El estruendo metálico seguido del ruido de los cristales rompiéndose llegó a mis oídos. En el suelo había una bandeja plateada y los restos de varias copas hechas añicos.

—Perdón —me disculpé en el acto.

—Lo siento mucho, señor —me respondió ella.

—No, no, qué va. He sido yo, que iba distraído.

Me agaché a la par que ella. Atrapé la base de una copa y la dejé en la bandeja.

—No hace falta... —siguió ella.

—Por favor, qué menos que ayudarte.

Entre los dos recogimos los trozos más grandes a toda prisa.

—¿Estáis bien? —La voz suave de Hannah llegó a mis oídos.

—Sí —le contestó la camarera.

Levanté la vista y descubrí que estaba de pie a nuestro lado. Tenía los ojos puestos en mí.

Por arte de magia, apareció un camarero con una escoba y un recogedor.

—Sigo yo, no se preocupe —me dijo el hombre.

Me incorporé sin apartar la mirada de Hannah.

—Señor, se ha manchado la camisa —me informó la camarera.

Bajé la cabeza. Tenía una mancha de lo que parecía ser vino tinto a la altura del pecho.

—Tenemos quitamanchas —prosiguió ella—. Si quiere, le acompaño dentro.

—Tranquila —intervino Hannah *ipso facto*—. Ya me ocupo yo del señor Stone.

«¿Ahora soy el señor Stone?».

La chica le devolvió una sonrisa educada y asintió.

Hannah me hizo un gesto con la cabeza para que la acompañase. Entramos al castillo por el comedor. Los dos baños estaban ocupados.

—Vamos al del salón de baile —propuso.

Atravesamos el comedor en silencio y la seguí por un pasillo. El ruido de la música disminuyó conforme nos alejábamos del jardín. Al llegar al salón, se quedó paralizada. Ahogó una exclamación y me choqué contra su espalda. Su olor floral me inundó la nariz. Ladeé el rostro y me asomé por detrás de ella. La sala estaba a oscuras. El haz de luz que se colaba a través de la puerta abierta proyectaba nuestras sombras alargadas sobre el suelo de madera e iluminaba lo suficiente como para ver dos siluetas al fondo. Parpadeé sorprendido. Eran los padres de Tyler. Esas dos personas que no se podían ni ver, y que habían pedido sentarse en mesas separadas, estaban enrollándose a muerte contra una pared.

—Pero ¿qué...? —empezó Hannah.

No pudo continuar porque le tapé la boca con la mano.

—Shhhh —susurré cerca de su oído—. Vamos.

Con la mano libre le di un toquecito en la cadera y la atraje en mi dirección. Retiré la mano de su boca y entorné la puerta con cuidado de no delatarnos.

—Joder. Al final va a ser verdad que las ostras eran afrodisia-cas —bromeé en voz baja.

Hannah no se rio.

—¿Por qué has hecho eso? —siseó en voz baja. Tenía las mejillas coloradas y parecía algo agitada.

Una mueca de desaprobación adornaba su bonito rostro.

—Porque nos ibas a delatar —expliqué en otro susurro—. Es evidente que están ahí alejados porque no quieren que nadie los vea.

Le hice un gesto con la cabeza para que retrocediese lo andado. Con los labios apretados, se dio la vuelta y empezó a caminar.

La seguí por el pasillo. Doblamos varios recodos hasta que llegamos a otra sala. Encendió la luz y cruzamos la biblioteca vacía. Sus sandalias repiquetearon sobre el suelo de madera. Se detuvo de manera abrupta delante de la puerta del baño. Asomó la cabeza para comprobar que no había nadie y volvió a enfrentarme.

—¿Deberíamos contárselo a Tyler? —me preguntó.

—No es asunto nuestro. No vamos a contárselo ahora mismo. Es su boda. Se lo diré a su debido momento.

—Vale —aceptó. Luego rebuscó algo en su riñonera gigan-te—. Toma. —Tendió un bote pequeño en mi dirección—. Es un quitamanchas en seco. Pulverizas la camisa, esperas diez minutos y frotas la mancha con el cepillo de la tapa.

No era gilipollas. Sabía perfectamente usar un quitamanchas. Pero me apetecía estar un rato a solas con ella. Por eso le eché morro y dije:

—¿Me ayudas? La camisa es nueva y no quiero estropearla.

Hannah me sostuvo la mirada unos segundos. Le regalé una sonrisa angelical. Finalmente, asintió.

Al pasar al baño me rozó el brazo y sentí que me recorría la misma electricidad que la noche anterior. La seguí al interior sin dudar. Fui a dar a una estancia moderna y lujosa. Una encimera de mármol blanco abarcaba una pared entera. Sobre el lavabo, que contaba con dos grifos de bronce, destacaba un espejo amplio con el marco redondeado. Los azulejos verdosos relucían tanto que casi podía verme reflejado en ellos.

Hannah cerró el pestillo. El ruido metálico retumbó entre aquellas paredes. No tenía ni idea de qué iba a hacer a continuación, pero estaba impaciente por descubrirlo.

—Quítate la camisa —me pidió.

—¡Qué directa! —bromeé—. ¿No vas a invitarme antes a cenar?

—Ya has cenado.

Sin dejar de mirarla, tiré de una de las puntas de la pajarita para quitármela. La solté sobre la encimera y me aflojé el cuello de la camisa. Con Hannah atenta a mis movimientos, comencé a desabrocharme los botones despacio. Un ligero rubor se adueñó de sus mejillas. No apartó los ojos de los míos.

«¿Soy yo o de pronto hace un calor de cojones?».

Cuando me deshice de la prenda, los ojos la traicionaron y recorrieron mi torso con deseo. Me pregunté dónde estaría la cremallera de la que tendría que tirar para que el vestido se le cayese al suelo. Mi polla comenzó a despertarse.

Respiré hondo y el olor a lavanda del ambientador me entró por la nariz.

Los ojos de Hannah regresaron a los míos. ¿Estaría pensando lo mismo que yo?

Ella se adelantó y me arrebató la camisa. La extendió sobre la encimera y la pulverizó con el espray. Tenía las manos delicadas, con las uñas cortas pintadas de rosa pálido.

—Esto ya está —dijo sin mirarme, mientras le ponía la tapa al bote—. Esperas diez minutos y lo frotas con el cepillo de la tapa —repitió las instrucciones.

A esas alturas la camisa me importaba una mierda. Lo único que quería era descubrir qué esperaba Hannah de mí. ¿Quería que la besase? ¿Que la dejase en paz?

—¿Por qué te fuiste anoche? —le pregunté, deteniéndome detrás de ella.

Alertada por mi tono serio, levantó la cabeza. Nuestros ojos se encontraron en el cristal.

—¿Hice o dije algo que te sentara mal? —proseguí—. Porque, si es así, me gustaría saberlo para disculparme.

—No —contestó a la par que se volteaba para encararme—. No hiciste nada mal. Simplemente me fui porque recordé que eres un capullo —apuntó sin pestañear.

Alcé las cejas sorprendido.

—La última vez que estuvimos a punto de besarnos me restregaste una tarta por la boca —recordó con acidez.

—Porque tú me habías estampado una en la cara antes.

—Me hiciste creer que ibas a besarme cuando, en realidad, solo querías devolvérmela.

—No es cierto. Me apetecía mucho besarte. Y ahora sigo con las mismas ganas.

Ella cogió aire de manera profunda.

Mi atención recayó sobre sus labios carnosos pintados de rosa oscuro. Me moría por eliminar cada centímetro de espacio que nos separaba y besarla.

—Hannah, ¿te puedo besar? —le pregunté por salir de dudas.

Sus ojos bajaron hasta mi boca y tragó saliva. Contuve la respiración y resistí el impulso de acariciarla.

—No lo sé… —confesó en un susurro.

—Sí que lo sabes.

Ella se mordió el labio y suspiró.

—No puedo hablar de esto ahora —dijo en un tono derrotado—. Estoy trabajando.

Asentí.

—¿Hasta qué hora?

—Mínimo hasta que se vayan los autobuses con los invitados al otro hotel. A la una.

—Genial. Continuemos la conversación a la una —afirmé de manera rotunda.

—Ya veremos.

Hannah se apartó, rompiendo la atmósfera en la que estábamos envueltos. Se encaminó hacia la puerta y quitó el pestillo.

Cuando cerró la puerta, me recoloqué la polla. Me lavé la cara con agua fría y tomé una de las toallas que estaban enrolladas en el cesto de mimbre. Después de secarme, consulté la hora en el reloj de pulsera.

Faltaban tres puñeteras horas para la una.

25

Hannah

El corazón me latía apresurado mientras me alejaba del baño. La imagen de Logan desabrochándose la camisa se reproducía en mi mente sin parar. Al salir de la biblioteca me detuve. Respiré hondo, intentando recomponerme.

Regresé al jardín aparentando normalidad. Entregué a los novios los ramos de flores que habían comprado a sus respectivas madres, y uno extra que era para Alexandra, quien se casaría próximamente. También llevamos a cabo los juegos que habíamos preparado, incluido el de los carteles que había sugerido Logan y que les encantó a los recién casados. Al terminar, aprovechando que teníamos la zona de baile despejada y que los invitados habían formado un semicírculo alrededor, la DJ anunció por el micrófono:

—¡Atención, tenemos una actuación sorpresa de Chris y sus amigos! ¡Quiero pediros un fuerte aplauso para ellos!

Chris, Ben, Logan y Alexandra salieron a la pista. Se colocaron de espaldas a los invitados, dejando al novio en el medio. En cuanto empezó a sonar la canción «Everybody», de los Backstreet Boys, giraron sobre sí mismos, quedándose de cara al público, y arrancaron a bailar sincronizados con la melodía. Cuando quise darme cuenta, estaba sonriendo como una *groupie*, sin poder apartar los ojos de Logan y repiqueteando el suelo con el pie al compás de la música. Se me escapó una carcajada cuando, al llegar al estribillo, se quitaron las chaquetas y las lanzaron lejos. Solo eran cuatro amigos partiéndose de risa mientras hacían el robot, el *moonwalk* y algo que solo supe describir como quitarse el polvo del hombro con gracia.

En cuanto la actuación llegó a su fin, estallaron los aplausos. Los cuatro hicieron una reverencia. Logan barrió a los presentes con la mirada. Cuando nuestros ojos se encontraron, me dedicó una sonrisa cautivadora y la piel se me puso de gallina. Confundida por lo que sentía, me di la vuelta y subí a mi habitación a por la americana. La piel se me había erizado por la brisa fresca, ¿verdad?

24.00 h — Baile

Estaba cambiando los carretes a las cámaras instantáneas, delante de la pared de los solteros, cuando aparecieron Logan y Ben.

—¿Cuál podemos usar? —me preguntó Logan al detenerse a mi lado.

—La verde está lista —contesté, entregándole la cámara.

—Gracias. —Me sonrió antes de dirigirse a su amigo—: Venga, ponte ahí —le indicó a Ben.

Se colocaron a un metro escaso de donde estaba yo. Por el rabillo del ojo, vi a Ben posar para la cámara con una mano en el pelo.

—Toma. Me toca —oí que le decía Logan.

«Ojalá cuelgue su foto en la pared de los solteros. Pienso entrarle sí o sí», recordé los comentarios que habían hecho las mujeres después de su discurso.

Le eché un vistazo rápido al panel. La sensación incómoda regresó al ver que ellas ya habían colocado sus respectivas fotos.

Cambié el siguiente carrete más despacio, haciendo tiempo para ver si Logan ponía su foto en la pared. Cuando terminaron de hacerse las fotos Ben se puso a mi lado, cogió un bolígrafo y se inclinó sobre la mesa en la que descansaba el libro de firmas.

—Voy a apuntar mi número de teléfono en la foto —le comentó a Logan—. Por si alguna está tímida hoy y prefiere escribirme mañana.

—Bien pensado —le contestó este entre risas.

Un instante después, Ben sujetó su foto con una pinza transparente a una de las cuerdas que cruzaban el tablón.

—Uy, me llama Alex. Adiós —le dijo a Logan sin ningún tipo de sutileza.

Cuando Ben me sobrepasó, dejé la última cámara en la mesa. Al voltearme, me topé cara a cara con Logan. Tenía el pelo algo despeinado por el baile y sujetaba la foto en la mano.

—¿Vas a poner tu foto en la pared? —La pregunta me salió sola.

Sus ojos descendieron hasta la abertura de la falda de mi vestido; cuando regresaron a mi rostro, contestó tranquilamente:

—No me hace falta. Yo ya sé con quién quiero acabar la noche.

El corazón me dio un vuelco.

—¡¡¡Hannah!!! —Alguien me llamó, rompiendo el momento.

Giré la cabeza en dirección a la voz. Tyler y Chris se aproximaban acompañados del fotógrafo.

—¡Queremos sacarnos una foto contigo! —exclamó Tyler emocionado—. ¡Para recordar lo bien que ha salido la boda gracias a ti!

—Claro —contesté ilusionada.

Sentí los ojos de Logan en la nuca conforme me alejaba de él. Me situé al lado de Tyler para posar con la pareja. El fotógrafo nos sacó un par de fotos a los tres. Estábamos a punto de disolvernos cuando Logan dijo:

—¡Oye, un momento! ¿Qué pasa con el padrino? Yo también quiero salir en la foto. ¡Venga, ahora los cuatro!

Logan se acercó y nos entregó a los tres unas gafas blancas en forma de corazón que había cogido de la mesa de los accesorios. Después, se puso a mi lado. Coloqué la mano en su espalda y él me rodeó la cintura con el brazo. El calor de su palma traspasaba la tela de mi chaqueta, produciéndome un cosquilleo agradable en la piel. Algo nerviosa por la cercanía, forcé un par de sonrisas para la cámara. La tensión que cargaba en el pecho aumentaba a cada segundo que pasaba pegada a él. Cuando el fotógrafo terminó, Tyler y Chris arrastraron a Logan para sacarse unas cuantas fotografías más con el resto de sus amigos.

01.20 h —Fin de la recepción

Después de que los autobuses se hubiesen marchado con la mayoría de los invitados, volví al jardín y crucé la mirada con Logan. Estaba sentado solo en uno de los sofás de la zona de descanso. Nada más verme, se levantó como un resorte y se abrochó el botón de la chaqueta.

—¿Quiere bailar, *milady*? —me preguntó cuando me interceptó.

«¡Sí! ¡No! ¡Me encantaría! ¿Es buena idea? ¿Por qué se me está acelerando el corazón otra vez?».

—Estoy trabajando —recordé con la boca pequeña.

—Aquí ya no hay nadie. Y los que quedan ni sienten ni padecen. —Señaló la pista con la mano, donde apenas había gente bailando—. Llevas todo el día currando. ¿No puedes permitirte disfrutar un poco?

Lo miré dubitativa. Sería la primera vez que bailase en una boda organizada por mí.

—¡Chicos, esto está a punto de terminar! —exclamó la DJ por el micrófono—. ¡Vamos a por las últimas canciones de la noche! ¡Si tenéis alguna petición especial, es el momento!

—Tengo una idea… —soltó Logan—. Si consigo que la DJ ponga una canción que te guste, bailarás conmigo. —No era una propuesta. Era una afirmación.

Juraría que nunca había hablado de música delante de él, pero se lo veía bastante decidido a acertar.

—Vale —acepté divertida.

—Ahora vengo.

Se dio la vuelta y caminó hasta el cubículo de la DJ. La mujer se inclinó por encima de la mesa de mezclas para escucharle. Al erguirse, le enseñó a Logan el pulgar en un gesto de aprobación.

Él se volteó con una sonrisa enorme en la cara. Nuestras miradas se encontraron desde los extremos opuestos de la pista de baile.

Comenzaron a sonar los primeros acordes de «Gimme! Gimme! Gimme! (A Man After Midnight)». Una parte de mí se derritió al comprender que se trataba de la versión de la película *Mamma Mia* y no de la de ABBA.

Con cada paso que Logan dio en mi dirección algo revoloteó inquieto en mi interior.

—Te flipa *Mamma Mia* —observó cuando llegó a mi altura—. Tienes el póster de la película en tu habitación. —Echó un vistazo rápido a su reloj—. Y son más de las doce.

Mis mejillas se colorearon por la indirecta.

«Menudo descarado...».

Su mirada penetrante indicaba que la elección del tema no había sido al azar. Había pedido el que hablaba de una mujer necesitada de un hombre después de la media noche.

—Sí. Sé de lo que va... —contesté cuando la voz de Amanda Seyfried comenzó a sonar a través de los altavoces.

Con una sonrisilla, Logan atrapó mi mano y tiró de mí. Al llegar al centro de la pista, me colocó frente a él con un giro de muñeca y me soltó.

Al principio meneé la cabeza de arriba abajo, cortada.

—¡Venga, Donna! —me animó, dando un paso hacia la izquierda y otro a la derecha—. Nadie nos está mirando —aseguró, haciéndose una idea de lo que me pasaba por la cabeza.

Se me escapó la risa al verlo hacer un bailecito tonto en el sitio.

Me dejé llevar por el ritmo de la música, balanceándome de un lado a otro. De alguna manera, Logan me transmitió la confianza que necesitaba para ir desinhibiéndome poco a poco. Por un momento, el resto del mundo desapareció y allí solo quedamos nosotros. Acabé bailando como si estuviese sola en mi habitación, riéndome, cantando y saltando ante un Logan que me observaba maravillado.

El muy sinvergüenza, en una de las estrofas que rezaban «¿Hay un hombre ahí fuera? Alguien que escuche mis plegarias», alzó la mano y se señaló a sí mismo.

Negué con la cabeza y solté una carcajada. Él respondió guiñándome un ojo.

Noté que se me aflojaba el moño. Sin detenerme, me quité la pinza y dejé que la melena volase libre. La mirada intensa que me regaló habría hecho estremecerse a cualquiera. Sin previo aviso, me cogió la mano y me hizo girar sobre mí misma. Cuando me liberó, me quedé un poco más cerca de él. No sabía si lo que retumbaba con fuerza dentro de mi pecho eran las pulsaciones de la música o las de mi corazón.

Cuando la canción finalizó, tenía la respiración entrecortada y me dolía la tripa de reírme. Nos detuvimos ahí en medio, mirándonos el uno a otro. Hice un mohín. Hacía tiempo que no me lo pasaba tan bien con un hombre. Quería seguir bailando.

—Vamos a cerrar el baile con una balada preciosa —comentó la DJ por el micrófono.

Su voz fue sustituida por «Perfect», la canción de Ed Sheeran.

—¡Anda, qué casualidad: mi canción favorita! —exclamó Logan, exagerando el tono.

Sospechaba que era mentira. Contuve la sonrisa y di un paso en su dirección.

—Hemos bailado una canción que me gusta a mí —dije, mirándolo a los ojos—. Lo justo es que ahora bailemos una que te guste a ti.

—Por fin estamos de acuerdo en algo.

Extendí la mano en su dirección. Él la cogió y dio un suave tirón en su dirección. Coloqué la mano libre en su hombro, él la suya en mi cadera. Respetó mi espacio, sin pegarse a mí cuando arrancamos a bailar. Nos movimos despacio, dando un paso hacia la derecha y luego uno hacia la izquierda. La melodía suave nos envolvió y, durante un instante, nos concentramos en movernos a la par.

—Al final todo ha salido bien. —Logan fue el primero en romper el silencio—. La gente se lo ha pasado fenomenal. ¿Estás contenta?

—Mucho. —Sonreí—. Supongo que tenías razón: ha sido perfecto a su manera.

Logan me devolvió la sonrisa.

Sus ojos hipnóticos brillaban más que los farolillos que pendían por encima de nuestras cabezas. No pude evitar acercarme un poco más a su cuerpo, que irradiaba magnetismo.

—Te he visto llorar en la ceremonia —apuntó.

Algo se agitó en mi pecho.

«¿Ha estado pendiente de mí durante la ceremonia?».

—Sí. Los discursos me han tocado la fibra —reconocí—. Son mi parte favorita de las bodas.

—Hablando de eso. El mío ha sido un exitazo. Todos aplaudían como locos. ¿Lo has visto?

Asentí.

—Me pregunto de dónde te vendría la inspiración.

—Estaba en mi habitación y me vino todo solito a la cabeza.

—Eres un sinvergüenza.

—Y te encanta —adivinó socarrón.

Me mordí el labio para contener la sonrisa. En ese instante, me resultó más atractivo todavía.

Logan levantó el brazo y me colé por debajo para girar sobre mí misma. Cuando nos quedamos cara a cara, me acerqué otro poco más a él. Posó la mano en mi espalda baja y el ambiente comenzó a enrarecerse entre nosotros.

—¿Alguna vez te han esposado? —le pregunté pasados unos segundos. Necesitaba concentrarme en otra cosa que no fuese el calor que corría por mi piel.

—¿En la cama? —contestó con una sonrisilla diabólica.

Logan alzó las cejas de manera sugerente. Noté que la temperatura aumentaba.

—Eres un malpensado. Me refería a la policía —aseguré—. Lo pregunto por el incidente con seguridad que has mencionado en el discurso.

—Ah, eso... —No se esforzó en esconder la desilusión—. ¿Tienes veinte dólares?

—No.

—Entonces no te lo puedo contar.

Me reí.

—¿A ti te han esposado? —quiso saber.

—¿Tienes veinte dólares? —repetí su pregunta.

—No.

—Entonces te quedarás con las ganas de saberlo.

La carcajada de Logan resonó por encima de la música, avivando una sensación cálida en mi pecho. Por primera vez desde que nos conocíamos compartimos una sonrisa cómplice.

A lo largo de los últimos días la imagen que tenía del capullo que se había colado en el Bowery disfrazado de camarero se había ido desdibujando. Desde que había llegado le había visto ser amable con todo el mundo. Me habían ablandado gestos como que me hubiese hecho caso al redactar su discurso o que hubiese ayudado a recoger a la camarera. No podía evitar sentirme atraída por su desvergüenza, ingenio y sentido del humor. Tenía la sensación de que ese hombre era un rompecabezas y de que todavía me faltaban muchas piezas para hacerme una idea de quién era en realidad.

La música se apagó y no nos dimos cuenta. Salimos de la ensoñación cuando la DJ se despidió por el micrófono.

Al separarme de Logan eché de menos su calor en el acto. La gente regresó a sus habitaciones y yo me despedí de la mujer que había pinchado la música. Mientras intercambiábamos contactos, Logan me esperó apartado a un lado.

Acto seguido, regresamos juntos al castillo. La tensión flotaba sobre nuestras cabezas como una nube.

—Todavía no me has contado cómo aprobaste el carnet de conducir —me vaciló al cederme el paso en la puerta que daba al comedor—. Solo por curiosidad, ¿cuántas veces te presentaste al examen?

—Si te lo digo, ¿pararás de hacer bromas al respecto?

—Por supuesto.

—Aprobé a la sexta. En mi defensa diré que tenía que haber aprobado a la tercera, pero el examinador me puso nerviosa y sin querer subí la rueda al bordillo al aparcar.

Logan permaneció impasible unos segundos.

—Me imagino que habrá una estatua tuya en la Jefatura de Tráfico de Massachusetts —comentó aguantándose la risa cuando llegamos a la escalinata de mármol—. Seguro que en el letrero pone: «Hannah Brooks, nuestra mayor benefactora».

Solté una risita. Él me miró encantado.

—Ya te he hecho reír —comentó, pagado de satisfacción—. Hoy también puedo irme a la cama tranquilo.

Al llegar al pasillo de la planta superior los nervios arrancaron a bailar en mi estómago.

Me detuve frente a la puerta de mi habitación y busqué la tarjeta en la riñonera. Al alzar el rostro, mis ojos se quedaron atrapados dentro de los de Logan. Estaba más cerca de lo que pensaba. Llevaba toda la noche observándome con el mismo fervor que Matthew McConaughey a Kate Hudson cuando se puso el vestido amarillo en *Cómo perder a un chico en diez días*.

Logan deslizó la atención a mis labios y se aceleraron mis latidos.

De pronto el silencio entre nosotros parecía más denso. El peso de una conversación pendiente era cada vez más evidente. Después de sopesarlo unos segundos le solté las palabras que me arañaban la garganta:

—Quería disculparme por el beso que te robé en el Plaza y por el tartazo. No tenía que haberlo hecho. Lo siento.

—Disculpas aceptadas —contestó sonriente—. Te doy permiso para volver a besarme.

Me quedé a la espera de que me pidiese perdón él a mí. Tras unos segundos comprendí que la disculpa nunca llegaría.

—¿No vas a pedirme perdón por haberme restregado la tarta por la cara? —me aventuré a preguntar.

—¿Por qué debería? —Me miró sin comprender—. Yo no hice nada mal. Solo te lo devolví.

Fruncí el ceño.

«Está de broma, ¿no?».

Me crucé de brazos. Su mirada dejaba meridianamente claro que no lo estaba.

—¿De verdad crees que va a pasar algo entre nosotros sin que te disculpes? —solté incrédula.

—Eh… —Arrugó las cejas—. ¿Sí?

«Increíble».

Negué con la cabeza, estupefacta.

—Gracias por confirmarme que eres un capullo.

Di un paso atrás, saliendo de su campo gravitacional. Giré sobre los talones y metí la tarjeta en la ranura de la puerta.

—No seas orgullosa.

Me envaré.

Cuadré los hombros y me volteé para encararlo.

—¿Eres tú quien no se disculpa y la orgullosa soy yo? —pregunté incrédula.

—He visto cómo me mirabas en el baño —continuó, ignorando mi pregunta y dando un paso en mi dirección—. Admítelo: estás deseando que esto pase.

Apreté los puños a los costados. El calor que sentía se estaba transformando en enfado a pasos agigantados.

—Pero ¿tú qué te crees? —Me obligué a no elevar la voz para no despertar a nadie—. ¿Que vas a chasquear los dedos y voy a caer rendida a tus pies?

Logan me observó con una mueca burlona en el rostro. El brillo malicioso de su mirada indicaba que eso era exactamente lo que pensaba.

—Tú misma. —Se encogió de hombros al final—. Cuando te bajes del burro, ya sabes dónde encontrarme. —Señaló el extremo opuesto del pasillo, donde estaba su habitación.

Sin añadir nada más, se dio la vuelta y se marchó.

—No voy a ir detrás de ti —aseguré.

Se detuvo sobre sus pasos y se giró. Enarcó las cejas, como si no me tomase en serio. La sonrisita odiosa que llevaba días sin ver volvió a salir a escena. Retrocedió lo andado y me dijo:

—Los dos sabemos que en cinco minutos estarás en mi puerta suplicando que te deje entrar.

—¿Suplicando? No te lo crees ni tú. En todo caso, serás tú el que volverá con el rabo entre las piernas.

—¿Con el rabo entre las piernas? —Sus ojos hambrientos me recorrieron entera—. Seguro.

El estómago se me puso del revés. Casi me estallaron las mejillas.

Frustrada, empujé la puerta. Entré en mi habitación con las pulsaciones disparadas, deseosa de perderlo de vista.

—¡Que duermas bien! —escupí entre dientes.

—Ahora te veo, guapa —contestó muy seguro de sí mismo.

Le dediqué una mirada fulminante antes de cerrarle la puerta en las narices. Me apoyé en la madera y cerré los ojos.

—Menudo gilipollas... —murmuré.

Agitada, caminé de un lado a otro como una leona enjaulada. No podía creerme que hubiese estado a punto de enrollarme con él. Pero ¿qué se había creído? ¿Que podía decirme tres tonterías y que me arrodillaría ante él? No, señora. No le daría el gusto de ir a buscarlo. Si pasaba algo entre nosotros sería porque él se arrastraría para conseguirlo.

Me quité la riñonera y la dejé en la mesilla. Luego, me senté en la cama y me descalcé.

Me abaniqué con la mano. Hacía mucho calor en la habitación.

Volví a levantarme. Vacié los bolsillos de la americana antes de quitármela. Junto a la pinza del pelo saqué una polaroid. Extrañada, le di la vuelta. Era la fotografía que Ben le había sacado a Logan frente a la pared de los solteros. ¿Cuándo y cómo había llegado esa fotografía hasta mi bolsillo? ¿La había metido Logan mientras bailábamos? ¿Mientras subíamos las escaleras?

Noté una punzada de deseo entre las piernas al recordar sus palabras:

«Yo ya sé con quién quiero acabar la noche».

Mi pecho comenzó a calentarse. El capullo salía guapísimo. Su mirada seductora me resultaba muy atractiva.

Sin querer, mi mente visualizó a Logan desabrochándose la camisa despacio para mí.

Mal que me pesase, estaba deseando que llamase a mi puerta y acabase con la frustración que se acumulaba en mi interior. ¿Qué estaba pensando? No necesitaba a nadie para satisfacerme. Eso podía hacerlo sola. Caminé hasta el baño, saqué el vibrador del neceser y me lo llevé a la cama. Molesta, acabé lanzándolo sobre el colchón. No tenía ganas de tocarme. Deseaba que lo hiciera él.

Volví la vista a la polaroid. Observé su sonrisa unos instantes y me rendí. Al día siguiente regresaría a Manhattan y no volvería a verlo nunca más. ¿Qué había de malo en caer en la tentación? Mejor arrepentirse de hacer algo que quedarse con las ganas, ¿no?

Solté la foto sobre la cama. Atravesé la habitación como un torbellino, con la tela del vestido ondeando detrás de mí. Ni siquiera me molesté en calzarme para ir a buscarlo.

Agarré el pomo con el pulso latiéndome en la garganta. Al abrir la puerta, me quedé paralizada. Al otro lado del umbral estaba Logan con la mano suspendida en el aire, a punto de llamar. Parecía igual de agitado que yo. Estaba despeinado, como si se hubiese pasado la mano por el pelo varias veces. La tira de la pajarita le colgaba del cuello y se había desabrochado el primer botón de la camisa. Reconocí en su mirada hambrienta el mismo deseo punzante que yo sentía. Nos observamos a los ojos unos segundos, evaluando quién estaría dispuesto a dar el primer paso. Entonces los dos hablamos a la vez:

—Siento mucho el tartazo. —Sonó desesperado.

—Sí que quiero besarte —confesé derrotada.

26

Hannah

Apenas las palabras abandonaron nuestros labios, Logan y yo nos estrellamos como dos imanes que se atraen. Tiré de las solapas de su chaqueta y él se adentró en mi habitación de una zancada. Enterró una mano en mi melena a la altura de la nuca y yo me puse de puntillas para besarlo. En cuanto nuestros labios se encontraron, un chispazo de energía me subió por el pecho, propagándose por todo mi cuerpo. Impaciente, ladeé la cabeza para profundizar el beso. Busqué su lengua con la mía. Al encontrarla, ambos gemimos como si llevásemos esperando siglos ese momento. Sus besos firmes iban acompañados del toque ardiente del whisky.

Logan enroscó los brazos alrededor de mi cintura, pegándome más a él mientras me besaba, como si temiera que pudiera escaparme. Yo subí las manos hasta sus hombros y di un tirón. Cuando se agachó pude plantar los talones en el suelo.

Le besé con ansias, dejando salir el deseo y la frustración que se habían acumulado en mi interior a lo largo de los últimos días. Por la manera que tenía de besarme parecía tan necesitado como yo. Su espalda se chocó contra la puerta, ahora cerrada.

—Joder... —murmuró Logan entre besos—. Teníamos que haber hecho esto mucho antes.

—Estoy de acuerdo.

Volví a atrapar sus labios entre los míos. El corazón me latía con violencia.

—Hannah... —Logan no tardó en romper el beso, apoyando su frente contra la mía—. Necesito saber qué quieres que pase aquí.

Su tono áspero me erizó la piel.

No me hacía falta pensar qué quería. Lo tenía bastante claro. Le quería a él. Quería seguir besándolo, verlo desnudarse y quitarme el vestido. Quería deshacerme de la tensión que me arañaba el interior. Logan me había brindado la confianza que me faltaba para bailar despreocupada en la pista. Esperaba que ahora me diese la que necesitaba para dejarme llevar y tener una noche de sexo desenfrenado.

El fuego que ardía dentro de mis venas habló por mí:

—Quiero acostarme contigo. ¿Y tú?

Exhaló un suspiro de alivio contra mis labios y dijo con voz grave:

—Yo llevo cachondo todo el fin de semana, así que hacemos lo que quieras, ¿vale?

Al oírlo decir eso el calor se arremolinó en mi pecho.

—Vale. —Tenía la adrenalina por las nubes.

Logan me empujó de las caderas para aprisionarme contra la pared, intercambiando las tornas. Se restregó contra mí y fui consciente del bulto dentro de los pantalones de su traje. Luego se agachó y buscó mis labios con los suyos. Una vez y otra más. No sé cuánto tiempo consumimos besándonos al lado de la puerta. Mientras nuestras lenguas se encontraban con ferocidad, nuestras manos se perdían con urgencia en el cuerpo del otro.

Fue un milagro que no me fallasen las piernas cuando avanzamos a tientas por la habitación. Le pasé las manos por los hombros y me deshice de su chaqueta. Él se aflojó la pajarita en un gesto que me resultó muy sensual, antes de quitársela de un tirón. Al llegar a los pies de la cama, y sin despegarme de él, empecé a soltarle los botones de la camisa. Perdí la paciencia en el tercero y acabé sacándosela por la cabeza con un gesto rápido.

Logan barrió la habitación con la mirada. Una sonrisa burlona asomó a sus labios cuando sus ojos se posaron sobre la cama. En mitad del colchón estaba mi vibrador y la foto de su cara.

—¿Has empezado la fiesta sin mí? —Al volver a mirarme alzó las cejas de manera sugerente—. No pierdes el tiempo, ¿eh? —Sus manos apretaron mis caderas.

—No he llegado a hacerlo. He salido a buscarte.

—Claro, claro, lo que tú digas —murmuró en un tono burlón.

El deseo se fundía dentro de sus iris oscuros. El aire entre nosotros estaba cargado de tensión.

Logan me sujetó la barbilla y me robó un beso. Su pulgar acarició mi garganta con delicadeza, despertando todas mis terminaciones nerviosas. Me apretó un pecho por encima del vestido y sentí que me deshacía bajo sus atenciones. Se quedó rígido cuando deslicé las manos por su torso hasta la hebilla del cinturón. Quería ir despacio, pero estaba demasiado excitada. Le acaricié por encima de los pantalones y él empujó las caderas contra mi palma. El gemido bajo que se le escapó puso mi cuerpo entero a arder.

Le desabroché el cinturón y los pantalones, y se los quité. Después me llevé las manos a la espalda para bajarme la cremallera del vestido.

—Déjame a mí —me pidió Logan con voz trémula—. Llevo toda la noche imaginando que te desnudo.

Giré sobre los talones para quedarme de espaldas a él. Logan me apartó la melena y la colocó sobre uno de mis hombros. Me besó la piel de la espalda que quedaba a la vista.

—Procura no romperla esta vez —bromeé.

Me bajó la cremallera con cuidado. Cuando llegó hasta abajo, la tela del vestido se quedó holgada sobre mi cuerpo. Logan me ayudó a sacar el brazo derecho de la manga. La tela se deslizó por mi cuerpo hasta el suelo.

Con los nervios azotándome cada rincón del cuerpo, me giré para quedar de cara a él. Dejándome llevar, le empujé de los hombros y él acabó sentado en el borde del colchón. Una sonrisa lasciva se adueñó de su rostro. Sentí sus ojos en todas las partes de mi ser. ¿Cómo era posible que mi piel ardiese bajo su mirada?

Me solté el enganche del sujetador sin tirantes y lo dejé caer al suelo. Logan se echó hacia atrás, apoyando los antebrazos sobre la cama, y ladeó el rostro para mirarme con intensidad.

—Madre mía, Hannah —resopló.

—¿Qué pasa? —pregunté cuando me senté a horcajadas sobre él. Me rodeó la espalda con los brazos.

—Que tus tetas sí que son el sí perfecto —me dijo con una sonrisa.

Se me escapó la risa y le di un manotazo cariñoso en el brazo.

—No me hagas reír ahora. No es sexy.

—¿Quién coño te ha dicho eso? A mí tu risa me la pone durísima.

Para ilustrar esas palabras, tiró de mis caderas en su dirección. Al notarlo duro contra mí, me humedecí aún más.

—Estás increíble —apuntó. Tenía la misma cara de adoración que cuando me había visto con el vestido esa tarde.

—¿Estoy increíble en bragas? —Me reí.

—Y sin ellas seguro que más.

Quería decirle que él también estaba guapísimo. En su lugar, le sujeté la cara con las manos y lo besé otra vez. Él pasó las palmas abiertas por mis muslos con posesividad. Con cada centímetro de piel que tocaba aumentaba el deseo que sentía entre las piernas. Me lamió el cuello y luego sopló con suavidad, provocándome un estremecimiento. Subió las palmas ansiosas por mi cintura y las cerró en torno a mis pechos.

Me llenó el cuello de besos, desde la parte trasera de la oreja hasta la clavícula. Sus labios rozaron mi pezón en una provocación y un rayo de placer me atravesó. Repitió la jugada con el otro pecho y yo me restregué contra él impaciente.

—Sé lo que estás haciendo —susurré.

—¿Ah, sí?

—No voy a suplicar —dije adivinando sus intenciones.

El capullo sonrió contra mi pecho.

—Nadie te lo ha pedido… —Se irguió para mirarme a la cara—. Yo solo quiero que te vuelvas tan loca que lo único en lo que puedas pensar sea en las ganas que tienes de follar conmigo.

Oírle decir «follar» desató el calor insoportable de mi entrepierna.

Logan volvió a tentarme, acariciándome con la boca el pecho, sin llegar a sacar la lengua. No supliqué verbalmente, pero mi cuerpo sí lo hizo. Me restregué contra él una y otra vez en busca de más fricción.

Cuando, por fin, se metió uno de mis pezones en la boca, eché la cabeza hacia atrás y tuvo que sujetarme la espalda. Un gemido desgarrado salió de lo más hondo de mi garganta. Se me emborronó la visión. El corazón me latía tan deprisa que podría desmayarme. Incitado por mis gemidos, Logan incrementó la intensidad de las caricias que me daba con la lengua y yo le tiré levemente del pelo.

—Joder, Hannah...

—Lo siento —me apresuré a disculparme.

Él se apartó de mi pecho para mirarme a la cara.

—No te disculpes. Solo iba a decirte que eso me ha puesto muy cachondo.

«Muy cachondo».

El estómago me dio otro vuelco.

Con un movimiento repentino, Logan me tumbó sobre la cama.

El deseo entre mis piernas no había parado de aumentar. En ese momento las bragas eran un estorbo. Mientras nos besábamos, colé la mano dentro de sus calzoncillos. Cerré la palma a su alrededor y el aire se le escapó entre los dientes. Sin perder el tiempo, se tumbó a mi lado y me acarició por encima de la ropa interior. Ahogué un gemido mordiéndole el labio.

—Madre mía, cómo estás... —jadeó cuando metió la mano dentro de mis bragas y notó la humedad.

Dibujó círculos alrededor de mi clítoris y yo moví la mano sobre su erección con más energía.

—Dime lo que te gusta —susurró.

—Esto... me gusta —contesté con la voz ahogada, refiriéndome a la manera que tenía de tocarme.

—¿Prefieres así o más rápido? —Su aliento calentó mis labios cuando habló.

—Así... Me gusta mucho —repetí en un resuello—. ¿Y tú? ¿Quieres que te toque más despacio o más rápido? —pregunté, deseosa de saber qué le gustaba.

—Tú sigue así... Lo estás haciendo... genial... No pares.

Me gustaba que le costase concentrarse en hablar.

Los besos y las caricias se volvieron más ardientes.

Logan me frotaba con destreza, alternando movimientos lentos y suaves con otros bruscos y rápidos. Me estaba encantando que quisiera averiguar lo que me gustaba, disfrutando de darme placer tanto como yo dándoselo a él. Ningún hombre se había preocupado tanto de que me sintiese cómoda en la cama. Eso me hacía verlo tremendamente sexy.

Cuando atrapó la costura de mis bragas, despegué el culo del colchón para que pudiera bajármelas. Luego se quitó los calzoncillos.

Tragué saliva al verlo desnudo.

La poca cordura que me quedaba salió de la habitación cuando me penetró con un dedo. El alivio que sentí abandonó mi cuerpo en forma de un gemido altísimo. Se la agarré y volví a darle placer. Cuanto más laboriosas se tornaban sus inspiraciones, más quemazón sentía entre las piernas.

—No puedo más —le dije en voz baja pasado un rato—. Ponte un condón, por favor.

Él se separó de mi cuerpo, se agachó al lado de sus pantalones y sacó un envoltorio plateado de la cartera.

Contraje los dedos de los pies. El cuerpo entero me temblaba de anticipación.

—Tienes la boca abierta. —Sonrió mientras se ponía el preservativo. Pasó la mano un par de veces por su erección, sin dejar de mirarme fijamente, y me preguntó—: ¿Cómo quieres follar?

—Quiero ponerme encima.

Logan se tumbó en la cama y yo me senté sobre él. Compartimos un par de besos fogosos. Se la agarré y lo alineé conmigo. Me deslicé hacia abajo. En cuanto entró la punta y mis paredes se abrieron me quedé sin aire en los pulmones. De pronto, me costaba respirar. Logan tensó la mandíbula. Bajé despacio, llenándome hasta el fondo. El corazón me latía a mil por hora. Planté las manos en su pecho y comencé a moverme con ganas.

—Dios, Hannah. —Un suspiro prolongado se escapó de entre sus labios. Me paró, sujetándome por las caderas—. Dame un segundo, por favor —pidió en un jadeo sofocado.

—¿Qué pasa? —Me quedé en vilo.

—Estás muy apretada y no quiero correrme ya. Quiero disfrutar de este momento contigo.

Volví a balancearme sobre él con una sonrisa en la cara. Saber que podía hacerle perder la cabeza me hacía sentir poderosa.

—No seas mala. —Me dio un azote suave en el culo.

Paré de moverme. Yo también quería disfrutar el máximo tiempo posible. Me incliné sobre él. Le lamí y le mordisqueé los labios mientras sus dedos acariciaban mi espalda. Al cabo de un instante, atrapó mis caderas y me instó a moverme de nuevo. Muy despacio.

Me incorporé para tener un mejor control de mi cuerpo. Los sonidos graves y roncos que se le escapaban me derretían. Logan tenía el pelo revuelto, las pupilas dilatadas y la piel sudada.

Que me observase con anhelo me hacía sentir deseada.

El sexo estaba siendo increíble. A ratos suave y lento, a ratos brusco y apresurado. Nos movimos el uno contra el otro con pasión. Durante un rato, el sonido que hacían nuestros cuerpos al encontrarse y los jadeos entrecortados que se nos escapaban fue lo único que se oyó entre aquellas cuatro paredes.

Logan me acarició el clítoris con el pulgar y me moví más deprisa.

No quería que ese momento se acabase, pero estaba al límite. El corazón me latía apresurado, los labios y las mejillas me ardían. Notaba el sudor cayéndome por la frente.

Su respiración, cada vez más irregular, era como un fuelle que me animaba a continuar. Quería que se deshiciera bajo mis caricias como yo me estaba deshaciendo bajo las suyas.

—Logan… Es demasiado… Estoy muy cerca —le advertí sin detenerme.

—Yo también.

—Podemos volver a hacerlo, ¿verdad?

—Todas las veces que quieras… —La urgencia era palpable en su voz—. Hasta que no puedas más.

Con esa promesa, él afianzó su agarre en mis caderas y me ayudó a moverme más rápido. La desesperación se apoderó de nosotros. El aire salió de mis pulmones en forma de jadeo mientras me desintegraba sobre él. Logan se dejó arrastrar por el placer justo después, con un gemido ronco y largo que se me quedó grabado.

Satisfecha, solté un suspiro y me dejé caer sobre su pecho, que subía y bajaba a toda velocidad. Nos besamos y acariciamos mientras nuestras respiraciones se sosegaban.

—¿Cuándo me has metido la foto en el bolsillo? —le pregunté con curiosidad al cabo de un rato.

—Cuando estábamos posando para el fotógrafo. —Sonrió—. Y ha funcionado. He acabado la noche justo donde y con quien quería.

Apoyé la palma en su pecho y me erguí para mirarlo.

Contuve la risa y él estiró el cuello para besarme.

Acababa de alcanzar el orgasmo, pero el deseo cálido seguía abrasándome la piel.

—Quiero hacerlo otra vez —le dije.

Sus labios se curvaron despacio en una sonrisa seductora.

—He hecho bien en pedir esa canción de *Mamma Mia* —bromeó—. Parece que sí necesitabas un hombre después de la medianoche.

Mi carcajada resonó en la habitación. Logan me hizo rodar sobre la cama hasta quedarse encima. La risa se me cortó cuando apretó su erección contra mí y dijo:

—Mi turno.

27

Hannah

No había terminado de despertarme y ya quería volver a dormirme. Estaba la mar de a gusto tumbada al lado de algo cálido. Conforme la conciencia fue emergiendo entendí que el sonido suave que llegaba a mis oídos era la respiración profunda de otra persona. Separé los párpados despacio. Mi corazón se desperezó dando un salto descomunal al ver la cara que descansaba a centímetros de la mía. Logan estaba ahí. En mi cama. Durmiendo. Desnudo.

Tenía el pelo revuelto, la mejilla apoyada en la almohada y los labios entreabiertos.

«Desaliñado está guapísimo...».

Varios recuerdos de la noche anterior se deslizaron por mi mente: Logan gimiendo al empujar sus caderas contra las mías, Logan apretándome el culo mientras yo me movía sobre él, Logan susurrándome al oído lo mucho que le encantaba que le follase.

«*MAMMA MIA!!!*».

El calor volvió a despertarse en mi cuerpo. Me mordí el labio y solté un suspiro. La noche había sido increíble.

Se me aceleró el pulso al percatarme de que estábamos acurrucados. Uno de sus brazos rodeaba mi cintura y una de mis piernas descansaba encima de las suyas.

Tragué saliva. Los nervios me retorcieron el interior. La postura de pareja me había pillado desprevenida y no sabía qué hacer.

«No es para tanto, Hannah».

Logan y yo nos habíamos acostado y lo habíamos disfrutado. Lo último que recordaba era haberme reído de una de sus bromas, luego debí de quedarme dormida. Entendible, teniendo en cuenta la cantidad de energía que habíamos consumido, y que la última vez que lo habíamos hecho el cielo empezaba a cubrirse de tonos rosados.

Hacía mucho que no sentía una complicidad similar en la cama con nadie. Sin duda, había merecido la pena caer en la tentación.

En la privacidad de mi habitación había seguido conociéndole. Ahora sabía que era bueno en la cama; entregado y ruidoso, lo cual era un gran punto a su favor. Durmiendo con él había descubierto cosas como que no roncaba, no robaba la sábana y no se quedaba quieto en su lado del colchón.

Con cuidado, giré la muñeca para consultar la hora en el reloj. Eran las diez y media de la mañana.

«¡Me he dormido!».

Tenía una hora para llegar a la estación y subirme al tren que me llevaría de vuelta a Manhattan.

Los nervios se apoderaron de mí conforme las preguntas se agolpaban en mi cabeza.

«¿Debería despertarlo y despedirme? ¿Será de los que se agobian al despertarse al lado de la mujer con la que se han acostado? ¿Se generará un momento incómodo entre nosotros? ¿Será de los que te dan un beso de buenos días y tratan el tema con naturalidad?».

Lo sopesé un instante y decidí que le despertaría antes de marcharme. Era probable que no volviese a verlo y, después de la noche que habíamos pasado, quería despedirme.

Con delicadeza, le agarré el brazo y salí de su agarre. Me quedé quieta mientras él se acomodaba en sueños. Rodó sobre el colchón hasta quedarse bocabajo y metió el brazo con el que me había rodeado debajo de la almohada.

Según salí de la cama eché de menos el calor que emanaba su cuerpo y el hormigueo agradable que recorría mi piel al estar en contacto con la suya. Me quedé ahí de pie unos segundos, observándole dormir, como una tonta. La luz cálida que se filtraba a través de las cortinas entreabiertas bañaba su cuerpo con suavidad. Bajé la vista desde su cara hasta la sábana que descansaba enrollada a la altura de sus pies, pasando por su espalda musculada, su culo y sus piernas.

Me mordí el labio y solté un suspiro.

«Está como un queso…», pensó una vocecita encantada.

«Hannah, ¿vas a quedarte mirándole dormir como haría Edward Cullen? —pensó otra más escéptica—. ¡Espabila, que pierdes el tren!».

Sacudí la cabeza. Abrí la puerta corredera del armario con cuidado y saqué la maleta de mano. Después, cogí su fotografía de la mesilla. No sabía si era buena idea llevármela, pero no iba a meditarlo en ese instante.

Nuestra ropa estaba tirada de cualquier manera a los pies de la cama. Recogí el vestido, lo doblé a toda prisa y lo guardé en la maleta. Luego, me encaminé al baño para guardar el neceser.

Por el camino me encontré con su chaqueta desparramada en el suelo. Era incapaz de ver las cosas desperdigadas, así que me agaché para recogerla. Algo se cayó del bolsillo interior y aterrizó en el suelo.

«¡Mierda! Le he despertado seguro».

Tras unos segundos en los que Logan ni se inmutó, solté el aire que había estado conteniendo.

«Nuevo descubrimiento: Logan Stone es de sueño profundo».

En el suelo había una libreta pequeña abierta por una página escrita. Me erguí con ella en la mano. Leí las primeras líneas y enseguida comprendí que se trataba del final de su discurso de padrino. Su escritura era irregular y atropellada, había algunas letras más grandes que otras y varios tachones adornaban la página. Se notaba que lo había garabateado a toda prisa. Al ver escritas de su puño y letra las palabras que le había dicho yo sobre el matrimonio una sensación agradable se extendió por mi pecho.

Con una sonrisa, pasé a la siguiente página. Me quedé petrificada al leer lo que había escrito:

Se me formó un nudo en el estómago. Esa era la boda que había organizado y que él había roto antes del «sí, quiero». El detalle que había apuntado era el mismo que había soltado a gritos en la catedral. Con el corazón latiéndome a toda velocidad, me aventuré a pasar a la siguiente página. La sensación desagradable aumentó cuando vi que había escrito datos de otra boda. No quise leer más.

Eché un vistazo por encima del hombro. Logan seguía durmiendo plácidamente, ajeno a la agitación que se fraguaba en mi interior. ¿Cómo había sido tan tonta para olvidar que lo que Logan hacía atentaba contra mi trabajo y mis creencias? ¿Cómo había podido acostarme con alguien así?

Lo peor era que, aun así, había decidido ignorarlo para justificar en mi cabeza esa noche de pasión.

Ya no había ni rastro del cosquilleo agradable en mi piel. Estaba desilusionada. De pronto, tenía muchas ganas de marcharme.

Metí la libreta dentro del bolsillo interior de su chaqueta y la dejé encima de su ropa.

Tras eso, recogí y me vestí a toda velocidad. Cogí la maleta a pulso, para no hacer ruido, y salí de la habitación rehusando mirar atrás.

Logan

Me desperté sobresaltado por un estruendo que vino acompañado de un canto masculino. Extrañado, parpadeé varias veces para acostumbrarme a la claridad. Me llevé un susto de cojones cuando un hombre apareció de la nada. Salté de la cama sin pensar.

—Pero ¿quién coño eres tú? —grité medio dormido.

El hombre se quedó congelado.

«¡Hostia puta! ¡Estoy en pelotas!».

—¡Joder! —Agarré una almohada y me tapé la polla con ella a la velocidad de la luz.

—¡Perdone, señor! —Se disculpó el intruso de manera atropellada quitándose los cascos—. Venía a limpiar la habitación.

—¿Qué? —Arrugué las cejas confundido.

Todavía estaba desorientado y el corazón me latía a toda pastilla. Tardé unos segundos en reparar en que el hombre vestía un mono azul de limpieza.

—Como la señorita ya ha hecho el *check out*, pensé que no había nadie —continuó.

«Eh…, ¿qué?».

Esa información me cayó como un guantazo en la cara con la mano abierta.

—Lo siento —repitió el hombre—. Volveré más tarde.

—No se preocupe. Ahora mismo dejo la habitación.

En cuanto me quedé solo, me dejé caer en el borde de la cama. Me froté la cara y resoplé. Estaba cansado. Miré la hora en el reloj. Eran las once y media, lo que se traducía en que había dormido la friolera de… ¿cuatro horas?

Me sorprendía que Hannah se hubiese ido sin decir nada. Una punzada amarga se abrió camino por mi pecho.

Recapitulé la noche para entender qué había pasado. Varias imágenes explícitas inundaron mi mente. Lo único que habíamos hecho había sido follar una y otra vez. Habíamos tenido una conexión bestial. Eso no se conseguía con cualquiera. Lo último que recordaba era que Hannah se había quedado frita sobre mi pecho mientras hablábamos de tonterías. En ningún momento me pidió que me fuera y yo tampoco hice amago de separarme de ella.

La noche había sido una pasada y ella ¿se piraba así sin más? ¿En serio era de esas?

Recorrí la habitación con la mirada. En la mesita de noche había varios envoltorios de preservativos. Me levanté y bordeé la cama. A los pies estaba mi ropa amontonada.

En cuestión de minutos me puse la ropa interior y los pantalones, arrojé a la papelera los envoltorios de los preservativos y me metí la camisa de cualquier manera por la cabeza, con tan solo un par de botones abrochados. Por último, recogí mi orgullo magullado y abandoné la habitación con las deportivas en la mano.

En cuanto puse un pie en el pasillo me topé con Chris y Ben, que terminaban de subir las escaleras. Al verme, hablaron a la vez:

—¿Qué hacías en la habitación de Hannah? —me preguntó Chris extrañado.

—¡Coño! ¿Los ruidosos erais vosotros? —Ben metió cizaña con una sonrisa burlona.

—¿Te has acostado con ella? —Chris separó los párpados perplejo.

Inspiré hondo.

—Esto es justo lo que parece. Voy a ducharme —les informé, arrastrando los pies hasta mi habitación—. Ahora os veo.

—Un momento… ¿Hannah es la que te hizo el placaje en el Plaza? —A Chris se le desencajó la mandíbula.

—¿Que el de la limpieza te ha pillado con el rabo ondeando al viento? —preguntó Ben entre carcajadas.

Asentí a ambas preguntas sin despegar los labios.

A nuestro alrededor se oían conversaciones ajenas y el tintineo de los cubiertos. En el comedor del hotel estábamos algunos de los invitados de la boda. La mayoría tenían la cara larga por la resaca. En nuestra mesa solo estábamos Ben, Alexandra, Chris y yo.

—¿Por qué no me habías contado que tu Hannah era la organizadora de mi boda? —me preguntó Chris.

—Uno: no es «mi Hannah» —puntualicé—. Dos: no sabía que la organizadora de tu boda era ella hasta que me la encontré aquí. Y tres: a Hannah le daba palo que os enteraseis.

—¿Y dices que estás seguro de que no te mola? —Chris me observó con recelo.

—Segurísimo.

—Yo diría que ocultarles información a tus amigos es una señal de que te gusta. —Alexandra esbozó entusiasmada una sonrisa.

En lugar de contestar, le di un sorbo a mi café.

—¿Vas a escribirle? —Mi amiga se recostó en la silla y me escudriñó con la mirada.

—Ni de coña —aseguré mientras cortaba un trozo de beicon—. Se ha largado, creo que eso deja el mensaje cristalino.

Alexandra y Chris intercambiaron una mirada significativa. Yo me dediqué a masticar el desayuno.

—Sé que nadie ha pedido mi opinión, pero creo que deberías escribirle. —Chris hizo un aspaviento con los brazos—. Cuando se ha despedido parecía un poco chafada.

«¿Se ha despedido de mis amigos y de mí no? Pues de puta madre...».

Sabía que estaba siendo irracional. Era normal que se despidiese de las personas que la habían contratado. Le había visto hacer lo mismo con el periodista, la DJ y el fotógrafo la noche anterior.

—¿No quieres saber si le ha pasado algo para irse sin despedirse? —azuzó mi amiga.

Tragué saliva incómodo.

—No les hagas ni puto caso, tío —apuntó Ben—. Esto es muy simple: se ha pirado porque suda de tu cara. —Cambió a su tono burlón para añadir—: Además, todos sabemos que la razón por la que se ha ido es que eres malísimo en la cama.

Se me escapó una carcajada contra mi voluntad.

—Vete a la mierda.

—Estoy con Chris: deberías escribirle —siguió Alexandra.

—¿Podemos dejar ya de hablar de mi vida amorosa, por favor? —pregunté—. Será por temas de conversación... y siempre acabamos hablando de lo mismo.

Quería sacarme a Hannah de la cabeza cuanto antes.

Por fortuna, apareció el prometido de mi amiga arrastrando los pies, con una resaca del copón, zanjando la conversación. Durante un rato hablamos de lo maravillosa que había sido la boda y de las ganas que tenían Chris y Tyler de irse a su luna de miel.

—Bueno, yo me marcho ya —dije un poco más tarde—. Que quiero visitar a mi abuela.

Me levanté para despedirme de mis amigos.

—No corras mucho, por favor —me pidió Chris al entregarme las llaves de su coche.

—Tranquilo, tu pequeño llegará a casa sano y salvo —contesté al guardármelas en el bolsillo del pantalón—. Os veo en unas semanas —les dije a los recién casados después de abrazarlos—. Pasadlo bien en la luna de miel.

Luego, me giré para abrazar a Alexandra.

—Tú pásatelo genial en tus vacaciones. —Se iba directa del hotel al aeropuerto.

—No me eches mucho de menos —respondió ella al estrujarme.

—A ti te veo estos días, ¿no? —acabé mirando a Ben.

—Cuenta con ello. —Chocamos la mano y nos despedimos.

Me di la vuelta para salir del comedor. No había dado ni un paso cuando oí a Alexandra decir:

—Diez pavos a que escribe a Hannah antes del viernes.

—Hecho —aceptó Ben.

Les enseñé el dedo corazón por encima del hombro y oí sus carcajadas.

Ni en broma iba a escribirle. Se acabó pensar con la polla.

28

Hannah

El tren llevaba más de media hora de retraso y todavía no habíamos salido de la estación. Quería llegar a casa, ducharme y comer
algo.

Hacía dos horas que había dejado a Logan en la habitación,
y seguía un poco desilusionada. En lugar de haber dejado la libreta en su sitio, tenía que habérmela llevado. Con las prisas no lo
había pensado. Quizá en esas páginas estuviesen detalladas las
bodas que planeaba estropear en el futuro y podría haber tratado
de impedírselo.

Recordé las palabras que me había dicho semanas atrás:

«Si no me dejas en paz, te perseguiré por todas y cada una de
las bodas que tengas y no te dejaré tranquila ni un segundo. Te
atormentaré hasta que se corra la voz de que eres la peor *wedding
planner* de Nueva York y nadie quiera contratarte...».

Apoyé la cabeza en la ventanilla y suspiré. Quería olvidarme
de todo aquello cuanto antes.

—Atención a todos los pasajeros. —La voz del maquinista
sonó por megafonía y me sacó de mis pensamientos—. Lamento
informarles de que queda suspendido temporalmente el servicio
de trenes entre las estaciones de Cold Spring Harbor y Grand
Central debido a la explosión de un transformador que ha dejado
sin suministro eléctrico a la línea ferroviaria en este tramo. Actualmente no tenemos una estimación clara de cuánto tiempo
tardaremos en reparar la avería. El personal de la estación les in-
formará sobre los servicios alternativos de autobús para llegar a

su destino. Rogamos que recojan sus pertenencias y desalojen el tren a la mayor brevedad posible. Disculpen las molestias. Muchas gracias.

«Perfecto».

En cuanto cortó la comunicación varios pasajeros irritados manifestaron sus quejas a voces. Resignada, me levanté y cogí la maleta del compartimento superior. Al apearme del tren me dirigí al mostrador de información.

Llegué a la parada del autobús media hora más tarde, acalorada y sudada. El calor se agarraba a mi piel como una segunda capa. Consulté el horario del poste de la parada y el alma se me cayó a los pies. El siguiente autobús no pasaría hasta dos horas después. Estaba en un pueblecito, a una hora en coche de Manhattan. Aun sabiendo que el precio del uber sería desorbitado, abrí la aplicación por si acaso había suerte. Resoplé al ver que el trayecto hasta casa me costaría doscientos dólares. Bloqueé el móvil y suspiré.

Cansada, solté la maleta y me senté en el banco. La única compañía que tenía era el cántico de las chicharras. Decidí amenizar la espera llamando a mi madre. Su voz alegre me saludó desde el otro lado de la línea.

—¿Qué tal todo, cielo? —Se interesó enseguida.

—Bueno… Acabo de quedarme tirada en Huntington. Han cancelado el tren por una avería y el autobús no pasa hasta dentro de dos horas.

—¡Menuda faena! ¿No puedes coger un taxi?

—Lo he mirado, pero son doscientos dólares. Así que esperaré al autobús.

La oí suspirar.

—Bueno, cielo, entonces no te queda otra que tener paciencia. Cuéntame, ¿qué tal ha ido la boda?

—Muy bien. He tenido que lidiar con varios contratiempos, pero todo ha salido genial. Los novios se han quedado contentísimos, que es lo más importante.

—Me alegro mucho. ¿Qué tal con el periodista? ¿Te ha dicho si va a mencionarte en el artículo? —preguntó impaciente.

—¡Sí! —exclamé—. Además, quiere entrevistarme dentro de unas semanas para el especial de bodas de Navidad.

—¡Pero bueno, cielo, qué ilusión! ¿Cuándo sale la revista? ¡Tendremos que reservarla en el quiosco!

—El artículo saldrá en el número del mes que viene y el especial de Navidad en otoño. Ah, y ¡¿te acuerdas de que te conté que uno de los novios es *influencer*?

—Sí. El que enseña la ropa y la comida en los vídeos, ¿no?

—¡Sí, justo ese! Me ha mencionado en Instagram y ¡han contactado conmigo ya cuatro parejas que se casan el año que viene! Espero que me contraten, para ir cerrando huecos y quedarme más tranquila.

Al compartir ese detalle, Logan pasó a un segundo plano en mi cabeza.

—¡Cuánto me alegro! —gritó emocionada—. ¡Esto hay que celebrarlo! ¿Cuándo vienes a visitarnos?

—Mmm..., espera que consulto la agenda. —Sujeté el teléfono con el hombro y la mejilla, y me agaché al lado de la maleta. Saqué la agenda del interior y volví a tomar asiento.

—Podríamos celebrarlo cenando e invitar a Mike —propuso mi madre.

—¿A Mike? —Volví a tomar asiento, me coloqué la agenda sobre las piernas y pasé las hojas a toda velocidad.

—Sí. A Mike Dawson. Tu antiguo compañero de clase.

Mike era médico. Siempre había creído que cuadraba con la definición de «hombre perfecto». Era rubio, de ojos azules y complexión atlética. Además de ser simpatiquísimo tenía un espíritu altruista que derretía corazones. Me había pasado media adolescencia colada por él, pero nunca pasó nada entre nosotros.

—¿Por qué quieres invitarlo a cenar? —pregunté extrañada.

—El otro día me encontré con su madre en el supermercado y me contó que se está divorciando.

—¿Mike se está divorciando? —Abrí los ojos sorprendida.

—Sí...

Estaba tan impactada por la noticia que me llevó unos segundos entender las intenciones de mi madre.

—Mamá, te lo he dicho mil veces: no necesito que me hagas de casamentera.

—Pero, cielo, siempre he pensado que Mike es perfecto para ti...

Me distraje cuando un coche negro y reluciente se detuvo delante de la parada de autobús. El conductor giró la cara en mi dirección y se me cortó la respiración.

Era Logan.

—Hannah, ¿me oyes? —oí decir a mi madre en la lejanía.

En cuanto bajó la ventanilla del copiloto formulé una despedida atropellada.

—Mamá, te llamo luego, que viene el autobús.

Colgué.

Logan se bajó las gafas de sol por el puente de la nariz. La mirada que me echó de arriba abajo por encima de la montura negra consiguió acelerarme el pulso.

—Vaya, vaya, vaya —comenzó en un tono mordaz—, pero si es la novia a la fuga.

No le contesté.

—¿Qué haces aquí? —me preguntó al cabo de unos segundos—. Creía que a estas alturas estarías en Manhattan.

—Esperar al autobús. —Señalé el poste azul de la parada con la mano.

Él me aguantó la mirada unos segundos.

—¿A qué hora pasa? —quiso saber.

—Dentro de dos horas —contesté con la boca pequeña.

—Sube, anda. —Me hizo un gesto con la cabeza—. Te llevo a casa.

—No, gracias. Ya me has ayudado bastante este fin de semana. No quiero deberte más favores.

—Puedes compensar el transporte invitándome a cenar. Si no me fallan las cuentas, ya me debías una cena por tirarme la moto.

A mi corazón le pareció que era un buen momento para dar un salto.

Valoré la propuesta un instante. No tenía ganas, pero era una mujer práctica; no iba a quedarme dos horas bajo el sol teniendo una alternativa para volver a casa. Después de la noche anterior, no tenía muy claro cómo debía comportarme en su presencia. Tampoco iba a morirme por una hora más en su compañía. Ya pensaría cómo escaquearme de la cena.

—Guapa —Logan cortó el hilo de mis pensamientos—, tengo prisa. ¿Subes o qué?

Logan

«Será cabezota», pensé al verla vacilar.

El testigo del salpicadero indicaba que estábamos a treinta y cinco grados. Aunque estaba algo mosqueado con ella, no la dejaría dos horas esperando con el calor que hacía.

Al cabo de unos segundos, Hannah claudicó y se levantó. Me quedé embobado mirándola. Iba vestida con una camiseta blanca de manga corta que dejaba su tripa al descubierto, unos vaqueros cortos y unas Converse moradas. Llevaba el pelo recogido en una coleta alta. Sus ojos estaban ocultos tras unas gafas de sol blancas y enormes. Acostumbrado a sus vestidos negros de trabajo, me sorprendió verla con ropa informal. Estaba buenísima.

Arrastró la maleta en dirección al coche y me puse en marcha. El calor me dio un bofetón según me bajé del vehículo. Me encontré con Hannah a la altura del maletero. Lo abrí e hice amago de coger su maleta.

—Puedo sola —me dijo con sequedad.

La mujer apasionada que me había devorado la boca hacía horas había quedado atrás. Era evidente que le pasaba algo.

—Lo sé, pero mi tarifa incluye la carga de equipaje —respondí en el mismo tono que ella. Nuestros dedos se encontraron cuando cogí el asa de la maleta y la corriente de energía regresó a mi cuerpo—. Vas a pagar con la cena el servicio completo.

Refunfuñó algo por lo bajini que no llegué a entender. Acomodé su equipaje al lado del mío. Luego, entramos en el vehículo.

Cuando se sentó, Hannah se colocó las gafas de sol en la cabeza. Se inclinó sobre la rendija del aire acondicionado y suspiró aliviada. En ese instante me fijé en que tenía las mejillas rojas como un tomate por el calor. Al verla tan acalorada terminó de pasárseme el enfado.

«Joder. Soy un blando cuando se trata de esta mujer».

—¿Dónde vives? —le pregunté.

Se irguió sobre el asiento.

—En el East Village —me contestó, abrochándose el cinturón—. En la Novena con la Avenida A.

Tecleé la dirección en el navegador. Después señalicé con el intermitente la incorporación a la carretera.

Nos mantuvimos los primeros minutos atrapados por un silencio incómodo. La miré con disimulo un par de veces. A través de la ventanilla, Hannah observaba el paisaje verde que nos rodeaba.

Encendí la radio para llenar el espacio que dejaba el silencio. Apreté el botón del volante y fui cambiando de emisora hasta que encontré una canción que me gustó: «Are You Gonna Be My Girl», de Jet.

Intenté pensar un tema de conversación para romper el hielo. Volvíamos a estar en tierra de nadie y no quería meter la pata. Quizá no debería sacar el tema de lo que había pasado entre nosotros, pero no me gustaba dejar las cosas sin hablar.

—Te has ido sin avisar... —Soné más acusador de lo que pretendía.

—Estabas dormido y no quería despertarte. Además, perdía el tren.

«Ja. Y unos cojones».

Apreté el volante y suspiré. Al final, no pude contenerme y le pregunté lo que quería saber:

—¿Te arrepientes de lo que hicimos anoche?

Hannah se hundió en el asiento. Me contestó al cabo de un instante:

—No me arrepiento de nada.

Por fuera, me mantuve inexpresivo. Por dentro, resultó un descanso. Para relajar la tensión le conté lo que me había pasado al despertar.

—Te agradará saber que, después de nuestra despedida emotiva, ha entrado el señor de la limpieza en la habitación y me ha pillado en pelotas.

Por el rabillo del ojo la vi girarse en mi dirección.

—¿Me lo estás diciendo en serio? —Sonaba divertida.

—Y tanto. El tipo creía que la habitación estaba vacía. Yo me he llevado un susto de cojones y he saltado de la cama desnudo. He tenido que taparme con la almohada...

El sonido de su risa alegre llenó el coche, disipando un poco la tensión que reinaba entre nosotros.

—No había caído en que al hacer el *check out* irían a limpiar —reconoció.

—Por cierto, para limpieza la que has hecho en el baño.

—¿De qué hablas?

—De que ya sé por qué te ha esposado la policía... He ido a ducharme y he visto que has robado todos los botecitos de jabón.

A Hannah le entró la risa otra vez.

—No me puedo creer que seas de esas.

—¿De esas que se llevan algo que está incluido en el precio del hotel, dices? —me preguntó con un tono insolente.

—Confiesa: ¿qué más has robado? ¿Las bombillas? ¿Las toallas? ¿El mando de la tele?

Hannah soltó otra carcajada contagiosa. Me hacía gracia que se partiese por eso.

—Claro que no —contestó entre risas—. Como diría Ross: «Hay que saber dónde está la línea entre coger lo que es tuyo y robar».

«¿Una referencia a *Friends*? Bien, Hannah, bien».

—Entonces ¿has robado las bombillas como él?

—No. Solo me he llevado las cosas que son gratis y que voy a usar.

Reprimí la risa incrédula y le pregunté:

—¿De verdad vas a usar la loción para después del afeitado?

—No me la he llevado. —No podía parar de reírse y me costaba entenderla cuando hablaba—. Solo he cogido los botecitos de gel, champú y acondicionador, las zapatillas de estar por casa...

—¿Has cogido las zapatillas? —pregunté sorprendido.

—¡Claro! ¡Tienen el logo del hotel bordado y son comodísimas!

Se me escapó una carcajada.

—¿Qué más has cogido?

—Las capsulas del café, el cepillo de dientes. Ah, y el bolígrafo.

Los dos nos desternillamos.

—Habría sido increíble que se te hubiese abierto la maleta y el recepcionista hubiese visto todos los *souvenirs* que te llevas.

—Ay, para, por favor —me pidió—. ¡Que me duele la tripa de reírme!

Guardamos silencio unos segundos. No quería parar. Me gustaba el sonido melódico de su risa.

—Gracias a que me he llevado el agua y las galletitas saladas de la habitación he podido comer algo cuando el tren me ha dejado tirada.

—No..., si encima tienes refuerzo positivo. —Meneé la cabeza—. Espera. —Me quedé serio de golpe—. ¿No estás muerta de hambre? Venían cuatro en la bolsa.

—Un poco.

Sin decir nada, me desvié en la primera área de descanso que encontré, donde había varios restaurantes de comida rápida.

—Tienes el tanque lleno —observó Hannah cuando me vio aparcar frente a la gasolinera.

—No voy a repostar —contesté abriendo la puerta del coche—. Vamos a que comas algo.

—Pero ¿no tenías prisa? —me preguntó cuando se bajó del vehículo.

—¿Qué prefieres? —la ignoré—. ¿McDonald's, Chipotle...?

—McDonald's —me cortó sin dudar.

Después de que Hannah comiese, su humor mejoró considerablemente. El trayecto de vuelta se me había hecho ameno en su compañía mientras comentábamos nuestros momentos favoritos de *Friends*. Aparqué delante de su portal y me dijo:

—Gracias por traerme.

—De nada. Son ciento veinte dólares —bromeé.

Ella contuvo la sonrisa.

Nos observamos fijamente a los ojos. De pronto, se quedó seria y me dijo:

—Te escribo esta semana para lo de la cena, ¿vale?

—Vale. —Asentí.

Agarré la manija de la puerta.

—Puedo sola con la maleta —aseguró antes de bajarse a toda prisa del coche—. Nos vemos, gracias.

Tras soltar eso, cerró la puerta.

«Nos vemos...».

La frase estrella para hacerle saber a alguien que no tienes intención de volver a verle. Esas dos palabras aguijonearon mi orgullo.

La observé arrastrar la maleta hasta el portal. Cuando se perdió en el interior, reanudé la marcha creyendo que no volvería a escribirme.

—¡Míralos, qué guapitos! —observó mi abuela, con los ojos fijos en la fotografía que acababa de enseñarle de mis amigos casándose—. A ver, ¿cómo ibas tú?

Busqué una foto en la que posaba sonriente antes de la ceremonia.

—El más guapo. —Sonrió al verla—. Pareces una estrella de cine.

—Gracias. La genética Stone. —Me guardé el teléfono en el bolsillo.

Ella se quitó las gafas y asintió.

Acabábamos de sentarnos frente a una mesa en la sala de estar de la residencia. Eran las cinco de la tarde y la estancia estaba llena. Abrí el estuche que contenía las fichas de dominó y las volqué sobre la mesa.

—¿Qué tal con la muchacha de los mensajes? —me preguntó—. ¿Has vuelto a verla?

—No te voy a contar nada porque eres una cotilla y luego se lo largas todo a tus amigas —le dije de broma mientras colocaba todas las fichas bocabajo.

—¡Uy, qué valor decir eso! —Mi abuela hizo un aspaviento—. No soy cotilla. Solo comparto secretos ajenos cuando hay un pago de por medio.

Se me escapó la risa.

—¿El pago son dos galletas? —Removí las fichas sin mirarla—. Hay que venderse más caro, ¿eh?

—Por supuesto que no: el pago son veinte dólares... Bueno, tú contéstame, ¿la has visto o no?

Levanté la cabeza y me encontré con sus ojos vivaces.

—Sí que la he visto.

—¿Es tu novia?

—Ya te dije que no.

—Hijo, no me seas paradito como el abuelo, que estuvo un año entero para invitarme a salir.

Me reí a la par que negaba con la cabeza.

Si ella supiese cómo había sido mi fin de semana con Hannah diría que soy de todo menos paradito.

—Solo nos estamos conociendo. Ya veremos qué pasa.

—¡No me serás un picaflor...!

Se me escapó la risa. Ella me arreó con el abanico en el antebrazo.

—En mis tiempos no nos andábamos con tanta tontería, o nos hacíamos novios o no.

—Por esa regla de tres, ya debería llevar diez años casado y tener tres hijos.

—Oye, hablando de casarse, ¿has vuelto a saber algo de la bruja?

Para mi abuela la bruja era Ashley.

—No. No he vuelto a saber nada de ella, y deja de llamarla así, anda.

Abrió la boca para protestar y yo le dije:

—¿No querías practicar al dominó para el torneo del sábado?

—Sí, sí —contestó cogiendo sus fichas—. Que tengo que ganarles a todos.

—Pues menos cháchara y al lío.

Al salir al aparcamiento me saqué el teléfono del bolsillo. Me sorprendió ver cinco llamadas perdidas y un mensaje de Hannah:

> Llámame cuando puedas, por favor

Pulsé el botón de la llamada y me pegué el teléfono a la oreja. Hannah descolgó al primer tono.

—Al final, voy a pensar que estás obsesionada conmigo... —empecé vacilándole.

—¡Me he dejado la agenda en tu coche! —me cortó con un tono urgente—. ¡En la guantera de la puerta del copiloto! ¿Puedes mirarlo, por favor?

—Ahora mismo, imposible —comenté mientras jugueteaba con las llaves de la moto—. Es el coche de Chris, y no estoy en su casa.

—¿Puedes acercarte a comprobarlo, por favor? Es la agenda del trabajo, la necesito.

Abrí el baúl de la moto y saqué el casco. Cogí aire de manera profunda.

—Luego lo miro —le dije—. Si está, te aviso y te la acerco un día de estos.

—¿Y si te invito a la cena hoy? —escupió de pronto—. En mi casa. A las ocho. Y me traes la agenda, por favor —terminó desesperada.

Quería hacerme el digno un poco más. En su lugar, me sorprendí diciendo:

—A las ocho no me da tiempo. ¿Qué te parece a las nueve?

29

Logan

A las nueve y diez llamé al timbre del apartamento de Hannah.

—¡Voy! —Su voz me llegó amortiguada desde el interior.

Al oír sus pasos al otro lado de la puerta, me pasé la mano por el pelo para peinármelo. Todavía estaba recuperando el aliento que había perdido subiendo los siete pisos por las escaleras.

Hannah abrió unos segundos más tarde. Llevaba un delantal marrón con varias manchas amarillas que parecían recientes, encima de una camiseta de tirantes morada. Se había recogido el pelo en una coleta alta y estaba descalza.

A juzgar por la miradita que me echó, diría que le gustó mi ropa. Me había puesto una camiseta blanca de manga corta y vaqueros.

—Llegas tarde. —Me apuntó con la espátula de madera que sujetaba—. Pero tienes suerte, porque la cena no está lista.

—Ya. Lo siento, pero he pillado un atasco que te cagas porque alguien tenía mucha prisa por recuperar esto —dije al tiempo que alzaba su agenda.

—Menos mal. —Me la arrebató y suspiró aliviada—. Gracias.

—También he traído vino. —Alargué una bolsa en su dirección.

Ella aceptó la bolsa que le tendía y echó un vistazo al interior.

—Gracias. —Esbozó una sonrisa sincera—. Pasa.

Entré en su casa por la cocina y cerré la puerta. Enseguida me embargó el olor a comida italiana.

Cuando se volteó me fijé en que llevaba la camiseta metida dentro de unos vaqueros cortos que se le ajustaban a la cintura y que le hacían un culo increíble.

—¡Voy a dejar la agenda en mi cuarto! ¡Vigila el fuego, por favor! —me pidió.

El suelo de madera crujió bajo mis pies conforme me adentré en la estancia. La cocina era pequeña. Las paredes estaban revestidas con vinilos que imitaban ser azulejos verdes, las alacenas tenían varios desconchones en la madera, los fogones eran de gas y el grifo de color bronce tenía las manijas en forma de ruedecitas. Encima del fuego había una cacerola de pasta y una sartén con una salsa amarilla.

Hannah regresó a toda prisa y me tomó el relevo frente al fuego.

—Perdona el recibimiento —me dijo por encima del hombro mientras escurría los espaguetis.

—¿Necesitas ayuda con algo? —me ofrecí.

—No, esto ya casi está. —Volcó la pasta sobre una sartén que contenía una salsa amarilla—. Si quieres, puedes abrir el vino. El sacacorchos está en el tercer cajón. —Apuntó con la mano libre hacia su izquierda.

—Voy.

Abrí el cajón que me había indicado. Dentro estaban los utensilios ordenados en distintos compartimentos. Descorché la botella y ella me entregó un par de copas.

Hannah apagó el fuego y sirvió la comida en dos platos rosas. Luego, fregó los cacharros que había utilizado y los dejó en el escurridor. Después, se quitó el delantal, lo dobló y lo dejó en la encimera.

—Vamos a la mesa. —Sujetó un plato de comida en cada mano.

Atrapé las copas y la seguí por el pasillo estrecho.

El salón era pequeño y estaba lleno de cosas. A un lado había una mesa de madera con dos sillas tapizadas de color verde. Pegado a la pared estaba el sofá amarillo, recubierto de cojines dispuestos con precisión. Delante había una mesita de café sobre la que descansaba un plato dorado con velas de distintos tamaños. Las paredes estaban decoradas con cuadros y tiras de luces.

Hannah tomó asiento frente a la mesa del comedor. Sobre ella había dos manteles individuales de color gris, dos posavasos de mármol y dos sets de cubiertos dorados, todo perfectamente colocado.

—La cocina no es mi fuerte —reconoció cuando me senté delante de ella.

La mesa era diminuta y nuestras rodillas se tocaban.

—He seguido la receta al pie de la letra —prosiguió con las mejillas sonrosadas—. Espero que esté bueno.

—Seguro que sí. —Sonreí.

La comida tenía una pinta sospechosa, el queso se había quedado hecho un pegote y olía a ajo que tiraba para atrás. Aun así, enrollé un puñado de espaguetis con el tenedor. Según me lo metí en la boca noté una mezcla amarga y picante.

«Hostia puta..., está malísimo».

La pasta estaba demasiado blanda. Además, se había pasado tres pueblos con el ajo y la pimienta.

—¿Qué tal está? —me preguntó expectante.

Mastiqué deprisa y me tragué como pude el primer bocado, intentando que no se diese cuenta de lo malo que estaba.

—Buenísimo —contesté antes de tomar un sorbo de vino para eliminar el sabor.

—¿Sí? —Sonrió encantada—. ¡Genial!

Asentí.

Esa mujer se había tomado las molestias de cocinar para mí. Me lo comería como buenamente pudiera y punto. Hannah probó la comida y la escupió al instante sobre su servilleta.

—¡Está asqueroso! —Le dio un sorbo al vino, imitando mi táctica—. ¿Por qué no me has dicho nada? —Parecía algo avergonzada.

—No está tan malo... —Negué con la cabeza, restándole importancia.

Hannah parpadeó sorprendida, como si me viera por primera vez.

—¿Cómo que no? —Se puso de pie y recogió los platos—. Esto no lo quieren ni las ratas.

—Bueno, yo iba a comérmelo —bromeé, y ella sonrió—. Por cierto, la próxima vez que intentes matarme recuerda que no soy un vampiro, ¿vale? El ajo no puede conmigo.

Hannah soltó una risita baja.

Me levanté y la seguí hasta la cocina. Hannah tiró la comida a la basura y se sacó el móvil del bolsillo.

—¿Pedimos algo? —propuso.

—Es domingo y es tarde. La mayoría de los restaurantes estarán cerrados. ¿Qué tienes en la nevera?

—Poca cosa. —Abrió el frigorífico—. Huevos, pollo, espinacas, tomate...

—¿Te quedan espaguetis? —le pregunté.

—Sí.

—¿Y tienes pan rallado?

—Sí.

—Genial. ¿Te parece si preparo pollo a la parmesana?

—Mmm... —Hannah torció el cuello para mirarme confusa—. ¿Seguro que no quieres que pidamos?

—No, qué va. Me gusta cocinar, me ayuda a despejar la mente.

—En ese caso, ¿qué necesitas?

—Un bol y la fuente de cristal del horno.

—Los boles están ahí. —Hannah señaló un armario para que lo cogiera yo.

Se agachó delante de uno de los de abajo, regalándome una panorámica de su culo perfecto. Cuando se incorporó con la fuente, me planté delante del fregadero para lavarme las manos.

—¿Puedo ayudarte con algo? —me preguntó.

—No te preocupes.

—Vale, entonces tú cocinas y yo friego.

Recopilé los ingredientes y precalenté el horno. Hannah se fue al salón a por las copas de vino. Cuando me entregó la mía nuestros dedos se rozaron y la corriente de electricidad volvió a correr entre nosotros. Le di un sorbo y la dejé en la encimera.

Ella se apoyó en la pared y me observó empanar el pollo.

El calor en su casa era infernal. La ventana de la cocina estaba abierta, pero no entraba ni una gota de aire.

—¿De verdad te relaja cocinar? —me preguntó al cabo de un rato.

—Sí. —Eché la pasta al agua hirviendo y puse el temporizador.

—Pero si es muy estresante. Hay que hacer un millón de cosas a la vez.

Me di la vuelta para encararla. Estaba apoyada contra la pared, con la copa de vino en la mano. Se había soltado la coleta.

«Está guapísima con el pelo suelto».

Sus ojos resbalaron hasta el trapo que descansaba en mi hombro, y sonrió.

—Eso es lo que me ayuda a despejarme —contesté, recostándome en la encimera—. ¿Tú qué haces para relajarte? ¿Cuáles son tus *hobbies*?

—Me gusta leer, ver series, hacer *scrapbooking*...

—¿Qué es eso?

—Simplificando mucho: es hacer álbumes de recortes.

—¿Como *collages* o algo así?

—Más o menos. Espera, que te enseño uno.

Hannah se adelantó, dejó la copa en la encimera y desapareció por el pasillo. Regresó enseguida con un álbum azul que tenía un patrón de flores. Se detuvo a mi lado y lo abrió por una página al azar.

En la parte superior estaba escrito el rótulo «favoritos de febrero» con su caligrafía pulcra y ordenada. Debajo había varias imágenes superpuestas sobre un fondo amarillo.

—Vaya, está genial —comenté cuando le eché un vistazo a la hoja.

—Gracias. —Le brillaron los ojos al sonreír—. Aquí recopilo las cosas que me han pasado en un mes y que no quiero olvidar.

—¿Puedo? —le pregunté extendiendo las palmas en su dirección.

—Claro. —Ella depositó el álbum en mis manos.

Por lo que pude ver, en febrero había ido de brunch a The Banter, había escuchado «Timeless (Taylor's version)», había leído un libro titulado *Querido corazón, ¿por qué él?* y se había mudado de apartamento.

Pasé a la siguiente página con cuidado y vi lo que habían sido sus meses de marzo, mayo y junio. Allí había fotos de ella con los que supuse que eran sus padres y sus amigas, entradas a musicales, flores secas sujetas con celos de colores, pegatinas, fotos de comida de sus restaurantes favoritos, varias imágenes de Nueva York, las canciones que escuchaba, las películas que veía y los libros que leía. Aquella mujer nostálgica coleccionaba recuerdos en forma de corchos, fotografías, postales y entradas.

—Supongo que cuando hagas el de julio pondrás mi polaroid —comenté sin un ápice de vergüenza.

—Sí, estaba justo pensando en pegarla ahora mismo —se burló.

Me llamó la atención que en todos los meses hubiese al menos una fotografía de placas doradas con inscripciones. Retrocedí para leerlas. Una rezaba: «Querida Chrissy, dime que te casarás conmigo. Prometo darte todo mi amor. James. Junio 2015». Otra decía: «Vincent, gracias por la vida que me has dado en Nueva York».

—¿Son las inscripciones de los bancos de Central Park? —le pregunté.

—Sí. Cada mes suelo fotografiar las que más me gustan.

—¿Por qué?

—Cada una de estas placas cuenta la historia de alguien. Gente que empezó una vida nueva en esta ciudad, gente que se ha prometido o gente que recuerda a sus seres queridos… Me parece precioso dejar tu huella así.

—Eres una romanticona, ¿eh? —le pregunté cuando le devolví el álbum.

Ella asintió.

Había paseado incontables veces por Central Park. Nunca me había parado a leer esas inscripciones con detenimiento. Ni siquiera sabía cómo se podía colocar una.

—¿Sabes qué hay que hacer para poner una placa? —me interesé.

—Pagar diez mil dólares.

—¿Diez mil dólares? —Elevé la voz sorprendido.

—Es caro, pero adoptas un banco. —Dibujó unas comillas en el aire al decir la última parte—. El dinero se destina a mantenerlos durante años. Es una buena manera de contribuir a conservar el mejor sitio de Nueva York, ¿no te parece?

—Visto así... —Guardé silencio un instante—. ¿Central Park es tu sitio favorito?

—Sí. Me encanta pasear por allí. Es como un oasis dentro de la ciudad, que consigue que te olvides de todo.

—Solía ir bastante de pequeño con mi padre. Nos llevábamos el velero teledirigido y nos tirábamos horas y horas haciéndolo navegar por el estanque. —Sonreí con nostalgia al rememorarlo—. Me lo pasaba genial.

No tengo ni puta idea de por qué le conté eso. Hacía siglos que no compartía un recuerdo tan personal con nadie.

Hannah me devolvió la sonrisa enternecida.

—Alguna vez he visto a la gente con los barquitos allí —me dijo.

En ese instante, sonó el temporizador que indicaba que la cocción de la pasta había terminado. Apagué el fuego y colé los espaguetis. Después, saqué la fuente humeante del horno y serví el pollo con la pasta en un par de platos. Hannah hizo amago de fregar la fuente, pero la detuve sujetándola por la muñeca.

—Si te pones con eso ahora, se enfriará la comida.

—Pero... —empezó a protestar.

—Pero nada. —Coloqué la mano en su espalda baja y le di un empujón suave—. Vamos. En cuanto terminemos de cenar lo lavamos todo —prometí para que se quedase tranquila.

En el poco tiempo que llevaba en su casa ya había entendido por qué todo estaba impoluto. Hannah parecía incapaz de dejar las cosas sucias o sin recoger.

Nos sentamos el uno frente al otro en la mesa del salón. Apoyé los codos en la madera y esperé mientras ella cortaba un trozo de pollo y se lo metía en la boca.

—¿Te gusta? —le pregunté.

Mientras masticaba hizo un ruidito afirmativo que parecía indicar que sí.

—Está buenísimo —me felicitó con una sonrisa—. ¿Dónde has aprendido a cocinar tan bien?

—Me enseñó mi abuela Marjorie. Trabajaba en un restaurante italiano.

—Dime en cuál. Pienso ir todos los fines de semana.

—Se llamaba Di Angelos. Cerró hace unos años.

Hannah hizo un mohín y se llevó otro trozo de pollo a la boca. Agarré los cubiertos y procedí a imitarla.

—¿De qué parte de Massachusetts eres? —le pregunté antes de probar el plato.

—De Provincetown. Es uno de los pueblecitos del cabo Cod. ¿Lo conoces?

Negué con la cabeza.

—Nunca he estado.

—Si te gusta la naturaleza, te lo recomiendo muchísimo. Las playas son preciosas. Puedes coger un barco y ver ballenas, o hacer surf. —No me pasó desapercibido el matiz de orgullo que había en su voz—. Mayo es la mejor época para ir porque todavía no está lleno de turistas y ya hace buen tiempo.

—Me lo apunto.

Ella me dedicó una sonrisa y enroscó un puñado de espaguetis en el tenedor.

—¿Cuánto tiempo llevas viviendo aquí? —le pregunté.

—Seis años —dijo entre bocados—. Vine para ir a la universidad y me quedé.

—¿Tienes veinticuatro años?

—Veintiocho —me corrigió—. Me mudé aquí con veintidós. ¿Tú cuántos años tienes?

—Treinta.

—¿Y siempre has vivido aquí?

—Sí. Nacido y criado en Nueva York.

Quería saber más de ella.

—¿Qué es lo que más te gusta de Nueva York? —le pregunté con curiosidad.

—Que todo es posible —respondió sin pestañear—. Siempre he tenido la ciudad idealizada por las películas y, aunque hay ciertas cosas de las que nadie te avisa, como las cucarachas, aquí he visto cosas increíbles que no he visto en ningún otro sitio. ¡Una vez iba andando por la calle y me crucé con Jude Law! —exclamó emocionada—. ¡Y bueno, otra entré al metro y estaban Jimmy Fallon y Ed Sheeran cantando! ¡Otra me topé con la cabalgata de perros disfrazados de Halloween! Por no mencionar los pintalabios gigantes de Valentino que pusieron enfrente del Flatiron el año pasado. ¿Los viste?

Sonreí, pagado de satisfacción.

—Esa campaña de publicidad fue idea mía —le conté.

—¿En serio? —Hannah dejó el tenedor y abrió la boca atónita.

—Sí. La desarrollé en la agencia para la que trabajaba antes. Queríamos que el lanzamiento de la nueva línea fuese un bombazo.

—El evento fue una pasada. Estuvo genial el recorrido por el fotomatón, el *stand* de los dónuts de colores y el de las muestras gratuitas. La gente no hablaba de otra cosa. El día que salió el pintalabios tuve que recorrer varias tiendas porque estaba agotado.

—¿Llegaste a conseguirlo?

—Sí. Mi amiga Nikki se trajo dos del trabajo.

—¿Tu amiga trabaja en Valentino?

—No. Trabaja para una multinacional de marcas de lujo. De vez en cuando le regalan cosas y a mí me cae algo, como el vestido que me puse para la boda.

—Bendita sea Nikki. Le voy a poner un altar solo por darte ese vestido.

Las mejillas de Hannah adquirieron un bonito rubor.

—Gracias —dijo sacando pecho—. Tú también estabas guapo en la boda.

Bajé la vista a sus tetas un segundo, sin querer.

—Por cierto, ¿cuál es tu moto?

—Es una Triumph Boneville del 2003, de 790 centímetros cúbicos.

—No serás de esos que quieren más a la moto que a sus amigos, ¿verdad?

—No, pero ni de coña se la dejaría a mis amigos.

Cuando terminamos recogimos la mesa y nos trasladamos a la cocina.

—Gracias por preparar la cena —me dijo cuando cerró la puerta del lavaplatos.

—A ti por invitarme.

Se hizo el silencio entre nosotros unos segundos.

—¿Quieres algo de postre? —me ofreció Hannah—. Tengo yogures, chocolate y fruta.

Me mordí la lengua para no decirle que ella podría ser mi postre.

—¿Qué vas a comer tú?

—Chocolate. —Se dio la vuelta y sacó una tableta de la nevera.

—Lo mismo para mí.

Partió una onza y me entregó la tableta.

—El chocolate negro es una de mis cosas favoritas del mundo —me informó.

La onza se rompió bajo sus dientes con un crujido seco. Sin querer, mis ojos fueron a parar a su boca.

«Joder. Me apetece besarla. Mucho».

Hannah se relamió los labios y después se chupó los restos de chocolate derretido de los dedos índice y pulgar. Mi polla volvió a dar señales de vida. Me comí una onza y le devolví la tableta. En esa ocasión fue ella la que me miró la boca.

Me acerqué un paso a ella y Hannah dio otro en mi dirección. La tenía al alcance de la mano.

—Anoche lo pasé muy bien contigo —le dije, dejándome llevar.

Hannah debió de entender por dónde iba, porque contestó:

—Yo también, pero eso no significa que quiera repetir.

Sus ojos la traicionaron y volvieron a bajar hasta mis labios.

—Si no quieres repetir ¿por qué no paras de mirarme la boca?

Ella tragó saliva y subió la vista a mis ojos.

—No me hagas esto... —me pidió.

—¿El qué? —pregunté confundido.

—Cocinar bien, ser majo, coquetear todo el rato... Las cosas son más fáciles cuando eres un gilipollas.

—Oye, oye, oye, sin faltar. Además, tú también estás coqueteando.

—No es verdad.

—Claro que sí. Llevas toda la cena haciéndome ojitos y sacando tetas.

Hannah se mordió el labio, conteniendo la sonrisa.

—¿En qué estás pensando? —quise saber.

—En que no sé si esto es buena idea —comentó señalándonos a ambos.

—Ya conoces el dicho: «Las mejores historias salen de las peores decisiones».

—¿Acabas de inventártelo para llevarme a la cama?

—Qué va. Lo leí en el neón de una discoteca.

Sin darnos cuenta, nos habíamos ido acercando el uno al otro.

—¿Alguna vez te han dicho que eres un sinvergüenza? —me preguntó con la sonrisilla todavía en la cara.

—Sí. Tú. Varias veces. Has dicho también que te parezco gracioso, que cocino bien y que follar conmigo ha sido una experiencia increíble que no olvidarás jamás.

Hannah se echó a reír y negó con la cabeza.

—Yo no he dicho eso último. —Se acercó un poco más a mí.

—Cierto. Tus palabras exactas fueron: «Dios. Sí. Me encanta. No pares».

—Creo que eso lo decías tú —contestó con una sonrisa insolente.

Hannah se aventuró a plantar una mano en mi pecho. La electricidad volvía a cargar el ambiente. Estaba seguro de que notaría los latidos de mi corazón contra su palma. Incliné la cabeza y nuestros alientos se mezclaron. Quería recortar cada centímetro de espacio que había entre nosotros. Sus labios entreabiertos eran la mayor tentación del mundo.

—Logan... —Su susurro hizo que mi erección comenzase a despertarse—. ¿Quieres ver mi habitación?

—La sutileza no es lo tuyo, ¿eh?

—¿Quieres o no?

Por poco se me escapó una carcajada con su tono demandante.

—Sí. Me apetece muchísimo ver tu habitación.

Se puso de puntillas para besarme y yo la detuve parándola por los hombros.

—No tan deprisa… —empecé con aire burlón. Hannah me miró confusa—. Acabas de llamarme gilipollas. ¿De verdad crees que voy a follar contigo sin que te disculpes?

30

Logan

—Sí. —Hannah asintió con una sonrisilla en la cara.

Reprimí las ganas de besarla.

—Las cosas no funcionan así. —Coloqué una mano en su cuello, le acaricié la garganta con el pulgar y se estremeció—. Vas a disculparte porque tienes tantas ganas como yo de que esto pase.

Hannah negó con la cabeza.

—¿Sabes dónde estaríamos más cómodos? —Subió una mano hasta mi nuca, ignorando mis palabras—. En mi cama.

La idea de volver a verla desnuda me excitaba mucho. Enterré los dedos en su melena y apoyé la frente sobre la suya:

—Sé lo que intentas y no va a funcionar.

Su palma resbaló por mi pecho y me tensé.

—¿Estás seguro?

Quería contestarle que sí, pero su mano bajó por mi abdomen y perdí la línea de pensamiento. Sus labios rozaron los míos en una caricia tentadora y el mundo pasó a un segundo plano. El pulso se me desbocó. Hannah me la acarició por encima de los pantalones y mandé mis propósitos a tomar por el culo. Cerré la distancia que nos separaba y la besé. Tan pronto como apreté los labios contra los suyos, el hambre voraz que tenía de ella se propagó en todas las direcciones. Separó los labios y nuestras lenguas se encontraron en un beso obsceno y caliente. Su boca golosa sabía a chocolate, lo que hacía que fuese imposible dejar de besarla.

Le rodeé la cintura con los brazos y la atraje contra mi cuerpo. Al notarme empalmado, Hannah dejó escapar un suspiro de placer que me provocó otra sacudida en la polla. La cogí del culo y la senté en la encimera. Le aparté la melena del cuello y dejé un reguero de besos húmedos desde su clavícula hasta su oreja.

—Has estado pensando en esto desde que me has invitado a venir, ¿a que sí? —le dije en el oído.

—No... —Se le escapó un jadeo cuando le besé el pulso.

—Anda, no seas mentirosa. —Pasé la mano por su muslo—. Se te nota un montón.

Hannah giró el rostro en mi dirección para besarme. Me lamió los labios con codicia y yo empujé las caderas contra las suyas. La temperatura subía por momentos. Apenas me había tocado y ya la tenía durísima.

—Vamos a mi habitación —me apremió.

Me aparté y ella se bajó de la encimera.

Atravesamos el pasillo a tientas, besándonos con vehemencia. Hannah guio mis pasos hasta el salón.

—La habitación está lejísimos —le comenté entre besos.

Aterrizamos en el sofá con ella sentada encima de mí. Hannah agarró el dobladillo de mi camiseta y se apresuró a sacármela por la cabeza.

—Qué impaciente. —Sonreí burlón.

Levantó los brazos para que pudiera quitarle la camiseta. Arrojé la prenda al suelo. Llevaba un sujetador negro con el que sus tetas estaban increíbles. Planté la mano en su nuca para acercarla a mí y volver a besarla. Nuestras lenguas se enredaron con pasión. Su olor dulce me envolvió. Mis manos impacientes recorrieron su cintura, y las suyas mis hombros y mis brazos.

Hannah me mordió el labio, el cuello y el hombro, provocándome descargas eléctricas.

Le acaricié los muslos de arriba abajo un par de veces. Quería tocar cada centímetro de su piel suave. Ella bajó la palma por mi bíceps y luego por el antebrazo. Me cogió la mano del muslo y se la llevó al pecho. Se lo apreté por encima del sujetador y ella se frotó contra mi entrepierna con descaro. Llevé la otra mano a su espalda en busca del cierre del sujetador.

—Está delante —susurró contra mis labios.

286

Hannah se echó hacia atrás y se soltó el cierre delantero del sujetador. Sus tetas saltaron libres frente a mi cara. Mi polla estaba deseando salir y hacerles una reverencia. Cuando creía que Hannah no podía parecerme más sexy me demostraba que sí.

—Madre mía... —resoplé mientras ella se quitaba el sujetador.

Esa imagen iba a protagonizar mis fantasías durante mucho tiempo.

De pronto, estaba cachondísimo. Le pasé las manos de manera posesiva por los costados y las cerré alrededor de sus pechos. Ella me echó los brazos al cuello y me besó. La erección me apretaba contra la cremallera del pantalón de manera dolorosa. El deseo que sentía por ella me quemaba las venas.

Me metí uno de sus pezones duros en la boca y ella inspiró con fuerza. Le acaricié el otro con el pulgar y la inspiración se convirtió en jadeo. Había descubierto que le encantaba que le hiciera eso.

—Los ruiditos que haces... —subí a su boca para besarla— me vuelven loco.

Hannah bajó las manos por mi torso y yo tuve claro que estallaría en cuanto me la tocase. En un último resquicio de lucidez, me aparté y le pregunté:

—¿Y tu compañera de piso?

—Londres —fue todo lo que respondió antes de volver a besarme con ansias.

De un movimiento brusco la giré hasta que su espalda se encontró con el sofá. Le besé la cara, el cuello, el pecho y el estómago.

Moví la mesita de café para hacer espacio y me arrodillé en el suelo delante de ella. Le desabroché los pantalones y ella despegó el culo del sofá para que pudiera bajárselos junto a las bragas.

Estaba ansioso por seguir descubriendo las cosas que la enloquecían en la cama.

—Última oportunidad —comencé con la respiración entrecortada—. ¿Te disculpas o no?

Negó con la cabeza.

«Qué cabezota es y cómo me pone, joder».

—Luego no lloriquees cuando te haga suplicar… —le advertí.

—Me parece que el que va a suplicar eres tú.

—Ya veremos.

Repartí un montón de besos por sus muslos. Estaba deseando hundir la cara entre sus piernas y descubrir a qué sabía, pero provocarla era parte de la diversión. Quería que se desesperase hasta que lo único que le importase fuese follar conmigo. Me pasé un buen rato atormentándola. Me excitaba verla retorcerse en busca de mis atenciones.

—Logan —jadeó en un resuello cuando le mordí la cara interna del muslo.

Alcé la cabeza para mirarla.

Hannah estaba recostada sobre el sofá con el pelo revuelto, las mejillas sonrosadas, las tetas al aire y abierta de piernas para mí. Sus ojos marrones brillaban de excitación.

—¿Qué? —le pregunté cuando recuperé el habla.

—Por favor —susurró con la voz ahogada.

—¿Por favor qué? —Sonreí como un capullo.

—No me provoques más.

—Te lo he avisado y no has querido disculparte.

—Te odio.

—Nah. —Le lamí la ingle y ella resopló—. No me odias.

—Si sigues jugando conmigo sí lo haré.

Esbocé una sonrisa indecente.

—¿Quieres que te bese aquí? —Le rocé el clítoris con el pulgar.

Hannah empujó las caderas en mi dirección, como si el sofá le hubiese dado una descarga.

—Sí. —Se le escapó otro jadeo.

Estaba empapada y desesperada por sentir mi lengua. Una mezcla de placer y orgullo me invadió al saber que estaba así de cachonda por mí. Volví a acariciarla con el dedo.

—Logan. —Soltó un jadeo ahogado—. Ya. Por favor.

Su voz sonaba apremiante.

Tres palabras y me rendí. Quería volver a ver la sonrisilla de satisfacción que ponía al correrse.

—Te perdono —aseguré—. Solo porque has suplicado y no quiero hacerte sufrir más.

Sin más dilación, le pasé la lengua despacio entre los pliegues. Ella arqueó la espalda y soltó un grito.

«Vale, vamos bien».

Sin dejar de lamerla, subí las manos hasta sus pechos y le acaricié los pezones.

Su respiración se convirtió en un sofoco. Tracé círculos con la lengua y la lamí entera, animado por sus gemidos. Hannah empezó a mover las caderas en busca de más placer. Protestó cuando bajé las manos por su cuerpo. Las quejas se acabaron cuando introduje un dedo en su interior.

Le succioné el clítoris mientras movía la mano.

—No... No pares. Estoy muy cerca.

Cerró los dedos alrededor de mi pelo, como si quisiera asegurarse de que no dejaría de devorarla. Como si tuviese intención de hacerlo. Podría quedarme ahí, de rodillas, dándole placer toda la noche.

Hannah no tardó en contraer las paredes a mi alrededor. Se derritió entre gemidos e incoherencias que no llegué a entender. Al separar la cara de su cuerpo me encontré con expresión de satisfacción. Se incorporó hasta sentarse, me sujetó la cara con las manos y me dio un morreo pasional.

—Eres un capullo —me dijo

—De nada por el orgasmo, supongo.

Me instó a intercambiar posiciones. Acabé sentado en el sofá y ella en el suelo, arrodillada entre mis piernas. En cuestión de segundos, me bajó los pantalones y el bóxer lo justo para sacármela.

«En cuanto me toque voy a palmar en su sofá».

Mis pensamientos se cortaron de raíz cuando Hannah me la rodeó con los dedos. Movió la muñeca de arriba abajo y la velocidad de mis latidos se disparó como un cohete. Gemí su nombre y ella aumentó la energía con la que me tocaba. Se inclinó en mi dirección. El estómago me dio un salto descomunal cuando entendí lo que iba a hacer.

—¿Quieres...? —empezó.

—Sí, sí, sí.

Me besó la punta y yo cerré los puños. En mi vida la había tenido tan dura como en ese momento. Se apartó y me miró con una sonrisa diabólica.

—No te oigo suplicar —me dijo devolviéndomela y sin dejar de mover la mano.

Arqueé una ceja.

—Ni de coña voy a suplicar para que me la chupes.

Ella se encogió de hombros como diciendo «tú mismo», y movió la mano más despacio. Entonces tuve una epifanía. Por muy orgulloso que seas, cuando una mujer tiene tu polla en la mano, tú te comes tus palabras como un campeón.

—Por favor, Hannah —gemí—. Joder.

Ella me sonrió con suficiencia. Después se inclinó y recorrió mi erección con la lengua despacio, desde la base hasta la punta. Cualquier pensamiento coherente que hubiese podido tener a esas alturas desapareció. Parpadeé un par de veces para asegurarme de que aquella imagen sensual no era un espejismo. Cuando se la metió en la boca apreté la mandíbula y se me escapó un resoplido. Ella se concentró en darme placer con la lengua y yo en intentar no morirme.

«Es una buena manera de irme de este mundo».

—¿Qué tal esto? —me preguntó al cabo de un instante—. ¿Te gusta así?

—Sí... Me gusta todo lo que me haces.

Volvió a bajar la cabeza y yo resistí el impulso de echar la mía hacia atrás. No quería perderme ni un segundo. Apreté los dientes con fuerza cuando empezó a mover la mano y la cabeza con entusiasmo. El calor húmedo de su boca me provocaba oleadas de placer. Hice un esfuerzo titánico por no correrme. Uf. Si seguía así no iba a durar nada. Al cabo de un instante, le agarré la muñeca para detenerla. No quería terminar de esa forma. Ahora el que estaba desesperado era yo. Necesitaba perderme en su interior y sentir su calor en todas partes.

—Mejor vamos a follar ya —le propuse.

Hannah se incorporó y tiró de mi mano para que me levantase. Me subí los pantalones y los calzoncillos, y me dejé arrastrar hasta su habitación.

Sobre la cama nos convertimos en un lío de caricias ardientes y besos apasionados. Me tumbé encima de ella, con cuidado de no aplastarla, y restregué mi pelvis contra la suya.

—Los condones —dije mientras le besaba el cuello—. ¿Dónde están?

—En la mesilla. Espera… —Me dio un golpecito en el brazo para que me quitase de encima.

Hannah abrió el cajón de la mesilla de noche, donde tenía una caja de preservativos y unos cuantos juguetes sexuales.

—¿No tendrás unas esposas? —bromeé mientras me quitaba los pantalones y la ropa interior.

—No —soltó una risita.

—Da igual. Con todo eso que tienes ahí podemos pasar un buen rato. —Sonreí de medio lado.

—Podría ser.

Ella tendió un preservativo en mi dirección. Me arrodillé en el colchón para ponérmelo. Hannah me observaba con los labios entreabiertos. El deseo de su mirada me quemaba la piel.

—No me mires así, anda —le pedí mientras lo desenrollaba hasta la base.

—¿Así cómo?

—Como si te estuvieses muriendo por que te folle.

Hannah juntó las piernas con deseo.

—Eso es justo lo que quiero —confesó.

Me tumbé sobre ella y le separé las piernas con la rodilla. Llevé la polla hasta su entrada y empujé sobre su cuerpo. Un jadeo se escapó de entre sus labios cuando me deslicé en su interior. El placer me recorrió el cuerpo al sentir cómo se abría para mí.

Me retiré un par de centímetros y volví a penetrarla. Una vez y después otra. Ella enroscó las piernas alrededor de mi cintura. Ambos gemimos altísimo cuando llegué al fondo, y todo se descontroló. Empecé a moverme más rápido. De pronto, estábamos follando como si llevásemos meses sin hacerlo en lugar de horas.

Una gota de sudor me resbaló por la nuca. El calor del verano era excesivo, enseguida empezamos a sudar. Su cuerpo resbalaba contra el mío, como si nos estuviésemos fundiendo el uno con el otro.

—Vamos a hacer como anoche —me dijo.

—¿Follar hasta que... no podamos más?

—Sí...

El sonido de nuestras respiraciones agitadas envolvía su habitación. Hannah soltó un gemido desesperado con el que me vibró el cuerpo entero. Tenía la piel enrojecida por culpa de mi barba incipiente. Su respiración se aceleró y me clavó los dedos en la espalda. Se ciñó a mi alrededor y el sexo se volvió frenético.

—Logan... —Me lamió la boca—. Estoy a punto.

—Lo sé. —Me encantaba que siempre me avisase.

Aumenté la intensidad de mis embestidas. Su cuerpo imploraba una liberación que estaba deseando darle. Hannah alcanzó el clímax con un grito. Yo enterré la cara en su cuello y me corrí, sintiendo cómo el placer estallaba en todas direcciones.

Reduje la velocidad de manera paulatina hasta detenerme. Me desplomé a su lado, exhausto. Ella se acurrucó junto a mí. No dejamos de besarnos y acariciarnos mientras recuperábamos el aliento.

Volví al mundo real poco después, cuando ella se levantó para ir al baño. Al quedarme solo, me levanté y eché un vistazo alrededor.

Su habitación era una explosión de color. Lo más llamativo era el póster gigante en el que aparecía una puerta azul ovalada que asomaba al mar, rodeada de flores rosas. Ahora sabía que era por *Mamma Mia*. Debajo había un escritorio de color blanco sobre el que descansaban un montoncito de revistas nupciales, un calendario, un portátil y varios botes repletos de rotuladores y bolígrafos.

Al lado del escritorio había una estantería en la que los libros y los álbumes de recortes estaban ordenados por colores. Sobre la repisa de la ventana, que daba a una escalera de incendios, estaba el jarrón transparente con los corchos.

A excepción de la colcha azul clara de la cama y de los cojines blancos y amarillos que estaban desperdigados por el suelo, todo estaba muy organizado.

Me volví hacia la puerta cuando oí sus pasos.

Hannah se acercó a mí se puso de puntillas y me dio un beso apasionado.

—Me toca —dijo, empujándome sobre la cama.

—Sí, señora. —Sonreí contra sus labios cuando se sentó a horcajadas sobre mí.

El tiempo se me pasó tan rápido que cuando quise darme cuenta eran las dos de la madrugada. Me levanté y empecé a vestirme. La idea de salir por la puerta y no volver a ver a Hannah no me entusiasmaba.

—¿Qué haces el próximo sábado? —le pregunté mientras me ponía los pantalones.

—Trabajo —contestó deprisa.

Fruncí el ceño.

—Es mentira. —Me abroché el botón—. No tienes nada que hacer el sábado. Lo he visto en tu agenda.

—¿Has cotilleado mi agenda? —Se incorporó hasta sentarse en el colchón.

La melena le cubrió las tetas preciosas.

—¿Por quién me tomas? —Me llevé una mano al pecho y la miré ofendido—. Por supuesto que sí.

—¿No te da vergüenza? —Saltó de la cama.

—En absoluto.

Hannah abrió la puerta del armario y me ignoró.

Yo me tomé la libertad de abrir su agenda. Busqué la página del siguiente fin de semana y cogí un bolígrafo del bote.

—Cena con Logan el sábado doce de julio —dije en voz alta mientras garabateaba en la hoja—. ¿A qué hora quieres quedar? ¿A las siete o a las ocho?

Al ver que no contestaba me di la vuelta. Hannah estaba anudándose el cinturón de una bata negra de satén. Estaba buenísima con ella puesta y mis neuronas cortocircuitaron.

«¿Alguna vez voy a dejar de mirarla como un idiota?».

—¿Por qué quieres cenar conmigo? —me preguntó con recelo.

—Porque me lo paso bien contigo. Eres divertida y me pones cachondo —solté sin pensar.

Hannah se quedó perpleja.

—¿Por qué me miras así? —le pregunté extrañado—. Te he pedido una cita, no matrimonio.

En lugar de contestar, avanzó en mi dirección.

—¿De verdad has escrito en mi agenda? —me preguntó sin poder creérselo.

—Sí.

Ella cerró la agenda y se la apretó contra el pecho.

—Esto no puede volver a suceder. —Nos señaló a ambos con la mano—. Ha sido cosa de… dos veces.

—Pues hagamos que sean tres —sentencié antes de atraerla en mi dirección y besarla otra vez.

31

Hannah

Volver a quedar con Logan era una mala idea. El problema era que, besándolo, se me olvidaba.

Logan deslizó la lengua dentro de mi boca con suavidad. Sin despegarme de sus labios, solté la agenda en la mesa para echarle los brazos al cuello. Apretó los dedos alrededor de mis caderas y me pegó a su cuerpo. El calor de sus palmas traspasaba el satén y me hacía cosquillas en la piel.

Cuando Logan se apartó, me observó expectante.

Entre nosotros había una especie de chispa intensa y mucha atracción física. Juntos éramos como una bomba a punto de explotar. Ni siquiera recordaba la última vez que un hombre me había hecho sentir tan deseada y cómoda en la cama.

Una parte de mí sentía que me estaba metiendo en la boca del lobo. La otra quería dejarse llevar y aceptar la cita. Cenando, la conversación había fluido con naturalidad, sin silencios incómodos. Me había sorprendido gratamente que tuviese buena mano en la cocina y que hubiese sido el responsable de campañas publicitarias tan originales. Quizá estuviese dándole demasiadas vueltas al asunto. A fin de cuentas, solo era una cena.

Logan me acarició el brazo despacio, de arriba abajo. Me mordí el labio y su sonrisa se ensanchó aún más. Algo en su mirada indicaba que ya sabía que aceptaría la cita.

Respiré hondo y claudiqué al preguntar:

—¿Dónde iríamos a cenar?

—No lo sé todavía.

—¿Cómo que no...?

—Shhh. —Me silenció con un beso—. Tú dime a qué hora quieres quedar y de lo demás me encargo yo.

—A las siete me va bien.

Esbozó una sonrisa triunfal que hizo que mi estómago diese un saltito.

—Oído. —Logan cogió el bolígrafo de la mesa y me lo entregó—. Apunta la hora en la agenda, así te quedas tranquila.

Una sonrisa involuntaria se adueñó de mi cara al coger el bolígrafo. Ese hombre sabía lo que me gustaba.

Cuando terminó de vestirse, lo acompañé hasta la puerta. Antes de salir, me sujetó la barbilla y me dio un beso. Luego, se marchó dejándome con el corazón acelerado.

La tarde siguiente estaba en el supermercado cuando recibí un mensaje de Melanie Stevens que rezaba:

> Buenas tardes, Hannah. Te escribo para felicitarte por la boda del castillo Oheka. Acabo de tomar un café con Henry King y me ha contado que fue un enlace excepcional. Sigue así, tienes un futuro prometedor por delante. Estoy deseando leer el artículo.

Melanie Stevens no era una mujer que regalase los oídos con facilidad. Sus palabras me hicieron sentir halagada y orgullosa de mi trabajo. Me tomé el mensaje como una pequeña victoria en la carrera por la agenda. Con el subidón del momento le respondí un:

> Muchas gracias. Yo también estoy deseando leerlo

Había trabajado duro para sacar esa boda adelante. Me gustaría agradecerle a Logan que me hubiese ayudado. Quizá podría invitarle a la cena del sábado. O igual podría comprarle un detallito, aunque no tenía ni idea de qué.

Unos minutos más tarde, parada frente a la sección de quesos del supermercado, Logan regresó a mi mente. «En la trampa de queso caigo seguro», me había dicho por mensaje la semana anterior. Se me ocurrió que podría comprarle una cuña de algún queso que le gustase y una botella de vino para agradecerle la ayuda en la boda. Inspeccioné la sección. Juraría que me había dicho que el gouda era su favorito. Dejándome llevar, le hice una foto a un trozo y se la envié.

> Con este queso caerías en la trampa?

Su respuesta no se hizo esperar:

> Con ese caigo fijo

> Pero si de verdad quieres que caiga en la trampa pon mejor un trozo de tarta de chocolate 😊

Me reí al leer su mensaje.

> La próxima vez que nos veamos podríamos hacer una competición de tartazos

> No eras tú quién decía que con la comida no se juega?

> Nunca es tarde para cambiar de opinión

> Yo anoche jugué un rato con mi comida en tu sofá y me gustó mucho

297

Los colores me subieron a las mejillas y una sonrisa tonta asomó a mis labios. En ningún momento imaginé que hacer la compra acabaría convirtiéndose en *sexting*, pero no tenía ninguna queja.

> Pregunta: cómo se gana la competición de tartazos?

> Fácil. Para ganar tienes que conseguir que tu oponente acabe con la boca más manchada de tarta que tú

> Cuál es el premio para el ganador?

> El ganador puede chupar la tarta de la boca del perdedor

> Eso no debería hacerlo el perdedor?

> El perdedor puede lamer otra cosa 😉

Sentí una punzada de deseo entre las piernas al recordar el placer que me había hecho sentir con la lengua. Estaba sopesando que contestarle cuando una voz femenina me sacó de mis pensamientos:

—Disculpa, bonita, ¿me permites un momento?

Al darme la vuelta me encontré con la reponedora del supermercado mirándome.

—Sí, claro. Perdón. —Guardé el móvil en el bolso y me aparté.

El martes fue Logan quien me escribió. Su mensaje me llegó mientras estaba en mi habitación, buceando en Pinterest en busca de inspiración para una boda.

Acabo de buscar tu pueblo en Google.
Parece un sitio curioso...

Es precioso 🐡

Si alguna vez te animas a ir puedo
recomendarte sitios

Me parece bien

A qué restaurante me llevarías
a cenar?

A Lobster Pot

Es mi favorito

Los raviolis de langosta están increíbles
y los dueños son amigos de mis padres
de toda la vida

Así que tendríamos enchufe para
conseguir mesa?

Claro

Más que nada porque mi padre es
quien les abastece el pescado

Tu padre es pescador?

Sí. Y mi madre es administrativa

A qué se dedican tus padres?

Logan dejó de estar en línea. Su respuesta no me llegó hasta por la tarde.

> Perdona que no haya contestado antes. Justo entré en una reunión y se me fue la cabeza

> Qué tal tu día? Qué haces?

No te preocupes

Estoy preparando una propuesta para unos novios que quieren una boda con temática medieval

Y tú?

> Darle vueltas al texto de un anuncio de relojes...

> El cliente quiere un enfoque aburrido y predecible

> En lugar de innovar para intentar captar a un público más joven...

> Nada de lo que le propongo le gusta. Es desesperante, la verdad...

A qué te refieres con enfoque predecible?

> Quiere la típica imagen del reloj sobre un fondo negro y que aparezca el eslogan: "Elegancia clásica"

> Sí que suena aburrido, sí

Eso parecía menos entretenido que los pintalabios gigantes de Valentino.

> Por qué dejaste tu trabajo anterior?
> Parece que te motivaba más

Su contestación se hizo de rogar unos minutos.

> Me despidieron

> Necesitaban hacer recortes y mi sueldo de
> director era muy alto

«¡¡Guau!! ¿Era director con treinta años?».

No tenía ni idea del mundo del marketing y la publicidad, pero imaginé que tener ese cargo a esa edad significaba que Logan Stone era experto en lo suyo.

> Siento lo del despido

> Está todo bien. Es agua pasada

Esa conversación me hizo darme cuenta de que Logan era un misterio para mí. Había cosas de su vida que jamás habría imaginado, como que le habían despedido o que había estado a punto de casarse. No estaba segura de que la atracción que sentía fuese solo por su aspecto y lo que me hacía sentir en la cama. Había un interés real creciendo en mi interior. Quería juntar todas las piezas del rompecabezas que era Logan y darle forma.

El miércoles a última hora de la tarde estaba terminando de decorar la mesa del salón cuando Nicole entró en casa diciendo:

—¡Cosa guapa, ya estoy en casa! ¿Me has echado de menos?

—Claro que sí, tonta. —Salí a su encuentro.

Nicole soltó la maleta y nos fundimos en un abrazo en la cocina.

—¿Qué haces aquí tan temprano? Pensaba que llegarías dentro de una hora.

—Esta vez he cogido un taxi. —Me frotó la espalda con cariño—. Pagaba la empresa.

—¿Cómo no me has avisado? —le pregunté al apartarme—. Habría bajado a ayudarte con el equipaje.

Le restó importancia con un gesto.

—Eh…, esta vez me las he apañado sola.

—Ven. —Atrapé su mano y tiré de ella hasta el salón.

Se quedó atónita al ver la estancia decorada para una fiesta del Cuatro de Julio. Una guirnalda con banderas pequeñas de Estados Unidos adornaba la pared. Había cubierto la mesa con un mantel rojo. Sobre ella había una caja abierta de *cronuts* de Dominique Ansel decorados con banderillas rojas y azules, y varios boles de patatas fritas y golosinas.

—¿Y esto? —preguntó sonriendo.

—Como te perdiste el Cuatro de Julio por culpa de tu jefe, he pensado que podríamos celebrarlo hoy. He comprado salchichas para hacer perritos calientes y malvaviscos. Podemos quemarlos encima de una vela.

—¡Muchas gracias! —Nicole volvió a abrazarme ilusionada—. Eres la mejor.

Sonreí al despegarme de ella.

—¿Un *cronut*? —le ofrecí la caja abierta—. Hoy son de frambuesa y pistacho.

—Te lo agradezco, pero ahora mismo no me entran. Estoy llenísima. En un ratito me como uno.

Con un suspiro, se desplomó en el sofá.

—¿Y eso? —pregunté con las cejas arrugadas al sentarme a su lado.

Nicole odiaba la comida que servían en el avión y nunca la tocaba.

302

—¡Ah, que no te lo he contado! ¡He volado en primera clase y me he puesto morada comiendo! Como me avisaron del viaje a Londres en el último segundo, me han cambiado esta mañana la vuelta a primera por las molestias.

—Sí que se ha estirado el cabronazo de tu jefe esta vez.

Ella asintió en silencio.

—¿Cómo es volar en primera? —le pregunté con curiosidad.

—Increíble —contestó emocionada—. Es como en las películas, Han. Me han servido una copa de champán según me he sentado, las azafatas me han llamado por mi nombre y me han dado unos cascos buenísimos con cancelación de ruido. Te juro que no podía dejar de comer, sentía que debía aprovechar la experiencia. No quiero volar en turista nunca más.

Se me escapó la risa.

—Me lo puedo imaginar. ¿Y qué tal en Londres?

—Bien, como siempre. Lo que me recuerda... —Se levantó y caminó a por su maleta olvidada en la entrada—. Voy a darte tu regalito.

Mi amiga arrastró la maleta hasta el salón. La abrió y extrajo una prenda de satén blanco.

—Te he traído un top de Dior... —Abrió el neceser y rebuscó en el interior—. Y para mí he cogido un bote nuevo de Miss Dior y un pintalabios de la edición limitada. Los dejaré en el baño, puedes usarlos cuando quieras.

—Gracias. —Sonreí.

—¡Venga, pruébate el top!

Pasé a mi cuarto para cambiarme.

Observé mi reflejo en el espejo. La prenda era ajustada, me llegaba por encima del ombligo y solo tenía un tirante. Quizá podría ponérmelo para la cita del sábado con Logan.

—¿Qué tal me lo ves? —le pregunté a Nicole desde el umbral.

—Estás monísima, como siempre.

—¿Crees que el top quedaría bien con los pantalones morados?

—¿Los cortos de Zara? —preguntó levantándose, y yo asentí—. Yo creo que sí. Vamos a ver.

Nicole se adentró en mi habitación. Abrí el armario para sacar los pantalones. Tenía la percha en la mano cuando mi amiga soltó extrañada:

—Cita con Logan… ¿Quién es Logan?

Al voltearme, vi que Nicole tenía los ojos clavados en mi agenda abierta sobre la mesa. La pregunta me pilló desprevenida. No sabía qué responderle.

—Por favor —empezó, sentándose en la cama—, solo dime que Logan no es otro contable rubio y estirado.

—No. —Me salió una risita nerviosa—. Es publicista.

—¿Publicista? ¿Por fin vas a salir de tu zona de confort? Muy bien, Hannah. —Le dio un golpecito al borde del colchón para que me sentase a su lado—. Cuéntamelo todo: edad, dónde trabaja, dónde vive, si está bueno…

Tomé asiento junto a ella.

—Tiene treinta años —empecé—. No sé en qué agencia trabaja ni dónde vive, y sí que está bueno.

—Enséñame su foto de Tinder.

—No sé si tiene…

—¿Cómo que no sabes si tiene Tinder? —Nicole parpadeó sorprendida y disparó todas sus preguntas juntas—: ¿Cómo le has conocido entonces? ¿Y dónde? Si lo único que… Espera, ¿le has conocido en la boda del *influencer*?

Tragué saliva y asentí.

De momento, prefería omitir el detalle de que Logan y el Rompebodas eran la misma persona. Sabía que Nicole no lo vería bien.

Decidí sincerarme en todo lo demás. Le conté la historia sin filtros; desde que entré en su habitación a dejar la cesta cuando él estaba en ropa interior hasta que nos habíamos acostado dos noches seguidas.

—¿De verdad te has ido a la cama con ese hombre antes de la tercera cita? —Nicole me dio una palmadita en la pierna—. Estoy gratamente sorprendida. —Hizo una pausa para sonreír—. Bueno, cuéntame, ¿cómo es?

—Mmm…, es gracioso, inteligente, ingenioso y… bastante sinvergüenza.

—¿Bastante sinvergüenza? —Nicole me regaló una sonrisa juguetona—. Ya me cae bien.

Forcé la sonrisa y no contesté.

Esa noche, cuando estaba a punto de acostarme, cogí el móvil para escribir a Logan. Sonreí al ver que tenía un mensaje suyo esperándome. Era la foto de un plato de pasta carbonara que había cocinado él.

> Tiene buena pinta 😌

> Yo he cenado un perrito caliente

Cocinado por ti?

Necesitas que llame a la ambulancia antes de que el veneno surta efecto?

> Ja, ja, qué gracioso

> Y sí, los he hecho yo

Cuál es tu comida favorita?

> Los ñoquis con cualquier salsa

> Y la tuya?

Soy neoyorquino…

> Estoy obligado por ley a decir que la pizza de un dólar

> En serio la de un dólar?

> Por supuesto

> Piénsalo: qué situación, por horrible que sea, no mejora con pizza de un dólar?

Se me escapó la risa.

> Curioso razonamiento

> Hablando de cenar... a dónde vamos el sábado?

> No te lo voy a decir

> Sé que te cuesta no tener todo planificado, pero déjate llevar, Donna

> No tienes ni idea de a dónde vamos a ir no?

> Quieres que te recomiende algún sitio?

> Qué va, ya está más que decidido

> Si no sé dónde vamos, cómo sabré que ropa ponerme?

> Estarás guapísima con cualquier cosa que te pongas

> Y ante la duda: ven desnuda

> Sí, claro

> Ven desnudo tú...

> No me tientes, guapa

La noche previa a la cita estaba en el sofá acompañada de Nicole cuando vibró mi móvil. Era un mensaje de Logan.

> Qué tal el día?

> Yo acabo de salir del gimnasio

> Ahora???

> Pero si son casi las once de la noche

> Me gusta ir a esta hora porque está vacío

> Además, descargar energía me ayuda a dormir

> Tú que haces?

> Estoy viendo Maxton Hall con Nikki

> En el sofá?

> Sí, por?

> Estos días he pensado muchas veces en todo lo que hicimos en tu sofá

El corazón me dio un vuelco.

> Yo también

> Te gustaría repetirlo?

> Sí. Pero sin la parte de las súplicas

> Poooor? ☹

> A mí me gustó verte desesperada por mí...

—¿Estás mensajeándote con el hombre de la boda otra vez? —me preguntó Nicole.

—¿Qué? —contesté distraída, mientras tecleaba con los pulgares una respuesta para Logan.

> El que estaba desesperado eras tú

—Te preguntaba si estás escribiéndote otra vez con el tío de la boda —repitió Nicole.

—Sí. —Sonreí, incorporándome en el asiento para mirarla.

—Estás como un tomate, ¿os estáis mandando mensajes guarros? —Mi amiga me observó maravillada.

—Puede ser. —Me encogí de hombros, con una sonrisita tonta en la cara.

> Una pregunta: cuántas veces has pervertido mi foto esta semana?

Solté una carcajada al leer el mensaje.

> Nunca lo sabrás 😊

—De todos los hombres con los que has salido, creo que este es el primero que te hace reír —dijo Nicole de pronto.

Dejé el móvil en la mesa y rumié sus palabras.

Aunque no me imaginaba formalizando la relación con alguien como él, no podía negar que la perspectiva de verlo al día siguiente me hacía cosquillas en el estómago. Por eso volví a escribirle:

> Mañana a las siete, no?

> Sí. Ansiosa por verme?

> Tampoco alucines...

> Anda, mentirosa...

> Te parece bien si te recojo en la moto?

> Sí. Claro. Por?

> Lo preguntaba por si te da miedo...

> No me da miedo

> Excepto si vas a esquivar los taxis con imprudencia, como el día que nos conocimos

> Jajajaja, vaya por Dios

> Sí que te causé una buena primera impresión...

No como la que me causaste tú a mí, tirando la moto y dándote a la fuga...

Esa noche hice algo que hacía siglos que no hacía: quedarme despierta hasta las tantas de la madrugada mandándome mensajes con un hombre antes de darle las buenas noches.

32

Hannah

Faltaban dos minutos para las siete cuando me atusé la melena ondulada frente al espejo de mi dormitorio y le eché un último vistazo a mi reflejo. Había conjuntado el top blanco de satén con los pantalones cortos morados y unas deportivas. Sin perder un segundo, me colgué el bolso del hombro y salí de casa.

Bajé las escaleras con un gusanillo de nervios y expectación agitándome la tripa.

Me topé con Logan nada más salir del portal. Me esperaba bajo la sombra de un árbol, cobijándose del calor bochornoso. Estaba al lado de su moto, con la vista clavada en el móvil. Llevaba una camisa de manga corta blanca de rayas marrones y unos vaqueros. Una barba incipiente ensombrecía su rostro y estaba despeinado. Cada vez que lo veía me parecía más guapo.

En cuanto cruzamos miradas, me dedicó una sonrisa radiante que me provocó un vuelco en el estómago. Sin poder evitarlo, le sonreí de vuelta.

Sus ojos bajaron por mi cuerpo, acariciándome la piel descubierta del abdomen y de las piernas. Estiró la comisura de la boca hacia la derecha y su sonrisilla ladeada salió a escena.

«¿Cómo se supone que tengo que saludarle? ¿Con un beso? ¿Con un abrazo?».

Respiré hondo y caminé con decisión hacia él.

—Hola. —Logan me saludó con un gesto de cabeza—. Estás guapí...

No pudo seguir hablando porque tiré de su camisa en mi dirección y estampé los labios contra los suyos. Logan reaccionó al instante; enterró una mano en mi nuca y llevó la otra hasta mi cadera. Con un empujón suave, me acercó a él. Le eché un brazo al cuello y lo obligué a agacharse un poco más para profundizar el beso. Nuestras lenguas se enredaron en un baile pasional, encantadas de reencontrarse.

—Oye —comenzó Logan entre besos—, si quieres pasar directamente al postre solo tienes que decirlo, ¿eh?

Me brotó una sonrisa al oír su tono desvergonzado.

Compartimos un beso más y me aparté.

—Yo diría que un pelín ansiosa por verme sí que estabas —comentó burlón.

Le di un manotazo cariñoso en el brazo.

—Tampoco te lo creas tanto.

Sin perder la sonrisa, Logan sacó un casco blanco del baúl de la moto y me lo tendió. Me lo puse y me ajusté las tiras, antes de abrocharlas. Mientras tanto, él cogió el suyo, que estaba encima de la moto, y se lo puso. Pasó una pierna por encima de la moto y tomó asiento.

—Vamos, sube. —Me hizo un gesto con la cabeza.

Apoyé las manos en sus hombros y me monté detrás de él.

—Lo más importante es que no te cortes si quieres meterme mano, ¿vale? —me dijo con el tono pícaro que tanto me gustaba—. Para ti es gratis.

Me reí.

—Lo tendré en cuenta. Muchas gracias.

Se bajó la visera del casco y yo le rodeé la cintura con los brazos.

La moto vibró debajo de nosotros cuando Logan arrancó. El motor rugió con un acelerón. Se me dispararon las pulsaciones mientras atravesábamos mi calle.

El tráfico se volvió caótico tan pronto como nos incorporamos a la Primera Avenida. Logan serpenteó entre los coches con destreza mientras yo le abrazaba más fuerte. El aire caliente olía a una mezcla de carburante y contaminación.

Cuando quise darme cuenta, Logan aparcaba cerca de la calle Broadway.

Planté los pies en tierra firme, con el corazón aún acelerado. Sentía que acababa de bajarme de una montaña rusa.

Mientras él guardaba los cascos, miré alrededor. Había estacionado enfrente de un restaurante que tenía bastante cola. Recorrí la fila de personas con la vista hasta dar con el nombre del local Ellen's Stardust Diner, que brillaba con intensidad en un neón azul y rojo.

Logan colocó la mano en la parte inferior de la espalda y me condujo hasta el final de la fila.

—¿Has venido alguna vez? —me preguntó cuando nos detuvimos detrás de las últimas personas que esperaban.

—No.

—Cuando me enseñaste tu libro de recortes, me fijé en que te gustan mucho los musicales e ir de *brunch*. Creo que este sitio te va a gustar, porque los camareros cantan temas de Broadway y sirven desayunos todo el día.

Mi corazón suspiró encantado. Una parte pequeñita de mí se sintió especial.

En cuanto puse un pie dentro oí a una camarera cantar «Defying Gravity», de *Wicked*.

El restaurante, ambientado en un *diner* de los años cincuenta, contaba con mesas metálicas y bancos acolchados de color rojo. Las paredes estaban decoradas con pósters *vintage* y letreros de neón en colores llamativos. El suelo de baldosas blancas y negras reflejaba la iluminación colorida de las lámparas colgantes. El aire olía a patatas fritas. La mayoría de los clientes disfrutaban de la comida mientras canturreaban o se movían en el asiento al compás de la música.

La camarera nos condujo hasta una mesa para dos y nos entregó los menús plastificados. Cuando se marchó, apoyé los codos en la mesa y observé encandilada a la chica que cantaba.

—¿Qué te parece el sitio? —me preguntó Logan.

—Me encanta —respondí sin pensar.

Sonrió pagado de satisfacción.

La camarera no tardó en acercarse para tomarnos nota. Anotó la comanda en su libreta y volvió a dejarnos solos. En aquel instante, dos de sus compañeros empezaron el dueto de «Summer Nights», de *Grease*.

—Tengo una cosa para ti. —Abrí el bolso y le pasé una bolsa.

Logan me lanzó una mirada curiosa. Se le escapó una carcajada al ver el contenido.

—No hace falta que me tientes con queso, Donna. Ya he caído en tu trampa —puntualizó guiñándome un ojo.

Respondí a la indirecta riéndome. Nunca sabía si hablaba en serio o no.

—Es para agradecerte la ayuda en la boda de Chris y Tyler —expliqué al cabo de un instante.

Él arrugó las cejas.

—Creía que habíamos acordado que me debías un favor, no un trozo de queso —añadió burlón.

—Lo sé. Mientras piensas lo que quieres, te comes el queso y ya está.

La camarera regresó con las bebidas. Le di un sorbo a mi batido de fresa por la pajita de rayas rojas y blancas. Estaba riquísimo.

—¿Qué tal la semana? —se interesó Logan.

—Bien, me han escrito varias parejas para pedirme presupuesto gracias a las historias que Tyler colgó en Instagram. Y el otro día me felicitó Melanie Stevens por la boda de tus amigos.

—¿Tu antigua jefa?

Me sorprendió que lo recordase.

—Sí. ¿Te acuerdas de que el día que nos conocimos recibí una llamada de teléfono?

Él asintió.

—Me fui porque Melanie quería verme en su despacho —continué—. Ese día me contó que planea retirarse a final de temporada y está pensando a quién entregarle su agenda de contactos. Me dijo que estaría pendiente de las bodas de este verano para tomar una decisión.

—Para que me entere, la agenda es valiosa por... —Me hizo un gesto con la mano para animarme a continuar.

—Porque es como una varita mágica que te da acceso a los mejores proveedores y salones de Manhattan. Sitios a los que es imposible acceder si no tienes determinados contactos.

—Entiendo. Bueno, si te ha felicitado es que vas bien.

—Eso creo, aunque tiene otra candidata en mente.

—¿Y cómo lo está haciendo la otra?

—No lo sé.

—Muy mal, Brooks. —Meneó la cabeza con desaprobación—. Para ir un paso por delante de la competencia hay que cotillear.

Me hizo gracia que usase mi apellido para referirse a mí.

—Ahora que lo dices, no me vendría mal. Me he enterado de que los novios con los que he quedado mañana no saben si contratarla. Estoy nerviosa porque todavía tengo muchos huecos que rellenar del año que viene. Si me contratasen, cerraría el mes de mayo y me quedaría más tranquila.

—Seguro que lo consigues.

Le dediqué una sonrisa escueta.

La camarera nos dejó la comida delante, huevos revueltos con beicon para él, y huevos benedictinos con patatas para mí. En ese instante, uno de sus compañeros cantaba «El tango de Roxanne», de *Moulin Rouge*, subido en una mesa.

—¿Cómo publicitas tu negocio? —me preguntó Logan mientras se llevaba un trozo de beicon a la boca.

—He puesto algún anuncio en Instagram, me hice la página web en su día, y me he anunciado en un par de revistas de bodas.

Logan se acarició la barbilla, pensativo. Fui testigo del instante en el que la chispa de una nueva idea se encendió en sus ojos café.

—¿Sabes qué sería la hostia? —me preguntó—. Anunciar El Sí Perfecto en una de las pantallas de Times Square en San Valentín —siguió sin darme tiempo a contestar—. Probablemente sea uno de los días en los que más gente se promete. ¿Y qué mejor lugar para anunciar tu negocio de *wedding planner* que el corazón de Manhattan?

—¡Ay, qué buena idea! Además, todos los años hay un evento en San Valentín en Times Square. Dos parejas se casan, dos se prometen y otras tantas renuevan los votos delante de multitud de turistas.

—Razón de más para hacerlo. —Sonrió—. Un anuncio a las ocho de la tarde, cuando todo el mundo sale de cenar del restaurante italiano de turno con el anillo puesto.

—El único fallo es que no puedo permitírmelo.

—No es tan caro como te piensas. Todo es cuestión de mirarlo.

Su entusiasmo contagioso me hizo sonreír. Por como hablaba, se notaba que le apasionaba su trabajo, igual que a mí. Escucharlo hablar era inspirador.

La comida desapareció mientras Logan me bombardeaba con ideas. No había terminado de soltar una y ya tenía la siguiente en la punta de la lengua.

—¿Quieres tomar el postre aquí o vamos a otro sitio? —me preguntó.

—Prefiero ir a otro sitio —contesté, adivinando sus intenciones—. En mi casa está Nikki.

Logan esbozó una sonrisa sensual.

—Perfecto. Mi compañero de piso no está así que en la mía.

La intensidad con la que me observó me hizo sentir desnuda.

Cuando nos llevaron la cuenta, Logan retiró el tíquet de la mesa a toda velocidad.

—Invito yo.

—Pero te debo una cena por traerme el otro día —protesté, alargando mi tarjeta.

—Tú me invitas el próximo día y arreglado —dijo, antes de entregarle la suya a la camarera.

—¿Y si no hay próxima cita?

—¿Qué dices? —Frunció el ceño—. Claro que habrá otra. Tenemos muchísima química.

Le aguanté la mirada unos segundos y contuve la sonrisa.

—Disculpa, la tarjeta me sale rechazada —le informó la camarera al cabo de un instante—. ¿Quieres que pruebe otra vez o tienes otra?

—No te preocupes. Te pago en efectivo. —Logan sacó un par

de billetes de la cartera y los dejó sobre la mesa—. Quédate con el cambio.

Antes de salir, me llevé la postal del local que nos llevaron con la cuenta; quería conservar el recuerdo en mi álbum de *scrapbook*.

Unos minutos más tarde, Logan aparcó la moto en Murray Hill.

—Qué casualidad —le dije cuando me bajé del vehículo—. Justo en la calle de atrás está la cafetería en la que he quedado mañana por la tarde con los novios.

—¿Cuál es? —me preguntó mientras guardaba los cascos.

—The Banter.

—No he ido nunca.

—El café está bueno y tienen un bizcocho de plátano que te mueres.

Logan se subió a la acera, atrapó mis caderas y dijo:

—¿Sabes otra cosa que está que te mueres de buena? —No pude responder porque su boca se estampó contra la mía—. Tú.

Se me escapó la risa y me dejé arrastrar por él.

Entramos en un edificio antiguo de apartamentos. En cuanto la puerta del portal se cerró detrás de nosotros ya tenía sus manos encima. Me apretó el culo y yo colé las palmas debajo de su camisa. De pronto, estábamos besándonos con pasión.

No había ascensor. Subir hasta su planta nos llevó un buen rato. Nos paramos a besarnos con avidez en casi todos los rellanos. Al llegar al cuarto piso, Logan tiró de mí hacia la derecha.

—¿Dónde está tu compañero? —le pregunté cuando se separó de mis labios para meter la llave en la cerradura.

—Josh ha ido a una movida de intercambio de plantas. Llegará tarde.

Empujó la puerta y me arrastró al interior de su apartamento. Ni siquiera se molestó en dar la luz. Me apoyó contra la puerta y se lanzó a por mis labios. Pegó su cuerpo al mío y cuando noté su erección, el calor se propagó por todas partes.

—¿Te has tocado esta semana con mi foto? —me preguntó entre besos.

—Eso te gustaría a ti saber.

Colé la mano entre nosotros y se la acaricié por encima de los pantalones. Llevaba toda la semana fantaseando con él y no podía más. Mi cuerpo ansiaba desahogarse.

—¡Oye, oye, que tocar ahí es más caro! —me vaciló.

—¿No decías que para mí era gratis?

—Es verdad. —Me apartó el pelo del cuello y me lo lamió despacio, acelerándome la respiración—. Toca todo lo que quieras —me susurró en el oído.

Al oír su tono grave, la necesidad que sentía hizo insoportable. Volvió a lamerme el cuello y jadeé. Quería sentir su lengua ardiente en otras partes. Giré la cabeza en busca de sus labios y volvimos a devorarnos la boca con pasión. Sus manos acariciaban mi cuerpo con codicia.

—Logan, te necesito —susurré casi sin aliento.

—Vamos.

Me sujetó la cintura con las dos manos y me dejé arrastrar por él. Le desabroché los botones de la camisa mientras avanzábamos a tientas por su casa. Aterrizamos en lo que supuse que sería el sofá, conmigo sentada encima. Bajé las manos por su pecho caliente y él enroscó los brazos alrededor de mi cintura. Sin perder el tiempo, me restregué contra su entrepierna, impaciente.

—¿Tienes un condón? —le pregunté con la voz ahogada, en mitad de la oscuridad.

—Mieeerda... —Resopló—. Joder. Sabía que se me olvidaba comprar algo.

—Yo sí tengo —respondió otra voz masculina.

Solté un grito y me aparté de un salto. Me caí de culo al suelo.

—¡¡¿Josh?!! —gritó Logan—. Pero ¿¿¿qué cojones haces aquí a oscuras???? ¿Hannah? ¿Estás bien?

Guardé silencio, demasiado aturdida para contestar. El corazón me martilleaba con violencia dentro del pecho.

—Perdón, pensaba que os iríais a tu cuarto —oí justificarse al compañero a toda prisa—. Os habéis tirado en el sofá y no me ha dado tiempo a reaccionar.

De pronto, se hizo la luz. Parpadeé un par de veces para ubicar la estancia y me encontré con la mano de Logan delante.

—¿Te has hecho daño? —me preguntó cuando me ayudó a levantarme.

—Estoy bien. —Notaba las mejillas al rojo vivo.

—Perdón por el susto —escuché la voz de Josh.

Logan se dio la vuelta para encararlo.

—Hannah, este es Josh, mi compañero de piso —nos presentó—. Josh, esta es Hannah.

Josh se levantó del sillón de una plaza para saludarme.

—Hola, encantado. —Alargó la mano en mi dirección.

—Igualmente —respondí cohibida al estrechársela.

Le sudaban las palmas y parecía nervioso.

Llevaba una camiseta en la que salían varias plantas dibujadas y en la que podía leerse: «Si fueses una planta, recordaría tu nombre».

—¿Qué haces en casa? —le preguntó Logan—. ¿No tenías lo de las plantas?

—Qué va. Es mañana —explicó a toda prisa—. Lo siento, tío, no pensaba que te traerías el curro a casa. —Me señaló con la cabeza sin mucha discreción.

—¿De qué estás hablando? —Logan sonaba confundido.

—Ya sabes. Del curro discreto que coges cuando vas mal de pasta. —La lengua de Josh patinó al hablar—. El curro por el que te recomendé el Strangelove.

—¿Ese no es el bar en el que quedaste con mis amigas? —le pregunté a Logan.

—Tío, ¿te lo has hecho con sus amigas también? —Josh lo miró sorprendido.

—Josh, ¿qué coño dices? ¿Estás fumado?

—Yo no fumo. Estoy hablando de tu curro en el que acompañas a señoras mayores adineradas…

Me quedé atónita.

—¿También eres *escort*? —La pregunta se me escapó de lo más hondo de la garganta.

—¿Qué? ¡Por supuesto que no! —exclamó Logan mirándome. Luego se giró hacia su compañero—. Josh, ¿de dónde cojones has sacado esa idea?

—Ay, ay, ay, pues de ti —respondió él—. Siempre que vas al otro curro sales con el traje y vuelves a casa con un fajo de billetes. Me contaste que te habían pillado follando en el Plaza y te recomendé el Strangelove porque el baño es un sitio de *cruising*.

—¿Me recomendaste un local para follar? —Logan alzó la voz estupefacto—. Estás enfermo...

—Dijiste que tu clienta era tímida y que quería un sitio discreto. Siempre te andas con tanto secretismo...

—El curro es otra cosa. Joder. —Logan se pasó las manos por la cara—. Es... una movida de bodas.

Tragué saliva.

Mis tripas se enrollaron en un nudo incómodo. En ese instante, la realidad cayó sobre mí como un cubo de agua helada: el otro trabajo era romper bodas. Cada vez que estaba con él, olvidaba que su trabajo afectaba al mío. El calor que hasta entonces hormigueaba por mi piel se enfrió. Me sentí estúpida y fuera de lugar. ¿En qué momento había pensado que ese sapo podía convertirse en un príncipe?

—Yo me marcho ya —dije atropellada—. Un placer, Josh... Nos vemos, Logan.

Sin más, giré sobre los talones y me dirigí hacia la salida.

—¡Hannah, espera! —Logan me alcanzó en la puerta—. Ha sido un malentendido. No soy *escort*. Te lo juro. —Me miraba preocupado.

Abrí la puerta de su apartamento y salí al pasillo.

—Sé perfectamente cuál es tu otro trabajo. —Negué con la cabeza y lo miré incrédula.

A Logan le cambió la cara.

—Hannah...

—Me duele la cabeza —lo interrumpí, levantando la mano—. Ahora mismo la mente me va a mil por hora y no quiero decir algo de lo que me arrepienta. Necesito pensar. Me marcho a casa.

—Te acerco.

—No hace falta. Pediré un uber. Hablamos otro día.

33

Logan

Desde que Hannah se había largado la noche anterior no estaba tranquilo. «Necesito pensar» es básicamente decir lo mismo que «no tengo intención de pasar más tiempo contigo». La sensación desagradable que se había despertado en mi pecho al pensar en no verla más no me gustaba una mierda. No sabía lo que teníamos, ni adónde nos llevaría, pero quería seguir conociéndola.

Necesitaba que entendiese que tenía una razón de peso para oponerme a las bodas. Había llegado el momento de mostrarle mis cartas. Así que ahí estaba, plantado a las cuatro menos cinco de la tarde frente a The Banter, la cafetería dónde ella había quedado con la pareja que estaba pensando contratarla.

A través de la cristalera, vi que Hannah estaba sentada en una de las mesas de la esquina, de espaldas a la calle. Tenía el portátil abierto en mitad de la mesa, orientado hacia las dos mujeres morenas que se sentaban frente a ella.

De pronto, se me ocurrió una idea para ayudarla y darle a la pareja el empujón que necesitaba. Abrí la puerta y entré en la cafetería. Evité mirar hacia su mesa para que no me viese antes de tiempo.

—Un café con hielo para llevar, por favor —le pedí a la camarera.

—Enseguida. —La chica me devolvió la sonrisa amable.

Después de pagar, cogí el vaso y me dirigí a la mesa.

—¿Hannah? —pregunté al detenerme a su lado—. ¿Hannah Brooks?

Ella giró la cabeza con una mueca de sorpresa en el rostro. Intenté transmitirle con la mirada un mensaje claro: «Sígueme el rollo».

—No sé si me recuerdas —continué con una sonrisa amplia—. Soy Logan. Organizaste la boda de mis amigos Chris y Tyler. —No entré en más detalles para no levantar sospechas.

—Ah, sí, ya recuerdo —me contestó.

—Perdonad la intromisión —me disculpé mirando a la pareja. Sin darles tiempo a contestar, dirigí la atención a Hannah otra vez—: Solo quería decirte que todavía seguimos hablando de la boda. Fue increíble y lo pasamos genial.

En ese instante, las mujeres compartieron una mirada cómplice.

—¡Muchas gracias! —Hannah me regaló una sonrisa escueta—. Yo también disfruté mucho preparando la boda.

Le eché un vistazo al portátil, tenía abierta una presentación en la que aparecían varias imágenes de una boda medieval. Asesté el golpe final diciéndole a la pareja:

—Estáis en las mejores manos. Suerte con la boda.

Sin añadir nada más, salí del local, me puse las gafas de sol y crucé la calle.

Hannah salió de la cafetería veinte minutos más tarde. Se despidió de la pareja en la puerta, estrechándoles la mano.

No estaba seguro, pero juraría que lucía una sonrisa enorme. En cuanto las mujeres enfilaron hacia la Tercera Avenida, Hannah barrió la calle con la vista. Levanté la mano para saludarla. Me devolvió el gesto y se encaminó al paso de cebra. La esperé resguardado del sol a la sombra de un edificio.

Llevaba una camisa rosa de tirantes anchos, que se ajustaba alrededor de su pecho, y un pantalón azul marino que dejaba a la vista sus piernas preciosas. Tenía el pelo suelto, metido detrás de las orejas, y los labios pintados de color rosa oscuro.

—¿Qué tal? —le pregunté cuando la tuve delante—. ¿Te han contratado?

—Sí. —Hizo amago de sonreír, pero se detuvo a medio camino—. Gracias por lo que has dicho. Aunque no hacía falta que intervinieras.

—Lo sé, pero un empujón nunca viene mal.

Me dedicó un asentimiento de cabeza.

Todas mis células me pedían a gritos tirar de su mano y besarla. Por su tono serio diría que seguía molesta. Volvíamos a estar en tierra de nadie.

—Ya sé cómo quiero cobrarme el favor que me debes —le solté decidido—. Quiero que me acompañes a un sitio.

Cuarenta y cinco minutos después llamé a la puerta azul con los nudillos. Esperé unos segundos antes de entreabrirla:

—Abuela, ¿estás visible? —pregunté alzando la voz.

—Sí. Pasa, hijo.

Empujé la madera y entré en su habitación de la residencia. La encontré haciendo ganchillo al lado de la ventana.

—¿Qué tal estás? —me interesé mientras me acercaba.

—Bien, aquí ando, entretenida. —Dejó las agujas de punto en la mesilla y se quitó las gafas de ver.

Cuando me agaché para darle un beso en la mejilla, me agarró del brazo y susurró:

—¿Quién es el pajarito de la puerta?

—Es Hannah —le contesté en voz baja.

Ella abrió los ojos entusiasmada.

—¡Ay, hijo, qué ganas tenía de verte! —Elevó la voz, empezando la función—. ¡Cuánto te he echado de menos!

—Tampoco te pases con el teatro, anda —musité antes de erguirme—. ¿Quieres ir al jardín o jugar al dominó?

—Vamos a que me dé un poco el aire. Ayer ya les di una paliza a todos.

Se me escapó la risa.

Bordeé la silla de ruedas, agarré el manillar y la empujé hacia la salida.

Desde el umbral, Hannah nos observaba con curiosidad. Al llegar a la puerta detuve la silla.

—Abuela, esta es Hannah. Hannah, esta es Marjorie, mi abuela.

—¡Qué alegría conocer por fin a la novia de mi nieto! —exclamó mi abuela a la par que alargaba la mano.

—Abuela, Hannah no es mi…

—Un placer conocerla. —Hannah le estrechó la palma con una sonrisa encantadora.

Que no la corrigiese hizo que me gustase un poco más.

Conduje la silla hasta el jardín trasero. La dejé al lado del banco, a la sombra de un sauce. El calor era soportable gracias a la brisa que corría. Había varias familias sentadas a la sombra en bancos cercanos.

Estaba a punto de sentarme cuando mi abuela me arreó con el abanico en la pierna.

—¿Por qué no dejas a Hannah a mi lado? —me pidió en un tono angelical.

Me erguí y le cedí el sitio.

Ella se acomodó en el extremo del banco, a lado de mi abuela. Yo tomé asiento justo a su lado.

—Mi nieto me había dicho que eras guapa, pero no me imaginaba que tanto.

—Gracias —le sonrió Hannah. Sus mejillas se colorearon de un ligero rubor—. Usted también lo es.

—Tutéame, por favor —le pidió mi abuela—. Y muchas gracias —añadió encantada por el piropo. Luego se dirigió a mí—. Hijo, ¿me has traído algo?

—Sabes que sí. —Le pasé a hurtadillas la bolsa de papel que contenía las galletas.

—Guapo, listo y generoso. No le falta nada a mi nieto, ¿verdad, Hannah?

Estaba a punto de protestar cuando Hannah se me adelantó:

—Sí. Además, es un hombre de principios. —Hannah no pudo ocultar el sarcasmo. Giró la cabeza para mirarme y me dio una palmadita demasiado fuerte en la pierna—. No se encuentran muchos así hoy en día. —Le puso el broche de oro al comentario dedicándome una sonrisita falsa, para que supiera que era una pulla enmascarada.

En lugar de guardar la bolsa de galletas, mi abuela la alargó hacia Hannah.

—Toma, coge una, hija. Son las galletas más ricas de Nueva York.

Hannah aceptó la bolsa, curioseó el interior y le dijo:

—Solo hay dos. No quiero quitarte ninguna.

—No me la estás quitando. Te la estoy dando yo.

Hannah la miró dubitativa.

—¡Venga, corre, que nos pilla la enfermera! —le metió prisa, haciendo un aspaviento con la mano.

Ella sacó una galleta y le devolvió la bolsa a mi abuela, que la escondió a toda prisa detrás de la espalda. Luego Hannah partió la galleta y le entregó la mitad a mi abuela.

—Sabía que haríamos buenas migas —le dijo a Hannah.

Ella volvió a sonreírle antes de girar la cabeza en mi dirección:

—¿Quieres un trozo? —me preguntó con amabilidad.

Su mirada se había suavizado y no había rastro del tono sarcástico.

—No. Gracias —contesté.

Hannah le dio un mordisco a la galleta.

—Mmm... —suspiró contenta—. Tenías razón —le dijo a mi abuela—. Está buenísima.

—Hay que hacer caso a los mayores. Más sabe el diablo por viejo que por diablo. —Mi abuela se recostó en el respaldo de la silla. Entrelazó las manos sobre el regazo y asintió con una sonrisilla—. Bueno, bonita, cuéntame, ¿a qué te dedicas?

—Organizo bodas —le respondió ella, después de masticar.

—¡Uy! ¡Qué divertido suena eso! ¡Y qué moderno!

—La verdad es que me lo paso muy bien —reconoció Hannah—. Logan me contó que trabajabas en un restaurante italiano.

—Sí. —Mi abuela sonrió con nostalgia—. Empecé de cocinera en el Di Angelos cuando abrió. Hace ya sesenta años de eso, y estuve hasta que cerró.

Durante un buen rato se dedicaron a conversar y yo a observarlas atontado.

Salí del trance cuando Hannah echó la cabeza hacia atrás para reírse de algo que le había dicho mi abuela. Era la primera vez que la oía reírse ese día.

—Cuando era pequeño decía que era un pirata —continuó mi abuela—. Salía de su habitación disfrazado, listo para ir al colegio.

—Abuela... —amonesté.

Ella me silenció con un gesto de la mano.

—¿De verdad hacías eso? —me preguntó Hannah divertida.

Sus enormes ojos avellana habían recuperado la alegría. Estaba a punto de negarlo, pero quería que siguiera mirándome así:

—Sí —asentí—. Solía jugar a que el sofá era mi barco. Cada vez que un juguete se me caía al suelo por el oleaje lo rescataba lanzándole un cojín, que se suponía que era un bote salvavidas.

—Suena adorable. —Hannah esbozó una sonrisa sincera.

Le sonó el teléfono.

—Perdón. Es mi madre, tengo que contestar —se disculpó, levantándose—. Hola, mamá —la oí decir mientras se alejaba—. ¿Qué tal estás?

Mi abuela no perdió el tiempo. Se inclinó hacia delante con una sonrisa de oreja a oreja.

—Me gusta esta chica para ti —confirmó.

Desvié los ojos hacia Hannah; caminaba de un lado a otro, con el teléfono pegado a la oreja, a un par de metros de nosotros.

—A mí también —contesté, sin dejar de mirarla.

—Parece buena persona. Es simpatiquísima. Y muy guapa.

Volví a mirar a mi abuela.

—Sí... Yo también lo creo. Pero no es mi novia, así que no te hagas ilusiones, anda. Ya se verá qué pasa.

—¿Sabes una cosa que me decía siempre mi madre? —me preguntó mi abuela—. Que cuando el amor aparece, hay que agarrarlo fuerte. Así que tú agarra al pájaro y no dejes que se te escape volando.

Me reí.

—Abuela, parece mentira. —Meneé la cabeza—. Por supuesto que no se me va a escapar. Por cierto, ¿puedes parar de ser tan evidente? La vas a espantar.

—¿Yo? —Mi abuela me miró con fingida inocencia—. Si no estoy haciendo nada. Solo he dicho que hacéis buena pareja.

—Me estás vendiendo como si esto fuese el mercadillo.

—Estoy presumiendo de nieto como hacen todas las abuelas del mundo.

De reojo vi que Hannah se acercaba a nosotros. Miré el reloj. El horario de visitas estaba a punto de llegar a su fin.

—Te van a poner la cena enseguida, ¿quieres que te lleve al comedor ya? —le dije a mi abuela.

—Sí, por favor. ¡Qué amable eres siempre, hijo!

Acto seguido, empujé su silla de vuelta al edificio. Nos paramos en la puerta del comedor.

—Hannah, me ha encantado conocerte. —Mi abuela le agarró las manos al despedirse—. Espero verte pronto.

—Igualmente. Ha sido un placer. —Hannah le regaló una sonrisa tierna.

—Que tengas buena semana —me dijo.

—Nos vemos el próximo domingo, abuela.

Le di un beso en la mejilla y ella susurró:

—Y agarra al pájaro.

Hannah y yo nos dirigimos a la salida.

—¿Me has traído a conocer a tu abuela para ablandarme? —Ella se detuvo tan pronto como salimos al aparcamiento.

—¿Por quién me tomas? —Abrí la boca de manera exagerada—. Por supuesto que sí.

—No puedes usar el recurso de la anciana adorable. No es justo. —Se cruzó de brazos.

—Vaya por Dios… —fingí lamentarme—. Entonces ¿no ha servido de nada?

Un amago de sonrisa asomó a sus labios. Volvió a ponerse seria y negó con la cabeza.

—Logan, ¿qué hacemos aquí?

—Estamos aquí porque quiero que entiendas por qué hago esto. El dinero que gano oponiéndome a las bodas lo utilizo para pagar la residencia.

Hannah abrió los ojos de par en par. Tras unos segundos en silencio añadió:

—Te escucho.

34

Hannah

—El último recuerdo feliz que tengo con mis padres es aquí —soltó Logan con aire ausente.

En aquel momento caminábamos por el paseo marítimo de Coney Island, disfrutando del atardecer con vistas al océano Atlántico.

—Veníamos cada año en Halloween —prosiguió—. Suelen llenarlo todo de calabazas, si te disfrazas puedes hacer «truco o trato» en las atracciones... La última vez que vine con ellos tenía diez años. Los había convencido de disfrazarnos de Los Increíbles. —Sonrió al recordarlo—. Lo pasamos genial. Regresé a casa con varias bolsas llenas de caramelos y chocolatinas... Comí tantas que me puse malo. —Se tomó un instante para continuar—. Días más tarde, mis padres me dejaron con mi abuela y salieron a cenar, para celebrar su aniversario. Fallecieron en un accidente de tráfico cuando volvían a buscarme. Mi padre tuvo que dar un volantazo para esquivar a un conductor borracho que iba en dirección contraria. Se chocaron con la mediana.

Me detuve de golpe. Mi corazón se quedó quieto y se me cortó la respiración. Fue uno de esos momentos en los que parece que el mundo entero se ha quedado sin aliento.

Logan se volteó y me miró muy serio. Una oleada de tristeza bañó mi pecho. Debe de ser durísimo perder a tus padres siendo solo un niño. No podía imaginarlo.

Tuve que esperar unos segundos hasta que pude recuperar el habla. Cuando le pregunté por el resto de la historia no imaginé que continuaría así.

—Lo siento mucho, Logan —le dije con un nudo en la garganta.

—Fue hace mucho tiempo. Estoy bien... —Negó con la cabeza.

Intentó dedicarme una sonrisa tranquilizadora, pero no le salió muy allá. Aunque parecía impasible, no pudo enmascarar la melancolía que empañaba su mirada.

Sin poder contenerme, salvé la distancia que nos separaba, enterré la cara en su pecho y lo abracé. Su calor me envolvió cuando me rodeó con los brazos. Y allí, en mitad de aquel muelle, mi corazón se avivó al oír los latidos rítmicos del suyo, como si estuviese contestándole en un lenguaje que solo ellos entendían. Casi pude escuchar el clic que hicieron al encajar el uno con el otro.

Logan dejó reposar la mejilla sobre mi cabeza y me acarició el pelo con suavidad. Poco a poco, la gente que paseaba a nuestro alrededor se desvaneció. Los gritos eufóricos de los que caían en picado en la montaña rusa, los graznidos de las gaviotas y el rumor de las olas rompiendo contra la arena redujeron su volumen hasta desaparecer. El olor del salitre y del mar fueron sustituidos por el olor masculino de Logan. Era como si alguien estuviese borrando con una goma lo que me rodeaba para que mis sentidos se centrasen en él.

Su confesión aún flotaba en el aire cuando dije:

—No tenía que haberte preguntado por el resto de la historia. —Hablar con la cara escondida en su pecho era más fácil.

—Tranquila. Quiero contártela —terminó con voz queda.

Le abracé más fuerte. En ese momento entendí que, a veces, solo hace falta un abrazo para que el mundo vuelva a ponerse en marcha. Sin consejos ni palabras de aliento de por medio. Simplemente basta un abrazo largo y apretado, con la persona indicada.

Cuando me aparté, Logan respiró hondo.

—Mi abuela me acogió y se buscó un segundo empleo para sacarme adelante —continuó, reanudando la marcha—. A los dieciséis años quise dejar el instituto y trabajar para contribuir en la casa. Mi abuela no me dejó. Había guardado la herencia de mis padres para pagarme la universidad, ellos siempre quisieron que fuese a Columbia, igual que mi madre. Decía que mi única misión era estudiar y que ya tendría tiempo de trabajar cuando fuese mayor... Me ha enseñado todo lo que sé, renunció a muchas cosas por criarme. Sin ella, es probable que hoy no estuviese aquí. Después de todo lo que ha trabajado, tiene una pensión que no le da para cubrir los gastos. Pagarle la residencia es lo mínimo que puedo hacer y, aun así, no es nada comparado con todo lo que ha hecho ella por mí... En mi trabajo actual no gano lo suficiente para pagarle la residencia, por eso tengo el otro trabajo.

Asentí y me quedé pensativa un instante.

Me había bastado un rato con Marjorie para ver que esa mujer había sido el faro de Logan, entendía que ahora quisiese cuidar de ella.

Bajamos en silencio las escaleras de madera que daban acceso a la playa. Nos descalzamos en el último escalón y caminamos por la arena con las zapatillas en la mano. La brisa trajo consigo el olor salado del mar y me hizo sentir más cerca de casa. Antes de llegar a la orilla, Logan se recogió el bajo de los pantalones, dándoles un par de vueltas. El agua me acarició los pies.

—¿Cómo se te ocurrió lo de las bodas? —le pregunté con curiosidad cuando nos sentamos en la arena el uno al lado del otro.

Logan mantuvo la vista al frente. Cogió aire de manera profunda y se sinceró:

—Hace unos meses mi exnovia me dejó plantado en el altar. Ashley conoció a otro en su despedida de soltera y se largó con él a nuestra luna de miel.

Abrí los ojos sorprendida por aquella revelación.

—Me enteré por su mejor amiga, delante de los trescientos invitados...

—Será cobarde. —Las palabras se me escaparon sin querer.

La incredulidad inundó mi pecho. ¿De verdad la mujer con la que Logan había estado a punto de casarse no había sido capaz de dejarle a la cara?

—Esa noche, Ben intentó animarme diciéndome que, al menos, había esquivado un matrimonio destinado al fracaso. Después, me dijo que su prima iba a casarse con un cabronazo que le ponía los cuernos y que ojalá alguien parase la boda. Borracho como una cuba, me ofrecí a hacerlo... Días más tarde, me opuse al enlace. Los tíos de Ben me dieron quinientos dólares para agradecérmelo. Cogí el dinero porque el padre de Ashley, que era mi jefe, me había despedido.

Me quedé callada unos segundos, con la vista clavada en el cielo teñido de tonos naranjas. Finalmente, me abracé las rodillas y apoyé la mejilla sobre ellas, mirándolo. Logan tenía las piernas flexionadas, las palmas apoyadas en la arena y la mirada perdida en el horizonte. Las piezas del rompecabezas comenzaban a encajar. Tenía tantas cosas que preguntarle que no sabía por dónde empezar:

—Gracias por contármelo todo —apunté pasado un instante—. Entiendo por qué haces lo que haces, pero hay maneras más dignas de ganar dinero, que no pasan por hacerle daño a nadie y que no ponen en tela de juicio tus valores.

Logan dejó escapar un suspiro prologado. Giró la cabeza y me observó apenado. Tragó saliva antes de hablar:

—Sé que crees que soy un capullo que se divierte reventando bodas, pero no es así. Solo me opongo a un enlace cuando hay un motivo de peso por el que la pareja no debe casarse, como infidelidades, matrimonios de conveniencia y esas cosas...

Rumié sus palabras durante un momento. Era la primera vez que hablaba tan serio, sin enmascarar sus sentimientos tras una broma. Logan estaba siendo auténtico y su historia me estaba llegando muy hondo.

—Cuando te opusiste a la boda de Emma y Fletcher dijiste que él estaba endeudado y que solo la quería por el dinero... ¿Era verdad?

—Sí. Me contrató el padrino. Me enseñó que la empresa del novio estaba en bancarrota y un vídeo de la despedida de soltero, donde Fletcher decía que básicamente quería casarse por el dinero.

Apreté los puños. ¿Cómo podía existir gente así? No me entraba en la cabeza.

—¿Cuál era el motivo por el que estabas en la boda del Plaza? —pregunté, temiéndome lo peor—. ¿Quién te contrató?

—La novia. No estaba segura de querer casarse. Lo suyo era una especie de matrimonio concertado entre su familia y la del novio. Decía que daba igual lo que dijera porque su madre no le permitiría cancelar la boda.

—¡Qué horror! —Me erguí.

Una extraña mezcla de culpa e incomodidad despertó en mi interior.

—¿Qué pasa? —me preguntó Logan.

—Antes de la ceremonia, Olivia me dijo que no estaba segura de querer casarse. Pensé que eran los típicos nervios del último minuto y la animé a hacerlo.

Me asolaron los remordimientos. No me gustaba la sensación de haber metido la pata.

Volví a apoyar la cabeza sobre las rodillas. Cerré los ojos y oí el ruido de las olas.

—Siento que te dejasen plantado en el altar —musité pasado otro rato—. Tuvo que ser un palo enorme.

—Un poco. Va a sonar fatal, pero cuando pasó el shock inicial sentí una especie de liberación. Ashley y yo íbamos a casarnos porque llevábamos cuatro años juntos. A mí no me hacía ilusión tirar la casa por la ventana, pero ella quería celebrarlo por todo lo alto…

Guardé silencio un instante.

—¿Cómo se lo pediste? —No pude contener la pregunta.

—Bueno, compramos el anillo juntos, porque quería escogerlo ella.

—¿Te devolvió el anillo después?

—No. Supongo que lo guardaría o lo tiraría… Yo solo sé que esa misma noche empeñé las alianzas porque las tenía Ben.

—¿Ben fue tu padrino? —pregunté sorprendida.

—Sí. Aunque no lo parezca, Ben me ha salvado el culo mil veces. No podía tener otro padrino. De todos modos, lo peor, aparte de haberme gastado miles de dólares y de que mi novia me plantase, fue que Ashley se quedó con mi perro Sven.

—¿Tu perro se llama Sven por el reno de Frozen?

—Sí. —Sonrió—. ¿Quieres ver una foto?

—Claro. Me encantan los perros.

Logan se sacó el móvil del bolsillo y abrió la galería.

—Eres muy friki de Disney, ¿no? —le pregunté mientras buscaba la foto—. Los nombres falsos que das en las bodas, el nombre del perro...

—Y no te olvides de las frases de mis discursos. ¿Recuerdas cuando me dijiste que mi discursito romántico te había dado que pensar? —Asentí—. Pues son un puñado de frases de *Frozen*, *Buscando a Nemo* y *Hércules*.

—No me lo puedo creer.

—De pequeño pasaba mucho tiempo viendo las películas de Disney —contestó con la vista en su teléfono—. Va a sonar un poco tonto, pero esas historias me daban esperanza de que, algún día, un huérfano como yo también encontraría la felicidad.

Sentí que una mano invisible me estrujaba el corazón. Busqué la suya y la agarré. El nudo volvía a apretarme con fuerza la garganta. Tenía ganas de llorar. ¿Qué debía responder a eso?

—Mira, este es Sven.

Alargó el móvil en mi dirección y me topé con la foto de un cachorro de golden retriever. Estaba sentado sobre un suelo de madera oscura, con la lengua fuera.

—¡Es monísimo! —exclamé, llevándome la mano al pecho.

—Esa foto es del día que lo adopté. Ahora tiene tres años y es así...

Logan me enseñó otra imagen. En ella, aparecían Sven y él tumbados en un sofá. El perro, que era bastante grande, estaba dormido en su pecho. Mi corazón soltó un suspiro amoroso. Verlo dormido y abrazado a su perro era demasiado adorable.

—Es monísimo —reconocí.

—¿El perro o yo?

Una chispa de picardía se encendió en sus ojos. No pude evitar sonreír.

—Sven, por supuesto —confirmé.

—Sí que lo es. Aunque es un bicho y no para quieto. Siempre que llegaba a casa estaba esperándome al lado de la puerta, moviendo la cola, con su juguete favorito en la boca. Me mordía la mano cuando quería que le hiciera caso, y me robaba las zapatillas cada dos por tres...

Su voz se fue apagando mientras me enseñaba más fotos. Al final, bloqueó el teléfono y respiró hondo. Los labios se le curvaron hacia abajo. Era evidente que le echaba de menos.

Entonces se me ocurrió una idea para animarlo.

—Ahora vuelvo —le dije, levantándome—. Espérame aquí.

Caminé apresurada hasta las escaleras y regresé al muelle. Localicé enseguida la pizzería que había visto al pasar. Mientras esperaba la cola para pedir, busqué en mi teléfono el contacto de Olivia St. Clare, la novia del Plaza.

> Hola, Olivia. Perdona que te moleste
> Solo quería decirte que siento mucho
> si las palabras que te dije te empujaron
> a hacer algo que no querías

Mientras me calentaban las porciones de pizza recibí su respuesta.

> Hola, Hannah

> Qué tal estás?

> Nosotros acabamos de volver de la luna de miel 😔

> Me habría quedado en Bali indefinidamente

> Es verdad que tuve mis dudas, pero no me arrepiento de haberme casado

> Estoy muy feliz con mi decisión

335

Al leer su respuesta, me embargó una sensación de alivio enorme.

Me colgué del brazo la bolsa de las bebidas y cogí la caja de cartón que me entregó el cocinero.

Encontré a Logan sentado donde le había dejado, con las piernas estiradas y las palmas apoyadas sobre la arena.

—Ya estoy de vuelta —solté al plantarme a su lado.

Él levantó la vista y me observó interrogante.

—Dijiste que cualquier situación mejora con pizza de un dólar. —Le tendí la caja y él la aceptó—. No sé cuál es tu favorita, así que he cogido un poco de todo.

Una sonrisa de agradecimiento se dibujó en su rostro. Mi corazón se saltó un par de latidos.

—Gracias. Seguro que sí. —Logan me contempló con ternura. Dejó la caja de pizza a un lado—. Ven aquí, anda.

Dejándome llevar, me arrodillé en la arena, delante de él.

—Hannah, quiero que sepas que para mí esto —nos señaló con el dedo índice a ambos— no es solo sexo. Te he contado todo porque quiero seguir conociéndote —soltó sin rodeos.

Esas palabras provocaron un tsunami en mi pecho. Mi corazón estaba surfeando la cresta de la ola. Estaba conociendo su lado dulce y tierno, que me desarmaba. Sin embargo, mi cerebro dudoso me retenía para que no me arrojase a sus brazos. Logan tenía un defecto que no podía pasar por alto: rompía bodas.

—No puedo seguir quedando contigo si sigues rompiendo bodas. Atenta contra todo eso en lo que creo. Entiendo que hay gente que es mejor que no se case, pero que decidan por sí mismos, ¿no te parece? No es justo para nadie que rompas el enlace en mitad de la ceremonia.

Logan asintió.

—Lo de las bodas es algo temporal mientras encuentro otro trabajo… —aseguró él—. No quiero que sea un obstáculo entre nosotros. Déjame ver cómo lo soluciono, ¿vale?

Me mordí el labio y suspiré. Esas eran las palabras mágicas que necesitaba escuchar.

—¿Sigues picadilla? —Logan se enroscó un mechón de mi pelo en el dedo índice.

—¿Tú qué crees?

—Creo que estás deseando besarme.

Su sonrisita burlona removió algo en mi estómago. Me acerqué a él como una polilla que vuela hacia la luz. Apoyé las manos en sus hombros y apreté los labios contra los suyos. Logan me estrechó de la cintura y coló la lengua en mi boca. Antes de que me diese cuenta, me atrajo en su dirección. Acabamos tumbados sobre la arena, con mi cuerpo sobre el suyo.

—Nuestra primera pelea, qué emoción —bromeó Logan entre besos—. Ahora que hemos hecho las paces, ¿qué te parece si pasamos al sexo de reconciliación?

35

Hannah

Logan me guio por su apartamento sin dejar de besarme. Sus labios se movían con urgencia sobre los míos. Mis manos estaban apoyadas en sus hombros y las suyas en mi cintura. De pronto, oí el ruido metálico que hizo un objeto al estrellarse contra el suelo. Nos detuvimos y giré la cabeza.

Hice amago de apartarme para recoger la lámpara que estaba en el suelo, pero él tiró de mis caderas en su dirección.

—Que le jodan… —Volvió a pegar su boca a la mía con ansias—. Se lo merecía… Por estar en el puto medio. —Terminó arrastrándome hasta su dormitorio.

Logan cerró la puerta y encendió la lámpara que había nada más entrar.

Mis ojos se adaptaron a la luz tenue. Se separó de mi cuerpo para bordear la cama doble y bajar el estor. Aproveché para echar un vistazo alrededor. A la izquierda estaba el escritorio de madera, encima había papeles desperdigados, un portátil abierto y un cargador con el cable enredado. A la derecha descansaba la cama doble con las sábanas grises estiradas de cualquier manera. A un lado de ella se encontraba la mesita de noche; al otro, una estantería llena de libros y películas. Sobre el respaldo de la silla había una sudadera abandonada. Las paredes, pintadas de un tono oscuro, solo contaban con un pequeño televisor colgado.

—Luego terminas de cotillear —dijo Logan antes de volver a besarme.

Me apoyó en la pared sin apartarse de mis labios. Se me escapó un gemido entrecortado cuando frotó su erección contra mí.

Subí los brazos para que me sacase la blusa por la cabeza.

—Veo que te estás aficionando a ir sin sujetador. Me encanta.

La manera que tenía de mirarme, con una mezcla de asombro y adoración, conseguía que dejase atrás cualquier inseguridad que tuviera con mi cuerpo.

—No sé si lo sabes, pero tus tetas son increíbles.

Me reí.

Logan colocó una mano en la pared, al lado de mi cabeza. Sus ojos oscuros estaban cargados de deseo.

La risa se me cortó cuando me acarició la garganta con la otra mano. Sin dejar de mirarme a los ojos, bajó la palma por mi esternón, despacio, y la cerró alrededor de mi pecho. Sus labios se deslizaron por la piel de mi escote. Apoyé la cabeza en la pared; me encantaba notar la aspereza de su barba arañándome la piel sensible de los pechos. Cada beso ardiente que depositó en mi piel aumentó la humedad entre mis piernas. Me lamió un pezón mientras me acariciaba el otro con el pulgar y sentí que me derretía entre sus brazos.

Despegué la espalda de la pared y me deshice de su camiseta a toda prisa. Pasé las manos por sus hombros fuertes y luego por sus brazos, recorriendo su cuerpo con ganas. Nos quedamos en ropa interior en cuestión de segundos.

—Llevo toda la semana pensando en esto… —Me besó la comisura de la boca a la par que bajaba la mano en una caricia suave por mi tripa.

—Yo también. —Giré la cara para buscar sus labios.

Logan me dio un beso arrollador. Coloqué la palma en su pecho. Su corazón latía a toda prisa, como el mío. Le acaricié por encima de los calzoncillos. Empujó la pelvis contra mi palma. Logan metió la mano dentro de mis bragas y resopló.

—¿Cómo puedes ponerme tan cachondo? No es normal.

Me estremecí cuando me rozó el clítoris.

—Tú también me pones mucho —contesté con un hilo de voz.

—Se nota. —Una sonrisilla engreída asomó a su cara—. Estás empapada.

Coló un dedo en mi interior y el calor acumulado en la habitación aumentó.

Le bajé la ropa interior como pude y se la saqué. Necesitaba tocarle. La sonrisita se desvaneció de su cara cuando se la rodeé con los dedos. Moví la muñeca y él soltó un gemido profundo que puso mi sangre a hervir.

—Sí, así…, lo estás haciendo genial —dijo con voz ahogada.

Al cabo de un momento, me sujetó las muñecas por encima de la cabeza con una sola mano. Acercó los labios a mi oído y susurró con voz ronca:

—Si tuviese unas esposas haría que te quedases quietecita. Aunque, ahora que lo pienso, puedo atarte las muñecas con una corbata.

Junté las piernas con deseo.

—Eso me gustaría —reconocí con un hilo de voz.

—Vaya, vaya, vaya… —Logan se apartó y me miró con una sonrisa diabólica.

Le eché los brazos al cuello y lo atraje contra mí.

—O podría atarte las manos yo a ti —susurré sobre sus labios

—¡Nueva fantasía desbloqueada! —exclamó con un tono burlón.

Me reí.

Logan retrocedió hasta el armario. Sacó una corbata granate de un tirón y se acercó a mí como una pantera.

—¿Quieres que te ate? —me preguntó cuando llegó a mi altura.

—Sí.

Me rodeó las muñecas con la corbata.

—Te dejo el nudo flojo, por si quieres soltarte.

Tragué saliva y asentí. El pulso me latía con violencia en el cuello. Era la primera vez que me ataban las manos.

—Y, ahora, como soy todo un caballero —rozó mis labios deliberadamente y se retiró—, haré que te corras tú primero.

Sus palabras retumbaron en mi interior.

Se arrodilló y me besó el estómago. El calor que irradiaba entre mis piernas no paraba de crecer. Logan dejó un reguero de besos por la cara interna de mi muslo. Cada vez que creía que estaba a punto de lamerme, se retiraba y volvía a besarme la pierna.

—¡Logan! —exclamé—. ¡Ya, por favor!

Él alzó la vista. Me miró unos segundos a los ojos y su sonrisa se ladeó aún más.

—Me encanta oírte suplicar.

Cuando por fin hundió la cara entre mis piernas se me escapó un gemido altísimo. Me dio tanto placer que se me aflojaron las rodillas. Llegó un punto que no podía estar a todo; o me concentraba en disfrutar o en mantener el equilibrio.

—Me voy a caer —le avisé en un susurro.

Logan se incorporó y apiló a un lado las cosas que tenía desparramadas por el escritorio. Lanzó la sudadera de la silla a la cama. Sin soltarme las muñecas, me cogió de las caderas y me sentó en la mesa. Luego tomó asiento en la silla y se inclinó en mi dirección. Volvió a lamerme, eché la cabeza hacia atrás y se evaporaron mis pensamientos.

Cuando notó que estaba cerca, introdujo un dedo en mi interior. El fuego corría salvaje por mi pecho. Sus caricias abrasadoras incendiaban mi piel. Me las ingenié para sacar las muñecas de la corbata. Hundí los dedos en su pelo y le di un suave tirón. Dobló el dedo y su boca cálida me llevó al límite. Apreté los párpados y le agarré el pelo con fuerza mientras el orgasmo me asolaba desde la punta de los pies a la cabeza.

Logan se levantó con una sonrisa lasciva en la cara. Se inclinó sobre la mesa en busca de mis labios. Notar mi sabor en su lengua hizo el beso más obsceno.

Me bajé de la mesa, con las piernas temblorosas. Le cogí de la mano y lo guie hasta la cama. Me senté en el borde del colchón y tiré del elástico del bóxer para bajárselo. Volví a cogérsela. Le lamí despacio, desde la base hasta la punta, y él gimió. Repetí el movimiento un par de veces, sin llegar a metérmela en la boca. Quería devolverle el tormento que me había hecho pasar.

—Hannah… —susurró en un jadeo—. Joder. Eres mala. —Me acarició la mejilla.

Excitada, me incliné en su dirección. Le envolví con la boca y soltó un gemido. No pasó mucho tiempo hasta que murmuró con voz ronca:

—Dame un segundo.

Me instó a tumbarme en el centro del colchón y se colocó encima. Después, me robó un beso suave y apoyó su frente sobre la mía.

—¿Cómo quieres hacerlo? —me preguntó, al besarme el cuello.

—Me da igual.

Logan se incorporó, vació la caja de condones sobre la cama y cogió uno.

—¿Tú encima? —me preguntó mientras se lo ponía.

—Sí —contesté, incorporándome.

Se tumbó en la cama y me senté encima. Sentí que me quedaba sin aire cuando le alineé conmigo. Empujé las caderas hacia abajo. Una corriente de placer invadió mi cuerpo. Apoyé las manos en su torso caliente y comencé a moverme.

—Madre mía, Hannah. —Me retiré y volví a bajar despacio.

Sus manos me colmaron de caricias suaves mientras me balanceaba despacio sobre él.

—¿Así… te gusta? —pregunté, sin dejar de mover las caderas.

—Sí…

Sus ojos brillaban e iluminaban la habitación. Me observaba absorto, con los labios entreabiertos.

—Eres preciosa.

Sonreí como una boba. El calor agradable que sentía en el pecho creció. Mi corazón estaba deseando que le diese permiso para salir a encontrarse con el suyo. Atraída por su magnetismo, me incliné en su dirección y lo besé con cariño.

Logan atrapó mis caderas y se movió debajo de mí. Me penetró con una lentitud deliberada. Deseosos de alargar el momento lo máximo posible, paramos para besarnos y acariciarnos. Cuando estaba cerca, me incorporé y le tomé el relevo.

Los únicos sonidos que me rodeaban eran nuestros jadeos, el cabecero golpeando la pared y nuestros cuerpos encontrándose. Sus manos estaban en todas partes: primero en mis caderas, luego subiendo por mi cintura hasta cerrarse alrededor de mis pechos. El fuego que corría por mis venas terminó de abrasarme. La capacidad de razonar me abandonó.

—Logan…, estoy a punto —susurré, con el corazón latiéndome a toda prisa.

—Lo sé —confesó entre jadeos.

—Házmelo tú.

Me agarró las caderas con fuerza y se movió más deprisa. Quise decirle que me encantaba lo que me hacía, pero de mi garganta solo salieron jadeos entrecortados. De pronto, estallé en mil pedazos. Cuando Logan terminó, redujo la velocidad hasta detenerse. Tenía la respiración agitada. Me empujó para que me inclinase hacia delante, pegó sus labios a los míos. Le besé la mandíbula, la nuez, el cuello y los labios.

—No te vayas… —Logan me retiró el pelo de la cara con delicadeza—. Quédate a dormir.

Estaba abrumada por lo intenso que había sido todo y tardé unos segundos en asimilar su petición.

36

Logan

Primera señal de que estás empezando a pillarte por alguien: invitarla a dormir.

Hannah se tumbó a mi lado. Su silencio no parecía una buena señal. ¿Había ido demasiado rápido invitándola a quedarse?

Giré la cabeza para observarla. Con el pelo pegado a la frente por el sudor, las mejillas rojas y los ojos avellana brillantes estaba preciosa.

—Si las reconciliaciones van a ser así, estoy listo para la siguiente pelea, Donna —bromeé para relajar la incomodidad que me arañaba por dentro.

Una sonrisilla le iluminó la cara.

—¿Me prestas tu camiseta para dormir? —me preguntó.

«Uf, menos mal...».

La euforia del vencedor me inundó. Dejé caer los hombros, aliviado, y sonreí.

—Claro.

Me levanté rezando por no matarme. Follar con esa mujer era una puta pasada y me dejaba exhausto. Retrocedí hasta el armario y saqué una camiseta limpia del cajón. Me di la vuelta y descubrí que Hannah se había puesto la camiseta gris que ella misma me había quitado. La prenda le quedaba holgada y le llegaba por debajo del culo. Una mezcla de satisfacción y orgullo campó a sus anchas por mi pecho.

—Prefiero dormir con esta —me dijo.

Esas palabras fueron música para mis oídos.

Como había perdido la capacidad de habla, me limité a asentir como un gilipollas.

Se agachó para recoger sus bragas. Me quedé mirándola atolondrado mientras se las subía.

—¿Qué pasa? —me preguntó.

Cerré la boca y meneé la cabeza.

—Nada. —Solté la camiseta en el cajón y crucé la habitación hasta ella—. Solo que me deprime que te tapes las tetas. Es un crimen.

Ella se rio. Luego, se puso de puntillas y me besó.

Cuando se apartó, sacó un neceser minúsculo de su bolso. Abrió la cremallera y cogió un cepillo de dientes de bambú.

—¿Es el que robaste del hotel? —le pregunté aguantándome la risa.

—¿Ves como iba a darle uso? —dijo orgullosa.

Solté una carcajada.

—¿Dónde está el baño?

—Es la puerta de enfrente.

Se dio la vuelta para salir de la habitación.

—No robes nada del baño, que te veo, ¿eh?

Me enseñó el dedo corazón antes de salir por la puerta.

Seguí el sonido de su risita fuera del dormitorio.

Segunda señal de que te estás pillando en serio: cuando otro tío se interesa por ella, lo ves como un gilipollas, aunque el que acaba comportándose como tal eres tú.

Una semana más tarde Hannah me invitó a pasar la noche en su casa, aprovechando que su compañera de piso estaba en Londres. Acabábamos de ducharnos juntos después de hacerlo en el sofá.

—¿Preparo algo de cena? —me preguntó.

—¿Tan poco aprecias mi vida? —le contesté medio en broma.

—No cocino tan mal —refunfuñó.

Pasó por debajo de mi brazo y salió del baño, haciéndose la ofendida.

Hipnotizado, le miré el culo mientras se ponía mi camiseta. La seguí hasta la cocina conteniendo la sonrisa. Se paró delante de la nevera y la abrió. Me detuve detrás de ella y la abracé por la espalda. Ladeé la cabeza y escaneé lo que tenía dentro.

—¿Quieres que te haga unos tacos? —ofrecí—. Antes has dicho que tenías antojo de comida mexicana.

—¡Sí, por favor! —Se giró entre mis brazos y me dio un beso—. Eres el mejor.

Sonreí como un imbécil.

«Soy el mejor».

Recopilé los ingredientes y me dispuse a cocinar. Unos minutos más tarde, su móvil sonó desde algún lugar. Hannah salió apresurada de la cocina y fue a buscarlo.

—Hola, Henry —la oí responder desde el salón—. ¿Qué tal estás?

Arrugué las cejas mientras picaba la cebolla.

«¿Henry el periodista u otro tío?».

—Yo estoy genial —siguió Hannah—. ¡Estoy deseando leer el artículo! ¡Claro, pásamelo en cuanto lo tengas!

Sospechas confirmadas.

—¿El martes? —prosiguió ella—. Déjame consultar la agenda, un momento...

Una presión incómoda se expandió por mi pecho.

«¿Le está pidiendo una cita?».

Hannah soltó una risita.

Tragué saliva. Pensar en ella riéndose con otro me sentaba como un puñetazo. Durante unos segundos, el sonido del cuchillo encontrándose con la tabla de cortar fue lo único que llenó la estancia.

—Sí, me va bien quedar ese día —le confirmó Hannah—. ¿En el hotel Astoria? ¡Perfecto!

Me envaré.

«Acojonante. El tío no se corta un pelo».

Piqué la hortaliza con más fuerza.

—Lo apunto en la agenda ahora mismo —oí decir a Hannah.

Los ojos me escocían por culpa de la cebolla. Veía un poco borroso. Apreté los párpados un segundo. Me distraje, el cuchillo se me resbaló y me corté.

—¡Au! —Un dolor agudo me recorrió el dedo índice—. ¡Mierda! —Solté el cuchillo sobre la tabla—. ¡Joder!

Bajé la mirada. Estaba sangrando.

Cogí un trozo de papel de cocina y me lo apreté contra la herida.

—¿Logan? —La voz preocupada de Hannah sonó más cerca—. ¿Estás bien?

—Sí —gruñí entre dientes.

La mujer que me traía de cabeza se plantó a mi lado.

—¡¿Te has cortado?!

—No es nada.

Le di la espalda e intenté hacer como si nada.

Abrí el grifo del fregadero y metí el dedo bajo el chorro de agua fría. Por suerte, el corte era superficial.

—¿Estás llorando? —me preguntó con suavidad.

—Es por la puñetera cebolla. —Cerré los ojos y me los froté con la mano derecha.

Hannah estiró el brazo y cerró el grifo. Luego, atrapó mi brazo y tiró de mí hasta el baño. Una vez allí, abrió el espejo, sacó el alcohol del botiquín y empapó un algodón.

—Dame la mano —me pidió con delicadeza.

—Puedo cuidar de mí mismo —contesté más arisco de lo que pretendía.

Ella apretó los labios y me cogió la mano igualmente. El calor que hormigueaba mi piel cada vez que me tocaba me hizo sentir mejor.

—Te va a escocer un poco —me avisó.

Me pasó el algodón por la herida con cuidado y vi las estrellas.

—¡Au, joder! ¿Un poco? ¡Me estás matando!

—No me puedo creer que seas el típico paciente quejica —comentó divertida.

Respiré hondo y no contesté. Bastante idiota me sentía ya.

Hannah me cubrió el dedo con una tirita.

—Listo —musitó.

Le aguanté la mirada unos segundos.

A decir verdad, no me entendía ni yo. No sabía por qué estaba celoso. Hannah y yo solo llevábamos quedando dos semanas. No debería molestarme que quedase con otros.

—¿Tienes una cita con el periodista? —pregunté sin poder contenerme.

Ella frunció el ceño. La incomprensión brillaba en sus ojos avellana.

—Hemos quedado el martes, pero…

—Genial. —La corté, y aparté la mirada.

La sensación rara que sentía dentro se intensificó.

—Logan, ¿estás celoso? —Sonaba incrédula.

—¿Qué? —Volví a mirarla—. Claro que no.

Ella se quedó seria y asintió.

El silencio se impuso entre nosotros. De pronto, la atmósfera estaba tirante.

Tragué saliva y me di cuenta de que había sido un poco brusco. Decidido a recuperar el ambiente distendido le dije:

—¿Picas tú la cebolla, Donna?

Tercera señal de que te estás pillando como un campeón: te das cuenta de que harías cualquier cosa por ella.

Una semana después entré en el edificio Skylark vestido con el esmoquin negro. Aunque le había dicho a Hannah que arreglaría el tema de las bodas, había hecho cálculos y ese mes no podía permitirme renunciar a ninguna de las que tenía contratadas.

En el ascensor me ajusté la pajarita, me abroché el botón de la chaqueta y consulté los nombres de la pareja en la libreta una vez más. La boda que tenía que interrumpir había empezado hacía cinco minutos. Salí en la planta treinta. Atravesé con confianza el salón decorado con flores y seguí las señales hasta la azotea.

A través de la puerta acristalada, le eché un vistazo a la terraza. Una alfombra blanca recorría el pasillo hasta el altar. Bajo el arco de flores estaban la pareja y el oficiante. Al fondo, se extendía el horizonte de rascacielos liderados por el Empire State bajo el cielo del atardecer. Los invitados se sentaban a ambos lados del pasillo. Desvié la vista a la izquierda y me quedé paralizado.

Hannah estaba de pie en la parte delantera, vestida de negro y con el pelo recogido, mirando al altar. La posibilidad de volver a encontrármela en otra boda me parecía remota, pero ahí estaba.

Durante un instante valore qué hacer. Si interrumpía la ceremonia, Hannah me mandaría a tomar por el culo sin pestañear. Y si no entraba, estaría jodido de dinero en las próximas semanas.

—Disculpa, ¿vas a pasar? —Una voz femenina me sacó de mis pensamientos.

Al girar la cabeza, me topé con una mujer que llegaba tarde a la boda.

Un instante después, llegué a la conclusión de que no podía hacerle eso a Hannah. Sabía lo importante que era el trabajo para ella. El estómago se me contrajo al imaginar la cara que pondría si me viese ahí plantado. No quería hacerle daño ni cagarla con ella, por eso no aceptaría ni un encargo más. Ya vería qué hacer con el dinero.

—No. —Solté el picaporte y le eché un último vistazo a la mujer que estaba poniendo mi mundo patas arriba.

Luego, me di la vuelta y enfilé rumbo a los ascensores. De camino a la salida, le escribí un mensaje a la persona que me había contratado para avisarle de que iba a devolverle el dinero.

Al llegar a casa, cambié el esmoquin por un chándal y me senté frente al ordenador. Revisé el correo y me topé con una solicitud de contacto para oponerme a una boda. Mandé un mensaje al número de teléfono que me habían facilitado diciendo:

> Lo siento, pero no puedo aceptar el encargo

La persona me contestó enseguida:

> Estoy dispuesto a pagarte el doble de lo que cobres normalmente

Solté el móvil sobre la mesa y no le contesté. Después, abrí el portal de búsqueda de empleo y revisé las ofertas nuevas. Julio llegaba a su fin. Había llegado el momento de tomarme en serio lo de encontrar otro trabajo. Di con una oferta para SoGood, una de las agencias de publicidad más famosas del país. Buscaban a alguien con varios años de experiencia, ofrecían un buen sueldo y seguro médico. Sin dudar, les envié mi currículum.

Agosto

Puedes besar a la novia

37

Hannah

—¿Qué haces el día trece? —preguntó Logan a mi espalda.

—Juraría que nada... —contesté sin apartar la vista del móvil—. ¿Por?

Encuadré el horizonte de Manhattan en la pantalla y saqué una foto. Las vistas desde el puente de Brooklyn eran increíbles. El cielo oscuro, lleno de nubes grises, amenazaba con una tormenta inminente. El calor era intenso y el aire estaba cargado de humedad. Se oyó un trueno a lo lejos. El bullicio del tráfico y de los turistas se juntaba con la voz de Frank Sinatra cantando *New York, New York*, que provenía de una de las plataformas giratorias en las que podías grabarte en vídeo con las vistas panorámicas.

—Me gustaría celebrar mi cumpleaños en casa contigo y con mis amigos —respondió Logan.

Giré sobre los talones para encararlo. Estaba a un par de pasos de distancia, observándome expectante.

—¿El trece de agosto es tu cumpleaños? —pregunté maravillada—. ¡Es el mismo día que la boda de Edward Cullen y Bella Swan! ¡Qué casualidad!

Logan parpadeó extrañado.

—Son los protagonistas de Crepúsculo —expliqué.

—Sé quiénes son. —Se acercó y plantó las manos en mi cintura—. Lo que me alucina es que sepas qué día se casan. Luego el friki soy yo.

Se me escapó la risa.

—Tengo una réplica de su invitación de boda en un álbum de recortes.

Los truenos cada vez se oían más cerca.

Desbloqueé el móvil y consulté el calendario.

—Por la tarde he quedado con unos novios en el Bowery. Para la cena estaré libre.

—Genial. ¿Cuento contigo, entonces?

Una gota me cayó en la cabeza, seguida de otra que aterrizó en mi brazo.

—Deberíamos darnos prisa en cruzar. —Eché a andar en dirección a Manhattan—. No tengo paraguas.

Las primeras gotas cayeron al suelo con suavidad.

Logan se situó a mi lado y atrapó mi mano con naturalidad.

—No me has contestado a la pregunta —recordó.

—No sé si pinto mucho… ¿No prefieres celebrarlo solo con tus amigos?

—Es mi cumpleaños y me gustaría presentártelos.

—Ya los conocí en la boda.

—No es lo mismo. En la boda estabas trabajando y apenas pasaste tiempo con ellos. Para mí es importante que los conozcas.

Se me aceleró el corazón. Logan y yo llevábamos quedando algo más de un mes. Habíamos pasado de vernos los fines de semana a quedar cada vez que podíamos. Había salido con otros hombres más tiempo y nunca me habían presentado a su círculo cercano.

La lluvia empezó a caer con fuerza y de sopetón. Echamos a correr, esquivando a la gente con paraguas. Cuando nos resguardamos bajo el arco del puente estábamos empapados. Había tanta gente arremolinándose allí que apenas cabíamos.

—Te he dicho que… no teníamos que cruzar ahora. —Mi pecho subía y bajaba a toda velocidad mientras contenía la risa.

—Y yo te he dicho que el riesgo merecía la pena. —Me agarró de las caderas. Sus manos irradiaban calor—. Estás preciosa empapada.

—Tú también estás guapo.

Logan tenía la camisa pegada al pecho. Un mechón de pelo mojado le caía sobre la frente. Estiré la mano y se lo retiré con suavidad.

Él bajó la vista hasta mi pecho y luego se quedó unos segundos mirándome la boca. Sus ojos me calentaron la piel. Si seguía contemplándome así, la ropa y el pelo se me secarían en un momento.

Se inclinó y me habló al oído:

—Desde la noche que saltaron los aspersores mi mayor fantasía eres tú con el vestido mojado. No sabes la de veces que me he tocado imaginándote así —susurró sin un ápice de vergüenza.

El estómago se me puso del revés y el calor se concentró en el sur de mi cuerpo. Oírle decir eso bastó para excitarme. Buscó mis labios con los suyos y compartimos un beso pasional. Apoyé las palmas en su torso y me aproximé un poco más a él.

—¿Vamos a mi casa? —propuse.

Un rato más tarde, apoyé la cabeza sobre la almohada con una sonrisilla tonta en la cara. Logan repartió un montón de besos por mi tripa, pecho y cuello. Me hizo cosquillas y se me escapó la risa.

La ventana estaba abierta. Fuera, la lluvia seguía cayendo con intensidad, el sonido me relajaba. La luz que llegaba del exterior iluminaba la habitación lo suficiente como para poder ver.

Logan se tumbó a mi lado. Rodé sobre el colchón hasta quedarme frente a él. Enterré la mano en su pelo y le acaricié la cabeza. Sus dedos bailaban distraídos por mi brazo, provocándome una sensación placentera.

—He visto la cara que has puesto antes cuando te he dicho lo de mi cumpleaños … —empezó con cautela—. Si no te apetece cenar con mis amigos, no pasa nada.

—No es eso… —Cogí aire y suspiré—. Es que… nadie me ha presentado nunca a su grupo de amigos.

Me dio vergüenza reconocerlo en voz alta. Me acomplejaba no haber sido lo bastante importante para nadie. Una parte de mí me decía que tenía que normalizarlo, que no pasaba nada por que nunca me hubiesen dicho «te quiero», que no haber tenido un novio duradero no podía ser un tabú. Otra parte sí lo veía importante y me hacía sentir vulnerable. Elegí que ese era un buen momento para sincerarme con Logan.

—Solo he tenido una relación importante —comencé con un tono apagado—. Fue hace tiempo. Cuando llevaba un par de meses viviendo en Nueva York conocí a Max en una fiesta de Halloween de la universidad. Fue un poco de comedia romántica, la verdad. Yo me había disfrazado de Elizabeth Bennet, la protagonista de *Orgullo y prejuicio*, con un vestido blanco de regencia. Estaba a punto de coger un vaso de ponche y de pronto una persona lo agarró a la vez que yo. Cuando levanté la cabeza me encontré con la versión rubia de ojos azules del señor Darcy. Al verlo, me quedé impresionada. No solo éramos los únicos que no se habían disfrazado de nada que asustase, sino que, además, íbamos a juego. Le saludé y entonces él citó a Darcy. Y yo le contesté con otra cita del libro. Estuvimos hablando un rato hasta que me sacó a bailar.

Hice una pausa para respirar hondo. Logan no dejó de acariciarme el brazo.

—Congeniamos enseguida —proseguí—. Descubrí que a él tampoco le gustaban los pepinillos, que estudiaba Económicas y que le encantaban los clásicos. De pronto, todo parecían señales de que ese chico era para mí. Volvimos a quedar y, poco después, empezamos a salir… Cuando llevábamos tres meses juntos, le dije que le quería y él se quedó callado. Al día siguiente… desapareció del mapa.

—¿Cómo que desapareció del mapa? —preguntó Logan extrañado.

—No volví a saber nada más de él. —Suspiré al ver la mueca de pena que puso Logan—. Me dolió mucho. Justo acababa de hablarles a mis padres de él… Se suponía que iba a venir conmigo a Provincetown para conocerlos, y se esfumó.

—Joder, menudo cabronazo. —Logan me frotó el brazo con cariño.

Guardé silencio un instante.

El cuerpo se me revolvió al recordar lo mal que me sentí en ese momento. Desnuda, en aquella cama de fraternidad, me sentí triste, vulnerable, tonta y sola. Aquel incidente abrió una herida en lo más profundo de mi corazón. Desde entonces, nunca había sentido una conexión emocional con nadie. Muchas veces me había planteado si el problema era yo, que tenía las expectativas muy altas, o si es que no era lo suficientemente buena para merecer el amor de nadie.

De alguna manera, los ojos compasivos de Logan me animaron a seguir hablando.

—Todas las relaciones que he tenido después no han durado más allá de un par de meses. Nunca he conocido a la familia o amigos de nadie y nunca me han dicho...

«Nunca me han dicho te quiero», esa última parte me la guardé para mí.

Cuando entendió que no iba a continuar hablando, Logan me cogió la barbilla con suavidad y dijo:

—Yo he llegado para cambiar eso. —Me dio un beso tierno con el que me derretí—. Ya conoces a mi familia, a mis amigos y a mi compañero de piso.

Medité sus palabras un instante.

—Técnicamente, ya no puedes decir que ningún tío te ha presentado a su círculo cercano. Y cuando nos conocimos... no fue un momento de película empalagosa, pero fue gracioso. Mira, piénsalo. Ir los dos a coger el mismo vaso es predecible, aburrido y ya se ha visto mil veces. En cambio, ver a un tío bueno y tirarle la moto para llamar su atención es diferente, divertido y sexy. Además, todo sucedió a los pies del Empire State, ¿qué hay más romántico que eso?

Se me escapó una carcajada.

—No te tiré la moto adrede, fue sin querer.

—Lo que tú digas, Donna.

Me hizo cosquillas, arrancándome otra carcajada. Luego plantó la palma en mi cintura y me acercó a él.

—Me gusta cuando te ríes.

Mi corazón salió disparado. Una vocecita soltó un suspiro en mi mente.

Logan tenía los ojos brillantes. Me acarició la mejilla y terminó de desarmarme.

—Cuenta conmigo para tu cumpleaños —le dije—. ¿Necesitas ayuda con la organización?

Él me dedicó una sonrisa cegadora y volvió a besarme.

—¿Quiere presentarte a sus amigos de manera oficial? —me preguntó Nicole, sorprendida, unos días más tarde—. Guau.

Su voz me llegó a través de los cascos. Estábamos haciendo videollamada; ella desde su habitación del hotel en Londres y yo desde la lavandería de nuestro barrio. Había apoyado el móvil contra la cesta de la ropa, sobre la mesa metálica, para verle la cara mientras doblaba la colada.

—Lo sé… —Coloqué una camiseta perfectamente doblaba en la cesta y cogí otra prenda del montón—. ¿Debería comprarle algo por su cumpleaños?

—Si te apetece, sí.

—Sí que me apetece, pero no tengo ni idea de qué regalarle. No puedo hacerle un regalazo porque solo llevamos viéndonos un mes, y ni siquiera sé qué somos. Pero tampoco quiero comprarle una chorrada y que piense que me da igual. —Faltaba una semana para la celebración y estaba sin ideas.

—Yo diría que conocer a su grupo de amigos es algo serio, ¿no? No te comas tanto la cabeza. Cómprale lo que quieras y ya está.

Dejé el vestido doblado sobre la ropa limpia y cogí la siguiente prenda.

—Por cierto, ¿cuándo vas a presentármelo? —quiso saber Nicole.

Nerviosa, estiré un vestido sobre la mesa y lo alisé con las manos. Todavía no le había contado que Logan era el Rompebodas. Quería contárselo en persona y no por teléfono.

—¿Qué te parece cuando vuelvas de Londres?

—¡Me parece genial! —Nicole hizo una pausa—. Hannah, suéltalo, ¿qué te pasa?

Cogí aire y suspiré.

—Me da miedo ilusionarme. No quiero poner todo mi empeño y que luego se estropee, como pasa siempre. Somos muy diferentes...

Nicole me regaló una sonrisa comprensiva.

—Es normal que te asuste, pero no tiene por qué estropearse. No pasa nada porque seáis diferentes. Lo importante es que te trata como a una reina, te cocina, quiere presentarte a sus amigos, te hace reír y, por lo contenta que estás últimamente, se nota que te da lo tuyo en la cama.

Se me escapó la risa.

—Confía un poco —agregó ella.

Asentí y Nicole contuvo un bostezo.

—¿Qué hora es por allí? —le pregunté.

—La una de la madrugada.

—Vete a dormir, anda.

Cuando colgamos, seguía confundida.

Logan me hacía sentir bien. Me gustaba estar cerca de él. Tenía detalles bonitos, me derretía cada vez que me sonreía y siempre me hacía reír. Cuanto más le conocía, más me gustaba. Pese a todo, necesitaba un empujoncito más para convencerme de que estaba haciendo lo correcto y de que Logan podía ser el hombre indicado para mí.

El sábado por la mañana, de camino a la catedral de San Patricio, le escribí un mensaje a Logan. Llevaba un par de días sin verlo. Habíamos quedado en qué le avisaría de a qué hora podía recogerme.

> Buenas! Qué tal?

> Creo que para las ocho
> habré terminado

> Me recoges en el hotel St. Regis?

> Nicole sigue en Londres, podrás
> hacerme gritar en el sofá 😊

Me pareció un poco raro que el rey de las provocaciones no me contestase en el acto.

Un poco más tarde, cuando la boda de Paige y Leo estaba a punto de empezar, Logan entró con sus andares confiados en la catedral. Me embargó una sensación de horror al ver que llevaba puesto el esmoquin negro. Se sentó en la última fila y el estómago se me retorció de manera desagradable. ¿Había ido a parar la boda? Una oleada de angustia me subió por el pecho.

Me sentí tontísima. Creía que después de nuestra conversación había dejado de hacerlo por mí. Temiéndome lo peor, caminé en su dirección.

—¿Qué haces aquí? —cuchicheé al pararme a su lado.

Logan me miró sorprendido. Me apreté el portapapeles contra el pecho, como si eso pudiese proteger mi corazón del daño inminente.

—¿Has venido a…? —No fui capaz de terminar la frase ni de disimular la inquietud.

—No, no, no —negó con la cabeza y se levantó—. Hannah, tranquila. —Se unió a mí en el pasillo—. Esto tiene una explicación.

—Ven conmigo. —Le hice un gesto con la cabeza y me siguió hasta un rincón.

—¿Vamos a enrollarnos en los confesionarios? —bromeó cuando nos detuvimos detrás de la columna.

Meneé la cabeza y tragué saliva.

—Logan, ¿qué haces aquí? —exigí.

—El padre de la novia me contrató hace tiempo —respondió en voz baja.

—¿Qué? —El enfado me brotó desde muy adentro.

—Déjame terminar, por favor —me pidió—. Fue antes de que tú y yo hablásemos en Coney Island. Cuando le pregunté por qué quería oponerse a la boda, me dijo que su yerno no viene de una buena familia y que su hija merece algo mejor. Como es un cabrón egoísta he cogido la pasta, me he quedado la mitad y con la otra mitad he contratado a un coro para que les cante a los novios «All You Need is Love», como en la boda de *Love Actually*. Voy a interrumpir la ceremonia después del «sí, quiero» para decirles a los recién casados que su padre les manda una sorpresa porque se alegra por ellos —terminó con una sonrisa de anuncio.

Respiré hondo. Estaba alucinando.

—Entonces ¿no has dejado de oponerte a bodas?

—Sí he dejado de hacerlo. Esto es una excepción por lo que te acabo de contar.

—Logan...

—Confía en mí, por favor. —Me agarró la mano.

Lo miré a los ojos unos segundos y al final asentí.

Los nervios me acompañaron durante toda la ceremonia. De tanto en tanto, no podía evitar mirar a Logan. Todas y cada una de las veces lo pillé observándome. Cuando el cura preguntó si alguien conocía algún motivo por el que la pareja no debiera casarse, el silencio llenó la sala. No me pasó desapercibido que el padre de Paige miraba de un lado a otro en busca de Logan.

Fiel a su palabra, cuando la pareja se dio el «sí, quiero», Logan se levantó y carraspeó, ganándose la atención de los presentes.

—Hola a todos, soy Kristoff. Tengo un mensaje para los recién casados. —Señaló el altar con la mano—. Paige, tu padre os desea a Leo y ti lo mejor en un día tan especial. Por eso tiene esta sorpresa preparada para vosotros. —Hizo un gesto con la mano y varias personas del público se levantaron con instrumentos.

Una sonrisa involuntaria asomó a mis labios cuando comenzaron a tocar «All You Need Is Love».

El padre de la novia no parecía nada contento.

Al ver a Paige llorar de alegría, no pude evitar emocionarme. Busqué a Logan con la mirada y le sonreí. Él alzó su teléfono para indicarme que me había escrito. Saqué el móvil de la riñonera y me topé con varios mensajes suyos.

No llores, boba

Que no puedo abrazarte ahora

A no ser que quieras quedar en los confesionarios y contarme tus pecados 😊 😈

Se me escapó la risa.

No voy a liarme contigo ahora

Por qué no?

Seguro que tanto romanticismo te ha puesto cachonda

Porque estoy trabajando...

Poco después, me dirigía a la salida de la iglesia cuando alguien tiró de mí. Acabé aprisionada entre el cuerpo de Logan y una columna de piedra.

—¿Qué haces? —amonesté en un susurro—. ¡Estamos en una iglesia!

—Yo no soy de los que se quedan con las ganas, así que arderé en el infierno con gusto.

Me agarró del culo y me atrajo con firmeza contra él. Se inclinó en mi dirección y me dio un beso fugaz y apasionado, que consiguió robarme el aliento. Sus labios rozaron los míos cuando habló.

—Te recojo a las ocho. —Me dio un último beso y se fue.

Me apoyé en la columna de piedra y suspiré como una adolescente.

Mientras se alejaba me lo quedé mirando con una sonrisa dibujada en la cara. Después de todo, quizá Logan Stone sí podía ser para mí.

38

Logan

—¡Feliz cumpleaños! —exclamaron mis amigos cuando les abrí la puerta de mi apartamento.

—¡Te haces viejito! —Alexandra fue la primera en abrazarme.

Detrás de ella entraron Chris y Tyler. Hannah y Josh, que estaban en el salón, se acercaron a saludar.

—¿Qué cojones es eso? —le pregunté a Ben, al ver la planta gigante que cargaba.

—Es una palmera de bambú —intervino Josh desde la cocina.

—Tu regalo de cumpleaños —me contestó Ben con una sonrisa diabólica—. Como veo que te gustan las plantas...

—¿Qué? —Intenté cortarle el paso, pero me esquivó y se internó en la cocina—. Ni de coña, devuélvela.

Ben dejó la planta, que medía aproximadamente un metro, en el suelo y se acercó a darme un abrazo.

—Eres un cabronazo —le di una palmadita en la espalda, conteniendo la risa—. Te vas a cagar cuando llegue el tuyo.

—Mira, no me jodas. —Ben se apartó—. La planta no es nada comparado con la mierda que me regalaste en mi último cumpleaños.

—Ben y Logan siempre se putean con los regalos de cumpleaños —oí que le decía Chris a Hannah.

—¿Qué le regalaste? —me preguntó ella con curiosidad.

Abrí la boca para contestar, pero Ben me adelantó:

—El gilipollas me regaló una figura de cartón de sí mismo a tamaño real.

—Todo tiene su explicación —intervine—. Al cortar con mi ex estuve viviendo en casa de Ben dos meses. Le hice ese regalo para que no me echase de menos cuando me mudé.

Hannah soltó una carcajada. Su risa me ponía de buen humor.

—Lo tengo en un rincón de cara a la pared, castigado —le contó Ben a Hannah.

—Bah, eso solo lo haces para que las tías que subes a casa no vean que soy más guapo que tú —le pinché.

Todos se rieron.

—Si me das tu dirección, te llevo el cartón encantado —le ofreció Ben a Hannah.

—No, gracias. —Ella arrugó la nariz y negó con la cabeza—. Con aguantar a un Logan ya tengo suficiente.

Abrí la boca, haciéndome ofendido.

—Ya me caes bien —le dijo Ben a Hannah.

Sonreí. Saqué unas cuantas cervezas de la nevera y las repartí.

—¿Qué tal la luna de miel? —le pregunté a Chris.

—Increíble. Aunque la vuelta a la realidad ha sido durísima.

—Costa Rica es alucinante, tenéis que ir —apuntó su marido—. Por cierto, Hannah, tengo las fotos de la boda, ¿quieres verlas?

—Sí, por favor.

Tyler arrastró a Hannah hasta el sofá. Josh se unió a ellos. Ben, Chris, Alexandra y yo nos quedamos frente a la barra de la cocina, que separaba la estancia del salón.

—¿Y Jim? —le pregunté a Alexandra por su prometido.

—Tiene mucho lío en el restaurante y no ha podido escaparse, pero me ha pedido que te felicite de su parte.

—Por cierto, capullo, te he traído otro regalito. —Ben me entregó una bolsa de papel.

Era una botella de whisky de dieciocho años, de la destilería Macallan.

—Tío, ¿cuánta pasta te has gastado? —pregunté horrorizado.

Sabía que las botellas de esa marca rondaban los cuatrocientos dólares.

—Nada —me contestó él—. No se cumplen treinta y uno todos los días.

—Gracias. La guardaré para una ocasión especial...

—¿Qué hay más especial que tu cumpleaños? —preguntó Ben extrañado.

—Conseguir otro curro, por ejemplo —contesté.

—Un brindis por el cumpleañero. —Chris alzó su botellín, interrumpiéndonos.

Ben, Alexandra y yo brindamos con nuestras cervezas.

—Entonces ¿llevas un mes quedando con Hannah? —me preguntó Chris, como el que no quiere la cosa.

—Algo más —respondí.

—¿Desde la boda? —adivinó Alexandra.

Asentí y le di otro sorbo a la cerveza.

—Guay. —Mi amiga sonrió—. Me debes veinte dólares. —Estiró la mano en dirección a Ben.

Este resopló y sacó la cartera.

—¿Qué habéis apostado exactamente? —quise saber.

—Si saldríais o no. Yo aposté que sí y Ben que no.

—Serás capullo —le dije a Ben, negando con la cabeza—. Por cierto, no le contéis a Hannah nada que me deje en ridículo, anda.

—¿Por quién nos tomas? —preguntó Chris.

—Somos unos santos —apuntó Ben con voz angelical.

Le miré incrédulo.

—¡Ostras! De verdad te preocupa lo que le podamos contar —comentó Alexandra entusiasmada—. Te gusta un montón esta chica.

«Un montón empieza a quedarse corto».

—No te rayes, hombre. —Ben me dio una palmada en la espalda—. Creo que nada de lo que le contemos va a espantarla. Acaba de vacilarte en nuestra cara, ha pasado con éxito el ritual de iniciación.

En lugar de contestar, le di un sorbo a mi bebida.

Ben y Chris se unieron a los demás en el salón. Durante un instante, me quedé atontado, observando a Hannah interactuar con mis amigos.

—Entonces ¿es tu novia? —quiso saber Alexandra cuando nos quedamos solos.

Me encogí de hombros.

—No lo sé. Diría que sí.

—¿No se lo has preguntado? —Mi amiga puso los ojos como platos.

Hannah y yo prácticamente nos comportábamos como una pareja, pero no lo habíamos formalizado de palabra. ¿De verdad era necesaria una conversación? No quería arriesgarme a preguntar y que me rechazase, hacía tan solo ocho meses que me habían plantado en el altar.

—No tengo quince años, Alex. No voy a pedirle salir con una notita.

—A lo mejor, si hablases con ella, no te rayarías porque quede con cierto periodista...

Alexandra se calló de manera abrupta cuando Hannah se aproximó hablando con Josh.

Respiré hondo.

—No tenía que habértelo contado —me quejé entre dientes, para que nadie más me oyera.

—Yo solo te pido que, si vas a traerla a la boda, me avises cuanto antes, por favor —respondió en otro susurro.

Asentí.

—¡Voy a pedir las pizzas! —Elevé la voz para que me oyeran todos—. ¿Qué queréis?

Un rato más tarde Hannah se me acercó con una sonrisilla.

—Logan, siéntate —ordenó, señalando el sofá libre con la mano.

Extrañado por el tono demandante, hice lo que me pedía. Cuando tomé asiento, me sorprendió diciendo:

—Buen chico. —Extendió una chuchería en forma de corazón en mi dirección.

La cogí sin entender qué estaba ocurriendo.

Detrás de ella, Ben soltó una carcajada. Cuando lo miré, imitó el ladrido de un perro. Le enseñé el dedo corazón y me metí la chuchería en la boca.

—¿Acabas de tratarme como un perro? —le pregunté a Hannah. Ella arrugó la nariz y asintió con gesto culpable.

—Sí. Lo siento. —Se sentó en mis rodillas y me rodeó el cuello con el brazo—. Quiero caerles bien a tus amigos —se justificó.

Un calor agradable se despertó en mi pecho. Que le preocupase encajar con mis amigos debía de significar algo.

—Ben quería apostar diez dólares a ver si me atrevía —me contó.

—¿Ya te han metido en la tontería de las apuestas?

—No. No he apostado nada. Le he dicho que lo haría si me contaba de dónde venía el vacile de tratarte como un perro.

—¿Ah, sí? —Planté una mano en su muslo—. ¿Y qué te ha contado?

—Que en la boda estabas mirándome todo el rato y que empezó a vacilarte con que me seguías como un perro. —Sonrió contenta.

—¿Y qué más?

—No me ha contado nada más... Bueno, me he enterado de que llevas toda la semana practicando ñoquis y de que estás usando a Josh de conejito de indias para que los pruebe.

«Y el premio al bocas del año es para... Josh Bloom».

De pronto, me sentí un poco tonto. No quería que se enterase de que llevaba varios días practicando. Quería sorprenderla y punto. Me rasqué la barbilla incómodo.

—Le pedí la receta a mi abuela el otro día —reconocí con la mayor indiferencia posible—. Todavía me salen un poco feos, pero de sabor están buenos.

Una sonrisa tierna brotó en sus labios.

—¿Estás practicando por mí? —No pudo ocultar la emoción en su voz.

—Como es tu plato favorito...

Hannah me cortó con un beso.

—Eso es muy adorable por tu parte —me dijo sin perder la sonrisa—. ¡Muchas gracias!

No entendía por qué se alegraba tanto. Si era una tontería como una casa.

—¿Cuándo me los vas a preparar?

—Cuando quieras.

—¿Mañana? —probó suerte—. Podrías venir a dormir a mi casa y mañana cocinamos juntos.

—Así que ¿todo esto es porque quieres llevarme a la cama luego?

—Me has pillado. —Asintió con una sonrisilla insolente.

Sonreí al verla contenta.

—¿Te haces una foto conmigo? —me preguntó enseguida.

—Por supuesto.

Hannah se sacó el móvil del bolsillo, pegó la cara a la mía y estiró el brazo. Sonreímos a la cámara.

—Otra, por si acaso —la oí decir.

El «otra, por si acaso» se tradujo en cinco fotos más.

—¿Para tu álbum? —le pregunté cuando me enseñó la que más le había gustado.

—Puede ser.

—Cuidado, Donna, se empieza así y acabas pillada.

—Eres un flipado.

—Bueno, no puedo ser perfecto, ¿no?

Ella se rio y yo sentí que se me hinchaba algo dentro del pecho.

—Por cierto, el fotógrafo de la boda nos sacó una foto bailando *Mamma Mia* —me informó Hannah—. Es muy graciosa.

—¿Sí? Luego le pediré a Tyler que me la enseñe.

En ese momento, mis amigos empezaron a cantar «Cumpleaños feliz» a coro. Ladeé la cabeza y vi a Chris acercarse con una tarta con las velas encendidas. La dejó en la mesita del café, delante de mí. Hannah se levantó y se sentó a mi lado. Me partí de risa al ver que en la tarta aparecía una imagen de Joey Tribbiani llorando. Sobre su cara podía leerse «¿Por qué, Dios? ¿Por qué?» en referencia a uno de mis episodios favoritos de Friends. Cuando terminaron de cantar, soplé las velas y aplaudieron.

—Gracias —les sonreí a todos contento.

A falta de mi abuela, me rodeaban las personas que más me importaban.

Después de comer la tarta, procedieron a darme sus regalos. Recibí un set de cuchillos de cocina profesionales, unas entradas para el hockey sobre hielo y un curso para aprender a preparar *gyozas*.

Hannah me dio el regalo la última:

—Espero que te guste.

Acepté la bolsa que me tendía.

Arranqué el papel de regalo y me encontré con la caja de un barco teledirigido de juguete. De pronto, me abordaron varios recuerdos y retrocedí en el tiempo. A esos momentos que pasaba con mi padre en Central Park. Aquel regalo significaba mucho para mí. Tragué saliva intentando recomponerme.

Hannah me observaba insegura.

—Gracias —le sonreí.

Me incliné y le di un beso tierno.

En ese instante fui consciente de que podría enamorarme de ella con una facilidad asombrosa.

Cuando nos bajamos de la moto frente al portal de Hannah, ella ahogó una exclamación.

—¿Qué pasa? —le pregunté mientras guardaba los cascos.

Hannah levantó la mano pidiéndome un segundo, tenía los ojos clavados en el móvil.

—¡Henry acaba de mandarme el artículo para que lo lea antes de que se publique! —exclamó.

—Qué bien —contesté, deteniéndome a su lado—. ¿Qué dice?

—Una boda de verano inolvidable en el castillo Oheka... —Hannah leyó en alto las partes donde se la mencionaba—. ¡Para la boda se contrató a la talentosa Hannah Brooks, quien obró su magia y convirtió los jardines del castillo en un cuento de hadas! ¡Con tan solo veintiocho años, apunta a que podría convertirse en la sucesora de Melanie Stevens! —exclamó emocionada—. ¡Oh, Dios! Qué majo es, ¿verdad?

Sin esperar una respuesta por mi parte, se arrojó a mis brazos.

—Sí, majísimo... —El tono me patinó y no pude ocultar el sarcasmo.

Hannah se apartó y me miró fijamente. Sus ojos preciosos analizaron los míos.

—¿Va todo bien?

—Sí. —Forcé una sonrisa—. Enhorabuena, Donna. Un paso más cerca de la agenda y de convertirte en quien más admiras.

Ella sonrió contenta. Atrapó mi mano y enfiló hasta el portal.

—Tengo otro regalo para ti —comentó con una sonrisilla cuando entramos en su apartamento.

Tiró de mí hasta su habitación.

Una vez allí, Hannah colocó la silla en el centro de la estancia. Luego cogió el dobladillo de mi camiseta y me la sacó por la cabeza. Mis pantalones fueron lo siguiente en desaparecer. Me empujó de los hombros hasta que acabé sentado.

—¿Vas a hacerme un striptease? —bromeé.

Hannah se inclinó en mi dirección, apoyando las manos en mis muslos. Su aliento me calentó la boca cuando habló:

—¿Te gustaría que lo hiciera?

Sentí una sacudida en la polla.

—¿Quieres que me corra en los calzoncillos?

Sonrió, pagada de satisfacción.

Estiré el cuello para besarla y ella se apartó, dejándome con las ganas.

Se alejó un par de pasos y se desnudó mirándome a los ojos. Hannah me observó con intensidad. Una sonrisa sexy adornaba sus labios. Se quedó en un conjunto de ropa interior negro de encaje, bastante revelador. Resoplé al ver que sus pezones se intuían a través de la tela semitransparente.

Hice amago de levantarme, pero ella me detuvo negando con la cabeza.

—¿Por qué no vienes aquí? —Le hice un gesto con la mano impaciente por que se acercase.

Hannah bordeó la cama y abrió el cajón de la mesita de noche.

—Estaba pensando que podríamos usar esto —dijo con un tono juguetón.

Se dio la vuelta con unas esposas muy realistas en la mano.

—Dios mío… Seas quien seas —alcé la vista al techo—, ¡gracias por tanto!

Se le escapó una risita mientras se acercaba a mí.

—No te rías. Me va a dar un puto infarto. A ver qué le dices a la policía cuando vengan a levantar el cadáver.

Hannah se sentó a horcajadas sobre mí. Le agarré la nuca y la atraje contra mí para besarla. Su lengua salvaje se encontró con la mía. Me pasó las manos por el pecho. La piel me hormigueaba bajo su contacto.

—Es tu cumpleaños… —empezó apartándose de mi boca—. ¿Qué quieres que te haga?

—Puedes empezar por besarme el cuello.

Hannah apretó los labios contra mi pulso. Me lamió la piel hasta la oreja y me mordió el lóbulo. Apenas me había tocado y yo ya estaba como una moto.

—¿Quieres que te ponga las esposas? —me preguntó cerca del oído.

—¡Sí! —dije al instante.

Antes de levantarse, me lamió los labios con osadía y me dio un beso sensual. Hannah me esposó las muñecas detrás del respaldo de la silla. El metal estaba frío en comparación con mi piel.

Se arrodilló delante de mí y me puse nervioso de anticipación. Mi polla saltó libre cuando me quitó los calzoncillos.

Cerró los dedos alrededor de mi erección y movió la mano arriba y abajo sin dejar de mirarme a los ojos.

«Esta es la imagen con la que voy a masturbarme el resto de mi vida».

Cuando se inclinó en mi dirección, el corazón se me aceleró tanto que creí que se me saldría por la boca. Hannah me lamió despacio desde la base unas cuantas veces. Perdí la cuenta de cuántos gemidos se me escaparon. Cada vez que parecía que iba a metérsela en la boca, se retiraba y me dejaba con las ganas.

—Me estás volviendo loco. Apiádate ya de mí, por favor.

Ella me dedicó la sonrisa más sexy del mundo.

Jadeé cuando se la introdujo en la boca. Movió la lengua y se me cortó la respiración. Apreté los puños con fuerza. Aquella sensación era increíble. Hice un esfuerzo hercúleo por quedarme quieto y no mover las caderas.

—Dios... —Gemí—. Así... Me encanta.

Era la primera vez que no podía hacer nada más allá de disfrutar. Cerré los ojos porque verla chupármela era demasiado. Para no correrme, empecé a contar mentalmente:

«Un Misisipi».

«Dos Misisipi...».

«Tres Misi... ¡Joder!».

—Hannah, si no paras me voy a correr —dije con la voz ahogada—. Y me gustaría hacerlo dentro de ti.

Ella se incorporó con las mejillas coloreadas. Me moría de ganas de besar sus labios enrojecidos.

Deslizó un condón sobre mi erección y se me sentó encima. Sentí un tirón de la hostia en el estómago cuando bajó despacio para encontrarse conmigo. Al llegar al fondo se mordió el labio y gemimos los dos.

—Quítate el sujetador, por favor. —Mi voz sonó como un ruego.

Hizo lo que le pedía y sus tetas perfectas salieron a desearme un feliz cumpleaños. Pasó una mano por mi pecho descubierto. Se aferró a mis hombros y comenzó a moverse con ganas. Hannah estaba preciosa con los ojos nublados de placer, los labios entreabiertos y las mejillas sonrosadas.

Tenía sus pechos balanceándose a centímetros de la cara. Claramente estaba en el paraíso.

Nuestras lenguas se entrelazaron con avidez.

«Joder. No voy a durar una mierda».

—Con tanto entusiasmo no, cariño —le pedí enseguida.

Me miró sorprendida. Probablemente porque era la primera vez que usaba un apelativo cariñoso con ella.

La piel se le puso de gallina cuando le lamí un pezón. Echó la cabeza hacia atrás. Sus gemidos aumentaron mi frecuencia cardiaca. Su piel caliente ardía contra la mía provocándome escalofríos. Estar dentro de ella me encantaba.

—Me gusta tanto… —susurró.

—¿El qué?

Hannah me robó un beso y comenzó a balbucear:

—Tú… Esto que hacemos…

Cuando sus paredes se contrajeron a mi alrededor, apreté la mandíbula.

—Me muero… Estoy muy cerca… —me avisó.

Hannah alcanzó el clímax con un grito y yo me corrí con tanta intensidad que sentí que me estallaba la cabeza.

Sin apartar las manos de mis hombros, apoyó la frente contra la mía y me robó un beso. Su pecho subía y bajaba a toda velocidad, igual que el mío.

Era oficial. Había echado el mejor polvo de mi vida. Acababa de terminar y ya quería volver a acostarme con ella. Quería esposarla y estar al mando de la situación, volverla loca de placer y acariciarle el cuerpo entero.

—Tú y yo… —titubeó—. ¿Qué somos?

—Yo diría que tú eres la policía del amor y yo un chico muy malo.

Hizo amago de sonreír y volvió a quedarse seria.

—Te lo estoy preguntando en serio.

Arrugué la frente sin comprender. Necesitaba unos minutos para que mi cerebro retomase la actividad.

—Sé que te has puesto celoso de Henry, os he oído hablando antes a Alex y a ti, y quería decirte que no tienes ningún motivo para estarlo. Solo quedamos porque quería entrevistarme para el especial de Navidad…

Una sensación amarga se despertó en mi pecho. ¿De verdad teníamos que hablar de ese tío ahora?

—Hannah, no soy gilipollas. Vi cómo te miraba en la boda. Se nota un huevo que quiere impresionarte.

—Me da igual —respondió, negando con la cabeza—. Mira, yo no soy tan moderna. No me gusta eso de quedar con varias personas a la vez.

Me tensé.

—¿Qué me estás queriendo decir? —Había cautela en mi tono.

—Que no voy a quedar con otros mientras tú y yo estemos viéndonos.

Me relajé al instante.

—¿O sea, que quieres exclusividad? —pregunté para asegurarme de que la entendía.

—Sí. ¿Te parece bien?

Teniendo en cuenta que por dentro estaba dando saltos de alegría, hablé sorprendente calmado cuando dije:

—Joder, vale, no hacía falta que me esposases, si te iba a decir que sí —bromeé.

Ella me dio un manotazo cariñoso.

Yo ya estaba sonriendo como un imbécil.

—Hannah, no me he acostado con nadie más desde que empezamos. —Quería dejárselo claro—. Para mí solo estás tú.

Algo se fundió en sus ojos. Podría quedarme mirándola toda la noche.

—Lo siento si me he puesto borde con el tema de Henry —me disculpé.

—No pasa nada, me hace gracia que seas un celosillo.

A tientas, busqué el cierre de las esposas, pero no lo encontré.

—¿Puedes soltarme ya? Estoy ansioso por abrazarte.

Con una risita, Hannah se levantó. Se agachó detrás de mí y toqueteó las esposas.

—Mmm... Qué raro, pensaba que tendrían un botón para abrirlas.

—Eh... ¿No venían con una llave?

—No... —Ella volvió a ponerse delante de mí con cara de circunstancia—. No lo sé. Tiré la caja cuando las compré... ¿Qué hago? ¿Pruebo con una horquilla?

—Por probar...

Hannah intentó abrir las esposas con un clip y con una horquilla, sin éxito. La situación era tan surrealista que nos entró la risa.

—¿Qué hacemos? —me preguntó mitad divertida mitad mortificada—. ¿Vamos a comisaría?

—Ni de coña. No voy a salir a la calle así…

Me quedé pensativo un instante. Solo conocía a una persona que podría ayudarme en esa circunstancia.

—No preguntes por qué, pero llama a Ben.

—¿Ahora? Son las dos de la madrugada.

—Hazme caso. No puedo quedarme así hasta mañana.

Hannah sacó mi móvil del bolsillo del pantalón. Lo desbloqueó y buscó el contacto de mi amigo. Pulsó el botón de la llamada y activó el manos libres.

—Cojo la pala y salgo —dijo Ben al descolgar.

—¿Qué dices?

—Has matado a alguien, ¿no? —bromeó.

—Escucha, necesito pedirte un favor. ¿No tendrás por casualidad la llave de unas esposas?

La carcajada estridente de Ben llenó la estancia.

—¿Te ha detenido la policía o estabas jugando a «poli bueno, poli malo» con la *wedding planner*?

Guardé silencio unos segundos.

—Menudo par de traviesos —se rio Ben.

Hannah se tapó la cara con las manos. Estaba roja como un tomate.

—Tío, ¿tienes algo para soltarme sí o no? —pregunté.

—Claro que sí. ¿Adónde voy?

Quince minutos más tarde, Ben apareció con una cizalla enorme. En cuanto me vio esposado a la silla y en calzoncillos, estalló en carcajadas.

—No voy a preguntar por qué tienes una puta cizalla. —Fue toda mi respuesta.

Hannah se quedó en un rincón y apenas abrió la boca.

Oí un chasquido metálico cuando Ben cortó la cadena de las esposas. En cuanto me soltó, roté los hombros varias veces. Los músculos se me habían quedado entumecidos. Con cuidado, cortó las anillas que rodeaban mis muñecas.

—Gracias.

Ben se apoyó la cizalla en el hombro. Una sonrisita burlona adornaba su cara.

—Esto te va a perseguir de por vida —aseguró—. Lo sabes, ¿verdad?

—Sí. Lo sé. Me la suda.

En cuanto salió de la habitación, me lancé a abrazar a Hannah.

—¡Qué vergüenza! —la oí decir.

Mi pecho vibró a causa de la risa.

—¿Por qué todo nos sale del revés? —Se lamentó—. Se suponía que tenía que ser un momento romántico, no vergonzoso. No puedo volver a salir con tus amigos nunca más.

Con la risa resonando en la garganta, le agarré los hombros y la separé de mi cuerpo.

—Yo creo que ha sido un momento para recordar —aseguré contento.

Me incliné en su dirección y la besé.

No sabía exactamente el qué, pero Hannah y yo éramos algo, y ese era el verdadero regalo de cumpleaños.

39

Logan

Unos días más tarde, Hannah me despertó dando vueltas en la cama. Oí sus quejidos y me puse en alerta. Separé los párpados con dificultad. Estaba tumbada en posición fetal, con la cara contraída en una mueca de dolor.

—¿Estás bien? —le pregunté adormilado.

—Me ha venido la regla por la noche —me explicó con la voz apagada—. Estoy muy dolorida.

Le aparté con delicadeza un mechón de pelo revuelto de la cara y le di un beso.

—Pues nos quedamos toda la mañana en la cama.

—¿No te importa?

—¿Quedarme en la cama con una mujer preciosa? Oh, sí, menudo suplicio —ironicé.

—Vale, no me tomes en serio...

—Claro que no me importa, tonta.

«Solo quiero cuidar de ti», ese último pensamiento me lo guardé para mí. Era una moñada como un templo de grande.

—¿Qué puedo hacer por ti? —le pregunté.

—¿Me traes la bolsa de agua caliente, por favor? Está en el armario del baño.

—Sí. ¿Algo más? ¿Quieres que te preparare el desayuno y que te ponga *Mamma Mia*?

—¿Harías eso por mí?

—Por ti lo que sea.

Los ojos se le llenaron de lágrimas. Se me encogió el pecho.

—Hey, ¿qué pasa? —Le froté el brazo.

—Nada… Es que… estoy muy sensible.

La atraje contra mi pecho y la abracé. Deposité un beso en su frente y le acaricié la cabeza con suavidad.

—Venga, voy a prepararte el desayuno —le dije al cabo de un instante—. Enseguida te lo traigo.

Salí de su habitación en ropa interior, le eché un vistazo al reloj. Eran las ocho y cuarto de la mañana. Me froté los ojos y bostecé. Al llegar a la cocina, me topé con una chica que reconocí al instante.

—¿Qué haces tú aquí? —me gritó Nicole de malas maneras—. ¡Fuera de mi casa! —Alzó una sartén, dispuesta a usarla como arma.

—Hey, hey, hey, suelta eso, Rapunzel. —Le pedí retrocediendo.

Un hombre moreno del tamaño de un mastodonte salió del baño en calzoncillos. Parecía algo más mayor que yo.

—Nicole, ¿qué pasa? —le preguntó él con un marcado acento inglés.

En ese instante, Hannah entró corriendo en la cocina. Se había puesto mi camiseta gris, llevaba la melena revuelta y todavía tenía lágrimas en los ojos.

—¡Han, llama a la policía! —exclamó Nicole—. ¡Este pirado se ha colado en casa!

—Logan no se ha colado en casa —explicó Hannah.

—¿Logan? —Nicole arrugó el ceño—. ¿Me estás diciendo que este es tu Logan? —Me señaló con el dedo índice.

«¿Hannah no le ha contado a su mejor amiga que estamos juntos?».

Un escozor desagradable se abrió camino por mi pecho.

—No me lo puedo creer —prosiguió Hannah con los ojos puestos en el hombre—. Nikki, ven conmigo.

Sin esperar respuesta, Hannah agarró el brazo de su amiga y la arrastró fuera de la cocina. El otro tío y yo nos quedamos ahí sin saber dónde meternos.

—¿El jefe cabrón? —Hannah elevó la voz desde el salón—. ¿En serio, Nicole?

—¿Tú estás liándote con el gilipollas del Rompebodas? —contraatacó su amiga—. ¿Cuándo pensabas contármelo?

—¿Y tú? ¿Hasta cuándo ibas a callarte que estás acostándote con tu jefe?

«¡¡Hostia!!».

—¿Cuántas veces le has llamado cabrón? —siguió Hannah—. ¿Se te ha olvidado que te ha hecho trabajar los fines de semana, que te ha tratado como si fueses su asistente y el que te ha mandado a Londres sin avisar cientos de veces? No será el que te dio plantón en la cita, ¿no?

—¡Shhh! ¡Que te va a oír!

—¡Me importa un pimiento! ¡Nicole, te podrían despedir! ¡Es tu jefe!

—Bueno, ¿y tú qué? ¿De verdad estás saliendo con el capullo que te jodió una boda? ¿Necesitas que te recuerde todo lo que te ha dicho sobre las bodas?

—El viaje de avión en primera clase, que no le hayas insultado últimamente… Ahora encaja todo.

Supuse que aquello iba para largo.

El hombre que tenía delante parecía tan incómodo como yo.

—Bonitos calzoncillos —le dije para romper el hielo—. Soy Logan Stone, el gilipollas Rompebodas. —Alargué la mano en su dirección.

—Nathaniel Lexington, el jefe cabrón —me contestó al estrechármela—. Encantado.

—¿Un café?

—Sí, por favor.

Llené dos tazas con el café que había preparado Nicole y le pasé una. Me apoyé en la encimera y le di un sorbo al mío.

La voz de Hannah volvió a llegarme desde el salón:

—¡Si le dieses una oportunidad, verías que Logan no está tan mal!

«¿Disculpa? ¿Cómo que no estoy tan mal…?».

—¡Lo mismo puedo decirte de Nate! —replicó la amiga.

—Siento habértelo ocultado —oí que le decía Hannah con la voz llorosa—. No quería emocionarme antes de tiempo y prefería contártelo cuando estuviese segura de que Logan... iba en serio conmigo —terminó de carrerilla—. ¿Me perdonas?

—Claro que te perdono —siguió Nicole con un tono más amable—. Yo también lo siento mucho, cosa guapa. Me ha pasado lo mismo. Además, me daba miedo que quisieses castrar a Nate después de todo lo que te he contado estos meses.

Se oyeron sus risas.

—Por cierto, ¿tú no volvías esta tarde de Londres?

—Adelantamos el vuelo. ¿Tú no ibas a pasar la noche en casa de Logan?

—Sí, pero estaba su compañero de piso y hemos preferido venir aquí. Por cierto, ¿por qué no organizamos una cita doble? Que se vengan los chicos a ver *Eclipse* al cine de verano con nosotras y ya está. Así nos conocemos todos mejor.

«Ni por todo el oro del mundo», pensé.

—*Eclipse* es la película de *Crepúsculo*, ¿no? —me preguntó Nate dubitativo, sacándome de la conversación que estaban teniendo las chicas.

—Sí.

—Uf —resopló.

Asentí con cara de circunstancia. Entonces caí en la cuenta de una cosa:

«Mierda, si me niego al plan, quedaré como el culo...».

En ese momento Nate y yo compartimos una mirada significativa. Sospeché que estaba pensando lo mismo que yo. Lo confirmó diciendo:

—Di tú que no —me pidió con atrevimiento.

—¿Yo? —Me señalé con el dedo índice—. Ni de coña. Yo estoy empezando con Hannah, no puedo negarme. Dilo tú.

—Yo acabo de volver con Nikki. Si le digo que no, quedaré fatal. Sálvanos tú.

—No me jodas, tío. Tú ya tienes el mote de cabrón, peor no puedes quedar.

Cuando oímos pasos cambié de tema de manera abrupta:

—Y por eso creo que Christian Bale es mejor Batman que Michael Keaton —comenté como el que no quiere la cosa.

—Estoy de acuerdo —comentó Nate antes de darle un sorbo a su taza.

Hannah y Nicole se plantaron delante de nosotros.

—El mejor Batman es Robert Pattinson —apuntó Hannah.

Su amiga le dio la razón.

—Nikki y yo vamos a ir esta noche a ver *Eclipse* al cine de verano —continuó Hannah—. Hemos pensado que podríamos ir los cuatro.

—Sí. Podemos ver la película y luego cenar juntos. —Nicole le cogió el relevo de la palabra—. ¿Os apetece venir?

Cualquier plan me apetecía mil veces más que ver la película de un guaperas que brilla como un puto reflectante, pero la carita expectante con la que me observaba Hannah me lo estaba poniendo difícil.

—Me apunto —acepté, adelantando al inglés por la derecha—. Cita doble. Es un planazo.

Hannah me dedicó una sonrisa deslumbrante.

Nate me miró con una cara de «¡Qué asco das, puto traidor!», y yo asentí con la cabeza como diciendo «Ya lo sé, ¿qué quieres que haga?».

—Yo compro las palomitas —apuntó él.

Hannah

La mejor parte de ver *Eclipse* en el cine de verano fue que Logan me abrazó toda la película. Me estaba haciendo adicta al calor de su cuerpo. Cuando, al final, Bella le dijo a Edward que quería casarse el trece de agosto, le di un codazo juguetón y musité un: «Tu cumple».

Según la película terminó, fuimos a un restaurante italiano bastante refinado que había reservado Nate. Cuando nos sentamos, una camarera se acercó para tomarnos nota de la bebida. Al quedarnos solos, un silencio incómodo se alzó en la mesa.

Aunque tenía una opinión formada sobre el jefe de Nicole, quería darle una segunda oportunidad, la misma que esperaba que mi amiga le diese a Logan. Estaba devanándome los sesos en busca de un tema de conversación cuando Logan se adelantó:

—¿De qué parte de Inglaterra eres? —le preguntó a Nate, aprovechando que le tenía enfrente.

—Nací en Leeds, pero vivo en Londres. ¿Tú de dónde eres?

—De Nueva York.

—¿A qué te dedicas?

—Soy publicista. Trabajo en una agencia que se llama Day One. Antes estuve en Oligy. No sé si la conoces.

—Claro que la conozco. Oligy nos ha llevado un par de campañas de publicidad. Ahora trabajamos con SoGood.

—No me jodas —contestó Logan—. ¡Qué casualidad! Tengo una entrevista con ellos la semana que viene.

Miré a Logan gratamente sorprendida por esa información.

—Tengo buenos amigos dentro —prosiguió Nate—. Puedo recomendarte, si quieres.

—Te lo agradezco, sería genial.

El camarero regresó con las bebidas y nos tomó nota de la comida.

—¿Y tú de dónde eres, Nicole? —Logan desvió la atención hacia mi amiga.

—De Charlotte. Vine a Nueva York para ir a la universidad y me quedé.

Se hizo el silencio unos segundos en la mesa.

—Hannah me ha contado que os conocisteis en un club de lectura, ¿qué géneros sueles leer? —Logan siguió sacándole conversación a mi amiga.

—Leo un poco de todo —le contestó Nicole—. Aunque lo que más, yo diría que thriller.

—Le encantan los documentales de *true crime* —le conté a Logan.

—Sí, me parecen interesantísimos. En casa solo vemos eso y musicales, que le encantan a Hannah.

Le di un sorbito a mi copa de vino y sonreí.

—¿Te ha gustado *Eclipse*? —le pregunté a Nate en un tono amigable.

Ese hombre había ganado un punto por la intención de recomendar a Logan para el trabajo.

—No. Tiene demasiados agujeros de guion —me contestó, arrugando la nariz—. ¿A ti te ha gustado? —le preguntó a Logan.

—Qué va, es un tostón monumental. Solo había visto la primera y he recordado por qué no continué la saga.

—No lo entiendo. ¿Por qué no os ha gustado? —Me interesé—. Es una historia muy romántica.

—¿De verdad te parece romántico que un tío que brilla como una bola de discoteca te rompa la camioneta para que no puedas ir a ver a tu amigo el lobo, o que se cuele en tu casa por la ventana? —Logan me miraba escéptico—. Quiero entender dónde está la delgada línea que separa el romanticismo del acoso.

—¿Insinúas que no quieres que un tío se cuele en tu casa, como Edward? —le contesté divertida.

—Si un tío entrase por mi ventana, le pegaría un puñetazo y luego llamaría a la policía. Y tú deberías hacer lo mismo.

Se me escapó la risa.

—Yo a Edward le abro la ventana y lo que él quiera —apuntó Nicole entre risas—. Bueno, y a Charlie.

A su lado, su novio negó con la cabeza.

—A mí casi me ha parecido peor el lobo —comentó Nate con desaprobación—. Prefería ver a Bella muerta antes que convertida en vampiro… Esa chica tiene un gusto bastante cuestionable para los hombres.

—El problema es que los actores son guapos —continuó Logan—. Si fuesen feos les parecería horrible todo lo que hacen. Y no voy a entrar a hablar del final, porque lo de casarse a los dieciocho es demencial.

—No te metas con el final —le pedí—. Es mi parte favorita. Me parece precioso el momento en el que Bella accede a casarse con Edward, en mitad de ese prado idílico… —suspiré encantada.

—Sí. Todavía tengo los pelos de punta. —Logan fingió una mueca horrorizada.

El camarero regresó con la comida. Aproveché la distracción para inclinarme hacia Logan:

—Entonces, si fuese vampiro… —empecé—, ¿no saldrías conmigo?

—Depende, ¿serías una vampiresa vegetariana o me matarías para beberte mi sangre?

—Hombre, si te portaras bien, te convertiría —terminé con una sonrisa.

—¿Así es como piensas liarme para que me case contigo?

Se me escapó la risa y meneé la cabeza.

—Como la película no os ha gustado —dijo Nicole cuando se fue el camarero—, entiendo que no querréis ver *Amanecer* con nosotras, ¿no?

Nate y Logan intercambiaron una mirada cómplice.

—De perdidos al río —contestó Nate, encogiéndose de hombros.

—No puedo esperar —ironizó Logan.

Nos despedimos de Nicole y su novio en la puerta del restaurante. Ellos se iban a casa de Nate, en Park Avenue. La cena había ido mejor de lo que pensaba y estaba contenta. Según nos alejamos del restaurante, me saqué el móvil del bolsillo y escribí a Nicole.

> Gracias por el ratito. Lo he pasado muy bien

> Nate me ha caído genial

> Hacéis una pareja bonita

> Te quiero

> Gracias!

> Logan es muy divertido

> Te he visto contenta y relajada

> Eso me gusta

> Estoy deseado repetir la quedada

> Te quiero

A nuestro alrededor se oían el ruido del tráfico y las sirenas. Corría una brisa suave. El cielo estaba despejado y la luna amarilla brillaba en todo su esplendor.

—¿Qué te ha parecido Nikki? —le pregunté a Logan tan pronto como guardé el móvil en el bolso.

—Es maja. Excepto cuando me mira como la vampira rubia de la película —bromeó.

—Gracias por haber sido tan simpático con ella.

—Nicole es importante para ti. Quiero caerle bien.

«Ay, jo, qué mono...».

Solté un suspirito amoroso.

Esas palabras hicieron que mi corazón alzase la bandera blanca y gritase: «Rendido a sus pies, señor Stone».

—Y, sobre todo, quiero que deje de amenazarme con una sartén si me ve en tu casa.

Se me escapó una carcajada.

Me paré en mitad de la calle y tiré de su mano en mi dirección. Le sujeté la cara entre las manos, me puse de puntillas y lo besé. Introduje la lengua en su boca y busqué la suya con suavidad. Logan me rodeó la cintura con los brazos y me pegó a su cuerpo. Su barba incipiente me raspó la piel, pero no me importó.

No sabía si era porque estaba sensible por la regla o porque cada vez me gustaba más, pero lo que había dicho me parecía romántico. Detalles como presentarme a sus amigos, que se ocupase de su abuela, que me cuidase estaban conquistándome poco a poco. Me había dicho que lo de las bodas era algo temporal y que lo solucionaría. Que tuviese la entrevista y que hubiese mandado a la banda de música a la iglesia eran hechos que demostraban que estaba cambiando. Eso me daba esperanzas. ¿Podría ser Logan Stone el amor perfecto que llevaba años buscando?

40

Hannah

La vida era como un musical romántico en el que no paraba de sonar «Summer Nights», de *Grease*.

Las dos semanas siguientes transcurrieron en una sucesión de momentos divertidos, románticos y ardientes. Mis favoritos eran los que tenían un poco de todo, como la noche en que Logan apareció en mi casa con una tarta de chocolate. En un primer momento creí que era un detalle que hubiese comprado el postre, hasta que me confesó que lo había llevado para una competición de tartazos. Después de cenar, se ofreció a darme una cucharada de tarta y me manchó la boca adrede.

—Ups. Ha sido sin querer —dijo de manera poco convincente.

Acto seguido, me lamió el labio de forma deliberada, despertando el calor entre mis piernas. Cuando fue mi turno, acerqué una cuchara cargada de tarta a su boca e hice lo mismo.

—Alguien debería haberte dicho que con la comida no se juega. —Rocé sus labios con los míos en una provocación sensual.

Estiró el cuello para besarme y me aparté, dejándole con las ganas. Con una sonrisa desvergonzada, me acarició el labio y esparció los restos de chocolate. Le mordí el pulgar y dijo:

—No se muerde la mano que te da orgasmos.

Dicho esto, me sentó en la encimera. Mi vestido acabó arremangado en la cintura y su cara entre mis piernas.

Dormimos juntos la mayoría de las noches, aprovechando que Nicole pasaba cada vez más tiempo en el apartamento de Nate.

Logan era de esos a los que se les pegaban las sábanas. Cada mañana me rodeaba la cintura con el brazo, como una *Boa constrictor*, y no me dejaba salir de la cama hasta que era demasiado tarde y tenía que irse corriendo a la oficina.

Los fines de semana que yo tenía bodas, él me acercaba y me recogía con la moto. Daba igual lo tarde que terminase. Cuando salía, él ya estaba esperándome con una sonrisa y los brazos abiertos.

Hicimos un montón de planes improvisados por Logan. Una tarde estábamos paseando por High Line y comenté:

—Este mes no he ido a ningún musical.

—¿Cuál es el último que has visto?

—*Wicked*.

Mientras yo fotografiaba el atardecer, él se concentró en su móvil. Enseguida me agarró de la mano y tiró de mí.

—¿A qué viene tanta prisa? —pregunté extrañada.

—Tenemos treinta minutos para llegar al musical de *Moulin Rouge*. Acabo de conseguir unas entradas baratísimas de último minuto.

Atravesamos las calles corriendo de la mano. Llegamos al teatro sudando y con la lengua fuera. Antes de pasar a la sala, Logan le dijo al chico de la taquilla:

—Tengo las entradas en el móvil, pero ¿te importaría imprimirlas, por favor?

—Claro. —El chico las imprimió y se las entregó.

Logan se acercó a mí con una sonrisilla.

—Para tu álbum de *scrapbook*. —Alargó un tíquet en mi dirección.

—Gracias. —La acepté.

Estaba segura de que había oído el suspiro amoroso que soltó mi corazón.

Las mariposas alzaron el vuelo en mi interior. Me puse de puntillas para besarlo, dejándome llevar por el aleteo que estaba subiendo hasta mi pecho. Logan plantó las manos en mi cintura y se apartó:

—Me encantaría seguir besándote, pero tenemos que entrar ya.

Logan era experto en camuflar la ternura con descaro. Cuando nos sentamos en nuestros asientos y apagaron las luces, susurré en su oído:

—Muchísimas gracias por traerme. Me hace mucha ilusión.

—De nada. —Me habló en la oreja—. Y recuerda: si te entran ganas de echar un polvo en los baños, avísame.

Se me escapó la risa justo cuando comenzaba la función.

También hicimos planes con nuestros amigos: volvimos a quedar con Nicole y Nate para ir al cine de verano de Bryant Park y fui por primera vez a una de las partidas de póker en casa de Ben.

Cada vez le cogía más confianza a montar en su moto. Una tarde, cuando nos bajamos del vehículo en un parque de Brooklyn le pregunté:

—¿Me enseñas a conducirla?

—Eh..., ¿no?

—¿No te fías de mi conducción?

—Tu historial no es el mejor, precisamente.

—Anda, por favor. —Le eché los brazos al cuello y saqué pecho—. Te prometo que tendré cuidado.

—¿Estás sacando tetas aposta?

—¿Qué dices? —Me reí—. Claro que no.

—Vaya... —Hizo un mohín—. Y yo que iba a decirte que funciona.

Me puse de puntillas y lo besé.

—Si te la dejo será en una línea recta, a poder ser en un tramo desierto, donde nadie corra peligro —claudicó tras un par de besos.

Sonreí ampliamente.

—Trato hecho —contesté—. ¿Vamos?

Unos minutos más tarde, Logan aparcó en el aparcamiento del Ikea de Brooklyn. Me senté delante y él se colocó detrás de mí. Apoyó las manos sobre las mías. Me explicó cuál era el acelerador, el embrague y el freno.

—Trátala con cuidado, ¿vale? —me dijo inquieto.

—¿Como si fuese tu pene? —bromeé.

—Con más delicadeza que a mi pene, por favor y gracias.

Me reí.

—¿Confías en mí? —le pregunté.

—No tienes una alfombra mágica, Aladino.

Arranqué la moto.

—Vale, ahora suelta el embrague poco a poco.

Hice lo que me pedía y salimos disparados. Solté un gritito.

—¡Frena, frena, frena! —comentó Logan a mi espalda. Detuve la moto y él plantó los pies en el suelo—. Venga, con más cuidado esta vez.

Al quinto intento, conseguí ir más o menos bien. Por alguna razón, oír a Logan nervioso me hacía mucha gracia.

Todo iba genial entre nosotros.

Los días fueron pasando y el deseo que sentía siguió creciendo junto a los sentimientos nuevos, que cada vez ocupaban más espacio en mi pecho. Me di cuenta de que para mi corazón no había vuelta atrás una tarde de finales de agosto cuando Logan y yo estábamos en Central Park. El atardecer comenzaba a despuntar, reflejando en el agua del estanque los tonos anaranjados.

Logan, igual de contento que un niño la mañana de Navidad, estaba parado en la orilla, a punto de estrenar el barco teledirigido que le había regalado por su cumpleaños. Lo dejó en la superficie del agua y encendió el mando. Apretó un botón y la maqueta se movió hacia delante. Una sonrisa amplia se dibujó en su cara.

Durante un rato me limité a observarlo. Lo había visto arreglarse en su casa horas antes. Llevaba una camisa azul con las mangas remangadas y vaqueros. Estaba tan guapo con las gafas de sol negras que no podía dejar de mirarlo.

—¿Quieres probarlo? —me ofreció el mando.

—Vale —dije, aceptándolo.

Logan se colocó detrás de mí y me empujó de las caderas hasta la orilla. Luego me rodeó con los brazos.

—El botón de la derecha es para ir hacia delante y hacia atrás —me indicó, poniendo un dedo encima del mío—. Y el de la izquierda es para girar.

—Entendido, capitán Sparrow.

Logan me besó la coronilla. Enroscó los brazos alrededor de mi cintura y apoyó la barbilla sobre mi cabeza.

—Corre, adelanta el barco de ese niño —me dijo muy bajito.

Me reí.

—Eres bobo.

Presioné el botón que impulsaba el barco hacia delante y lo choqué con el muro de piedra del estanque.

—Vaya por Dios, lo controlas tan mal como el volante del coche.

—Ja, ja, qué gracioso.

Pasé los minutos siguientes intentando hacerme con el control del barquito. Le di hacia delante y hacia atrás, y volví a estamparlo.

—Mi pobre barco va a acabar hundido como el Titanic —vaticinó Logan cachondeándose—. «Píntame como a una de tus chicas francesas, Jack».

Le di un codazo suave y me reí.

Logan empezó a tararear la melodía de la película en mi oído. Me partí de risa cuando volví a estampar el barco sin querer. Él soltó una carcajada que avivó una llama dentro mi corazón. Cuando conseguí manejarme con el barquito, me hizo cosquillas.

—¡Para ya, idiota! —me quejé entre risas—. Me choco porque me distraes.

—No puedo. Tu risa me pone contento… y cachondo —susurró en mi oído.

—A ti todo te pone cachondo.

—No es verdad. Solo me pones tú. —Se asomó por encima de mi hombro y depositó un beso en mi mejilla.

Me giré entre sus brazos para darle un beso con la sonrisa todavía en la cara.

Hacía más de tres meses desde que le había visto entrar en la iglesia para oponerse a la boda y cinco desde que le había conocido. Jamás habría adivinado que lo pasaría tan bien en su compañía. Había descubierto que debajo de la fachada bromista y descarada había un hombre tierno, apasionado y detallista que se había ido ganando pedacito a pedacito mi corazón. Estar en sintonía con él era una dosis de energía.

Alcé el móvil y nos hice una foto. Quería recordar lo contenta que estaba en ese momento. Enseguida volví a tener sus labios cubriendo los míos.

El sonido de mi teléfono se inmiscuyó entre nosotros. Logan me soltó a regañadientes.

—Hola, mamá —respondí—. ¿Cómo estás?

—Hola, cielo. —Su voz cálida llenó mi oído—. ¿A que no sabes qué acabo de leer?

Logan me agarró el culo e intentó darme un beso más. Se me escapó una risita y me aparté.

—¡El artículo de la revista *People Weddings*! —exclamó emocionada.

—¿Qué te ha parecido?

—¡Me ha gustado mucho! ¡Aquí dice que eres la sucesora de Melanie Stevens! ¡Qué orgullosa estoy de ti!

Sonreí. Era un reconocimiento a mi trabajo.

—Gracias, mamá... Significa mucho para mí. Me han escrito varias parejas esta semana a raíz del artículo. Ojalá se animen a contratarme, aún sigo teniendo huecos que llenar del año que viene.

—Seguro que sí. Espero que salgas a celebrarlo. Papá y yo vamos a abrir una botella de vino a tu salud.

—Muy bien. ¿Está papá por ahí?

—Qué va. Está en el puerto. Quiere terminar de reparar el barco para estrenarlo dentro de unas semanas, cuando vengas.

—¡Ay, qué bien! ¡Qué ganas tengo de ver cómo ha quedado!

—¿Tú cómo estás? ¿Qué haces?

—Estoy en Central Park, dando un paseo.

Miré a Logan, que volvía a hacer navegar el barco. No les había hablado a mis padres de él porque quería esperar hasta estar segura de que las cosas podían funcionar. Había llegado el momento de hacerlo.

—Con Logan —agregué pasados unos segundos.

Los ojos de Logan se despegaron del barco a la velocidad del rayo y aterrizaron en mi cara.

—¿Y quién es Logan? ¿Es tu novio?

—Es… un chico con el que estoy quedando.

Mi madre soltó una risita y dijo alegre:

—Ya decía yo que estabas más risueña que de costumbre. Y, cuéntame, ¿cómo es?

Di un par de pasos para alejarme y que Logan no me oyera.

—Es muy gracioso —proseguí—. Me río un montón con él.

—Esos son los más peligrosos, Hannah —contestó mi madre divertida—. Un día te hacen reír y, cuando quieres darte cuenta, ya no puedes vivir sin ellos. Así me conquistó tu padre.

—Lo sé.

Desvié la mirada hasta Logan. Sus ojos intensos se encontraron con los míos y suspiré. Volví a acercarme a él.

—Bueno, ¿y qué más? —preguntó mi madre.

—Es tierno —nunca imaginé que usaría esa palabra para describirlo—, atrevido, creativo e inteligente. Y cocina muy bien. Ayer me preparó un *risotto* de setas riquísimo. Es alto, tiene una sonrisa bonita y se viste bien.

—Cielo, ¿tiene algún defecto? Porque me estás pintando al hombre perfecto.

Me reí.

—Es bastante desordenado —concedí—. Un día va a perder la cabeza…

—Si ese es su mayor defecto, bienvenido sea.

—También es un sinvergüenza.

—¡Y bien que te gusta, tonta! —oí decir a Logan.

Le hice un corte de mangas.

—¡Yo también te quiero, cariño! —exclamó burlón.

Se me escapó la risa.

—Lo más importante es que te haga feliz —prosiguió mi madre.

Sonreí sin apartar los ojos de Logan, que me observaba embelesado. En ese instante supe que mi corazón se había encariñado del suyo. Esperaba que se quedase mucho tiempo en mi vida.

Cuando colgué la llamada, Logan se me acercó.

—Vaya, vaya, vaya, Donna, ¿ya le estás hablando a tu madre de mí? —Detecté un matiz orgulloso en su voz—. Te has pillado.

—Un poquito.

—Te he oído decirle que un día voy a perder la cabeza —me dijo Logan y yo asentí—. No te has dado cuenta de que ya la he perdido por ti.

Mi corazón arrancó a bailar como si fuese un extra en *Mamma Mia*.

Me puse de puntillas y lo besé con dulzura. De pronto, Logan se apartó de sopetón. Oí el ladrido de un perro demasiado cerca. Confundida, separé los párpados. Un golden retriever se le había tirado encima.

—¿¿¿¡¡¡Sven!!!??? —Logan gritó sorprendido—. ¡Hola! —Se agachó para saludar al perro—. ¿Cómo estás, chico?

El animal movía la cola, saltando emocionado de un lado a otro. Intentó chuparle la cara y a Logan se le escapó una carcajada.

—¿Me has echado de menos, a que…?

Antes de que le diese tiempo a terminar la frase, Logan acabó tumbado en el suelo con el perro encima. Al ver la felicidad brillando en sus ojos, no pude evitar sonreír. La estampa era adorable.

—¡Mira, Sven, esta es Hannah! —Logan me señaló con una mano.

El perro no le hizo ni caso y siguió jugando con él.

Unas sandalias de tacón elegantes se detuvieron delante de ellos.

—Hola, Logan —saludó una voz femenina.

Subí la vista y me encontré con una mujer morena y alta. Llevaba un vestido negro, perfectamente planchado, y unas gafas de sol enormes. La pulsera de diamantes que adornaba su muñeca costaría lo mismo que mi apartamento. Su porte era seguro y confiado.

—Ashley, hola. —Logan se incorporó hasta sentarse.

El estómago se me puso del revés. Tenía delante a la mujer que le había plantado por otro en el altar. No la conocía, pero no la soportaba.

Logan se levantó. Sven le puso las patas delanteras en la tripa, reclamando su atención.

—Hannah, esta es Ashley. —Logan nos presentó enseguida—. Ashley, esta es Hannah.

Ashley se quitó las gafas, me escaneó a toda velocidad y alargó una mano en mi dirección.

—Encantada. —La saludé con una sonrisa incómoda al estrecharle la palma.

—Igualmente. —Ella me devolvió la sonrisa falsa.

Torció el cuello y volvió a mirar a Logan.

—¿Qué tal te va todo? —le preguntó con cautela—. He estado a punto de escribirte varias veces.

—Todo me va bien. —Logan respondió, sin dejar de acariciarle al perro detrás de las orejas—. ¿Y a ti?

—También. Tu ausencia se nota mucho...

«¿Qué has dicho?».

Nunca había sido celosa. Hasta ese instante.

Esa mujer estilosa acababa de lanzarle una directa a Logan en mi cara. Apreté el puño. El corazón se me aceleró. Ya no había ni rastro de la calidez maravillosa en mi pecho.

—En la agencia —se apresuró a añadir ella con voz aguda—. Echamos de menos tus ideas.

Un silencio incómodo nos envolvió. Era evidente que eso no era lo que quería decir. Parecía que lo miraba con una mezcla de anhelo y arrepentimiento.

El perro se me acercó para olerme la mano.

—¡Hola! —le dije, agradecida por la distracción—. ¡Qué bonito eres!

En el preciso instante en el que le acaricié el lomo, Ashley se agachó para recoger la correa y dijo:

—Vamos, Sven. —Tiró en su dirección, alejando al perro de mí.

Retiré la mano, cohibida.

El perro se lanzó a por Logan otra vez.

—Cuídate, chico —le pidió Logan al despedirse.

Cuando Ashley se fue, Logan estaba muy serio. La interacción se había llevado el buen humor.

—¿Estás bien? —me aventuré a preguntar.

Se encogió de hombros.

—Sí —contestó al cabo de unos segundos—. Echo mucho de menos a Sven. Nada más.

—¿Por qué lo tiene ella?

—Porque lo pusimos a su nombre y como no estábamos casados..., al romper se lo quedó.

Aparté la mirada y tragué saliva.

—¿Hannah? —Logan reclamó mi atención—. ¿Qué estás pensando?

—En nada. ¿Nos vamos?

Se plantó delante de mí.

—No hasta que me digas qué te pasa.

—Yo... —Me sentía ridícula. No sabía qué decir—. Nada. Da igual.

—No da igual. Si te molestas es porque te importa. Y cuando te importa, a mí también me importa.

La preocupación que sentía en la tripa disminuyó con esas palabras.

—¿Qué pasa? —insistió.

—Ella... te ha lanzado una indirecta muy directa —lo dije porque él la conocía mejor que yo. Necesitaba que lo corroborase.

—Sí. Me he dado cuenta, pero para mí solo existes tú —aseguró con rotundidad—. Ya te lo dije.

Me sujetó la cara entre las manos y me besó.

—Venga, anda, vamos a que leas las placas románticas de los bancos —dijo al apartarse.

Dicho esto, tiró de mi mano en dirección al más cercano.

Septiembre

Hable ahora o calle para siempre

41

Logan

—¡Para ti! —exclamó Hannah cuando abrí la puerta de mi apartamento.

—¿En serio? ¿Tú también? —me quejé bromeando al ver la maceta pequeña que cargaba.

—¡Es orégano! —Se rio—. Te encanta cocinar —dijo como si fuera obvio—. También te he traído vino y queso gouda.

Sin poder contenerme, le agarré el codo y la atraje contra mí. Atrapé sus labios y le di un beso. Inspiré hondo y su olor floral me llenó los pulmones.

Al apartarnos, cogí la maceta y me interné en la cocina. La dejé en la encimera y me detuve frente al fuego.

—¡Qué bien huele! —comentó Hannah con una sonrisa.

—Te he preparado ñoquis, ahora que he perfeccionado la receta.

—Gracias, pero... ¿por qué hay tantas salsas? —preguntó al ponerse a mi lado.

—Para asegurarme de acertar con la salsa he hecho pesto, cuatro quesos y ahora estoy con la carbonara.

Ella sonrió enternecida. Me agarró la cara con las manos y me robó un beso.

—Estás monísimo con el trapo en el hombro.

Sonreí como un idiota.

Hannah abrió la botella de vino y lo sirvió en un par de copas. Le dio un sorbo al suyo y se encargó de poner la mesa del salón.

—¿Por qué tienes servilletas del Patsy's? —me preguntó al abrir el cajón.

—Las guardé el otro día, cuando pedimos la pizza.

Ella se quedó un instante pensativa, con los ojos clavados en el logo del local que las adornaba.

—¡Lo tengo! —exclamó de pronto.

—¿El qué? —pregunté sin tener ni idea de a qué se refería.

—¡Se me ha ocurrido una idea y quiero contársela a los novios! —Se sacó el móvil del bolsillo y tecleó a toda velocidad—. El otro día me reuní con una pareja que se casa el año que viene. Resumiendo: él se declaró con unas servilletas que recopiló en su primer viaje con ella…

Se calló porque su móvil sonó. Respondió la llamada a la velocidad del rayo.

—¡Hola, Grace! ¿Cómo estás? —Hannah sonaba ilusionada—. Vale, te cuento… ¿Qué te parece si hacemos unas servilletas de cóctel en las que contemos anécdotas de vuestra relación? Tipo: «¿Sabías que Zac casi mata a Grace la noche que se conocieron?». ¿Te gusta la idea? —Hizo una pausa—. ¿Sí? ¡Ay, qué bien!

Hannah cerró los ojos y continuó hablando:

—Yo visualizo una servilleta cuadrada, arriba en mayúsculas aparecen vuestros nombres subrayados. —Con la mano libre dibujó una línea invisible en el aire—. Y debajo las curiosidades. Podemos hacer una lista corta con varias, o contar una diferente en cada una y extendernos algo más. ¿Qué os parece?

Una sonrisa se dibujó en mi cara al verla tan contenta.

—¡A los novios les ha encantado la idea! —me explicó al colgar—. Van a enviarme una lista de las curiosidades que quieren contar sobre su relación en las servilletas. ¿A que es megarromántico?

Los ojos de Hannah rebosaban ilusión. Podría quedarme mirándola toda la noche.

—Sí… Creo que me falta contexto, pero tu idea es buena. Es muy inspirador verte tan emocionada con el trabajo.

—Gracias.

—Hablando de trabajo, me han llamado antes para decirme que he pasado a la fase final del proceso de selección de SoGood —dije mientras removía la carbonara en la sartén.

—¡Ay, cuánto me alegro! ¿Cuándo tienes la entrevista?

—Dentro de dos semanas.

—Te van a contratar seguro.

Le devolví la sonrisa.

—Ven, prueba la salsa. —Le acerqué a la boca una cucharada de carbonara. Esperaba que le gustase.

—¡Oh, Dios! ¡Qué rica! —exclamó mirándome a los ojos—. Casada.

Enseguida se dio cuenta de lo que había dicho y añadió:

—¡Con la salsa! ¡Podría casarme con la carbonara! —hizo énfasis para que me quedase claro a qué se refería.

Me incliné en su dirección y la besé. Ni siquiera le di importancia al comentario, pero ella se quedó muy seria.

—Te he ñoqueado con la salsa, ¿eh? —bromeé para relajar la tensión.

—Dios, qué malo. —Negó con la cabeza, riéndose—. Le encantaría a mi padre.

Volqué la salsa en un cuenco y serví la pasta en los platos.

Hannah hizo amago de limpiar los cacharros. Le paré los pies diciendo:

—Ni de coña, que se enfría. Luego fregamos.

Un buen rato más tarde, Hannah salió desnuda de la cama.

—Me he traído un neceser para dejarlo aquí —me dijo mientras hurgaba en su bolsa—. Así no voy cargando todo cada vez que me quede a dormir. ¿Te parece bien? —Detecté cierta cautela en su voz.

—Sí, claro. Déjalo donde quieras. —Señalé la cómoda con la mano—. ¿Pijama te has traído?

—No. —Negó, con una sonrisilla juguetona en la cara—. Prefiero dormir con tus camisetas. Huelen a ti.

Al oír eso me recorrió una enorme sensación de satisfacción. De pronto, estaba la hostia de contento. Imaginé que así debió de sentirse Harry al ganar la copa de quidditch.

Ella recogió mi camiseta del suelo y se la puso.

La sensación agradable se expandió por mi cuerpo y algo reptó por mi estómago. El corazón me martilleaba con tanta fuerza que parecía que se me saldría del pecho. Ese fue el preciso instante en el que me di cuenta de que había perdido la cabeza por ella.

Hannah era divertida, amable, organizada, romántica, sexy y una cabezota de cuidado. Me gustaba que defendiese sus ideas y que me llevase la contraria cuando no estaba de acuerdo conmigo. Su pasión por el trabajo era contagiosa e inspiradora.

Su risa tenía algo fascinante: afectaba directamente a mi estado de ánimo. Su tacto cálido me hacía sentir bien y me volvía loco en la cama. No me cansaba de estar a su lado. Todo lo que tuviese que ver con ella me gustaba. Hasta encontraba gracioso que cocinase fatal y que condujese como una kamikaze.

Me divertía tanto con Hannah que los problemas se me olvidaban.

Quería formalizar la relación.

Quería pasar más tiempo con ella, ir a musicales, salir a cenar, ver *Mamma Mia* para oírla canturrear y hacerla reír.

Mientras ella tecleaba algo en su teléfono caí en la cuenta de otra cosa: no podía decirle lo que sentía en ese momento. Hannah acababa de contarme encandilada que un tío se había declarado a su novia con unas servilletas, para ella ese gesto era el más romántico del mundo. Necesitaba algo más especial para decirle lo que sentía a la chica que buscaba el momento perfecto.

—¿Qué pasa? —me pregunto Hannah—. ¿Por qué me miras así?

Me había quedado empanado. Otra vez.

Tragué saliva y le sonreí, aparentando normalidad.

—Porque eres muy guapa y tienes unos ojos preciosos.

Hannah se inclinó sobre la cama y me besó. Después, se fue al baño para echarse sus cremas de por la noche. Al quedarme solo, me puse los calzoncillos y el pantalón de chándal que usaba para estar por casa. Me senté en el borde del colchón y en un arrebato escribí a Alex:

Te confirmo que llevo acompañante a tu boda

Estoy a tiempo?

Síííííííí!!!!

Añadí a Hannah a la lista después de tu cumpleaños

Así me gusta, Alex

Siempre un paso por delante

Por algo soy abogada, amigo mío

Conoces algún restaurante bonito al que pueda llevarla?

He estado pensando en lo que me dijiste... y quiero ponerle una etiqueta a la relación

Me gustaría decírselo en un sitio especial

AAAAAAAAAAH!! QUÉ EMOCIÓN!!!

Por qué no la llevas al restaurante de Jim? Dime qué día quieres ir y le aviso para que te reserve la mejor mesa!

Crucé la habitación hasta el baño y me detuve en el umbral. Hannah tenía el pelo recogido en un moño y la cara embadurnada de un potingue azul.

—¡Coño, un avatar! —Fingí estar asustado.

Ella respondió enseñándome el dedo corazón.

«Estoy jodido. Me encanta».

—¿Qué haces el sábado? —le pregunté como el que no quiere la cosa.

—Tengo una boda por la tarde

—¿Y el viernes?

—Voy a acompañar a unos novios a una degustación de tartas por la mañana —me contestó—. El resto del día lo tengo libre.

—Genial. Apunta en la agenda que cenas conmigo.

Se inclinó sobre el lavabo para lavarse la cara. Al erguirse se secó con la toalla.

—¿Puedo elegir yo el restaurante? —me preguntó en ese tono meloso con el que solo me apetecía besarla.

—Tarde, ya lo tengo. Vamos al Eleven.

Me dedicó una mirada suspicaz.

—¿Ese sitio no es un poco caro?

—No te preocupes por eso, tengo precio de amigo. El dueño es el prometido de Alex. ¿A las siete te parece bien?

—Sí. Me parece genial. —Me echó las manos al cuello y me besó.

Al día siguiente, estaba a punto de subirme en la moto al salir del trabajo cuando recibí una llamada de la residencia. El corazón se me aceleró de golpe.

—¿Diga? —pregunté al descolgar.

—Buenas tardes, señor Stone —me saludó una voz masculina—. Soy Kevin Horner, el gerente de facturación del centro para mayores. Le llamaba para recordarle que todavía no hemos recibido la mensualidad de agosto, y septiembre vence el día seis. Estamos a día tres. Lamento comunicarle que, si no deposita el cheque de las mensualidades de agosto y septiembre en los próximos tres días, tendrá que llevarse a Marjorie.

«¿Qué?».

Tragué saliva.

No tenía ni idea de dónde sacaría el dinero con tan poca antelación.

—No lo entiendo... —sentía la garganta llena de tierra—. ¿No se supone que de esto tienen que avisarme antes?

—Le hemos enviado dos cartas reclamando el pago de agosto. No ha respondido a ninguna.

Me mordí el carrillo.

Hacía semanas que no miraba el buzón.

—¿Señor Stone, me oye?

—Sí. Sí... ¿Pueden darme unos días más? Estoy a punto de conseguir un trabajo que me permitirá cubrir el gasto el mes que viene.

—Lo lamento mucho, señor Stone. Sabemos que es una situación difícil, pero no podemos hacer concesiones con nadie. Si el próximo día seis no abona el pago, tendrá que sacar a Marjorie de la residencia —repitió tajante.

Me pasé una mano por la cara. No podía permitir que sacasen a mi abuela de la residencia. Necesitaba unos cuidados que yo no podía darle. Además, mi casa era diminuta, no podía meterla en el piso compartido. Estábamos a primeros de mes. Acababa de cobrar, pero con el sueldo no me daba para pagar la casa y las dos mensualidades de la residencia. Me gustase o no, solo había una manera de obtener dinero rápido y fácil.

—En unos días recibirá el pago —aseguré confiado.

—Perfecto. Muchas gracias. ¡Que pase buena tarde!

Al colgar, abrí los mensajes.

Hacía unas semanas, cuando había rechazado todos los encargos de bodas, una persona me había ofrecido el doble del dinero y la había dejado sin contestar. Respiré hondo antes de escribir las seis palabras y darle a enviar.

> Por dos mil dólares lo hago

> Vale. Cómo hago el pago?

> Tendrás que pagarme la mitad por adelantado

> Acepto pago en efectivo, con tarjeta de crédito, tarjeta de débito, por transferencia, cheque o Venmo

> Lo que mejor te venga...

> Por qué quieres oponerte a la boda?

> El novio de mi amiga le está poniendo los cuernos

> Cómo lo sabes?

> Porque se los está poniendo conmigo

Me autoconvencí diciéndome que lo estaba haciendo por una buena causa. Ni mi abuela merecía que la sacaran de la residencia, ni esa pobre novia merecía casarse con un capullo que le ponía los cuernos.

> Cuándo y dónde es la boda?

> El viernes 5 a las seis en la iglesia de Francisco Javier, cerca de Union Square

Tendría tiempo de sobra de oponerme a la boda, pasar por casa a cambiarme de ropa y acudir a la cita con Hannah. No le contaría nada para ahorrar disgustos. Me opondría a esa boda y después conseguiría el empleo en SoGood para no tener que volver a recurrir a ese trabajo nunca más. En ese instante me llegó el mensaje que indicaba que me habían hecho un pago de mil dólares a través del móvil.

Allí estaré

El viernes se me pegaron las sábanas. Me quedé en la cama, besando a Hannah más tiempo del que debería. Tuve que ducharme a toda prisa. Salí del baño metiéndome la camiseta por la cabeza. Hannah estaba en la cocina, preparándose una tostada de aguacate. Se la quité del plato y le di un mordisco.

—Qué ganas tengo de que verte esta noche —dije antes de besarla.

—A las siete. En el Eleven.

—Eso es. La reserva está a mi nombre.

—Vale. —Sonrió.

Le di un sorbo a su taza de café y le robé un último beso.

—Me voy corriendo, que llego tarde a una reunión.

—¡Que tengas un buen día!

—¡Igualmente!

Salí de su casa a la carrera y bajé las escaleras de dos en dos.

A las seis y diez de la tarde me bajé de la moto frente a la iglesia. Me saqué el móvil del bolsillo y me encontré con un mensaje de Ashley.

Hola, Logan

Solo quería decirte que, desde que nos encontramos el otro día, Sven se pasa el día mirando la puerta, como si te estuviese esperando

Quieres pasarte a saludarlo? Está deseando
verte... y no es el único

Parpadeé sorprendido. A mí solo me interesaba una mujer y no era Ashley. Me guardé el móvil en el bolsillo y entré en la iglesia, deseoso de acabar el trabajo, quedarme tranquilo por la residencia de mi abuela e irme con Hannah de nuevo.

42

Hannah

Era la primera vez en mucho tiempo que vaciaba el armario sobre la cama buscando qué ponerme. El restaurante en el que había quedado con Logan era refinado y quería ir bien vestida. Me había probado varios modelitos y estaba indecisa entre dos vestidos. Ambos me llegaban por debajo de la rodilla; el rojo tenía escote y un corte fluido, mientras que el amarillo tenía el cuello cerrado y era ceñido.

—¿Todavía estás así? —me preguntó Nicole desde el umbral de mi habitación, al verme en ropa interior.

—No sé qué ponerme… ¿Qué vestido crees que me queda mejor? —Cogí las dos perchas de la cama—. ¿Este? —Sostuve la que tenía el vestido rojo a la altura de mi pecho, para que se hiciese una idea de cómo me quedaría—. ¿O este? —Me sujeté la del vestido amarillo delante.

Nicole torció el gesto y se quedó pensativa.

—Estarás guapísima te pongas el que te pongas.

Se me escapó la risita.

—Así no me ayudas —me quejé en broma.

Me decanté por el rojo, la tela vaporosa me hacía sentir más cómoda.

—Te veo ilusionada, Hannah. —Nicole sonrió con dulzura—. Me alegro mucho de que las cosas con Logan estén yendo bien.

—Yo también —contesté mientras me metía el vestido rojo por la cabeza.

A decir verdad, mi corazón se había colado por el suyo.

A las siete en punto le mandé un mensaje a Logan desde la puerta del restaurante.

> He llegado ya! Te espero dentro, que hace mucho calor

En cuanto entré, la jefa de sala, vestida enteramente de negro, me dio la bienvenida y me invitó a seguirla. Tomé asiento en una silla de terciopelo verde, frente a una mesa redonda, y eché un vistazo alrededor. El restaurante era moderno y elegante. Las mesas estaban recubiertas por manteles blancos, cada una tenía la vajilla y los cubiertos perfectamente alineados. El murmullo bajo de las conversaciones se entremezclaba con el sonido de la música clásica, creando un ambiente tranquilo.

Un camarero uniformado se acercó a la mesa, me sirvió un vaso de agua y me entregó la carta.

—¿Desea algo más de beber o prefiere esperar a su acompañante? —me preguntó.

—Voy a esperar, muchas gracias.

Tras diez minutos sentada volví a escribir a Logan. Me parecía raro que no me hubiese avisado de que se retrasaría.

> Cómo vas?

> Estoy en la mesa del fondo, cerca de la ventana

Después de otros diez minutos sin noticias, comencé a impacientarme. Conforme pasaba el tiempo, la impaciencia fue transformándose en incomodidad y vergüenza. ¿Logan me había dado plantón? ¿Se había olvidado de nuestra cita? Una vocecita horrible apareció en el fondo de mi mente para recordarme que no sería el primer hombre en hacerlo. Respiré hondo, intentando mantener las emociones a raya. Logan parecía muy entusiasmado con la cita esa mañana. Dudaba que se le hubiese olvidado. ¿Le habría pasado algo? El mero pensamiento agitó mi corazón.

> Estás bien?

Pasaron otros cinco minutos. La esperanza de verlo aparecer comenzó a desvanecerse. Probé a llamarle y me saltó el buzón de voz. Incapaz de aguantar un segundo más, me disculpé con el camarero y me levanté. De camino a la puerta decidí ir a casa de Logan.

Al salir del restaurante, miré a ambos de la calle. Me quedé paralizada al ver a Logan acercándose. El pánico trepó por mi garganta al verle la cara.

—¡Logan! —Salí corriendo.

Al pararme delante de él, el corazón se me hundió dentro del pecho. Tenía la ojera izquierda de color escarlata, una herida en la ceja y restos de sangre en el pómulo.

—Siento llegar tarde… —me dijo como si nada—. Me he quedado sin batería y no he podido avisarte…

No pude contestar inmediatamente. Me había quedado muda de la impresión.

Le escaneé a toda prisa. El estómago se me retorció de manera desagradable al ver que vestía el esmoquin. La americana tenía las costuras desgarradas, la pajarita le colgaba de un lado. Varias manchas de sangre adornaban su camisa blanca y le faltaban los primeros botones.

—¡¿Qué te ha pasado?! —le pregunté preocupada.

—Tranquila. Solo es… un rasguño.

—¿Un rasguño? —Meneé la cabeza—. Tenemos que ir a urgencias.

—No voy a ir al hospital…

—Entonces vámonos a casa. —Caminé hasta el borde de la acera y paré un taxi.

Ahora era el momento de curarlo. Más tarde me preocuparía de entender qué había pasado, aunque podía hacerme una idea.

Una vez en su apartamento, le conduje hasta el baño. Lo ayudé a quitarse la americana y la camisa. Al ver el golpe del costado derecho se me empañó la mirada.

Él me acarició la mejilla con suavidad. El cosquilleo que se despertó en mi moflete viajó hasta mi corazón, calentando todo a su paso.

—No llores, tonta. Estoy bi...

—No termines la frase. —Retrocedí de su contacto—. No es verdad. Siéntate, por favor —terminé, señalando el retrete.

Abrí el botiquín, que estaba detrás del espejo, y cogí el kit de emergencias. Después de lavarme las manos, empapé un algodón en alcohol y me agaché para quedar a su nivel. Se lo pasé con cuidado por la ceja. Él apretó la mandíbula, intentando contener un quejido, sin éxito. El corazón se me encogió al oírlo. Le desinfecté el corte, con las manos vacilantes y evitando mirarle a los ojos. Por suerte, la herida era pequeña y superficial.

Cuando terminé de curarle, lo guie hasta la cocina y lo insté a sentarse en el taburete, frente a la barra. Saqué una bolsa de guisantes del congelador y se la tendí. Él se la apretó contra el ojo magullado.

Me apoyé contra la barra y lo miré. Quería hacerle muchas preguntas, pero me daba miedo oír las respuestas. En aquel instante todo me parecía doloroso.

—Estás muy callada —observó con cautela.

—Estoy pensando...

Logan se quitó la bolsa de guisantes de la cara.

—¿En qué? —preguntó sin dejar de mirarme.

Respiré hondo y no contesté de inmediato. La tristeza me había cerrado la garganta. Ni siquiera sabía por dónde empezar. Tampoco creía que fuese el mejor momento para tener una conversación.

—En nada. Da igual —escupí enseguida—. Yo... mejor me voy. Necesitas descansar. Hablemos en otro momento.

Hice amago de marcharme, pero me retuvo, agarrándome del brazo. Cerré los ojos ante el contacto. El nudo se apretó aún más alrededor de mi garganta. No habíamos empezado a hablar y ya me dolía.

—Cuéntame qué estás pensando, por favor —me pidió con voz trémula.

El peso de lo que me estaba callando me asfixiaba. El malestar no había dejado de crecer dentro de mi pecho. Era evidente dónde había estado Logan, pero necesitaba oírselo decir. Giré sobre los talones para enfrentarlo, zafándome de su agarre.

Desvié la atención hacia la bolsa de guisantes que sostenía en la mano.

—Deberías ponerte la bolsa en el ojo, te ayudará a bajar la inflamación.

—Ahora mismo eso me da igual. —Soltó la bolsa de guisantes sobre la barra—. Solo quiero saber qué estás pensando.

Tras contemplarlo unos segundos, hice acopio de valor y le pregunté lo que quería saber:

—¿Qué ha pasado?

—Me han pegado dos tíos... —se sinceró.

—¿En una boda...?

La culpabilidad era evidente en sus ojos.

—Sí.

Algo se fragmentó en mi interior. Una mezcla de frustración y desilusión me revolvió la tripa.

—No entiendo nada... —retrocedí, meneando la cabeza—. Me dijiste que habías dejado de hacerlo. —La indignación me subió de golpe—. ¿Es que solo soy una broma para ti?

—¡Por supuesto que no!

—¡Pensé que mis palabras te habían hecho recapacitar!

—¡Claro que me hicieron recapacitar! Había dejado de hacerlo, pero necesitaba el dinero para mi abuela...

—¡No uses a tu abuela para justificarte! —le corté herida—. ¡Puedes hacer un millón de cosas para ganar dinero, como pasear perros o servir cafés! ¡Incluso podrías habérmelo pedido a mí o a tus amigos!

—No voy a mendigar el dinero de nadie. Esta es mi responsabilidad.

—Puedes cumplir con tu responsabilidad sin hacerles daño a los demás —alcé la voz sin darme cuenta—. ¿Es que lo que te digo te entra por un oído y te sale por el otro? ¡Estás arruinándoles a las parejas uno de los días más importantes de su vida!

—Estoy salvando a esas parejas de entrar en un matrimonio de mierda.

—¿De verdad crees que las ayudas?

Un torbellino de emociones asolaba mi interior: me sentía traicionada, enfadada y triste. Me había pasado media tarde probándome vestidos, ilusionada con nuestra cita, mientras él interrumpía una boda.

—¡Claro que sí! Sabes que solo me opongo cuando hay un motivo. La prima de Ben es un ejemplo de ello.

—¡Pues te equivocas! ¡No siempre es así! ¡Escribí a la novia del Plaza y ¿sabes qué me dijo?! —La pregunta era retórica, así que no contesté—. ¡Que estaba contentísima de haberse casado! ¡Lo que reafirma lo que pienso! ¡Quizá haya gente que no deba casarse, pero no eres quién para entrometerte en las relaciones de nadie! ¡Y menos cobrando por ello! ¿Es que no ves el daño que les estás haciendo a todos?

—¡No estoy haciéndole daño a nadie! Se lo hacen sus parejas. Yo no rompo el matrimonio, solo siembro la duda...

—Logan, por favor... Primero aireas los problemas de la pareja delante de todos. ¿Te has parado a pensar si esas personas quieren enterarse de la verdad delante de los invitados? ¿A ti te gustó enterarte de que Ashley se había ido con otro cuando estabas esperándola en el altar?

Logan apretó la mandíbula y no contestó.

—Por si no te has dado cuenta —proseguí— lo que haces afecta directamente a mi trabajo.

—¡No es verdad! ¡Lo primero que hice fue dejar de oponerme a tus bodas! Te vi en la azotea del Skylar y me di cuenta de que no podía hacerte daño.

—¿Mis bodas no, y las del resto sí? ¡Hay gente que se queda

sin cobrar por tu culpa y te da igual! ¡Ya no solo les haces daño a los demás, te lo estás haciendo a ti mismo! —Señalé su rostro herido con la mano—. ¡Me parte el alma verte así!

Las lágrimas me picaban en los ojos, las contuve como pude. Logan se puso de pie y se tambaleó. Hizo amago de acercarse a mí y retrocedí. Sentía que no conocía a la persona que tenía delante.

—¿Sabes qué es lo peor? —lancé la pregunta retórica sin poder contenerme—. Que estaba tan empeñada en que la relación funcionase que de verdad te creí cuando me dijiste que habías parado de hacerlo... Me siento tontísima por haber pensado que eras perfecto para mí, si estaba claro que no iba a funcionar.

—No digas eso —comentó taciturno—. Lo nuestro funciona.

Una sonrisa incrédula asomó a mis labios. Se me saltaron un par de lágrimas. Me sentía ridícula cada vez que lloraba enfadada.

—No es verdad. —Meneé la cabeza mientras me limpiaba los ojos—. Yo no puedo seguir con esto y hacer como si nada. Fui clara desde el principio. Te dije que no podría estar contigo si seguías con lo de las bodas. Me has mentido, Logan...

—No te he mentido. De verdad. Esto ha sido una emergencia. No te lo conté porque no quería que te lo tomases mal y que me mandases a tomar por el culo.

—O sea, que, si no te hubiesen pegado, ¿no me lo habrías contado nunca?

Él guardó silencio.

Sentí un golpe en el corazón.

—Dime una cosa: ¿has cerrado la página web?

Logan no respondió. Parecía arrepentido.

—Lo que suponía... —negué con la cabeza, decepcionada.

—Hannah, escúchame: no voy a volver a hacerlo. La de hoy ha sido la última.

Sus palabras no valían nada. Se había abierto una brecha emocional entre nosotros que no se podía curar con desinfectante y un par de tiritas.

—Eso dijiste hace dos meses y mira dónde estamos...

Estaba enfadada con él por ocultármelo. Y conmigo misma por haber creído que un hombre cambiaría por mí. La gente no cambia porque otro se lo pida. La gente cambia cuando de verdad tiene la voluntad de hacerlo. Había sido una estúpida.

—¿Hay algo más que no me hayas contado? —pregunté con un hilo de voz.

Él asintió. Inspiró hondo y comenzó a hablar otra vez:

—Ashley me ha escrito hace un rato. Creo que quiere volver conmigo.

Aquello me cayó como un jarro de agua helada. El corazón me latía con violencia. La herida del rechazo se reabrió de golpe.

—Después de todo lo que te ha hecho, ¿vas a volver con ella? —pregunté incrédula.

—Por supuesto que no. —Logan se apresuró a negar con la cabeza—. Ni siquiera le he contestado. Te lo he contado porque quiero ser sincero, porque me importas y porque quiero demostrarte que voy en serio contigo.

—Mira, yo quiero una relación tranquila. No quiero ir a un restaurante y que mi cita no aparezca porque le han pegado un puñetazo. Quiero estar con un hombre maduro, que luche por lo quiere y que tenga unos buenos valores. Y tú me has demostrado que no eres esa persona.

El marrón de sus ojos se apagó.

—No me mires así. Odias las bodas. Yo me gano la vida organizándolas y en un futuro querré casarme.

—No odio las bodas. Durante un tiempo he creído que no eran para mí, pero en el futuro... joder, no lo sé... —Se pasó una mano por el pelo, desesperado.

Tragué saliva.

En realidad, daba igual lo que dijera. Nuestra conexión se había roto. Prefería irme en lugar de alargar la despedida y hacerlo más doloroso para ambos.

—Lo dicho: ¿para qué seguir perdiendo el tiempo cuando podemos buscar a la persona indicada? —le dije.

Logan me miró espantado.

—Joder, no digas eso, Hannah... Tenemos algo bueno. Tú lo sientes y yo también. Me importas mucho. Yo...

—Si te importase, no habrías hecho por la espalda algo que

sabías que me dolería —lo corté—. Había puesto mi confianza en ti, y la has perdido. Me has defraudado.

Caminé hasta la puerta con decisión. Giré el picaporte y le dediqué una última mirada entristecida.

—Adiós, Logan.

Abrí la puerta y salí al pasillo. Bajé las escaleras a toda prisa. Necesitaba alejarme de allí cuanto antes.

43

Logan

Hannah cerró la puerta y se fue. Yo me quedé ahí de pie, parado, como un idiota, en mitad de la cocina.

El corazón me latía a doscientos por hora y la cabeza me daba vueltas. La herida de la ceja me escocía, pero no era nada comparado con el dolor que sentía en el pecho. Me llevé la mano al corazón, como si así pudiese aliviar lo que sentía.

Tragué saliva para bajar el nudo que me oprimía la garganta. No procesaba lo que acababa de pasar. Quería ir tras ella, pero dudaba que fuese la mejor decisión. La había visto mosqueada, molesta, irritada y enfadada varias veces, pero nunca tan decepcionada como entonces.

Decidí dejarle espacio. No necesitábamos más que hablar cuando estuviésemos calmados y todo se arreglaría. Arrastré los pies hasta el dormitorio. Me descalcé y me tumbé en la cama. Solo quería dormir y descubrir que todo había sido una pesadilla.

Al día siguiente me desperté en la mierda absoluta.

Estaba cansado y me dolía la cara. Había dado muchísimas vueltas en la cama y apenas había dormido. Me había costado encontrar una postura cómoda y había echado de menos el calor de Hannah. Giré sobre el colchón y ahogué un quejido cuando mi ceja se encontró con la almohada. Contraje el rostro dolorido. En cuanto los recuerdos de la tarde anterior inundaron mi mente, la quemazón regresó a mi pecho. Al recordar su mirada apenada algo se fragmentó en mi interior. La había hecho llorar, joder. Una punzada de culpabilidad me atravesó el pecho. Me sentía un miserable.

Separé los párpados con dificultad. Por la cantidad de luz que entraba por la ventana parecía mediodía. Estiré el brazo y cogí el móvil de la mesilla. No había ningún mensaje de Hannah esperándome. La que sí me había escrito era Alex.

> Jim me ha dicho que no te presentaste en el restaurante. Ha pasado algo? Estás bien?

Tiré el móvil sobre la mesilla. No estaba preparado para contarle lo que había pasado.

Aunque quisiese quedarme en la cama, tenía que acercarme a la residencia a pagar las mensualidades que debía. Al menos, había conseguido el dinero suficiente para salir del paso.

Planté los pies en el suelo. Ni siquiera me había molestado en quitarme los pantalones del traje al acostarme. Caminé hasta el baño y observé mi reflejo en el espejo. La parte izquierda de mi cara era un cuadro en el que predominaban las tonalidades moradas, rojas y azules. Tenía el ojo morado y algo hinchado. Respiré hondo y me metí en la ducha.

Fui el centro de las miradas mientras atravesaba la residencia. Las gafas de sol negras no ocultaban el golpe en su totalidad. Me detuve frente a la puerta de la habitación de mi abuela. Tras unos segundos, me armé de valor y llamé con los nudillos. Cuando me invitó a entrar, cuadré los hombros y abrí la puerta.

Mi abuela estaba al lado de la ventana, concentrada en su crucigrama.

—¿Qué tal estás? —pregunté mientras me internaba en la estancia—. Te he traído galletas.

—Gracias, hijo. —Se quitó las gafas y levantó la vista—. ¡Dios bendito! —exclamó horrorizada—. ¿Qué te ha pasado?

—No te preocupes. Estoy bien. —Traté de poner mi mejor sonrisa—. ¿Salimos? Hace un día buenísimo y...

—¡Siéntate ahora mismo! —Mi abuela usó su tono imponente y respetable de persona mayor, y señaló con la mano la butaca que estaba frente a la mesa—. ¡Quítate las gafas, déjame que te vea!

Tomé asiento e hice lo que me pedía. Ahogó una exclamación al verme el ojo morado.

—Cuéntame, hijo. ¿Quién te ha dejado así?

Sus ojos reflejaban una mezcla de preocupación y expectación.

«Me has defraudado». Las palabras de Hannah se habían clavado en mi corazón como una daga. Me daba miedo sincerarme con mi abuela y acabar decepcionándola a ella también.

Cogí aire de manera profunda y le expliqué en qué consistía mi segundo trabajo. Le conté que el negocio de las bodas había surgido por ayudar a la prima de Ben y que pronto se convirtió en mi fuente de ingresos para pagarle la residencia. Luego le dije que había dejado de oponerme a bodas por Hannah, y que hacía unos días me habían llamado para comunicarme que me había retrasado con los pagos en la residencia, que había aceptado una boda más y que ese era el motivo por el que Hannah había roto conmigo.

Esa tarde sentí que me quitaba un peso enorme de encima. Cuando me callé, lo primero que dijo mi abuela fue:

—Lo que has hecho no está bien —me reprendió—. No sé quién te mandó meterte en lo de las bodas... —Hizo una pausa y suspiró—. Pero eres humano y todos nos equivocamos. Tienes un gran corazón, siempre te lo he dicho. Te agradezco que hayas querido ayudarme, pero tienes que dejar ese trabajo.

—No pensaba volver a hacerlo —aseguré—. Y no te preocupes por el dinero. El puesto de SoGood será mío. Pienso clavar la entrevista. No volverá a faltarnos nada.

—Quiero que me prometas que, aunque no te den ese trabajo, dejarás lo de las bodas.

—Abuela, con tu pensión y mi sueldo de ahora...

—Nos las apañaremos —me cortó impaciente—. Llegado el momento encontraremos la solución, como hemos hecho siempre… ¿Por qué no me lo has contado antes?

Le sostuve la mirada un instante. Se la veía triste y desilusionada.

—No quería que te preocupases y no quería… defraudarte —confesé derrotado—. Tú lo has sacrificado todo por mí y yo solo quería ayudar.

Mi abuela estiró el brazo por encima de la mesa y me agarró la mano. Los ojos le brillaban por las lágrimas contenidas.

—Hijo, no he sacrificado nada por ti —aseguró conmovida—. Eres lo más importante que tengo. Volvería a hacer lo mismo una y otra vez si fuese necesario.

Asentí y le apreté la mano. Durante mucho tiempo solo nos habíamos tenido el uno al otro.

Tragué saliva y asentí.

—Y, ahora, cuéntame: ¿qué vas a hacer para recuperar al pajarito?

Al salir de la residencia me fui derecho a casa. Estaba reventado. La cara me latía punzante. Necesitaba descansar y tomarme algo para el dolor. Al entrar en el apartamento me saqué el móvil del bolsillo. Hannah no me había escrito en todo el día. Quería verla y arreglar las cosas. Ya habíamos pasado veinticuatro horas separados. No quería estar sin ella ni un minuto más. Probé a llamarla, pero no me contestó. Al colgar, le mandé un mensaje:

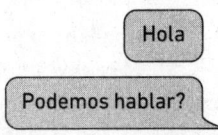

Permanecí en vilo mientras los puntos que indicaban que estaba escribiendo aparecían y desaparecían de mi pantalla. Después de lo que me pareció una eternidad, me contestó:

> Ya está todo dicho. Por favor,
> no me escribas más. Cuídate

La sangre se me congeló en las venas. En ese momento fui consciente de que aquello era real. Hannah no iba a volver conmigo. La impotencia me consumió. Estaba convencido de que, si me escuchase, podríamos arreglarlo, pero no estaba dispuesta. Un enjambre de abejas zumbaba dentro de mi pecho, provocándome una sensación desagradable.

Me senté en el sofá.

Las palabras de Hannah resonaban en mi cabeza sin parar:

«Me siento tontísima por haber pensado que eras perfecto para mí».

«¿Para qué seguir perdiendo el tiempo cuando podemos buscar a la persona indicada?».

«Me has defraudado».

Me sentí como una basura. Se me empañaron los ojos otra vez. No pensé que esa mujer contestona fuese a acabar importándome tanto. Me dolía que se hubiese cerrado a la posibilidad de hablar, pero al único que podía culpar de lo que había ocurrido era a mí mismo.

«Sobreviviré», me dije. Eso era lo que había hecho siempre.

Al limpiarme las lágrimas con el dorso de la mano vi las estrellas.

Me levanté y caminé hasta la cocina. Saqué de la nevera un botellín de cerveza. El alcohol ayudaba a curar las heridas.

A la mañana siguiente me despertó el sonido del timbre.

Abrí los ojos y volví a cerrarlos. La claridad era excesiva. Parpadeé confundido mientras ubicaba lo que me rodeaba. Estaba en mi habitación, con la ropa del día anterior puesta. El timbre volvió a sonar. ¿Por qué no abría Josh la puerta? Enseguida recordé que mi compañero de piso estaba aprovechando el puente en casa de sus padres. Planté los pies en el suelo y los arrastré hasta la entrada. Estaba a punto de contestar por el telefonillo cuando sonaron varios golpes en la puerta.

—¿Qué coño te ha pasado en la cara? —me preguntó Ben preocupado cuando abrí.

—¿Puedes hablar más bajo? —le pregunté con voz pastosa mientras me masajeaba las sienes.

Me dolía la cabeza. Tenía la boca seca y una resaca de campeonato.

Caminé hasta la cocina. Necesitaba un vaso enorme de agua. Ben entró detrás de mí y atravesó la casa hasta el baño. Reapareció un instante más tarde y me lanzó el bote de pastillas para el dolor de cabeza. Lo atrapé al vuelo.

Me metí una pastilla en la boca y le di un sorbo al vaso de agua. Después, me dirigí al salón y me desplomé sobre el sofá. Ben se sentó a mi lado.

—Llevas dos días sin contestar a los mensajes —empezó—. Alex me ha contado que tenías una cita con Hannah el viernes y que no llegaste al restaurante. ¿Qué ha pasado?

Le resumí en tres frases que había aceptado una boda para que no echasen a mi abuela de la residencia, y que el novio y otro tío me habían partido la cara.

—Sabes que soy el único que no se mete en la mierda de las bodas, pero, si tenías una emergencia y no querías hacerlo, podías haberme pedido la pasta.

—No quiero...

—Sí, ya lo sé —me cortó en tono cansado—. No quieres mendigar el dinero de nadie. Lo entiendo, pero somos amigos y esto es una situación excepcional. Estamos hablando de tu abuela...

—Ya dormí en tu sofá durante un mes y medio...

—¿Y qué? —me interrumpió otra vez—. ¿Es que no harías lo mismo por mí? ¿O por Alex o por Chris? No sé para qué pregunto. Ya has hecho esas cosas por nosotros.

—Sí, pero...

—¡Pues ya está! Entiendo que desde que eras pequeño te has sacado las castañas del fuego solo, pero no te vas a morir por pedir ayuda.

Me hundí más en el sofá. Hannah me había transmitido un mensaje similar. Al pensar en ella sentí que se desbordaban mis emociones. Pasó un minuto entero antes de que pudiera hablar de nuevo.

—Hannah ha roto conmigo.

Las palabras me arañaron la garganta al salir.

—Lo siento, tío. —Ben me observó con compasión—. ¿Lo de la cara tiene algo que ver con que Hannah te haya dejado?

—Sí… El viernes llegué tarde a la cita y discutimos. Le dije que había dejado lo de las bodas, cosa que es verdad, y cree que le he mentido todo este tiempo. Ni siquiera pude explicarle lo de mi abuela… Pensé que lo solucionaríamos, pero no quiere saber nada de mí.

La voz se me quebró al final. De pronto, veía borroso. Hice un esfuerzo hercúleo por contener las lágrimas.

—Iba a declararme… —expliqué con la mirada perdida—. La quiero —solté con el corazón en un puño—. Estoy enamorado de ella. —Era la primera vez que reconocía mis sentimientos en voz alta.

Ben me dio una palmada en el hombro y suspiró.

—Sé que no es fácil, y que lo que te diga ahora te va a dar igual, pero saldrás adelante.

Asentí y no contesté.

—Venga, levanta, que nos están esperando para comer —dijo al cabo de un rato.

No me apetecía ver a nadie. Chris y Alexandra no me darían la razón y acabaría sintiéndome peor.

—Uf. Creo que paso. Prefiero quedarme en casa.

—No te vas a quedar aquí solo. —Ben negó con la cabeza—. Si quieres emborracharte, lo harás con nosotros. Así que espabila. Los tienes preocupados. Si no vienes, se presentarán aquí enseguida.

Resignado, me levanté y me encaminé a la ducha.

—¡Por el amor de Dios, Logan! —Chris meneó la cabeza con desaprobación—. ¿De verdad le has dicho a una organizadora de bodas que no sabes si quieres casarte?

Estábamos sentados en la terraza de The Smith. El bullicio incesante del tráfico se mezclaba con el ruido de las conversaciones. El sol estaba en el cenit. La fachada de un edificio nos daba sombra y corría una brisa agradable.

Les había contado la versión extendida de lo que había pasado.

—¿Cómo se te ocurre? —me amonestó Alexandra—. De todas las respuestas posibles que podías darle, esa es la peor.

—Vamos a ver —empecé, defendiéndome—, solo llevábamos juntos dos meses. Claro que no se me ha pasado por la cabeza comprarle un anillo.

—Lógico —apuntó Ben a mi lado.

—Lógico no. —Chris nos llevó la contraria—. A partir de una edad esas cosas se hablan desde el principio. Más que nada porque, si no estáis alineados en algo tan importante, no vais a empezar una relación larga.

—Eso es —le apoyó Alexandra—. Es como el tema de los hijos. Si quieres tenerlos no saldrías con alguien que no quiere, ¿verdad?

—Supongo… —reconocí a regañadientes.

Moví los hielos de mi vaso de agua con la pajita.

La camarera apareció para tomarnos nota. Tenía el estómago cerrado y no me apetecía comer. Aun así, pedimos hamburguesas para todos.

—No te lo tomes a mal, Logan —Alexandra me miró con cautela cuando la camarera se fue—, pero creo que le has cogido miedo a casarte.

—No me asusta casarme. Simplemente no quiero volver a comprometerme con la persona incorrecta.

Se hizo el silencio en la mesa unos segundos.

—¿Piensas hablar con Hannah? —preguntó Chris.

—¿Habéis oído la parte en la que os he contado que me ha mandado a tomar por el culo? —solté en un tono más amargo del que pretendía.

—No te ha mandado a tomar por el culo... —contestó mi amigo—. Quizá deberías probar a escribirle de nuevo dentro de unos días.

—Ni de coña. —Negué con la cabeza—. Me ha pedido que no lo haga y voy a respetarlo. No voy a darle más motivos para que piense que soy un capullo.

Le di un sorbo al vaso de agua. De pronto, me apetecía pedirme un whisky y huir de la conversación.

—Por cierto, alucino un poco con que Ashley te escribiese —apuntó Chris.

—Yo no —repuso Ben—. Solo le ha escrito porque le vio con Hannah. Seguro que le repateó en lo más hondo.

Asentí dándole la razón. La conocía y sabía que me había escrito exactamente por lo que decía Ben.

—¿Qué le has contestado? —se interesó Alexandra.

—Que no voy a volver con ella y que, por favor, reconsidere devolverme a Sven.

—Prueba superada. —Ben me dio una palmada en la espalda—. ¡Qué orgulloso estoy!

Lo miré sin comprender.

—Se levanta el veto contra La-Que-No-Debe-Ser-Nombrada» —declaró Chris solemne mientras alzaba su vaso—. Enhorabuena, Logan, ya no tienes que seguir pagando las copas.

Intenté mantenerme presente con mis amigos el resto de la comida, para no pensar en lo mucho que me pesaba el móvil en el bolsillo. Estaba deseando escribir a Hannah.

Horas más tarde, cuando me acosté, volvió a engullirme la inmensidad de una cama vacía.

44

Hannah

Dejar a alguien que te importa es tan doloroso como que te dejen a ti.

Había pasado por varias rupturas. Sabía que con el paso de los días lo olvidaría y volvería a estar bien. El problema era que esta vez mi corazón se negaba a dejar a Logan atrás.

Llevaba cinco días sin verlo y, de momento, no se estaba volviendo más fácil. Esos primeros días estaban siendo horribles. El fin de semana lo había sobrellevado refugiándome en el trabajo. Había empujado a Logan al fondo de mi mente para evitar pensar en el tema. Las parejas que me habían contratado merecían que todo saliese perfecto en sus bodas. Ahora que eso había pasado, lo único que ocupaba mi cabeza era la discusión, el rostro herido de Logan y el dolor en sus ojos apagados cuando le dejé.

Con el paso de los días, el enfado y la traición se habían ido diluyendo y me habían dejado sola con la desilusión. Ahora la tristeza llenaba el hueco que antes ocupaba mi corazón.

—Hola, cosa guapa. —Nicole me saludó desde la entrada cuando volvió del trabajo—. ¿Qué tal has pasado el día?

—Bien... —le contesté desde el sofá.

Al oír sus pasos acercarse por el pasillo me limpié las lágrimas a toda prisa.

—¿Te apetece que salgamos a cenar por ahí?

—No tengo hambre...

Nicole se detuvo al entrar al salón. Sus ojos escanearon la mesa, donde había un recipiente de pasta precocinada a medio terminar, varios pañuelos arrugados y una tableta de chocolate empezada. Me dedicó una mirada compasiva y suspiró.

—¿Qué te pasa? —me preguntó.

Recogí las piernas, para que pudiera sentarse, y me incorporé. Ella ocupó su asiento, subió una pierna al sofá y se orientó en mi dirección.

—Nada. Es que... me he quedado traspuesta después de comer y he tenido una pesadilla muy realista —confesé con la boca pequeña—. Todavía estoy un poco... desorientada.

—¿Qué pasaba?

—Logan había vuelto con su exprometida y querían que les organizase la boda. Yo me negaba, volvía a casa llorando y tú me decías que cómo iba a permitir que Logan se casase con otra. Hemos ido corriendo a interrumpir la boda..., pero era en un barco en alta mar y teníamos que ir nadando. No llegábamos nunca porque había oleaje... Cuando conseguíamos llegar, me oponía a la boda. Logan se bajaba del altar y Ashley usaba a Sven para engatusarlo y que se quedase con ella. Ahí me he despertado... Soy idiota por llorar por un sueño, ¿verdad?

—No. Yo cuando he soñado que Nate me ha puesto los cuernos me he levantado enfadada con él y me he tirado un buen rato sin hablarle.

Guardé silencio unos segundos. Noté la amenaza de las lágrimas.

—Han, solo era una pesadilla. —Nicole me frotó el brazo con cariño.

—Lo sé. —Un par de lágrimas me calentaron las mejillas—. ¿Tú crees que volverá con ella al final? Me dijo que no lo haría, pero... no sé. Iban a casarse, Nikki, eso es que en algún momento Logan pensó que Ashley era perfecta para él...

—No creo que vuelva con ella. Y si vuelve con la mujer que le dejó plantado en el altar es que es más gilipollas de lo que parece, y significará que no debes malgastar ni un segundo pensando en él.

Asentí sin mirarla. El simple pensamiento de Logan volviendo con Ashley hacía que mi corazón se retorciese de dolor, tirado en el suelo.

—Si te consuela, se le veía bastante colado por ti.

Se me escapó un sollozo. Yo también lo creía, pero al final no le había importado lo suficiente como para ser sincero. Que me hubiese ocultado cosas todavía me escocía. Cogí otro pañuelo de la mesa y me limpié las lágrimas.

—No puedes seguir así —empezó Nicole al cabo de unos segundos—. Vas deambulando por casa como un zombi. Hoy no te has quitado el pijama y ni siquiera has hecho la cama... —dijo como si eso fuese la prueba definitiva de que estaba triste—. Nunca te he visto pasarlo tan mal por nadie.

No contesté. No había nada que decir. Todo era cierto.

—¿Cuándo vas a casa de tus padres? —me preguntó con suavidad.

—El sábado.

—¿Y si adelantas unos días la visita? Seguro que te vendrá bien cambiar de aires.

Medité la idea un momento. Mis padres vivían en un pueblecito tranquilo y costero.

Después de los últimos meses sin parar de trabajar y de la ruptura, necesitaba un paréntesis en mi vida. Allí podría descansar y desconectar.

Según me bajé del autobús en Provicetown al día siguiente me recibió la sonrisa radiante de mi madre. El aire olía a mar y hacía algo de viento.

—¡Hola, cielo! —Ella me envolvió en un abrazo protector tan pronto como cogí la maleta—. ¡Qué ganas tenía de verte!

—Y yo a ti —contesté al estrecharla con fuerza.

Nunca había necesitado tanto un abrazo de mi madre.

Las gaviotas graznaban a lo lejos y se oía el rumor de las olas.

—A ver, déjame que vea lo guapa que estás. —Me sujetó por los hombros y se apartó.

Su mirada se detuvo en mis ojeras y en mis ojos tristes.

—¿Te pasa algo? —interrogó—. Estás muy seria.

—No, mamá. —Negué con la cabeza y forcé una sonrisa—. Solo estoy cansada del viaje. Entre unas cosas y otras han sido diez horas de autobús.

—Vamos. He aparcado ahí mismo. —Ella cogió la maleta y me enganchó del brazo.

De camino al coche me preguntó qué tal había ido el viaje.

—¿Cómo te ha dado por adelantar la visita? —me preguntó al abrir el maletero.

—No tengo ninguna boda hasta dentro de dos semanas y necesito descansar unos días de Nueva York. —Eso era verdad—. Además, me apetecía mucho veros. —Esto también era cierto.

«Y espero olvidar a Logan aquí», esa última parte me la quedé para mí.

Mi madre guardó la maleta.

—¿Qué tal con Logan? —me preguntó mientras cerraba el maletero.

Su tono ilusionado me encogió el corazón. No quería hablar de él porque me echaría a llorar. Hice como que no la había escuchado y propuse:

—¿Vamos a ver a papá? —Señalé el puerto que teníamos delante con la mano—. Estaba deseando enseñarme el barco, ¿verdad?

Mi madre me lanzó una mirada curiosa. Tras observarme un instante accedió:

—Claro. Vamos. —Me enganchó del brazo y echó a andar—. Tu padre tiene muchísimas ganas de verte.

El mar sería la cura para mi corazón roto.

45

Logan

Las rupturas son una mierda.

Te convierten en un despojo humano y hacen que tomes decisiones pésimas, como emborracharte viendo *Mamma Mia* a las tantas de la madrugada. No sé en qué momento me pareció que era una buena idea ponerme la película favorita de Hannah. Cuando llegué a la parte en la que Sam le canta a Donna «¿Qué ha pasado con nuestro amor?», apagué la televisión. Otra de las múltiples estupideces que hice esos días fue ver las fotos de la boda de Chris y Tyler, y más concretamente aquellas en las que aparecíamos Hannah y yo juntos. La echaba de menos y seguía esperando que regresase.

La herida de la ceja cicatrizó. En cambio, la del corazón parecía más abierta que nunca.

Pasé esa semana trabajando, yendo al gimnasio y visitando a mi abuela. En aquel momento, hacía cualquier cosa con tal de mantenerme ocupado. Tenía que sacar fuerzas de donde las hubiera y conseguir el trabajo en SoGood. Esa era mi mayor motivación.

Intentaba mantener la mente alejada de Hannah, pero Nueva York era un recordatorio constante de lo que había perdido. Todo me hacía pensar en ella. Desde los carteles que indicaban que *Mamma Mia* había vuelto a Broadway hasta las tartas que se exhibían en los escaparates de las pastelerías, incluso el coche nupcial que vi aparcado a las puertas del hotel Waldorf Astoria.

Los días los sobrellevaba. Las noches eran horribles.

Cuando me quedaba solo con mis pensamientos la añoraba más que nunca. Quería saber cómo estaba, si le habrían dado la agenda y si seguía pensando en mí. Echaba de menos el sonido de su risa, sus besos y sus abrazos. Algunas noches no podía evitar reproducir nuestra última conversación. De todas las cosas que me había dicho, había un par que me carcomían especialmente: «No eres perfecto para mí» y «¿Para qué seguir perdiendo el tiempo cuando podemos buscar a la persona indicada?». El agobio que asolaba mi pecho era la señal de que no la había superado.

El día que salí de la entrevista de SoGood estaba especialmente cansado. Llevaba días enmascarando la tristeza tras sonrisas falsas y no podía más. El ardor del pecho era insoportable y necesitaba mitigarlo. Cogí la botella de whisky que me había regalado Ben en mi cumpleaños y me dirigí a su casa. Habíamos quedado para hacer una maratón de películas de James Bond.

—¿Qué tal ha ido la entrevista? —me preguntó mi amigo cuando me abrió la puerta.

—Genial —contesté al internarme en el salón—. Me han pedido que desarrolle una campaña de marketing hipotética y la he clavado. Por cierto, esto estaba en el suelo —le entregué el sobre grueso con su nombre que había recogido del descansillo.

Dejé la botella en la mesa. Después, me quité la cazadora de cuero y la colgué en el respaldo de una silla.

—No me lo puedo creer —comentó Ben con la vista clavada en los papeles que acababa de darle.

—¿Qué pasa? —le pregunté extrañado.

Mi amigo arrastró los pies hasta el sofá y se dejó caer con un suspiro. Me senté a su lado. Por su cara perpleja, parecía que había visto un fantasma.

—Kate me ha pedido el divorcio —soltó con voz apagada.

Fruncí el ceño sin comprender.

—¿De qué estás hablando? ¿Quién es Kate?

—Mi mujer.

—Tío, ¿me estás vacilando?

Ben negó con la cabeza.

—Me casé con ella cuando tenía dieciocho años...

Lo dijo con la convicción suficiente como para que le creyera, pero estábamos hablando de la persona que llevaba trece años asegurando que no se casaría ni por todo el oro del mundo.

—Dame eso. —Estiré la mano y le hice un gesto para que me diera los papeles.

Era una petición de divorcio en la que figuraban sus datos y los de una tal Katherine.

—¡Hostia! —exclamé sorprendido—. ¿De verdad estás casado y me lo cuentas después de trece años de amistad?

—Doce —me corrigió—. Te recuerdo que en primero de universidad nos odiábamos.

—No te desvíes del tema.

—Cuando os conocí, la ruptura estaba reciente y no quería hablar del tema. Tampoco es que ahora me apetezca remover la mierda, la verdad…

Me levanté, cogí la botella de whisky y un par de vasos de chupito del armario. Volví a sentarme a su lado y nos serví un vaso a cada uno. Él se lo bebió de un trago. Era la primera vez que lo veía tan serio. Por su mirada triste parecía que aquello le dolía. Quería saber qué había pasado para que tantos años después esa mujer le afectase así, pero esperaría hasta que quisiese contármelo.

—Hoy nos emborrachamos por ti y mañana por mí —le dije antes de beberme el mío.

El whisky me calentó la garganta.

Ben y yo nos bebimos la botella mientras veíamos *Casino Royale*. Cuando llegó el repartidor con las pizzas estábamos completamente borrachos.

—¡¡Lo tengo!! —exclamó Ben entusiasmado al dejar la cena sobre la mesa—. Si me mudo a otro continente…, no tendré que divorciarme… —Se dio un par de golpecitos en la sien con el dedo índice y me miró como diciendo «Qué inteligente soy».

—¡Eres un genio! —Di una palmada y me reí—. Espera, ¿no quieres… divorciarte? —pregunté arrastrando las palabras.

—No… —Se tambaleó y se sentó—. Kate es la única mujer a la que he amado.

—¿Amado? —Abrí los ojos sorprendido—. Benji..., esto es surrealista... —Sacudí la cabeza—. ¿Me estás ocultando algo más?

Él soltó una carcajada.

—Mmm... ¿Recuerdas cuando desapareció tu examen de comunicación estratégica? —preguntó entre risas.

—Sí...

—Fui yo... Lo cogí de la mesa del profesor Wilson al final de la clase... No quería que sacases un diez.

—¡Serás cabrón! —Le arrojé uno de los platos de papel que nos habían llevado con la pizza y él lo esquivó—. ¡Me hizo repetirlo!

—En ese momento no te aguantaba.

Me puse serio un segundo. Luego me entró la risa.

—Debo confesar que el rumor de que tenías clamidia...

—¿Lo esparciste tú? —me interrumpió—. ¡Qué mamón! ¡Me jodiste el polvo con Jenny Sawyer!

—Lo sé. —Me reí.

—Es patético que recurrieras a eso para que las tías pasasen de mí —aseguró apuntándome con el dedo.

—¡Atención todo el mundo! —exclamé de pronto—. ¡Un brindis por Ben! —Levanté mi vaso de chupito—. Tío, eres el mejor amigo... que cualquiera puede tener...

—No, no, no, tú acabaste el trabajo de comunicación estratégica cuando nos pusieron juntos. —Me señaló con el dedo—. Sin eso... no nos habríamos hecho amigos..., así que un brindis por ti.

Chocamos los vasos de chupito y nos los bebimos.

Un rato más tarde, agarré la botella de whisky. Estaba a punto de beberme a morro lo que quedaba cuando Ben me dio un manotazo.

—¿Qué coño haces?

—Mi mujer acaba de pedirme el divorcio... Mi vida es una mierda... Merezco el último trago.

—Tío, no me jodas... —Me levanté con la botella en la mano y me aparté—. Mi vida es peor que la tuya. —Enumeré mis problemas con los dedos—. La mujer de la que estoy enamorado no quiere saber nada de mí, mi trabajo es una mierda, me dieron una paliza el otro día y vivo en un apartamento diminuto que parece el jardín botánico... A ti acaban de proponerte presentar parte de un programa, vives en este pisazo y eres rico. Si alguien merece el último trago de este whisky de cuatrocientos pavos soy yo. —Me di una palmada en el pecho.

Ben lo sopesó un instante y al final claudicó diciendo:

—Tienes razón... Tu vida es peor que la mía.

Me acabé lo que quedaba en la botella.

A partir de ahí la conversación fue decayendo hasta que acabé diciendo cosas como:

—Desde que Hannah me dejó estoy más triste que Andy cuando donó sus juguetes en Toy Story... ¿Crees que habrá conocido a otro?

El mero pensamiento me dejó mal cuerpo.

—Logan, tío, el amor verdadero no se encuentra todos los días... No hagas el gilipollas como yo, ¿vale?

—Pero ¿qué dices ahora?

—Que si quieres a la chica... corras a por ella. Lo estás deseando...

—Tienes razón. —Me saqué el móvil del bolsillo—. Voy a llamarla ahora mismo. Tengo que decirle que la quiero...

Ben me arrebató el teléfono.

—Son las dos de la mañana y vas pedo... ¿Qué aprendimos en la uni de *Cómo conocí a vuestra madre*?

—Que no pasa nada bueno a partir de las dos de la madrugada...

—Pues eso; por tu bien, custodiaré el teléfono. Mañana, sobrio, la llamas y te declaras...

—¿Desde cuándo estás a favor del amor?

—Desde que me han pedido el divorcio... Yo qué sé, tío, es el puto whisky este que me ha ablandado.

—En realidad, llevo varios días pensando cómo recuperarla —susurré abatido—. Pero todavía no se me ha ocurrido nada que esté a la altura.

—Eres el tío más creativo que conozco. Algo se te ocurrirá.

—¿Tú que vas a hacer con Kate?

—No tengo ni puta idea.

Solía pasear por Central Park con la esperanza de encontrármela. Al día siguiente, paseé la vista por los bancos por si la veía leyendo las placas. Estaba sumido en mis pensamientos cuando alguien me dio un toquecito en la espalda. El corazón se me aceleró. Al girarme me topé con el hombre que me había contratado para romper la boda de sus amigos: Emma y Fletcher, aquella en la que Hannah me había visto en acción por primera vez.

—Carter, ¿verdad? —pregunté al estrecharle la mano—. ¿Qué tal todo?

—Bien. Y tú… ¿sigues con lo de las bodas?

—No. Estoy buscando trabajo. —Se me formó un nudo en la garganta—. ¿Cómo está Emma? —le pregunté para desviar la conversación.

Recordaba su caso. Me había contratado porque Fletcher quería casarse con Emma solo por el dinero. Carter me enseñó las pruebas de que la empresa del novio estaba en la bancarrota y un vídeo de la despedida de soltero en la que lo confesaba todo. Además, me contó que él sí estaba enamorado de Emma.

—No lo sé… —reconoció apenado—. Hemos perdido el contacto… Dejó de hablarme cuando le conté que te había contratado para interrumpir su boda.

—¿Y eso por qué? —pregunté extrañado—. Si el tío con el que iba a casarse era un capullo.

Él asintió y me dijo:

—Emma lo pasó fatal. Todos creyeron que eras su amante. Le dio mucha vergüenza enterarse delante de los invitados de lo que había pasado. Dijo que la había convertido en el hazmerreír y que no tenía que haberme metido en su vida.

Me tensé al oír eso.

Las palabras de Hannah retumbaron en mi cabeza: «Les haces daño a los demás», «Entiendo que hay gente que es mejor que no se case, pero que decidan por sí mismos… No es justo para nadie que rompas el enlace en mitad de la ceremonia».

La culpabilidad me retorció las tripas de manera desagradable.

—Vaya... lo siento —me disculpé—. No era mi intención hacerle daño.

—Tranquilo. No es culpa tuya, fui yo quien te contrató. —Carter sonaba arrepentido—. Solo espero que me perdone algún día...

Se alzó un silencio incómodo entre nosotros.

—Bueno, me alegro de verte —me dijo pasados unos segundos—. Suerte en la búsqueda de trabajo.

—Gracias. ¡Que vaya todo bien!

Cuando nos despedimos, me fui directo a casa. Hannah tenía razón. Me sentía fatal por haberle hecho daño a esa mujer sin darme cuenta. En los ojos de Carter me había parecido ver un reflejo del sufrimiento que yo mismo sentía. No podía retroceder en el tiempo y cambiar lo que había hecho. Lo único que me quedaba era acabar con aquello de una vez.

Entré al correo del negocio de las bodas. Contesté a todas las solicitudes de contacto con el mismo mensaje:

> Lo siento, pero no puedo aceptar el trabajo. Si quieres que me oponga a la boda porque hay un motivo por el que el matrimonio no deba celebrarse, te animo a que le cuentes a tu ser querido lo que ocurre. Es mejor que cada uno decida lo que quiere hacer con su vida y con su relación. Si quieres oponerte a la boda por motivos egoístas, solo te diré una cosa: ¡que te jodan!

Estaba a punto de cerrar la página web cuando se me ocurrió una idea. Borré todo el contenido y sobre un fondo blanco escribí cuatro palabras para Hannah.

No iba a pasarme los días emborrachándome. Se acabó. Había llegado el momento de levantarme y recuperarla.

46

Hannah

La única parte buena de haberme pasado días llorando fue que cuando llegué a casa de mis padres tenía los ojos secos y pude ocultarles mi estado de ánimo. O, al menos, camuflarlo.

Volver a Provincetown fue un soplo de aire fresco. La casa en la que había crecido estaba a orillas de la playa. Todas las tardes me sentaba en la arena para contemplar la puesta de sol. El sonido de las olas rompiendo contra la orilla siempre lograba arrastrarme a un lugar tranquilo. Ahora, al escucharlo, no podía evitar que mi mente regresase a Coney Island, al momento en el que Logan me había abierto su corazón por primera vez.

Hacía diez días que no sabía nada de él. Echaba de menos sus tonterías constantes, sus chistes malos, sus comentarios desvergonzados, sus besos apasionados, sus caricias cálidas y su sonrisa torcida. Y también echaba de menos lo bien que me sentía a su lado, la ilusión que se apoderaba de mí cada vez que sabía que iba a verlo y la alegría que sentía cuando me hacía reír hasta que me dolía la tripa. Llevaba cinco días en casa de mis padres, con varios estados interponiéndose entre nosotros, y no dejaba de pensar en él. Me frustraba sentir que me había quedado anclada en los recuerdos del amor del verano.

—¿Por dónde vas? —La voz de mi madre me sacó de mis pensamientos.

Levanté el rostro para mirarla. Tenía los ojos clavados en la novela de Mia Summers que descansaba a mi lado.

—Por la escena del Empire State —contesté.

Había soltado el libro hacía un rato, cuando el protagonista iba a declararse delante de todo el mundo usando un megáfono.

—Esa parte es de mis favoritas. —Mi madre se sentó junto a mí en la toalla—. Desde que leo a esta autora mi vida sexual ha mejorado mucho. Menudas escenitas picantes se marca.

—¡Mamá, por favor! —protesté entre risas—. Demasiada información.

—Bueno, cielo, a ver cómo te crees que llegaste al mundo... —bromeó.

Negué con la cabeza. Durante un instante, solo se oyó el rumor de las olas. La brisa fresca de mediados de septiembre me acarició el rostro, revolviéndome el pelo.

—¿Cómo supiste que estabas enamorada de papá? —le pregunté.

Mi madre soltó un suspiro de amor. El cariño brillaba en sus ojos.

—Me di cuenta de que me encantaba la manera que tenía tu padre de mirarme. Me hace sentir especial. Un día, cuando todavía no estábamos juntos, me acompañó a Boston a comprarme un vestido para la graduación de mi hermana. Me probé dieciocho diferentes. Por la cara que ponía, parecía que le gustaban todos. Al final, cuando salí del probador con mi ropa vieja y descolorida se le quedó la misma cara de bobo que con cualquiera de los vestidos que me había probado. Entonces supe que quería que ese hombre me mirase así el resto de mi vida.

—Qué bonito. —Sonreí entristecida.

Sus palabras me habían recordado a la manera que tenía Logan de mirarme embelesado, como si yo fuese lo más bonito que había visto en su vida. Daba igual que llevase un vestido elegante y carísimo, mis vaqueros preferidos o una de sus camisetas. Echaba de menos el calor agradable que se despertaba en mi pecho cuando me miraba así.

—Y tú, cielo, ¿cómo te diste cuenta de que estás enamorada de Logan?

La piel se me puso de gallina.

—Yo no... —empecé con voz temblorosa—. No te he dicho que esté enamorada de Logan.

—No hace falta. Es evidente.

Los ojos se me empañaron. Aparté la vista y la centré en el mar. Un nudo me oprimía la campanilla. Respiré hondo y el aire salado me llenó los pulmones.

—Llevas días apagada. —Mi madre me frotó el brazo con suavidad—. ¿Vas a contarme ya qué ocurre?

Desde que había llegado había esquivado la pregunta cambiando de tema.

—Las cosas con Logan no funcionaron —me sinceré cuando encontré las palabras.

—¡No me digas! —Mi madre me miró sorprendida—. ¿Qué ha pasado? La última vez que me hablaste de él parecías muy contenta.

Me mordí el labio inferior porque había empezado a temblarme. Ella me rodeó los hombros con el brazo y me atrajo contra su cuerpo. Llevaba cinco días aguantando el tipo para no preocuparlos. El vaso se desbordó y me rompí entre los brazos de mi madre, como cuando me caía al suelo de pequeña.

Le conté todas las cosas bonitas que había hecho Logan por mí, que estaba empezando a dejarme llevar y a improvisar planes, que habíamos corrido por Manhattan para llegar al teatro y que nos habíamos besado bajo la lluvia en el puente de Brooklyn, como en una película romántica. Y después le resumí como pude lo que había pasado para acabar rompiendo. Mi madre tampoco se vio venir que él hubiese interrumpido una boda después de haberme asegurado que había dejado de hacerlo. Lloré desconsolada al recordar su rostro herido. Le hablé de lo tonta que me sentí por haberme arreglado a conciencia para la cita, de que me quité el vestido rojo al llegar a casa y de que Nicole se metió en la cama conmigo para consolarme. Y, por último, le dije que sentía que la vida había pasado de ser un musical animado a uno triste y sombrío.

Cuando me callé, recosté la cabeza sobre su hombro y ella me frotó el brazo.

—No entiendo por qué sigo pensando en él... si desde el principio estaba claro que no estábamos hechos el uno para el otro, ni por qué sigo sintiendo esta presión enorme en el pecho al hablar de lo que ha pasado —dije mientras las lágrimas corrían por mis mejillas—. ¿No tendría que volverse más fácil con el tiempo? ¿Por qué sigue doliendo tanto?

Mi madre me dedicó una mirada compasiva. Suspiró antes de decir con ternura:

—Porque le quieres.

Guardé silencio.

—¿Has pensado en hablar con él? —me preguntó.

—Lo he pensado, pero no voy a hacerlo. Por mucho que le eche de menos, no puedo pasar por alto lo que hizo y me duele que me ocultase información.

—No seas tan dura, Hannah. No te digo que le perdones si no quieres, pero quizá no te venga mal escuchar lo que tenga que decir. Todos cometemos errores. Hay que entender las circunstancias de cada uno.

Me quedé pensativa un instante. Una parte de mí creía que había tomado la decisión correcta y que debía mantenerme fiel a mi palabra. Otra parte no estaba nada segura y me pedía escribirle.

Parpadeé y otro par de lágrimas calientes corrieron por mis mejillas. En el fondo, lo que más me dolía era que...

—Creía que con él podría tener un amor perfecto, como el que tenéis papá y tú —confesé con un hilo de voz.

—El amor no es perfecto, cielo, y las relaciones tampoco.

—La vuestra sí. Nunca discutís, siempre estáis riéndoos, lleváis juntos treinta años y parece que seguís tan enamorados como el primer día. Lo vuestro parece tan fácil como en las películas y los libros. —Le di un toquecito a la novela que descansaba en la toalla.

—Claro que discutimos, como todas las parejas. Y nuestros comienzos no fueron nada fáciles... Nunca te he contado que el día que me declaré, tu padre estaba enfadado conmigo. Llevaba días sin hablarme.

La miré extrañada. Me costaba imaginar un mundo en el que mi padre no la quisiese.

—Ya sabes que nos conocemos de toda la vida del pueblo —me contó—. Tu padre siempre había estado enamorado de mí, pero nunca me lo había dicho, porque yo tenía novio. Durante cinco años, fuimos los mejores amigos. El día de los dieciocho vestidos, mi novio no quiso acompañarme y tu padre se ofreció a llevarme. Cuando me acercó a casa, lo besé y él se declaró. Fue claro conmigo. Me dijo que, si quería estar con él, tendría que dejar a mi novio. Le prometí que lo haría al día siguiente. Llamé a Stephen para dejarle, pero no me atreví. Era buen chico y me daba pena. Además, sus padres eran amigos de los míos y estaban muy emocionados con nuestra relación. Pasaron los días y no encontré el valor de dejarlo. Tu padre se presentó una mañana en casa y me dijo que ya no hacía falta que rompiese con Stephen porque él se retiraba. Estaba tan dolido que se marchó sin dejarme replicar. Metí la pata y no sabía cómo arreglarlo. Unos días más tarde, me armé de valor y le conté la verdad a mi novio. Después, fui a buscar a tu padre.

Parpadeé sorprendida.

—Si él no me hubiese perdonado, tú no estarías hoy aquí y, sinceramente, creo que me habría pasado la vida entera preguntándome qué habría pasado si hubiese sido más valiente... El amor no es solo la parte bonita que idealizan las películas. El amor real es confianza, trabajo y respeto. Es querer a alguien tal y como es, con sus virtudes y defectos; es aprender juntos de los errores y también perdonar. No se trata de estar siempre contentos y no meter la pata. Las cosas no tienen que ser perfectas para ser importantes.

—¿Cómo están mis chicas? —oí que decía una voz masculina a nuestra espalda.

Giré la cabeza. Mi padre nos saludó con la mano desde nuestro jardín trasero.

Le devolví el saludo con la mano.

—Bien, cariño. —Mi madre se levantó y fue a saludarlo—. ¿Cómo te ha ido el día?

—¡Muy bien! ¡El barco ya está listo! ¡Mañana podremos inaugurarlo!

—¡Qué ilusión!

Mi padre abrió los brazos para recibir a mi madre.

—Te he traído tu bollo favorito: una napolitana de chocolate —oí que le decía—. La he dejado en la cocina.

Ella le dio un beso y se fundieron en un abrazo. Verlos era como leer el epílogo de una novela romántica donde la pareja había encontrado su «felices para siempre». Volví la vista al mar. Quizá el amor era algo tan simple como llevarle a alguien un trozo de queso gouda. O quizá era pasarse semanas practicando para aprender a hacer ñoquis.

47

Logan

Al día siguiente, cuando salí de la oficina, me presenté en casa de Hannah. Llamé al telefonillo y nadie respondió. Volví a intentarlo. Una vez y otra más. Al final me senté a esperarla en los escalones del portal.

—¿Qué haces tú aquí? —oí una voz femenina pasado un buen rato.

Despegué la vista del móvil y me encontré con la cara de pocos amigos de Nicole.

—Esperar a Hannah —contesté, levantándome—. ¿Sabes a qué hora llega?

Subió los escalones y pasó de largo por mi lado.

—¿A ti qué te importa? —me preguntó con sequedad por encima del hombro—. Te ha pedido que no le escribas.

—Y no lo he hecho.

Nicole se detuvo delante del portal. Se giró en mi dirección y entonces estalló:

—¡Le mentiste! —acusó, señalándome con el dedo—. ¡Le prometiste que habías dejado lo de las bodas y seguiste haciéndolo por la espalda! ¡Se pasó días llorando por tu culpa!

Esas palabras fueron como un latigazo en el corazón. Se me cerró la garganta.

—No tienes ningún derecho a regresar a su vida cuando te dé la gana —terminó, cruzándose de brazos.

—Lo sé, lo sé. Iban a echar a mi abuela de la residencia —me justifiqué a toda prisa—. Había dejado lo de las bodas, pero en ese momento creí que no tenía otra opción. Hannah se fue antes de que me diese tiempo a explicárselo.

Nicole abrió los ojos sorprendida.

—Me arrepiento profundamente de haberlo hecho. No le he escrito porque me pidió que no lo hiciera, pero la echo de menos y... me gustaría hablar con ella.

Me estaba sincerando con Nicole porque estaba desesperado.

—Había venido a darle esto. —Estiré el sobre amarillo que había llevado—. Es la invitación a la boda de mi amiga Alexandra. Quería haberle pedido que me acompañase la última vez que quedamos. ¿Te importaría dársela y decirle que me llame?

Nicole observó el sobre con desconfianza.

—¿Por favor? —agregué poniendo mi mejor sonrisa.

—No creo que quiera ir. Está muy dolida.

—Bueno, dejemos que lo decida ella.

—Estoy dispuesta a dársela.

Sonreí agradecido.

—Solo si prometes que, si decide que no quiere ir a la boda, la dejarás en paz para siempre.

—Tienes mi palabra —aseguré dolido.

—Y una cosa más: se ha ido a cabo Cod para airearse y estar tranquila unos días con sus padres. Si me entero de que le has escrito mientras está allí, o de que has hecho cualquier cosa que perturbe su paz mental, tiraré la invitación a la basura e iré a buscarte para darte un sartenazo.

Estaba claro por qué Hannah y ella eran amigas.

—Lo que quieras, pero coge el sobre, anda.

Nicole cogió la invitación y se dio la vuelta.

—¡La boda es dentro de ocho días! —le grité, antes de que me cerrase la puerta del portal en la cara.

El lunes siguiente por la mañana recibí el e-mail que llevaba días esperando:

De: elismith@rrhhsogood.com
Para: loganstone@gmail.com
Fecha: 22 de septiembre 09.38
Asunto: bienvenido al equipo de SoGood

Hola, Logan,

Tengo muy buenas noticias: has sido seleccionado para el puesto
de director creativo. A Tobias y a Sarah les encantó tu propuesta
creativa. Si te va bien, te llamo en un rato para darte la
enhorabuena y que hablemos sobre que día puedes incorporarte!
El equipo está muy entusiasmado.

Qué tengas buen día!
Un saludo

Me invadió una sensación de felicidad, satisfacción y alivio a partes iguales. Sin perder un segundo me apresuré a contestar.

De: loganstone@gmail.com
Para: elismith@rrhhsogood.com
Fecha: 22 de septiembre 09.39
Asunto: Re: bienvenido al equipo de SoGood

Hola, Eli,

Así da gusto empezar el lunes! Me va bien hablar a las cuatro.
Yo también estoy entusiasmado.

Hablamos luego.
Un saludo

Según pulsé enviar, abrí el grupo de mensajes que tenía con
mis amigos.

> Me han dado el trabajo!!

> Estáis hablando con el nuevo
> director creativo de SoGood!!

Alex fue la primera en contestar:

> Ayyyy!! Felicidades!!!

Seguida de Chris:

> Enhorabuena! Esto hay que celebrarlo!

Y por último Ben:

> Felicidades, capullo!!!!
> Cuándo dices que nos invitas?

> Luego? Quedamos cuando salga
> de trabajar y os cuento mejor

> Por cierto, ayer Ashley entró en razón
> y ha decidido devolverme a Sven.
> Tenemos doble motivo para celebrar!!!

Al pulsar enviar no pude evitar sonreír. Parecía que la luz del sol empezaba a asomar entre las nubes. El sueldo me permitiría pagar la residencia. Además, podría mudarme a un apartamento más amplio en el que poder tener a Sven. Quedé con mis amigos para celebrarlo en una azotea del centro.

Se suponía que debía estar contento, pero me faltaba Hannah. Hacía cuatro días que le había dado la invitación a Nicole. Hannah todavía no había dado señales de vida. Eso de quedarme sentado a esperar no era lo mío. Llevaba dos semanas sin verla y, a esas alturas, no aguantaba más. Quería ganarme su perdón. Quería demostrarle que había entendido sus palabras. Quería decirle que

449

la quería. Y, sobre todo, quería que me diese la oportunidad de demostrarle que, aun siendo imperfecto, podía ser perfecto para ella. Si Hannah no era capaz de encontrar el camino de vuelta a mis brazos, tendría que darle un empujoncito.

Me quedé un instante pensativo. Desde la azotea del 230 Fifth se veía el Empire State. Según me había contado Hannah, aquel rascacielos, el Top of the Rock, Central Park, el Puente de Brooklyn y Times Square eran los escenarios preferidos de la gente para pedir matrimonio.

De pronto, se me ocurrió la idea de mostrarle todas esas cosas a la vez.

Había llegado el momento de hacer algo grande.

—Voy a recuperar a Hannah —les anuncié a mis amigos cuando regresé a nuestra mesa con las bebidas.

—¡Ya era hora! —exclamó Chris contento.

Alexandra pegó un gritito y Ben me sonrió orgulloso.

—¿Qué piensas hacer? —preguntó mi amiga.

Me dirigí exclusivamente a Ben:

—Dijiste que te pidiese pasta prestada si la necesitaba...

Él sonrió y solo dijo:

—¿Cuánto quieres, capullo?

48

Hannah

Unos días más tarde estaba tumbada en el sofá con mi madre, viendo *Yellowstone*, la serie de Kevin Costner a la que se había enganchado, cuando sonó mi móvil. Me levanté de un salto al ver que la llamada provenía del despacho de Melanie Stevens. Corrí hasta la cocina y descolgué.

—¿Diga?

—Buenas tardes, Hannah. —Melanie me saludó con un tono solemne—. Te llamo para comunicarte que he decidido entregarte mi agenda de contactos. Organizar una boda es una tarea de gran responsabilidad que requiere organización, creatividad y atención al detalle. Tu dedicación y capacidad de mantener todo bajo control son excepcionales.

Me tapé la boca para no chillar. Sentí una oleada de emoción y orgullo.

Mi madre se acercó y pegó la oreja al teléfono.

—Confío plenamente en que harás un buen uso de la agenda —prosiguió Melanie—. Aprovecho para contarte que Henry King me ha hecho una entrevista, que se publicará próximamente, en la que he mencionado que eres una de las jóvenes promesas de Nueva York. Enhorabuena por el buen trabajo. Espero que estés contenta.

—¡Muchísimas gracias, Melanie! —exclamé emocionada—. Es un honor que hayas pensado en mí. No tengo palabras suficientes para agradecerte todo lo que he aprendido a tu lado. Te aseguro que me esforzaré al máximo por que cada boda sea mejor que la anterior.

—No me cabe duda. Rose contactará contigo en los próximos días para cerrar una cita.

—Perfecto. Gracias otra vez.

Según colgué, mi madre y yo nos abrazamos.

—Estoy muy contenta por ti, cielo.

—Gracias por apoyarme siempre, mamá.

El momento pasó a ser un poco menos feliz cuando la mente se me fue a Logan. Me encantaría que estuviese a mi lado en ese instante, celebrando conmigo lo que había conseguido.

—Bueno, cielo, cuídate mucho... —me dijo mi madre apenada esa tarde cuando nos despedíamos en la estación de autobuses—. Aquí estamos para lo que necesites.

—Lo sé. No te pongas triste —le pedí—. Dos meses pasan volando, y en Acción de Gracias estaré de vuelta.

Mi madre me envolvió en un abrazo protector.

—Gracias por contarme tu historia con papá —le dije al apartarme—. Quizá me anime a llamar a Logan. No lo he decidido todavía.

—Bueno, ya me contarás cuando lo decidas. —Compartimos un último abrazo fugaz—. Que tengas buen viaje. Escríbeme cuando llegues.

—Lo haré. Te quiero mucho.

—Yo a ti más.

Guardé la maleta en el compartimento para el equipaje y me subí al autobús. Tenía por delante diez horas de viaje nocturno hasta Nueva York. Me despedí de mi madre con la mano y puse una película que tenía descargada en el iPad. Al cabo de un rato, me quedé profundamente dormida.

Me desperté cuando ya era de día. Me saqué el móvil del bolso para consultar la hora y me topé con un montón de notificaciones de emails y redes sociales. Al abrir el correo, me sorprendió ver que tenía treinta y tres peticiones de contacto esperándome. ¿Se habría publicado ya el artículo en el que me había mencionado Melanie? Entusiasmada, abrí el primer mensaje y lo leí.

De: janegreer@gmail.com
Para: hannahbrooks@elsiperfecto.com
Fecha: 26 septiembre 23.43
Asunto: Consulta disponibilidad

Hola, me llamo Jane. Me caso en julio del año que viene.
Quería saber si tienes disponibilidad para el segundo fin de semana. He visto tu porfolio y es increíble.
¿Puedes informarme de qué paquetes ofreces?
¡Quedo atenta a tu respuesta!
¡Muchísimas gracias de antemano!

El mensaje no tenía nada fuera de lo común. Lo que me sorprendió fue la respuesta que ella había dado a la última pregunta de mi formulario de contacto.

«¿Cómo has conocido El Sí Perfecto?: A través del anuncio de Times Square».

Ladeé la cabeza extrañada. Yo no había puesto ningún anuncio en Times Square, tenía que ser una equivocación. A no ser que...

«¡¡¡Logan!!!».

El corazón se me aceleró. ¿Sería posible que hubiese hecho un anuncio de mi negocio?

De pronto, estaba nerviosa.

Abrí el siguiente mensaje. La persona también me había conocido a través de un anuncio en la plaza de las pantallas. En mis redes sociales los mensajes eran parecidos. Con que la mitad de esas personas me contratase, tendría el año siguiente cubierto y se acabarían las preocupaciones.

Volví a los emails. Abrí otro y me encontré con la dirección de la web del negocio de Logan. Al abrir su página, sonó una canción que reconocí al instante. Me apresuré a bajar el volumen para no molestar a nadie. El corazón me dio un vuelco al ver que lo único que había escrito en mayúsculas era un:

LO SIENTO MUCHO, HANNAH

Debajo había una imagen de *Mamma Mia* en la que aparecían Donna y Sam apoyados en lados opuestos de una pared. La canción que sonaba era «S.O.S.», pertenecía a ese momento, en el que la pareja canta sobre el desamor.

Decidí que no escribiría a Logan hasta ver el anuncio con mis propios ojos.

Al bajarme del autobús en Port Authority corrí con la maleta hasta Times Square, esquivando a la gente y ganándome varios insultos y reproches por el camino.

Eran las once menos cuarto de la mañana de un sábado. La plaza estaba en pleno apogeo. Las sirenas y los cláxones, junto al bullicio de las conversaciones y la música, llenaban el aire. Olía a una mezcla de comida rápida y contaminación.

Para ver bien las pantallas subí a lo alto de las escaleras rojas. Giré sobre mí misma varias veces mientras paseaba la vista por todas las pantallas. En una que estaba encima de la tienda Disney apareció un vídeo que captó mi atención. Se trataba de una vista área de los jardines traseros del castillo Oheka decorados para una boda al atardecer. La imagen cambió a una transición de distintas parejas mirándose acarameladas en el altar. Sobre la escena apareció el eslogan de mi negocio: «Cada historia de amor merece una boda perfecta». Los ojos se me llenaron de lágrimas. El vídeo dio paso a un primer plano de una mesa con la vajilla perfectamente colocada, decorada con un centro de flores y velas encendidas. En ese instante apareció un segundo mensaje: «Cada detalle brilla con luz propia». El siguiente vídeo era de una novia y el padrino caminando hacia el altar del hotel Plaza, el tercer eslogan rezaba: «Un viaje al altar que nunca olvidarás». Se me escapó una risita llorosa al reconocer el eslogan de la película *Mamma Mia*. Por último, sobre un fondo azul apareció un código QR bajo el rótulo: «Da El Sí Perfecto con Hannah Brooks». «Reserva ya tu fecha».

Me apresuré a escanear el código. Llevaba al apartado de contacto de mi página web. Me quedé conmocionada. No me di cuenta de que estaba llorando hasta que las lágrimas calientes me cayeron por las mejillas.

Era la primera vez que alguien hacía algo así por mí. Me sentí como si estuviera protagonizando una comedia romántica. Una mezcla de emoción, felicidad y euforia me embargó. Quería ir corriendo a buscarlo y besarlo.

Me había enamorado. Hacía tiempo que no sentía algo tan fuerte por nadie. Rompiendo bodas, Logan era el último hombre al que habría elegido mi cerebro. Pero a Logan no lo había escogido con la cabeza, lo había elegido con el corazón. Había empezado cayéndome mal, había visto sus peores partes y me había enamorado de él igualmente.

Con el corazón revolucionado, le llamé por teléfono. Me tapé la oreja para escuchar el tono de la llamada. Me saltó el buzón de voz. Impaciente, le llamé una segunda vez. No respondió. Con las manos temblorosas tecleé un mensaje para él:

> Avísame cuando te pueda llamar

La adrenalina que corría por mis venas me pidió que me pusiera en marcha. Eché a andar y llamé a Nicole. Estaba nerviosa y necesitaba hablar con alguien.

—Hola, cosa guapa. ¿Ya has llegado? —me preguntó mi amiga al descolgar.

—Sí... —Me sorbí la nariz.

—¿Estás llorando? ¿Qué pasa?

—Logan ha puesto un anuncio precioso de mi negocio en Times Square...

—¡¿Qué?! —El grito de Nicole casi me dejó sorda—. ¡Voy ahora mismo a verlo!

—Sí. Son imágenes de algunas bodas que he organizado —le conté de carrerilla—. Me han llegado un montón de peticiones.

—Posiblemente este sea uno de los gestos más románticos del universo.

—Lo sé…

—Escucha, hay una cosa que no te he contado: Logan vino a buscarte hace unos días.

—¿Qué? —Me quedé estupefacta—. ¿Por qué no me lo has contado? ¿Qué te dijo?

—No te lo conté porque te fuiste muy triste a casa de tus padres. Me dijo que había aceptado la boda porque le habían amenazado con echar a su abuela de la residencia.

Me invadió una sensación desagradable.

—Ay, mi madre… —Me llevé una mano a la frente—. ¿Te dijo si llegaron a echarla? —pregunté preocupada.

—No… Solo me dijo eso y me dio una invitación para la boda de su amiga. Y no te enfades, pero le amenacé con darle un sartenazo si te llamaba mientras estabas con tus padres.

—¡¡Nicole!!

—¿Qué habrías hecho tu con Nate si me hubiese dejado echa un mar de lágrimas?

Ni siquiera tuve que pensarlo.

—Le habría dado un sartenazo —reconocí con la boca pequeña.

—Pues eso… Ah, y otra cosa: también le hice prometer que si no ibas a la boda te dejaría en paz.

—¡Oh, Dios! ¿Y cuándo es la boda?

—No lo sé. ¿Quieres que lo mire? Tengo el sobre por aquí.

—Sí, por favor.

—Dame un segundo. —Oí sus pasos al otro lado de la línea—. Vale, la boda es… Ups. Empieza en diez minutos en el hotel Beekman.

—¿Es una locura presentarme allí en chándal y con la maleta? —pregunté mientras me embargaba la emoción.

En ese momento, mi corazón cogió las riendas de la situación.

—¡A la mierda! ¡Voy a ir! ¡Luego te llamo! —escupí antes de colgar.

Corrí hasta el borde de la calzada, levanté la mano y paré un taxi. Tenía muchas ganas de ver a Logan y no podía esperar más.

49

Hannah

Atravesé el vestíbulo del hotel corriendo con la maleta. Sin aliento y hecha un manojo de nervios, me detuve frente a la puerta del salón en el que se celebraba la boda. La ceremonia había empezado hacía quince minutos. Tenía que entrar con el sigilo de un ninja, sentarme y esperar a que terminase para abordar a Logan.

Empujé la puerta despacio, pasé y la cerré con sumo cuidado. El corazón me latía muy rápido.

Escaneé la estancia a toda prisa en busca de un asiento libre. Del techo colgaban arreglos florales exuberantes en tonos morados. Una alfombra blanca marcaba el camino al altar, donde Alexandra y Jim estaban de pie, cogidos de la mano. La melodía suave del arpa llenaba el ambiente. Vislumbré varios huecos en el banco izquierdo de la última fila y dejé la maleta detrás. Después, bordeé el banco para sentarme. Según puse un pie en el pasillo, mi móvil empezó a sonar a todo volumen.

Todas las cabezas giraron en mi dirección. La melodía del arpa se cortó de golpe. Me quedé paralizada.

—¡Shhh! —Me chistó alguien—. ¡Apaga eso!

«¡¡¡¡Mierda!!!!».

—¿Hannah? —Al oír esa voz grave y aterciopelada mi corazón salió disparado.

Me saqué el teléfono del bolsillo a toda prisa y se me cayó. Aterrizó en el suelo, debajo del banco. Los cuchicheos se alzaron a mi alrededor.

—¡Oh, Dios, lo siento! —me disculpé al agacharme.

Con las manos temblorosas, corté la llamada de Nicole y silencié el teléfono. Nunca había pasado tanta vergüenza. Me erguí con las mejillas ardiendo. El corazón me dio un vuelco al ver que Logan corría por el pasillo en mi dirección.

Se detuvo delante de mí, a un par de palmos de distancia. Sus ojos marrones brillaban con intensidad. Estaba más guapo que nunca, con el esmoquin negro y la pajarita a juego. Unas ojeras malvas adornaban su rostro. Estaba afeitado y algo despeinado.

Logan me observó embobado, como si yo llevase el vestido más bonito del mundo, en lugar de un chándal amarillo y el pelo desastroso. Al cabo de unos segundos sonrió, rompiendo la tensión que nos envolvía. Quería decirle muchas cosas, pero las palabras se me habían atascado en la garganta.

—¡Has venido! —exclamó entusiasmado—. Creía que...

—¡Logan! —le interrumpí con urgencia, en un susurro—. Quiero hablar, pero no es el momento. —Me asomé por el lateral de su cuerpo—. Lo siento mucho —dije mirando a la pareja que nos observaba desde el altar.

—No te preocupes —me contestó Alexandra divertida—. Ya tengo anécdota para contarles a mis futuros hijos. Reconciliaros y seguimos. Así nos enteramos todos. —Se le escapó la risa—. Por cierto, Ben —lo señaló con el ramo de novia—, me debes cincuenta pavos. Te dije que vendría.

Dirigí los ojos a Logan, que me observaba expectante. No contaba con declararme delante de cien personas. Cogí aire para armarme de valor y entonces los dos hablamos a la vez:

—Lo siento mucho —me dijo—. Tenías razón en todo lo de las bodas.

—Me he dado cuenta de que si es perfecto no es amor —solté de carrerilla.

—¿Qué? —Él arrugó la frente, extrañado.

—La primera vez que te vi con la cazadora de cuero y despeinado pensé que no eras mi tipo —continué a toda prisa—, que tenías mucho morro y la típica cara de capullo con labia al que todo le sale bien.

Él me miró sorprendido y mi lengua siguió derrapando:

—Luego te conocí y confirmé que eres un sinvergüenza, que dices demasiadas palabrotas y... uf, está siendo la peor declaración de amor de la historia. Lo que intento decir es que me da igual lo complicadas que sean las cosas contigo, porque me haces sentir viva, y que no necesito que seas perfecto, porque te quiero tal y como eres, con tus virtudes y defectos.

—¿Qué defectos? —preguntó haciéndose el ofendido—. ¡¡¡Espera!!! —exclamó sorprendido—. ¡¿Acabas de decir que me quieres?! —alzó la voz sin darse cuenta.

—Sí. —Sonreí—. Te quiero.

Logan relajó los hombros y soltó por la boca el aire que estaba reteniendo. Sus ojos brillaban más que nunca. Una sonrisa enorme salió a saludarme. Se adelantó un paso, me sujetó la cara con las manos y dijo:

—Yo también te quiero, Hannah.

Los ojos se me llenaron de lágrimas.

A nuestro alrededor, se oyeron varios suspiros amorosos.

Logan se inclinó y me besó. El aleteo de miles de mariposas reemplazó el vacío que sentía en el pecho. Mi corazón se aceleró al máximo. Volvía a latir a pleno rendimiento.

Compartimos un beso casto. Me aparté cuando su lengua acarició la mía.

—¿Seguimos luego? —propuse en un susurro.

Logan asintió. Entrelazó nuestros dedos y tiró con delicadeza de mí hasta la primera fila. Se me colorearon las mejillas al ser el centro de las miradas. Cuando pasamos por delante del altar articulé un mudo «Lo siento» para Alexandra. Ella me sonrió y negó sutilmente con la cabeza. Me senté en el banco, al lado de Logan. Chris, Tyler y Ben asomaron la cabeza para saludarme. Ben alzó la mano, formó un círculo con el índice y el pulgar haciendo el gesto de *okay*, que acompañó de un asentimiento de cabeza que parecía decir «Muy bien hecho».

Les sonreí también.

La oficiante de la ceremonia carraspeó sobre el micrófono y continuó.

Alexandra estaba preciosa con el vestido de novia de corte sirena. La espalda estaba cubierta por un delicado encaje de diseño floral. Estaba limpiándome las lágrimas durante los votos de Jim cuando Logan susurró en mi oído:

—Ya verás qué divertido es mi discurso. No es por ponerte cachonda, pero lo escribí con dos semanas de antelación.

Se me escapó la risa.

Él me acarició la mejilla con suavidad y apretó los labios contra los míos.

Cuando la ceremonia terminó y los novios fueron a hacerse la sesión de fotos, Logan y yo salimos al vestíbulo para terminar nuestra conversación. Nos detuvimos en un recodo, lejos de las miradas curiosas.

—Días antes de nuestra cita, me llamaron de la residencia para decirme que, si no pagaba agosto y septiembre, echarían a mi abuela —empezó él—. No me dieron margen de tiempo. Sé que no es excusa, pero me acojoné y coger una boda más fue la solución fácil. Ahora veo lo equivocado que estaba. La cagué y lo siento. He dejado de hacerlo. De verdad.

El arrepentimiento era evidente en sus ojos.

—Lo sé. He visto la página web. ¿Qué pasó con tu abuela? —le pregunté preocupada.

—Está bien. Conseguí dinero suficiente para salir del paso, sigue en la residencia.

Me alivió oír eso.

Logan me agarró la cintura y me atrajo contra él.

—Cuando se te ocurrió la idea de las servilletas para los novios estuve a punto de decirte que te quiero, en mi casa. No lo hice porque te gusta que todo sea perfecto. Quería hacer algo especial para declararme. Planifiqué la cita en ese restaurante porque sabía que te gustaría. Estas semanas han sido una mierda, no quiero volver a separarme de ti nunca más. Estoy enamorado de ti.

Un tsunami se llevó mi corazón por delante. Me habría caído al suelo si no me hubiese estado sujetando.

—¿Estás enamorado de mí?

—Joder, hasta las trancas —confirmó.

—¿Y planeaste la cita con antelación? Eso es muy romántico —suspiré encantada.

—Literalmente creo que eres la única persona que encuentra romántica la organización.

Le sonreí y me encogí de hombros.

—Siento haberte dicho que buscaría a la persona indicada. Estaba enfadada y no lo pensaba de verdad.

—Lo sé. Lo importante es que soy el tío del que te has enamorado perdidamente. —Sonrió pagado de satisfacción.

Su chulería me encantaba.

—Yo no he dicho que esté enamorada y lo de perdidamente te lo has sacado de la manga.

—Por favor, Hannah. Admítelo ya: no quieres vivir sin mí —bromeó.

Le aguanté la mirada unos segundos. Planté las manos en su pecho y claudiqué.

—Yo también estoy enamorada de ti.

Él me dedicó una amplia sonrisa.

—He visto el anuncio de Times Square —le dije.

—Está genial, ¿eh?

—Sí. Me ha escrito bastante gente. Mil gracias.

—Me alegro. Eres una organizadora de bodas increíble. El mundo solo necesita unos segundos y una pantalla para verlo.

Se inclinó en mi dirección. Sus labios estaban a punto de rozar los míos cuando caí en la cuenta de que…

—Un momento… —Eché el cuello hacia atrás y lo miré con suspicacia—. ¿De dónde has sacado el dinero para el anuncio?

—Me lo ha prestado Ben. —Logan retiró una mano de mi cintura y me acarició la mejilla con suavidad—. No te lo he dicho, pero me han contratado en SoGood.

—¿En serio? —Abrí los ojos maravillada.

—Empiezo el lunes.

—¡Cuantísimo me alegro por ti! —Me lancé a abrazarlo.

—Gracias. Por cierto, ¿sabemos algo de tu agenda?

—¡Sí! —exclamé—. ¡Melanie me llamó hace unos días para

decirme que la agenda es para mí! ¡He quedado en pasarme por su oficina el próximo lunes!

Una sonrisa enorme y sincera se dibujó en su cara.

—¡Enhorabuena, cariño! No tenía ningún tipo de duda de que te la daría. ¿Podemos besarnos ya?

Su desesperación me hizo reír.

Logan se inclinó y me besó. Cuando su lengua se encontró con la mía, el calor regresó a mi pecho. Me aparté enseguida.

—Oye, no puedes hacer algo así cada vez que la cagues —le dije, poniéndome seria—. Ya has gastado el recurso de la abuela adorable y del anuncio en Times Square...

—No, no, claro que no. —Sonrió de esa manera descarada que tanto me gustaba—. Pero no te preocupes. Soy creativo. Se me ocurrirán otras cosas si meto la pata.

Contuve la sonrisa y negué con la cabeza. Él plantó la mano en mi nuca y me atrajo contra su boca para besarme de nuevo. Sus besos borraron poco a poco el dolor que había pasado en su ausencia.

—Te he echado mucho de menos —confesé una de las veces que me aparté en busca de aire.

—Uf. Ni lo menciones. —Me besó otra vez con impaciencia—. Casi me vuelvo loco estos días esperándote. Te quiero, Hannah —murmuró contra mis labios.

—Eres el primero que me lo dice.

—Lo sé. —Sonrió y me robó un beso más—. Te dije que había llegado para cambiarlo. Te lo repetiré todos los días.

Mi corazón se derritió como un azucarillo en un café.

A partir de ese instante, Logan no se despegó de mí. Ni siquiera cuando Nicole se acercó durante el cóctel para traerme un vestido de Givenchy y llevarse mi maleta. Cuando salí del baño con el vestido azul puesto, Logan se llevó la mano al pecho y solo dijo:

—Guau. Estás increíble.

Sonreí como una idiota y le eché los brazos al cuello.

—Increíblemente buena —añadió.

—Tú también.

La comida pasó entre copas de vino, platos deliciosos y vaciles de Logan y Ben. Cuando nos sirvieron la tarta, Logan me acercó su cuchara cargada de pastel a la boca. Me manchó adrede y me besó delante de todo el mundo.

—No estamos solos. —Me reí contra sus labios.

—¿Y qué pasa? ¿No puedo besar a mi novia?

—¿Soy tu novia porque lo has decidido tú?

Él apoyó el codo en la mesa, la barbilla en la mano y me sonrió.

—Eres mi novia porque has reconocido que estás enamorada de mí, igual que yo de ti. ¿Necesitas que te lo pida para hacerlo oficial? —No me dejó contestar—. Está bien. ¿Quieres ser mi novia?

—Si estás así de desesperado, entonces vale, seré tu novia. —Sonreí.

La pareja de recién casados abrió el baile nupcial con «Adore You» de Harry Styles. Me morí de la risa cuando Logan, Chris y Ben salieron a bailar con Alex «Dance the Night», uno de los temas de la película *Barbie*, en una coreografía sincronizada. En uno de los estribillos Logan me arrastró con ellos, pese a que no me sabía el baile.

Entrada la noche, cuando todo el mundo estaba con la recena, Logan se ausentó. Me quedé hablando con Ben al lado de la barra. Me distraje de la conversación cuando empezaron a sonar los primeros acordes de «Gimme! Gimme! Gimme! (A Man After Midnight)». Giré la cabeza con una sonrisa en la cara. Logan estaba parado al lado de la cabina del DJ. Cruzamos miradas y él hizo una reverencia exagerada. Me disculpé con Ben y caminé hacia mi novio.

Nos encontramos en mitad de la pista de baile, en ese momento casi vacía.

—Las doce y un minuto —me informó Logan mirando su reloj.

—¿Has pedido la canción para lanzarme una indirecta? —le pregunté con una sonrisa.

—Qué va. Esto es una directa. Ya sabes lo que va a pasar en cuanto nos quedemos a solas.

Me guiñó un ojo y el estómago se me puso del revés.

—¿Bailamos o qué, Donna? —Me tendió la mano.

Coloqué la palma encima, él cerró los dedos alrededor y dio un tirón en su dirección.

Me estampé contra su pecho. Mientras bailábamos me besó varias veces. Lo dimos todo, saltando y cantando, como si nadie nos estuviese mirando. Cuando la canción terminó, empezó «Speak Now», de Taylor Swift. Le eché los brazos al cuello y él me estrechó la cintura.

—Has interrumpido una boda —me dijo Logan con una sonrisilla—. Estoy orgulloso de ti —bromeó.

Me mordí el labio y eché un vistazo por encima del hombro. Un poco más allá, Alexandra y Jim bailaban acaramelados.

—Tendré que hacerles el mejor regalo de bodas del universo —le dije a Logan.

—No te preocupes, Alexandra es la presidenta de nuestro club de fans oficial. Para que te hagas una idea, antes de llevarte la invitación, hablé con ella. Hacía días que tú y yo habíamos roto y ella no había cancelado tu cubierto por si acaso venías. En este grupo, todos te han cogido cariño.

Sonreí. Apoyé la cabeza en su pecho y durante un instante guardé silencio. Nos balanceamos de un lado a otro, un poco descoordinados con el ritmo de la música.

—Me daba miedo que hubieses vuelto con Ashley —le confesé al apartarme.

—Qué va. No he estado con nadie que no seas tú desde que coincidimos en el bar —aseguró—. Lo único que he hecho estas últimas semanas ha sido trabajar y pasarlo mal.

—¿Lo has pasado mal por mí?

—He visto *Mamma Mia* yo solo tres veces.

—¿En serio? —No pude esconder el entusiasmo.

—¿Qué es lo que quieres oír, cariño? —Me hizo girar sobre mí misma—. ¿Que me he pasado los días borracho, lloriqueando por ti?

—A ver… tampoco eso. Pero me siento menos tonta, porque yo también lo he pasado fatal, la verdad.

Logan me apartó el pelo del hombro en una caricia y dijo:

—Siento que lo hayas pasado mal. Lección aprendida: no vamos a romper más y punto.

A las cuatro y media de la mañana Logan y yo nos bajamos del taxi en Times Square. Antes de irme a casa quería ver el anuncio con él. La primera vez estaba nerviosa y no había apreciado bien los detalles. Nos paramos delante de la pantalla de la tienda Disney.

La plaza estaba prácticamente desierta. Había llovido y el suelo estaba mojado. La brisa fría me hizo estremecer. Sin decir nada, Logan se quitó la chaqueta y me la echó por encima de los hombros. Se colocó detrás de mí y me abrazó por la espalda.

—Se reproduce una vez cada hora —me informó él.

—No me importa esperar.

Me dio un beso en la cabeza y nos quedamos un rato así.

—Por cierto, el vídeo tiene la canción de la boda de Edward y Bella, pero las pantallas no reproducen sonido.

Me giré para encararlo con una sonrisa.

—¿«Turning Page»? —pregunté emocionada.

—Sí…

—Eso es un detalle muy romántico. —Volví a girarme para observar la pantalla.

—Lo de las virtudes y defectos que has dicho antes… —empezó colocándose a mi lado—. Como ya me has dicho los defectos, podrías decirme las virtudes, ¿no te parece?

Giré la cabeza para mirarlo.

—Tienes un gran sentido del humor, la mente muy sucia y un buen corazón. Tus ideas son increíbles y estás buenísimo. Ah, sí, tu sonrisita de capullo me encanta. Y se te da muy bien la cocina.

Logan sonrió satisfecho.

—Yo también te quiero tal y como eres —dijo antes de besarme—. Me gusta todo de ti... Eres divertida, romántica, pasional y una cabezota de campeonato. Eres una pésima conductora y cocinas fatal. —Hizo una pausa—. Aunque lo que más me gusta de ti son tus tetas. —Sonrió sin un ápice de vergüenza—. Son perfectas.

Le di un manotazo cariñoso en el brazo y se me escapó la risa.

—Me encanta cuando te ríes —confesó—. Me hace feliz. Te quiero.

Mi corazón y yo suspiramos de amor. De pronto, quería escuchárselo decir a todas horas.

—Y yo a ti.

Logan se inclinó para besarme justo cuando pasó un coche zumbando por encima de un charco y nos salpicó de agua. Me reí contra sus labios. En ese instante comprendí que, daba igual cómo nos salieran las cosas y lo diferentes que fuéramos, porque juntos hacíamos que cada momento fuese... PERFECTO.

Epílogo

Hasta que la muerte nos separe

Dos años después...

Llamé a la puerta y esperé hasta que mi abuela me invitó a pasar a su habitación.

—¡Hola, hola! —saludé—. ¿Qué tal estás hoy?

Mi abuela, sentada junto a la ventana, ni siquiera levantó la cabeza del crucigrama para decir:

—Palabra de seis letras. Apellido de cantante británico llamado Harry.

—Si te lo digo es trampa. —Me agaché para darle un beso en la mejilla.

—Sé que empieza por la letra «ese» —continuó, dándole un golpecito con el lápiz al cuadernillo—. Venga, dímelo, que llevo un rato pensando...

—¿Styles? —probé suerte.

—¡Eso es! —Lo anotó en la hoja y se quitó las gafas.

Llevaba el pelo blanco recogido en un moño bajo y una blusa de flores.

—¡Vaya! Mira qué elegante la abuelita con su blusa nueva.

—Uy, qué risueño estás hoy... —Me hizo un gesto para que me sentase en la silla libre—. ¿Y Hannah?

—La he dejado decorando su oficina. Hemos estado montando muebles todo el día.

—La estará dejando preciosa. Esa muchacha tiene buen gusto.

—Por eso está conmigo. —Le regalé mi mejor sonrisa al tomar asiento.

Ella soltó una risita baja.

—Lo primero de todo... Sus galletas, señorita. —Le tendí una bolsa de papel.

—Hay más de la cuenta —comentó suspicaz al echar un vistazo al interior.

—Es que estamos de celebración. —Saqué la cajita blanca del bolsillo del vaquero y la extendí en su dirección—. Me caso.

Ella soltó un gritito.

—¡Lo sabía! —Dio una palmada emocionada—. ¡Dame, dame!

Se puso las gafas y deposité la caja abierta en su palma.

—¡Qué bonito es, hijo! —dijo, mirando el anillo—. ¡Ay, qué contenta estoy! ¿Cuándo es el gran día?

—No lo sé. Voy a pedírselo mañana, en nuestro aniversario.

—¿No se lo has pedido y ya vas anunciándolo a los cuatro vientos? ¿Y si te dice que no?

—Abuela, por favor, la duda ofende. —Meneé la cabeza con desaprobación—. A estas alturas deberías saber que Hannah está loca por mí. Claro que me dirá que sí.

Me devolvió la caja. Observé el anillo un instante y la cerré.

—¿Me acompañarías al altar? —le pregunté.

—¿Yo? —Se señaló con el dedo índice—. ¿Con la silla de ruedas y todo? ¿No prefieres que te acompañe otra persona?

—Qué va... —Negué con la cabeza—. Tengo que aprovechar el recurso de la anciana adorable —bromeé—. Piensa que la gente me verá con el esmoquin, empujando tu silla, y dirán: «Míralo qué majo, llevando a su abuela...». Mi novia será la primera que babeará por mí.

—Menudo sinvergüenza estás hecho... —Me arreó con el abanico en el brazo.

—Ahora en serio. Me importas mucho, abuela. No quiero que me acompañe otra persona en el día más importante de mi vida. ¿Qué me dices?

Sonrió de oreja a oreja y se acentuaron las arrugas que rodeaban sus ojos.

—Claro que sí, hijo. —Me agarró la mano y le dio un apretón—. Tus padres estarían muy orgullosos del hombre en el que te has convertido.

Sonreí y me tragué el nudo que se me formó en la garganta.

—Venga, Marjorie, dame una galleta.

A la mañana siguiente me despertó Sven saltando en la cama.

—Buenos días, chico —musité adormilado.

Estiré el brazo para acariciarle la cabeza.

Despegué los párpados con dificultad. No había ni rastro de Hannah.

Sven intentó lamerme la cara y se me escapó la risa. Enseguida se bajó del colchón y me destapó tirando de la sábana.

—Ya voy. Ya voy. —Planté los pies en el suelo y le rasqué detrás de las orejas.

Mi perro movía la cola de un lado a otro, contento.

Cuando me levanté, salió corriendo de la habitación. Me puse los pantalones de chándal y eché un vistazo alrededor. Mi camiseta no estaba por ningún lado.

Tras pasar por el baño, atravesé el apartamento que compartía con Hannah en el Upper West Side y fui en su busca.

La encontré en la cocina, frente al fuego. Llevaba el pelo recogido en un moño, la camiseta que me había quitado la noche anterior y unos vaqueros cortos. Sven estaba en un rincón, bebiendo agua.

Olía a café recién hecho y a pan tostado.

Aprovechando que Hannah no me había oído llegar, la observé desde la barra que separaba la estancia del salón. Apagó el fuego y volcó el contenido de la sartén en un plato. En cuanto soltó la sartén, Sven le puso las patas en las caderas. Ella le acarició la cabeza. No pude evitar sonreír. Verlos juntos tocaba un punto blando dentro de mi pecho. Era el hombre más afortunado del mundo. Parecía que el universo se había alineado a mi favor.

En ese instante me fijé en que sobre la isla de mármol había una bandeja de madera con un vaso de zumo, una taza de café, un bol de fruta, unas tortitas con una pinta sospechosa, una tostada de aguacate y los cubiertos perfectamente alineados. Cogí un arándano y me lo metí en la boca.

—Buenos días —saludé, bordeando la barra—. ¿Qué es todo esto?

Hannah se dio la vuelta con una sonrisa.

—El desayuno. Iba a llevártelo a la cama.

Abrió el grifo para lavarse las manos.

—¿Ah, sí? —Le agarré las caderas y la atraje en mi dirección.

—Sí. —Me echó los brazos al cuello—. Quería hacer algo especial por nuestro aniversario.

—Te quiero —le solté sin pensar—. Muchísimo.

—Yo a ti más.

—Nah. Imposible.

Me incliné y la besé con cariño.

—Feliz aniversario —me dijo cuando nos separamos.

—Feliz aniversario —respondí sonriendo como un idiota.

Hannah cogió el plato de huevos revueltos y lo dejó en la barra.

—Para las tortitas he seguido una receta de TikTok al pie de la letra —me explicó—. Confío en que esté todo bueno.

Me decanté por probar los huevos revueltos. Clavé el tenedor y me lo llevé a la boca. Estaban demasiado hechos, sabían a una mezcla de quemado y pimienta.

—¿Qué tal están? —me preguntó expectante—. Se me han pegado un poco…

Me lo tragué a duras penas.

—Están… comestibles. Muchas gracias.

Le di un sorbo al zumo de naranja para matar el sabor.

—Logan, dime la verdad…

—A ver, digamos que está feo que intentes envenenarme en nuestro aniversario.

Ella soltó una carcajada y se me hinchó el pecho. Me había hecho adicto a su risa.

Hannah estiró la mano y cortó un trozo de tortita. Estaban tiesas como un trozo de pan duro. Mientras tanto, le di un mordisco a la tostada de aguacate.

Mi novia hizo un mohín después de masticar.

—No lo entiendo —se quejó con un tono meloso que se me antojó adorable—. He seguido la receta. Te lo juro.

—La intención es lo que cuenta y la tostada te ha quedado genial.

La cogí de la cintura y la senté en la barra de la cocina.

—¿Qué te parece si te invito a desayunar por ahí? —propuse mientras le acariciaba los muslos.

Ella atrapó una fresa del bol y me la metió en la boca.

—Puedes desayunarme a mí y luego me invitas por ahí —apuntó con una sonrisilla traviesa.

Sven se coló entre nosotros, reclamando nuestra atención.

Le di un beso más y me aparté de su cuerpo.

—Sven, vamos. Mamá y papá necesitan intimidad para hacer cosas de adultos.

Lo conduje hasta el dormitorio y cerré la puerta.

—¿Por dónde íbamos? —le pregunté a mi novia al regresar.

Hannah respondió quitándose la camiseta.

Un rato más tarde nos bajamos de la moto en el cruce de la calle 28 con la Quinta Avenida. Le cogí la mano y caminé un par de metros.

—Es aquí. —Me paré en seco y ella se detuvo—. Este es el punto exacto en el que me tiraste la moto y te enamoraste de mí. —Señalé la calzada—. Justo aquí. A los pies del Empire State.

—No me enamoré de ti ese día.

—Vaaaale. Este es el lugar en el que coqueteaste conmigo después de tirarme la moto.

A Hannah se le escapó la risa y negó con la cabeza.

—Supongo que ahora dirás que saqué tetas y todo eso, ¿no? —se burló.

Me agaché y clavé la rodilla en el suelo. Ella ahogó una exclamación.

—¿Por qué me miras así? Se me han desatado los cordones.

Me hice un doble nudo en la zapatilla e intenté no reírme. Vacilarle seguía siendo de mis cosas favoritas.

—Pensaba que... —No terminó la frase.

—¿Pensabas que te pediría matrimonio en nuestro aniversario? —Negué con la cabeza al incorporarme—. Eso sería muy predecible, cariño. Solo te traía a desayunar a la azotea porque nos conocimos aquí.

Al atardecer estábamos llegando al estanque de Central Park cuando me senté en un banco.

—Estoy muerto. Ven. —Extendí la mano en su dirección.

Di un suave tirón y acabó sentada en mi regazo. Estaba guapísima con las ondas sueltas y el vestido veraniego amarillo.

—¿Te lo has pasado bien hoy? —pregunté.

—Sí. Ha sido un día bonito. Me ha encantado ver el musical de *Mamma Mia* y comer en el hotel Plaza.

Le aparté el pelo y le di un beso en el hombro.

—Aquí es donde te diste cuenta de que estabas enamorada de mí, ¿verdad? —Señalé el estanque con la cabeza.

—Puede...

—Hannah, venga ya. Te oí decirle a tu madre que yo era un chico con el que estabas quedando.

—Es verdad —reconoció—. Me di cuenta ahí mismo. —Apuntó el estanque con el dedo—. Me daba miedo reconocerlo por si no sentías lo mismo.

Tragué saliva. Había llegado el momento de hacerle la pregunta. De pronto, estaba nervioso de cojones. Me sudaban las palmas de las manos. Había olvidado el discurso que me había preparado. La quería por tantas razones que no sabía por dónde empezar.

—Quería decirte que... —titubeé—. A lo largo de mi vida he tenido muchos sueños... y que tú eres mi nuevo sueño. —Le solté lo primero que me vino a la cabeza.

—¿Por qué me suena esa frase?

—Porque Flynn Rider dijo algo parecido.

Ella sonrió.

La cogí de las caderas y la senté a mi lado. Me levanté y me alejé un par de pasos.

—Te he llevado a donde nos conocimos; al hotel Plaza, porque ahí me diste el primer beso, y a ver *Mamma Mia*, porque quería hacer un recorrido por nuestra relación para acabar aquí, en el punto en el que te diste cuenta de que estabas enamorada de mí...

Hinqué la rodilla derecha en el suelo.

—Hannah Brooks...

—Me tienes harta con la broma —escupió Hannah interrumpiéndome—. ¿Quieres casarte conmigo ya de una vez?

—Eh... —Parpadeé confundido—. ¿Qué? —Me quedé congelado.

—Que si quieres casarte conmigo. Es la tercera vez que te arrodillas hoy para atarte los cordones. Primero, lo has hecho al lado del Empire, luego en el Plaza y ahora aquí.

Me entró la risa.

—¿Por qué te ríes? —preguntó muy seria—. ¿No quieres casarte conmigo?

—Joder, claro que sí... Lee la inscripción del banco, por favor.

Extrañada, se giró hacia el banco sobre el que estaba sentada. Aproveché la distracción para sacarme la cajita del bolsillo. Cuando volvió a mirarme, sus preciosos ojos avellana brillaban emocionados.

—Logan. —Se levantó como un resorte—. Estoy nerviosa. Lo que pone en la placa... —Señaló el banco con la mano—. ¿Es en serio?

—Y tanto. —Asentí con una sonrisa.

Abrí la caja y la alcé. Las lágrimas descendieron por sus mejillas al ver el anillo. A mí también se me empañó la mirada.

—Hannah, te quiero... —Resoplé y me tomé un instante para continuar—. Llegaste a mi vida cuando creía que casarse no era para mí. Me demostraste que estaba equivocado a base de tartazos, placajes y besos. Te has convertido en mi mejor amiga, en mi otra mitad, y no imagino la vida sin ti. Eres amable, tierna, inteligente y divertida. Con este anillo quería decirte que siempre te haré reír y que siempre estaré a tu lado... o detrás, o encima, o debajo. A ti te gusta mucho ponerte encima y a mí me encanta. Da igual, no sé qué hago hablando de sexo ahora mismo...

Se le escapó una risita llorosa.

—Solo quería decirte que... Hannah Brooks, ¿quieres casarte conmigo?

—Sí, sí, sí.

Mi corazón estaba a punto de estallar de felicidad.

Deslicé el anillo por su dedo anular. Hannah se abalanzó sobre mí y me comió a besos. Me clavé una piedra cuando mi espalda se encontró con el suelo, pero no me importó. Sus lágrimas calentaron mis mejillas. Me aparté de su boca para preguntarle:

—¿Por qué lloras?

—No sé. Es que... soy muy feliz. Creía que nadie haría algo así de romántico por mí y tú lo has hecho...

—Te dije que había venido a cambiar las cosas. —Le coloqué el pelo detrás de la oreja—. ¿Te gusta el anillo?

—Mucho. Es perfecto. —Sonrió y volvió a besarme—. Te quiero. —Me dio otro beso—. Mucho. —Y otro más.

Nos dejamos llevar por la emoción del momento y durante un rato el resto del mundo se desvaneció.

Apoyó las palmas en mi pecho y echó un vistazo alrededor.

—Nos está mirando la gente —susurró.

—Que les aproveche. —Planté la mano en su nuca y la empujé en mi dirección para besarla.

—Vamos a ver mi banco. —Hannah se incorporó, me tendió una mano y me ayudó a levantarme.

Después, tiró de mí hasta el banco y le hizo una foto a la inscripción que rezaba:

PARA HANNAH BROOKS,
PORQUE ELLA AMA CENTRAL PARK
Y YO LA AMO A ELLA.
¿QUIERES CASARTE CONMIGO?

La abracé por la espalda, me asomé por el lado derecho y le di un beso en la mejilla. Ella se había emocionado otra vez.

—Me encanta. —Se giró entre mis brazos—. Es el banco más bonito de Central Park. Voy a venir a verlo todos los días.

—Me alegra que te guste. —Sonreí.

—¿Cuánto tiempo lleva puesta la inscripción?

—Unos días —confesé—. Me daba miedo que lo vieses antes de tiempo.

Ella se puso de puntillas y me dio un beso tierno. Le estreché la cintura y ella apoyó la cabeza en mi pecho. Abrazarla era otra de mis cosas favoritas.

—Me muero por contárselo a Marjorie y a mis padres —dijo al apartarse—. Y quiero llamar a Nicole para que se compre un vestido azul —siguió de carrerilla—. Siempre dijimos que en nuestras bodas seríamos el «algo azul» la una de la otra. Cuando lleguemos a casa te enseñaré algunos álbumes de recortes que tengo para la boda. Tenemos que hacer un millón de cosas, Logan.

—Lo sé. —Estaba tan ilusionado como ella—. No puedo esperar para casarme contigo.

Un año después
6 de junio, hotel Plaza, Nueva York

Estoy sonriendo como un gilipollas. Hannah está increíble vestida de novia. Es la mujer más bonita que he visto en mi vida. La impaciencia me hace apretarle las manos con suavidad. Necesito que Ben termine de oficiar la ceremonia para besarla y a la vez no quiero que este momento tan importante termine nunca. Los ojos de mi prometida brillan emocionados, igual que los míos.

—Yo os declaro marido y... —empieza Ben.

Incapaz de aguantar más, sostengo la cara de Hannah y la beso.

—... mujer —añade mi amigo por encima de los aplausos—. Podéis besaros y todo eso.

Hannah sube las manos hasta mi rostro. Sin dejar de besarla, le rodeo la cintura con los brazos, para asegurarme de que no estoy soñando y para pegarla a mí. La inclino hacia atrás con delicadeza y los vítores de los que hoy nos acompañan suben de volumen. Nuestras lenguas se encuentran con cariño. Siento que estamos sellando una promesa con ese beso, que no hacen falta más palabras y que estoy justo donde debo estar. El corazón me late apresurado, parece que se me va a salir del pecho. Nunca he estado tan contento como en este momento.

—Te quiero —susurro contra sus labios antes de volver a besarla—. Te quiero.

—Yo a ti más —asegura ella con los ojos llenos de lágrimas—. Te quiero mucho, Logan Stone.

Al final, he conseguido demostrarle a Hannah que la quiero y que soy perfecto para ella. Por el camino, ella ha aprendido que el amor no tiene que ser perfecto para ser verdadero. Y en cuanto a mí, digamos que he entendido que cuando el amor aparece hay que agarrarlo bien fuerte, porque, si te descuidas, la vida te da un puñetazo y pierdes lo que más quieres.

¿Volvería a pasar por todo lo que he pasado hasta llegar a este momento de plena felicidad?

Sin duda. Estamos hechos el uno para el otro y, como le dije al pedirle matrimonio: no imagino la vida sin ella.

Hannah me ha dado lo que más anhelaba, la felicidad de las historias de Disney, y yo acabo de prometerle delante de setenta y siete personas que dedicaré mi vida entera a hacerla reír.

Ahora, por fin, empieza nuestro «para siempre».

Agradecimientos

¡Hola, hola!

Es la sexta vez que escribo unos agradecimientos y es la sexta vez que me sorprendo de haber llegado hasta aquí. Escribir este libro ha sido una montaña rusa con subidas, bajadas y muchos *loopings*, y no me creo haber llegado hasta el final del viaje. ¿Qué tengo que hacer para que Logan me pida matrimonio en un banco? Pregunto.

En primer lugar, me gustaría dar las gracias a las lectoras y a la comunidad de *bookstagram*: gracias por confiar en otra de mis historias, por venir a verme a las firmas (algunas desde muy lejos), por apoyarme dentro y fuera de las redes sociales y por tener siempre palabras tan bonitas para mí. Esta profesión es muy solitaria y contar con unos ratitos de compañía se agradece. Espero que os haya gustado la historia, y que estéis deseando la siguiente. Sois las mejores ☺.

Pasando a mis agradecimientos especiales:

Adri, GRACIAS EN MAYÚSCULAS OTRA VEZ, por apoyarme, por estar ahí día y noche, por escucharme hablar durante horas de los personajes que viven en mi cabeza, por animarme cuando estoy triste, por hacerme reír y por comprarme chocolate. Sabes que me casaría con todos mis personajes masculinos (sin excepción jajaja), pero siempre te elegiría a ti por encima de todos. Eres el mejor y me siento tan afortunada de tenerte como se siente Logan con Hannah.

Tamm, eres uno de los pilares fundamentales de mi vida. Creo que la amistad es tan importante en mis novelas por la relación tan sana y bonita que tenemos. Gracias por ser mi lectora beta, por animarme en los altos y en los bajos, y por ser uno de mis grandes apoyos.

A mi *parabatai* Inma, gracias por ser mi lectora más crítica, por ser una persona 360 y salir en mis vídeos, y por ser una amiga tan buena. Has sido uno de mis apoyos fundamentales durante la escritura de este libro. Gracias por tu cariño y confianza, por escuchar y apoyar mis ideas locas, y por consolarme cuando lloro. Eres la mejor. Simplemente.

A mi editora, Clara, muchísimas gracias por estar al otro lado del teléfono, por escuchar mis ideas y apostar por ellas, por ayudarme cuando me bloqueo y por recetarme días libres ja, ja, ja; por estar al pie del cañón en cualquier momento. Gracias por tratarme con tanto cariño. De verdad.

Paloma, una vez más; gracias por escucharme hacer un *pitch* de esta novela, tus caras son de las cosas más divertidas del mundo, te lo juro. Gracias por sacarme a pasear por Nueva York, por escucharme y por estar ahí.

Al resto de mis amigas, Ali, Maru, Silvia, Ana, Erica (increíble que vinieras al Crush otra vez), Raquel, Ceci y Leyre, quería daros las gracias por entender mis ausencias durante el proceso de escritura de este libro, por apoyarme, por ser mis mayores fans, por venir a todas mis presentaciones, y por sentiros tan orgullosas de mí. Estoy muy feliz de saber que pronto nos veremos muchísimo más. No puedo olvidarme de mi familia, especialmente de mis hermanos ☺.

Por último, pero no menos importante, muchísimas gracias a todo el equipazo de Penguin que ha formado parte de esto de alguna manera u otra: mi editora técnica, Marta, que va a dejar el libro precioso; a mis correctoras, Mari Carmen y Mercedes, Anna Puig, Anna Turón, Sandra, Blanca y Jimena. Y a Ana Hard por una portada increíble.

De corazón: gracias.

¡Nos leemos en la siguiente novela!